ALAIN DUBOS

De famille landaise, Alain Dubos partage sa vie entre ses deux passions : pédiatre, il a notamment exercé la médecine humanitaire, aussi bien en Asie, au Moyen-Orient qu'en Afrique noire et en Amérique centrale. Il fut vice-président de l'organisation "Médecins sans frontières". Écrivain, il a témoigné de ses expériences dans *Les rizières des barbares* (Julliard, 1980), *La fin des Mandarins* (Julliard, 1982), *Tu franchiras la frontière* (Juliard, 1986) et *Sans frontières* (Presses de la Cité, 2001). Alain Dubos est également l'auteur de plusieurs romans, tous publiés aux Presses de la Cité, dans lesquels il s'attache à décrire ses terres landaises et le Sud-Ouest. *Les seigneurs de la haute lande* paraît en 1966, suivi par *La palombe noire* et *La sève et la cendre*. *Le secret du docteur Lescat* constitue le quatrième volet de sa tétralogie landaise.

DU MÊME AUTEUR
CHEZ POCKET

LES SEIGNEURS DE LA HAUTE LANDE
LA PALOMBE NOIRE
LA SÈVE ET LA CENDRE

ALAIN DUBOS

LE SECRET DU DOCTEUR LESCAT

PRESSES DE LA CITÉ

Le Code de la propriété intellectuelle n'autorisant, aux termes de l'article L. 122-5 (2°
et 3° a), d'une part, que les « copies ou reproductions strictement réservées à l'usage
privé du copiste et non destinées à une utilisation collective » et, d'autre part, que les
analyses et les courtes citations dans un but d'exemple ou d'illustration, « toute représentation ou reproduction intégrale ou partielle faite sans le consentement de l'auteur
ou de ses ayants droit ou ayants cause est illicite » (art. L. 122-4).
Cette représentation ou reproduction, par quelque procédé que ce soit, constituerait
donc une contrefaçon sanctionnée par les articles L. 335-2 et suivants du Code de la
propriété intellectuelle.

© Presses de la Cité, 2000
ISBN 2-266-11286-4

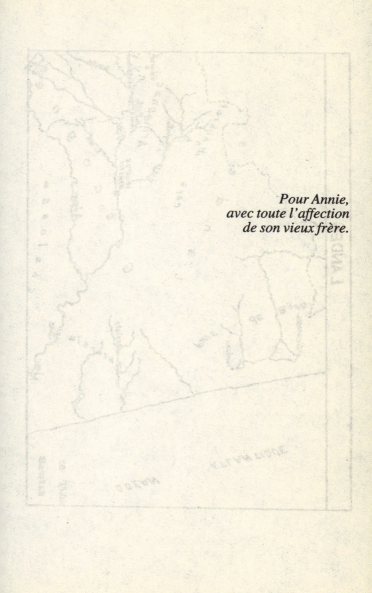

*Pour Annie,
avec toute l'affection
de son vieux frère.*

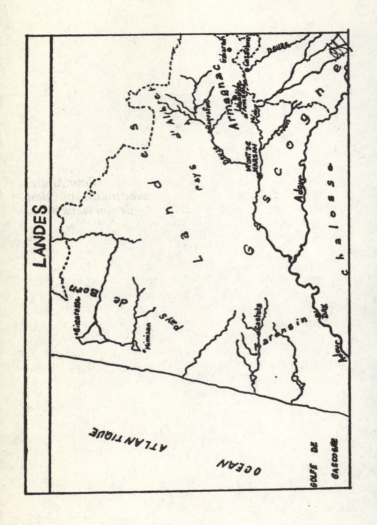

1

En octobre 1893, dans le bas Armagnac, une sorte de sorcière officiait au fond d'une obscure cabane pour arracher la vie accrochée aux entrailles d'une adolescente, sous le regard d'un homme.

— C'est le Diable, petite, je te dis que c'est le Diable !

Un genou à terre, le buste penché vers l'avant, l'homme fixait intensément la jeune fille tandis que la femme au fichu noir, accroupie aux pieds de celle-ci, fouillait une besace de jute. Lorsqu'il vit la longue tige de fer entre les doigts de la femme, il détourna le regard vers la minuscule fenêtre de la borde. On apercevait un horizon de collines aux douces ondulations, couvertes de vignes et de champs de maïs, au bas desquelles des bois dessinaient un austère liseré noir au creux des vallons.

— Il faudrait la faire boire encore, et lui tenir les mains ensuite, dit la femme.

L'homme saisit une fiole emplie d'un liquide brun, l'inclina vers les lèvres de la jeune fille, qui protesta. Un cri, rauque, qui voulait dire non.

— Il le faut, gouyate, il le faut. Ça fera fuir le Diable que tu as dans le ventre. Bois, nom de Dieu, bois, je te dis. On n'a pas trop de temps.

Il insista, laissa couler un peu de liqueur sous le nez de la jeune fille, la faisant éternuer. Elle ouvrit la bouche. Il en profita pour introduire le col du flacon entre ses lèvres.

— Le Diable, répétait-il. On va le chasser, je te le promets.

La femme avait retroussé la jupe de lin de sa patiente, s'était avancée entre ses cuisses blanches et molles. L'homme détourna à nouveau les yeux. Il se demandait si ce crime en train de s'accomplir pour conclure une histoire sordide était réel. Surmontant son dégoût d'avoir étreint ce corps aux formes noyées dans la graisse, il avait soudain envie de lâcher les mains d'Yvonne et de fuir, le plus loin possible. Il se disait maintenant qu'il avait peut-être cédé un peu vite à la panique. Quoi ! Tout cela pouvait demeurer secret, il suffirait de nier. Tout, y compris les évidences et les preuves. Sa position dans la petite société armagnac-quaise le mettait à l'abri du scandale. Il voulut parler, expliquer, sentit la fille se raidir, se tendre comme un arc, les yeux écarquillés. Il appuya fort sa main sur sa bouche, pour étouffer son cri.

— Qu'est-ce que vous faites ? demanda-t-il, livide, à l'avorteuse.

— Taisez-vous, lui lança la femme sur un ton rogue.

Elle avait des allures paysannes, un teint de gitane boucané par le soleil, et n'était pas de ce pays. L'homme observait l'intervention du coin de l'œil, ou la devinait, plutôt, aux mouvements d'épaule de l'avorteuse, transpirait à grosses gouttes. Combien de temps cela durerait-il encore ? Sous sa main inondée de salive, la bouche d'Yvonne glissait et se déformait, comme une ventouse de lamproie cherchant à s'amarrer.

— Arrêtez, ordonna-t-il, nom de Dieu, je vous dis d'arrêter.

— Trop tard, dit la femme.

Elle avait porté le coup décisif, celui qui ouvrait le col et permettait au fer de pénétrer. Curieusement, la jeune fille parut soulagée, et eut un long soupir d'aise. Le Diable allait sortir d'elle. L'homme dégagea ses mains, les essuya sur de la paille tandis que la femme se relevait, tenant entre ses doigts sa ferraille, et un linge souillé.

— Mon argent, dit-elle.

— Et ça ? s'inquiéta l'homme en désignant des taches de sang s'élargissant sous la fille.

— Ça se tarira dans quelques minutes. Il faut lui répéter de ne rien dire, vous m'entendez, de ne rien dire. C'est une *pégote*[1]. A force de le lui dire, elle oubliera ce qui s'est passé ici.

Elle alla tremper le linge dans une bassine d'eau croupie, procéda à une toilette de sa patiente. L'homme mit la main à la poche de son pantalon, en sortit des billets qu'il tendit à la femme. Il était blafard et ses doigts tremblaient.

— Il y a le compte, dit-il.

L'avorteuse compta, enfouit prestement les billets dans sa besace. Puis elle ajusta son fichu et sortit, sans un mot. L'homme aida la jeune fille à se relever, lui proposa de l'alcool, qu'elle refusa d'un geste avant de se courber brusquement, et de vomir. Le temps passait. La borde était abandonnée, et nul vendangeur ne se montrerait encore sur les collines, mais il était préférable de ne pas être vu ici. La fille semblait découvrir le décor de la borde, les manches d'anciens outils, les chaises fracassées, la table écroulée dans un coin, et la paille, un peu partout. Elle n'avait pour s'exprimer que quelques mots, et ces cris, rauques, qu'il fallait savoir interpréter. L'homme la prit par le bras, la conduisit, chancelante, vers la porte.

— Tu ne diras rien, Yvonne. Tu m'entends ! Sinon le Diable reviendra. Je te promets qu'il reviendra. Rentre, et couche-toi.

Elle le regarda, hocha la tête. L'homme lui fit faire quelques pas à l'extérieur, répéta plusieurs fois ses ordres. Il devait affronter l'espèce d'amour bovin et muet de celle qui avait été son amante, et cet échange

1. Simple.

lui apparut comme une monstruosité. Il gommerait tout ça de sa mémoire. Il ne s'était rien passé, on oublierait, elle la première, qui n'avait jamais été capable de former ne fût-ce qu'une phrase, et retournerait bien vite à la garde de ses moutons.

Elle marchait à peu près normalement, un peu plus hébétée qu'à l'habitude, et ne souffrait pas. L'homme l'accompagna le long d'un chemin descendant en pente douce vers un ru. Là, il prit de l'eau dans ses mains, la fit boire. Il lui fallait faire une dernière chose. Il s'approcha d'elle, la saisit par la taille et l'embrassa.

— Tu aimes, saleté, tu aimes, répétait-il.

Elle hochait la tête, parvint à sourire, voulut prolonger l'étreinte, mais il se dégagea, et, lui ayant indiqué d'un geste la direction de sa maison, se détourna, et disparut.

Germain Lescat étira sa robuste carcasse courbatue, écarta le rideau de la cuisine, scruta le ciel. A quelques semaines de la vendange en Armagnac, c'était là un de ses derniers gestes du jour et cette fois encore, le spectacle des bancs de brume en lent transit sous un ciel sombre mais décidément bleu le rasséréna.

— Il fera beau un jour de plus, ça, oui, et vous allez finir de dîner, maintenant, lui dit Antoinette, sa servante.

Il s'assit à la longue table de bois, repère central de la vaste pièce aux murs brunis par deux ou trois siècles de fumets et de vapeurs. Le menton dans la main, les yeux mi-clos, le médecin laissa les vaticinations rituelles de sa servante bercer son regard. La femme corpulente et rougeaude, doucement vieillie à servir sous le toit des Lescat, peinait de plus en plus à se mouvoir. L'arthrose la grippait mais au moins n'avait-elle pas souffert de goutte depuis plus d'un trimestre, ce qui rendait pertinent le traitement d'herbes et de colchique imposé par son maître. Germain s'inquiéta.

— Tu as pris tes gouttes, *bielnaque*[1] ?

Elle se soignait d'assez mauvaise grâce, trichait, même, obligeant souvent Germain à lui servir lui-même ses amères potions.

— Té, je crois bien. Diou biban, avaler ça dès potron-minet et recommencer le soir, on peut sans doute trouver des tortures plus agréables. Et vous, comment va votre dos ? Vous allez encore rentrer à je ne sais trop quelle heure. A courir ainsi derrière la pauvre misère des gens malades, vous y laisserez la peau, un de ces hivers, et je ne suis pas seule à penser cela.

A cinquante-huit ans passés, Germain se refusait toujours à compter ses heures de repos. Ainsi avait-il conduit son ministère d'officier de santé depuis un bon tiers de siècle et ce n'était pas la tenace et sourde lombalgie alourdissant ses reins qui le ferait changer de rythme. Il haussa les épaules.

Antoinette versa de la soupe dans l'assiette de Germain, posa sur la table de larges tranches de pain grillé, près d'une motte de beurre. Puis elle s'assit face à son maître.

— Garde tes tartines pour les enfants, lui dit celui-ci. Je n'ai pas très faim.

Antoinette leva les yeux au ciel. Elle avait le bon sens hérité de ses parents paysans et savait bien à quel point un repas du soir négligé manquait aux travailleurs de nuit.

— Ce n'est pas d'aujourd'hui que vous chipotez sur les dîners, et même sur les déjeuners, remarqua-t-elle. A ce train, vous allez bientôt ressembler à un de ces *pingaïs* de haute lande, vous savez, ces poulets rien qu'en pattes grêles. Entre la petite et vous, je suis bien lotie, moi. A quoi bon m'étioler à cuisiner, si ça n'intéresse personne, eh ? Vous pouvez me le dire ? Té, regardez qui a senti les bonnes odeurs. En voilà un qui mangera quelque chose, oui.

1. Vilaine vieille.

Germain se tourna au moment où son fils refermait la porte de la cuisine.

— Té, Julien.

— Je dois prendre le coche de huit heures à Labastide. Tu avais oublié ?

— Oh, bien sûr ! Tu te sustentes un peu avant le voyage.

A vingt-cinq ans, Julien Lescat avait, comme sa défunte mère, une taille plutôt petite, la teinte bleu métallique des yeux et cette pâleur faisant penser, sous l'éclairage des bougies et des lampes, à un maquillage. Ainsi les hasards de l'hérédité avaient-ils différencié les fils Lescat : l'un, Charles, mat de peau, longiligne, allait le buste droit, l'autre marchait courbé, les mains croisées dans le dos, vieillissant ainsi sa silhouette. Pris le plus souvent dans des pensées bougonnantes, Julien Lescat, qui entamait une carrière d'assistant à l'Ecole de médecine de Bordeaux, ne sortait de ses sombres rêveries, le plus souvent, que pour juger, critiquer et pourfendre.

Il considérait la faculté de médecine comme une jungle où des fauves s'apprêtaient à s'entre-déchirer derrière les bons sourires de la confraternité. Il y aurait les maîtres, parvenus au sommet, indélogeables, et puis tous ceux qui ambitionnaient de les remplacer un jour et ne reculeraient devant aucun moyen pour y parvenir.

En cela Lescat trouvait son fils lucide, soupçonnait qu'il ne serait sans doute pas le dernier à gravir les degrés de cette redoutable échelle. Le garçon avait assez de moelle, une obstination qui pouvait à l'extrême tenir lieu de courage et un mépris affiché pour tous ceux qui ne mettaient pas leur compétence au service exclusif de leurs ambitions.

Germain Lescat songeait à l'étrangeté de la vie d'autrefois, tandis que Julien s'installait au bout de la table. Etrange, oui, que ses vœux aient été à ce point démentis. Charles, le bon sauvage ripailleur, épris d'espace et de liberté, devenu soldat, commandait et obéissait aux confins asiatiques de l'Empire en gestation, tandis que son cadet, l'ascète ténébreux promis aux froides rigidités hiérarchiques de la carrière militaire, s'essayait à la charité des hospices de nuit.

— Tu n'oublieras pas les doses de salicylate, pour Quitterie, lança Julien d'une voix glaciale. Mon maître Charron est formel là-dessus. Le traitement doit être long et l'immobilité quasi totale.

Quitterie Lescat, la petite dernière des trois enfants de Germain, sortait avec difficulté d'un rhumatisme scarlatin qui la laissait boitillante et la faisait encore souffrir par périodes. Julien était venu faire un court séjour en Armagnac sur la demande de son père, le temps d'examiner la hanche de sa sœur et de proposer un traitement. Germain hocha la tête, l'air pénétré.

— On fera comme tu as dit, mon cher Julien. Mais notre Quitterie n'est pas docile dès qu'il s'agit de rester allongée.

Julien balaya l'objection d'un geste. Les regards des deux hommes se croisèrent, s'affrontèrent sous l'œil bienveillant d'Antoinette. Elle avait de tout temps préféré l'enfant taciturne et raisonneur qu'était Julien à son chenapan d'aîné désordonné et turbulent. Elle rejoignait en cela les penchants secrets de la mère trop tôt disparue. Maintenant, le brillant avenir promis à Julien emplissait de fierté la servante, comme si le destin du jeune homme avait été en partie scellé par elle.

— Mange, mon petit, dit la vieille femme au jeune homme. Tu as un long voyage à faire. D'ici à Bordeaux, macareou, il faut la nuit, ou presque, et passer de la diligence au train. Quelle histoire. Dommage que tu ne puisses pas rester parmi nous, Charles risque de nous revenir au moment même où tu nous quittes !

Elle hochait la tête, navrée. Germain Lescat le premier eût aimé réunir ses trois enfants, pour la première fois depuis plus de cinq ans. Mais Julien avait à faire en ville et demeurait inflexible.

— J'ai déjà eu de la peine à arracher ces quatre jours à mon patron, expliqua-t-il. Si je ne suis pas à l'hospice demain matin, gare à mon avancement. Enfin, les rou-

13

tes sont sèches en ce moment, un vrai miracle. Si les chevaux n'ont pas la gourme, je pourrai être à Mont-de-Marsan avant minuit. Tu parles d'une aventure.

Germain reconnaissait bien là son fils, anxieux de tout, rarement satisfait et toujours prêt à la critique. Julien eut un petit ricanement. Il avait fait l'effort de venir donner son sentiment sur la maladie de sa jeune sœur. Cela devait suffire.

— Té, la haridelle, dit Antoinette. Regardez-moi ça. Au lieu de se reposer dans sa chambre comme les docteurs le lui recommandent.

Au moment où Quitterie Lescat pénétrait dans la cuisine, le visage de Germain s'illumina. Le père tendit sa joue aux lèvres de sa fille. A quelques semaines de ses dix-sept ans, Quitterie Lescat, enfant longtemps chétive, presque maladive, se transformait en une souple et longue plante aux mouvements encore gauches et il semblait que la maladie accélérait à vue d'œil cette mutation. Les traits de son visage s'affinaient sous une chevelure ondulante aux reflets roux. Un menton un peu fort, des lèvres minces sous un nez rectiligne lui donnaient cet air un peu boudeur des adolescents dont elle usait avec un évident bonheur.

— Voyons un peu ta hanche, ce soir, lui dit son père.

Elle prit appui d'une main sur l'épaule de Germain, retroussa la longue jupe plissée, exécuta quelques flexions à peu près complètes. L'extension, au contraire, se révélait vite limitée. Elle en faisait une grimace de douleur.

— Voilà, dit-elle l'air triomphant. Désormais, je peux marcher loin et monter à bicyclette.

Julien sursauta.

— Il n'en est pas question ! Un quart d'heure de promenade hors de la maison te suffira largement et pas de bicyclette avant la Toussaint, et encore.

Quitterie se renfrogna. La subite transformation de son visage amusa son père.

— Ta soupe, dit Antoinette. Il y aura du jambon,

après. Et ces tartines, té, tu vas les manger jusqu'à la dernière. Je surveille.

Quitterie jeta vers son frère aîné un regard de braise sombre, s'assit, les poings serrés sur les tempes.

— Oh té, monsieur Germain, j'oubliais, dit Antoinette. Ils sont passés à deux de chez Ugarte, en fin d'après-midi. Ces types, une allure, et sales, en plus. Enfin, ils avaient l'air inquiet pour leur sœur Yvonne, vous savez, la simple.

— Ils t'en ont dit quelque chose ?

— Une fièvre et le ventre dur comme de la caillasse. Mais ça doit être sérieux, pour que ces brutes-là se dérangent jusqu'ici.

Germain acquiesça. Les Ugarte étaient de ces sortes de prolétaires ruraux difficiles à fixer dans des emplois stables. Vendangeurs en octobre, cantonniers ou scieurs à l'occasion, quand ils ne braconnaient ou ne chapardaient pas entre basses-cours et vergers, ils vivaient sous un toit de misère et de crasse, aux limites du domaine Poidats. Germain se pencha vers son fils, un petit sourire au coin des lèvres.

— Un ventre dur, une fièvre. Tu ne veux pas venir voir ça avec moi, Julien ?

— Désolé, père. C'est non.

Germain soupira, se leva. Des mondes séparaient le père et le fils, la province enclavée d'un côté et la cité glorieuse de l'autre n'avaient en commun que quelques très vagues et lointaines origines. De même pour les médecines que l'on y pratiquait.

— Eh bien, bonne route, Julien, fit Germain, désabusé. Essaye de revenir voir ton frère Charles. Je suppose que ça lui ferait plaisir.

Germain s'étira de nouveau. Dès qu'il se mettait debout, la sensation de pesanteur dans ses reins prenait un tour brûlant, l'obligeant à rechercher une position calmante, en vain le plus souvent. Seul le décubitus le laissait en paix avec ça.

— Aï dio, murmura-t-il, de la ferme Passicos à la cagna Ugarte, ce sera encore une nuit bien remplie.

15

Des nuits, il y en avait eu des centaines de cette sorte dans la vie de Germain et le temps qui passait les lui faisait appréhender un peu plus chaque fois. Mais il y avait quelque part au fond de la campagne armagnacquaise, entre les bourgs de Saint-Justin et de Betbezer, un vieux compagnon de Crimée dont le cœur à bout de forces allait bientôt cesser de battre et pour rien au monde Germain n'eût dérogé à ses derniers devoirs d'amitié.

Il quitta la cuisine, traversa le couloir du rez-de-chaussée, vers une patère d'où il décrocha une veste de chasse, qu'il enfila. Préférant un béret au haut-de-forme habituellement réservé aux enterrements et aux mariages, il s'en coiffa, bas sur le front, avant d'ouvrir un placard mural, qu'il fouilla, à la recherche de ses médicaments personnels.

— Té, les voilà.

C'étaient deux flasques de métal gainées de cuir, bouchées au liège, l'une de laudanum, l'autre emplie d'une liqueur plus claire, d'armagnac, celle-là. Germain les empocha. Depuis qu'il ressentait les effets de sa lombalgie, il avait choisi de se traiter ainsi, à sa façon qui en valait d'autres. L'aspirine, remède allemand dont on commençait à vanter les mérites, ne lui faisait guère d'effet.

Germain jeta un rapide coup d'œil sur la canne au pommeau d'argent fichée dans un porte-parapluies. S'en servir au quotidien signifierait son entrée dans un autre âge. Germain se raidit, inspira fort. La canne, ce serait pour une autre fois.

Il sortit dans l'air embrumé que nul vent ne troublait, s'emplit d'une senteur ressemblant à l'automne. A l'équinoxe de cette année 1893, la nature gasconne semblait vouloir s'endormir dans la quiétude d'une saison exceptionnellement douce et calme. Germain songea aux rosées bienfaisantes déposées par la nuit sur les grappes de raisin et au soleil qui viendrait les dissoudre. Encore deux ou trois semaines de cette alternance et le fruit serait sucré comme jamais il ne l'avait été de tout le siècle. Tandis qu'il marchait, un peu raide, vers les communs où l'attendaient jument et attelage, Germain imaginait la couleur des grains, leur volume à la mi-octobre, et ce pari sur l'avenir de sa vendange lui mettait soudain le cœur en fête.

Depuis quelques mois, Eugène Passicos s'éteignait tout doucement. Son cœur avait commencé à lâcher au moment des législatives de mai. Depuis, chaque jour qui passait lui apportait son supplément d'essoufflement. Des poussées d'œdème du poumon le terrassaient, contre lesquelles les saignées de Germain s'avéraient de moins en moins efficaces. Et sa maison tout entière semblait décliner avec lui dans le silence, jusqu'à ses chiens de chasse, avertis par Dieu sait quel instinct, qui restaient figés devant la large cheminée, museau entre les pattes, l'œil inquiet. Cela avait déjà des airs de veillée funèbre, dans des froissements d'étoffes, des murmures étouffés, et les visages graves des femmes passaient et repassaient dans la lueur des bougies et des lampes à pétrole.

Germain sentait dans sa main la pression désespérée des doigts de son ami. Le bougre ne s'en irait pas sans lutter et ce combat lui ressemblait bien. Lorsqu'il avait quitté la troupe impériale au retour de Crimée, en même temps que Germain, Passicos avait été résinier en grande lande, avant de revenir au pays d'Armagnac comme simple métayer-vendangeur. Le reste de sa vie n'avait été que la vaine poursuite d'un rêve, posséder assez de terre et de vigne pour s'affranchir complètement des maîtres.

— J'ai aperçu la porte du paradis, Germain, mais ce putain de phylloxéra me l'a refermée sous le nez, tu le sais, n'est-ce pas ?

— Oui, Eugène, je le sais.

— Tu as su faire, toi. La guerre t'a mené plus loin que moi. Quel dommage, tout de même, que tu n'aies pas été tenté par la politique.

Germain haussa les épaules. Bien qu'ayant vécu cinq

années de sa vie sous l'uniforme, dans la famille des soldats de Napoléon III, il s'effrayait encore de devoir entrer dans un quelconque club. Les sollicitations n'avaient pourtant pas manqué. Deux décennies d'aventures militaires avaient créé entre anciens un vif esprit d'appartenance. De la Crimée au désastre de Metz, du Mexique au Piémont, des amitiés s'étaient nouées, entretenues par toutes sortes d'amicales auxquelles Germain n'adhérait pas. Il n'était pas rare pourtant que dans son exercice il rencontrât l'un de ses compagnons, rescapé de Magenta, de Gravelotte, ou revenu du Mexique tout bouffé par les fièvres ou par les vers. On bavardait. Germain s'inquiétait du versement d'une pension, promettait d'intercéder ici ou là, faisait l'écrivain public. Maintes fois il s'était engagé pour rétablir un peu de justice dans des situations d'abandon ou de misère. Il fallait interpeller la République, lui rappeler ses devoirs envers ceux qu'un autre régime avait couchés, ou estropiés. Les familles œuvraient, mais cela ne suffisait pas toujours, et le spectacle des unijambistes, des sourds ou des hommes-troncs attendant désespérément le facteur, des années durant, révoltait Germain.

Fallait-il pour obtenir cela, entre autres, se fondre dans des sociétés, occuper la bonne loge au théâtre de la vie, savoir se repérer dans les souterrains plus ou moins sinueux de la politique ? Sans doute, lui suggérait-on. Au-delà de ces actions charitables mais de portée bien modeste, il y avait à prendre les places laissées vacantes par les bonapartistes, et que les boulangistes n'avaient pas eu le temps d'occuper. Germain n'avait pu se résoudre à ces arrangements. Il était conseiller municipal, cela suffisait à son bonheur. Le reste, il le laissait à ceux qu'attiraient les grands espaces de la vie publique et les sirènes des partis. Et la palombe lui avait toujours semblé gibier plus intéressant que la députation.

Sa liberté d'esprit le mettait au-dessus des compromissions, et quand d'autres profitaient de leur position dans la cité pour se hausser en politique, Germain Lescat demeurait, par orgueil, peut-être, le commensal des plus simples de ses patients.

— Laisse ça, Eugène, murmura-t-il.

Pour conserver la propriété de ses quatre hectares de céréales, Passicos avait dû vendre le peu de vignoble qu'il possédait. Tout petit exploitant, il avait connu en réduction le drame viticole foudroyant de tant et tant de gros propriétaires gascons.

— Saloperie de parasite, va.

Il dardait sur Germain son regard exténué. A mesure que son cœur lâchait, sa respiration devenait plus bruyante, et pénible.

— Calme-toi, lui dit Germain.

— Oh, té, le calme, pour finir de crever, tu parles d'un luxe. Il me faudrait autre chose que tes décoctions d'aubépine, je crois.

— Hé bé, tu augmenteras quand même ta dose de digitale. Il faut de tout pour faire un bon traitement.

Passicos leva les yeux au ciel. Il n'y croyait plus depuis longtemps et s'enfermait comme beaucoup dans l'attente anxieuse de la fin, faisant et refaisant à l'envers le long chemin de sa vie. Germain lui parla des maïs et de la vendange, qui promettaient, mais l'autre n'écoutait guère. A bout d'idées, Germain se contenta de lui tenir la main, de la tapoter de temps en temps, comme pour un enfant. Passicos tourna vers lui son visage émacié.

— La Crimée, putain de Dieu ! Germain ! On en a vu de drôles, là-bas, tout de même. On était jeunes, eh ? La mort, on l'avait en face à chaque instant et on n'y pensait pas pour autant.

Germain Lescat hocha la tête. Pour en avoir vécu des dizaines, il connaissait bien ces veillées d'agonisants, quand les stigmates de la jeunesse, soudain avivés, se mettaient à saigner. Ces moments-là se partageaient entre confidents, comme des secrets de lycéens. La Crimée. Passicos cherchait l'assentiment de son ami, sa reconnaissance d'une intangible mémoire. Le temps

19

n'effaçait rien de l'essentiel, jamais. Germain ferma les yeux. Des flots de sa propre jeunesse l'assaillaient. Il emprisonna la main de son ami entre les siennes, la porta à son front. C'était sa façon à lui, l'athée, de prier pour les âmes en grand danger.

La Crimée était une espèce de Sud déplacé vers le Caucase, où les ondulations d'odorantes collines tombaient dans une mer couleur de Méditerranée. Comme partout ailleurs, la guerre y avait assez vite délimité deux espaces bien distincts. Celui de la vie ordinaire rythmée par les cloches des églises, le trot des mulets, les cris des femmes lavant le linge dans les fontaines, et celui des combats, au sol tourmenté par les obus, englué de trous bourbeux au creux desquels on persistait à vouloir s'étriper pour d'obscures raisons connues des seuls stratèges.

En octobre 1854, il y avait eu le centième assaut contre la place forte de Sébastopol et comme par habitude, on était allé chercher les morts dès la trêve. C'était là une gymnastique bien ordinaire, rodée par les compagnies de dégagement aidées de quelques hommes du Génie. Les artilleurs russes avaient une fois de plus bien fait leur travail, et la chair rougie ne manquait pas dans les fossés, ni sous les redoutes laissées à l'adversaire.

Le chirurgien-chef s'appelait Maurrin. Un grand Basque d'une quarantaine d'années, piqué de mille taches rousses au visage et aux bras, qui taillait dans la chair comme un équarrisseur de Vaugirard, avec jubilation et une dextérité de pianiste. Les patients ne manquaient pas sous les murs de Sébastopol. Une bonne centaine d'hommes étaient opérés certains jours, au flanc nord de la citadelle.

Germain Lescat avait aidé les médecins sans relâche. Au cours du siège, sa charge de simple porte-malade s'était modifiée. Ses aptitudes à soigner s'étaient révélées, plus particulièrement les traumatismes fermés, entorses, luxations des articulations. Y compris les amputations de cuisses ou de jambes pour lesquelles il se montrait capable, ayant saisi le scalpel du chirurgien, de terminer l'opération, sans hésiter. Maurrin l'avait observé manier un jour la scie sur un officier russe ramené vers les lignes françaises. La cuisse était déchirée, en lambeaux autour du fémur. Germain Lescat avait demandé que l'on tînt fermement cette viande à l'abandon, et, après avoir offert au Russe une large rasade d'eau-de-vie, ordonné qu'on immobilisât ses bras et son torse. Puis Maurrin avait saisi la fiole de tord-boyaux et avait arrosé d'alcool les doigts de Germain.

— Lave tes mains comme au ruisseau avant d'opérer, Gascon ! Et chaque fois, s'il te plaît.

Des types râlaient, pleuraient, allongés par dizaines à même la terre, ou, au mieux, dans le foin de l'écurie. Sous eux, les rigoles de leur sang dévalaient la pente ordinaire de la pisse des chevaux et dans ce cloaque, quelqu'un donnait cet ordre absurde, se laver les mains à la gnôle. Maurrin avait eu l'air satisfait.

— Semmelweis, fiston, souviens-toi de lui toute ta vie !

Il n'avait que ce nom à la bouche, Semmelweis, le nom d'un médecin hongrois, réputé parfait original depuis qu'il avait prétendu que les infections se transmettaient par les doigts des soignants. Maurrin avait lu ses travaux lors d'une épidémie d'anthrax, en Algérie. De l'alcool sur les mains, pour prévenir l'infection, et quoi encore ! Semmelweis avait été la risée de ses pairs. Écarté des cénacles scientifiques, il était mort dans l'oubli.

La scie avait émis sa sourde vibration. Germain avait trouvé cela à peine plus difficile que la tuaille du cochon. Le Russe s'était enfin mis à bramer, mêlant sa plainte au bruit régulier de l'outil. Il avait fallu moins d'une minute pour qu'il fût débarrassé de son membre, lequel avait chu comme une branche morte dans le drap tenu par un aide nommé Passicos.

Germain avait bien appris ses leçons de chirurgie. Des passages entiers de gros livres dévorés au long de

21

très lointaines errances à travers la Gascogne avaient imprégné sa mémoire, des dessins, aussi : section de l'os, parage, rassemblement des éléments du moignon, couture. La chair s'offrait à ses gestes, bien vivante. La lame, ne pas oublier la lame de drainage ! Une lame, s'était étonné Maurrin, et pour quoi faire ?

— Pour l'écoulement des purulences.

— Eh bien, l'homme ! Tu nous inventerais des méthodes ? Nom de Dieu ! On dirait que tu as fait ça toute ta courte existence !

Maurrin avait eu l'air sincèrement impressionné, examinant le moignon rassemblé comme une belle et grosse saucisse. Déjà, de l'ouvrage attendait sur une autre table. Germain avait été nommé assistant sur le champ de bataille. C'était dit, on ne se quitterait plus. Ainsi naissaient les amitiés de guerre, bien au-delà des grades, des différences d'âge ou d'origine. Maurrin était fils de bourgeois bayonnais. Il avait étudié à l'Ecole de médecine de Bordeaux, bourlingué en Algérie, suivi des explorateurs jusqu'aux confins de l'Afrique nègre. Il avait faim depuis toujours de la chose chirurgicale. Pressentant chez Napoléon III de puissantes velléités militaires, il était resté sous l'uniforme. Quel chirurgien civil aurait pu se colleter à de tels monceaux de barbaque vive ?

Germain, lui, n'avait pas vingt ans, et découvrait l'envers de la guerre, loin des paisibles villes de garnison. A Sébastopol, les casques prenaient la boue, les bottes cirées le matin s'envolaient avec des jambes dedans, jusque dans les arbres. Sans cesse, des porteurs ramenaient de la citadelle assiégée les contingents de blessés promis au premier tri. On soignerait d'abord les grands enfoncements du thorax et du crâne, les mutilations et perforations de poumon ou d'abdomen. Le reste pouvait attendre.

Maurrin régnait sur sa petite équipe. Les panseurs s'occupaient des blessés légers. Les autres, promis aux mains du chirurgien-chef, défilaient à peine dévêtus sur

22

la table d'opération. C'était la loterie. Beaucoup mouraient vite. Un, ou deux, certains jours, s'en sortaient.

Près de ce maître assez occupé pour déléguer à ses subalternes, Germain avait montré son habileté à suivre les trajets de balles à la canule de métal. Où le plomb avait taillé sa route, une tige d'acier pouvait bien s'enfoncer. Le jeune homme n'était pas manchot non plus à la pince. Lorsqu'il en avait le temps, Maurrin le regardait faire, semblait apprendre, parfois, de cet assistant hors du commun. S'inquiétait. Ce petit bougre si habile de ses doigts dormait-il quelquefois ?

Germain était disponible, de jour comme de nuit. Sa petite enfance paysanne avait été celle d'un perpétuel migrant. Sa couche avait été plus souvent le bord des fossés et la terre humide des bergeries. Il pouvait sommeiller quelques quarts d'heure, n'importe quand et n'importe où, au fond d'une charrette, à même le sol et jusque sur les cailloux. Son étonnante endurance le distinguait de ses compagnons. Dans l'écurie-hôpital, il avait même eu le temps d'organiser les entrées et sorties de blessés, jugeant les priorités, donnant des ordres, soulageant Maurrin et ses pairs d'une partie de ces tracasseries.

— Où donc as-tu appris ? lui avait demandé son maître. Parle sans crainte.

Germain avait confié, du bout des lèvres, qu'il avait été forain.

— Alors, je comprends. On arrache les dents sur des places de village, on touche les verrues, les zonas, on trépane à l'occasion. La nuit, on fabrique des élixirs contre les tranchées ou les ascaris, que l'on vend à la sauvette avant de disparaître. Ha ! Le joli médecin que nous avons touché là ! De quelle faculté, déjà ? Champs pourris ? C'est ça ! Mon cher collègue, ravi de faire un bout de chemin en votre compagnie !

Sans bien comprendre à quoi il s'engageait, Germain s'était laissé recruter par l'armée entre deux verres de vin, sur une place de village : direction Toulouse pour

23

une rapide instruction, puis, comme l'orage vient à la fin d'une courte sieste, pour le bourbier de Sébastopol.

— Mais l'eau-de-vie ? avait-il demandé à Maurrin, coupant net ce retour sur un passé peu glorieux. Pourquoi sur les mains et à même les plaies vives ?

Germain oublierait-il un jour les beuglées des hommes subissant la brûlante aspersion à l'alcool pur. Ne souffraient-ils pas suffisamment ?

— Semmelweis, te dis-je, et je ne te le répéterai jamais assez ! avait répondu le chirurgien. Toi qui viens du fin fond de l'Armagnac, tu pourras toujours te servir de ta liqueur divine pour combattre les purulences et les sanies.

Près de quarante ans plus tard, dans une semblable nuit d'automne, au fond d'une ferme d'Armagnac, Germain Lescat entendait à nouveau, venu du fond de sa mémoire, le rire du médecin-commandant Maurrin, comme une sonnaille dans un matin calme, rien qu'à ausculter Passicos dans la clarté des bougies. Il avait cru tout d'abord que son malade avait trépassé. Mais l'homme était simplement endormi. Germain se leva. Il redoutait de perdre un de ses très rares amis, le seul auquel il avait pu confier un jour ou l'autre des bribes de son existence. Pourquoi celui-là ? A cause de leur guerre de Crimée, sans doute, du besoin de fraternité, aussi, qui choisit pour se nourrir l'inconnu de passage comme le compagnon d'enfance.

— Vous allez bien manger avec nous, Germain ?

Emilie Passicos se tenait près de la porte. Elle avait lavé du linge et s'essuyait les mains sur son tablier. La proposition de la fermière était alléchante, mais de la ferme Passicos à la masure des Ugarte, il y avait bien une heure de route, par temps calme. Germain se leva, s'excusa.

— Merci, ma bonne Emilie. Ce sera pour une autre fois, moins triste, j'espère. Prévenez-moi, quoi qu'il se passe.

Il embrassa la femme sans âge qui s'abandonnait un

24

court instant contre lui. Les mots étaient inutiles et Germain se sentait las, soudain, les reins pleins de leur pesanteur douloureuse. Chemin faisant vers son coupé, il maugréait.

— Foutue carcasse de vieux. Tu vas me laisser en paix, oui, saloperie ?

La jument le salua d'un signe de tête. Avant de grimper sur l'attelage dans le halo d'une lampe tenue par une fille de la ferme, Germain déboucha le flacon de laudanum, avala une gorgée du liquide douceâtre. Il lui faudrait attendre une trentaine de minutes et compter quelques cahots, avant de sentir la paix revenir dans ses lombes. Dans la vie d'un médecin de campagne, il y avait des moments où le temps tardait à passer.

2

La nuit était douce, vaguement éclairée de temps à autre par un quartier de lune paraissant entre des brumes d'altitude. Germain Lescat somnolait, bercé par le pas régulier de sa jument. Lorsqu'il avait longé à peu de distance sa parcelle de vignes de Lagrange, il avait eu envie de faire le détour, histoire de humer simplement le parfum de sa terre dans la pénombre. Là, accrochés à une pente exposée plein ouest, des ceps de folle blanche se chargeaient nuit après nuit de leur trésor doré. De ce cépage médiocre, indigne d'une quelconque table, naîtrait pourtant en plein hiver l'eau-de-vie d'Armagnac, ce miracle.

La fatigue d'une journée sans le moindre repos avait pris le dessus, forçant Germain à passer son chemin. Et puis, l'ombre amicale et tenace de Passicos accompagnait l'attelage, poussant une plainte monotone, un râle d'agonie dont Germain brûlait de se défaire dans son demi-sommeil.

Les collines du bas Armagnac ondulaient sous la lune, aux détours du chemin de terre menant au domaine Poidats. C'était dans un vallon, entre des bois de hêtres et de châtaigniers, que se dressait, au bout d'une sente herbeuse ravinée par les roues de charrettes, la maison des Ugarte. De quoi réveiller Germain, qui grogna.

— Dia, Figue, du calme, tu veux !

L'airial de la ferme avait heureusement été desséché par le grand soleil de l'automne. Par des temps moins cléments, l'endroit devenait en quelques heures un large cloaque, bonheur pour les canards et les porcs, cauchemar pour les visiteurs. Germain mit pied à terre, marcha vers la porte basse ouvrant sur la pièce commune. Là, dans la lueur jaunâtre d'un duo de bougies, des gens dînaient d'une soupe autour d'une table rectangulaire. Des hommes, coudes écartés, visages baissés sous les bérets.

— Messieurs, dit Germain.

Les têtes se levèrent pour un bref salut. Bien qu'il n'eût été appelé que par exception dans cette ferme, Germain reconnut quelques trognes. C'étaient des ouvriers agricoles, saisonniers employés dans les fermes des environs et regroupés sous le toit Ugarte dans une sorte de syndicat informel. Deux convives se levèrent, Ugarte père, et son fils Philippe, tandis que des femmes traversaient la pièce, à la rencontre de l'arrivant.

— C'est Yvonne, elle est très mal, dit Léone Ugarte à voix basse.

Ni remerciement ni souhait de bienvenue. L'hôtesse était petite et tout en rondeurs. Son regard ordinairement dur trahissait angoisse et désarroi. Germain la suivit à l'arrière de la pièce commune, dans un étroit couloir donnant sur des chambres en vis-à-vis. Il flottait là un remugle de marigot curé du jour, une senteur entêtante de lisier. S'étant approché du lit aux planches mal jointes, il souleva la couette, découvrit la malade.

Il ferma les yeux, cessa de respirer quelques secondes. Ce n'était pas tant la puanteur s'échappant du ventre d'Yvonne Ugarte dans d'innommables sanies qui le bouleversait que la certitude d'assister, impuissant, à la rapide agonie de la jeune fille. La vie quittait ce corps dans la souffrance des martyrs, agitait de soubresauts la chair déjà pourrissante, donnait aux lèvres d'Yvonne le rictus des suppliciés. Et l'air frais d'automne qu'on

27

laissait entrer dans la chambre venait se briser, aussitôt vicié, contre le mur invisible de la mort.

Yvonne Ugarte. Une simple, mise au monde quinze années plus tôt, dans la même pièce obscure que n'avait jamais orné le moindre crucifix ou bénitier. Sales gens, disait-on de cette famille de vendangeurs en bas Armagnac ; parce que secrets, querelleurs de tavernes, plus souvent occupés à la consommation des alcools qu'à la récolte des grains, et ne possédant rien ou presque : quelques volailles, une moitié d'hectare de céréales et cette bicoque en bordure de bois, près de laquelle des chiens efflanqués veillaient, grondant en permanence.

Lescat songea à l'histoire d'Yvonne, ou plutôt à l'espèce de néant qui en tenait lieu. A garder les troupeaux des autres des mois durant, ou à remplir des paniers de raisins de l'aube au crépuscule, la jeune fille dont le sort avait dès sa naissance laissé la cervelle en jachère n'avait guère eu l'opportunité de se meubler l'esprit. Contempler le ciel gascon, sentir sous ses pieds la terre sableuse du vignoble, manger ce que l'on déposait dans son assiette matin, midi et soir semblaient avoir suffi. Et s'il se disait d'elle qu'au fond de son âme gîtait une lueur qui ressemblait à de la sainteté, il n'y avait là sans doute qu'une sorte de justice rendue à sa très fruste personnalité.

« Seulement voilà, pensa Germain, elle avorte. »

Car il s'agissait bien de cela, et d'une méchante péritonite sous l'effet de laquelle le ventre d'Yvonne prenait des reliefs et une consistance de planche mal rabotée. Germain palpait cette paroi de muscles durcis d'un geste machinal, comme si la chaleur de sa main avait encore le moindre pouvoir sur une telle contracture.

— Ce n'est pas humain, de souffrir pareillement, dit Léone Ugarte.

Penchée sur sa fille, elle scrutait son visage méconnaissable. Des rides s'étaient creusées en quelques heures sur le front, les joues et autour de la bouche de la malade. La peau d'abord écarlate y prenait au fil des minutes des reflets de vieux parchemin. Germain donna un ordre.

— Soulevez sa tête, je vous prie.

Il introduisit le col de son flacon de laudanum entre les lèvres desséchées d'Yvonne, laissa couler quelques petites gorgées de liquide dont l'essentiel reflua bien vite et se répandit sur l'oreiller. Germain soupira, reboucha le flacon, reprit de la main son geste d'apaisement, qui ressemblait à une caresse. Quelle matrone devenue faiseuse d'anges avait bien pu enfoncer dans ce ventre à peine pubère le métal ou le bout de bois méché qui l'avait percé de l'intérieur ? Par quel discours l'esprit sommaire d'Yvonne s'était-il laissé convaincre qu'il fallait ainsi s'abandonner à pareil curetage ? Lescat savait bien avec quoi se pratiquaient à l'occasion ces évacuations sommaires de la vie et quel prix en payaient généralement celles qui en faisaient le choix. Comme un écho de sa propre pensée, il y eut les mots de Léone.

— Et c'est quoi, dites, ces saloperies qu'elle se sort du dedans, maintenant ? Ça pue, diou biban, pire qu'un âne crevé.

Léone Ugarte était rougeaude et courte sur jambes, mafflue, et soufflait au moindre effort. Ses gestes, comme ses phrases jetées dans leur accent de rocaille, témoignaient des dures besognes de la vigne et de la terre, du temps passé à s'échiner entre ceps et lessives. Germain haussa les épaules. Il savait bien de quoi il s'agissait, choisit cependant d'éluder. Parla d'une de ces coliques cataclysmiques par quoi les cholériques et autres dysentériques finissaient de se vider. Mais la vendangeuse n'avait pas l'air vraiment convaincue.

— Des couillonnades ! Macareou, on voit bien d'où ça vient. Té, c'est la matrice, ou quelque chose du voisinage. Et alors ! Où elle aurait attrapé ça, dites ? C'est vous le docteur, ou bien l'autre, celui qui s'est mis à Labastide ?

Germain se redressa, affronta le regard charbonneux de son hôtesse. L'autre, c'était un blanc-bec tout juste éclos de sa faculté bordelaise. A peine installé, le jeune docteur Hourcques ne se privait pas de faire savoir un peu partout qu'il était temps d'instaurer en Armagnac comme ailleurs la rigueur scientifique des maîtres-médecins, à la place de l'empirisme des officiers de santé et autres médicastres comme Germain Lescat.

S'il avait eu trente ans de moins, Lescat se fût sans doute défendu, ordonnant que l'on fît venir le confrère, histoire de comparer les sciences. Mais aux abords de la soixantaine, il n'avait plus guère de ces élans. Fatigué, il laissait à d'autres le soin de défendre une pratique de plus en plus ouvertement contestée. Il se leva, revêtit sa redingote à gestes lents.

— Quoi qu'il en soit, votre pauvre fille est en train de mourir, et nulle médecine ne pourra la soulager de sa souffrance. Il y a de la gangrène sous son ventre, tenez, on la voit, même.

Il tendit la main vers les taches lilas qui couvraient peu à peu la peau d'Yvonne. S'étant détourné, il découvrit, dans un coin de la pièce, la silhouette de Philippe Ugarte, l'aîné des fils, seul homme à être entré dans la chambre. Puis il se tourna à nouveau vers la paysanne.

— Je suis désolé, madame Ugarte, sincèrement.

Le fils s'était avancé. Ses cheveux presque blonds coupés court, en brosse militaire, ses yeux petits et rapprochés où se lisaient inquiétudes, envies insatisfaites et qui jamais ne regardaient en face lui donnaient des allures de rongeur sur le qui-vive ou de sentinelle prête à fuir. L'espace d'une seconde, Germain se demanda comment ses propres fils avaient pu, dans leur jeunesse, côtoyer ce bougre d'une fête à l'autre et le traiter en pair. Ugarte eut un coup de menton vers sa sœur.

— Et si c'était une espèce de meurtre, ça ?

Lescat écarta les bras. Bien qu'il fût accoutumé depuis des lustres aux pires odeurs, le remugle qui émanait d'Yvonne lui chavirait le cœur. Il avait hâte de quitter l'endroit.

— Eh bé, Ugarte aîné, si tu crois une chose pareille. La station assise auprès de la mourante, l'inspection prolongée qu'il avait faite du corps de la jeune fille avaient apaisé ou simplement masqué la lombalgie qui s'exacerbait aussitôt que Germain se relevait. Le médecin s'étira avec une lenteur de chasseur fourbu, jura entre ses dents, ne put réprimer une grimace. Philippe Ugarte s'était planté devant lui, soutenant un bref moment son regard avant de le fuir, comme à son habitude.

— Et maintenant, qu'est-ce qu'on doit faire ?

Les soins étaient dérisoires, l'espoir, nul. Il fallait veiller une agonie, écouter les terreurs d'Yvonne, ses bramées déchirant le silence, et l'aider à mourir vite. Curieusement, la colère semblait dominer le chagrin, tant chez la mère que chez le fils. La maison perdait une servante familière et silencieuse, que l'on se dispensait de payer et qui ne demandait d'ailleurs rien, ou presque. Des bêtes à garder, des grappes à couper et sa part des travaux ménagers semblaient suffire à son fruste bonheur. Lescat se coiffa de son béret. Les Ugarte contemplaient la mourante avec l'air de faire un bilan. Les pleurs, les détresses seraient peut-être pour le cimetière. Là, devant l'irrémédiable, les cœurs saigneraient un peu mais rien n'était moins sûr. Lescat posa la main sur l'épaule du fils Ugarte, sentit la dérobade, murmura :

— Je ne souhaite à personne, ami ou ennemi, de connaître ce que ta pauvre sœur endure à cette heure.

— Boh, té.

Yvonne rapportait parfois un salaire pour quelques heures de ménage dans les domaines des environs. Un pécule de misère, un peu augmenté à la saison des vendanges. Quant à Bertille, la sœur aînée, cela faisait bien cinq ans qu'elle avait fui la maison et trouvé à Eauze mari et place en cuisine, chez des bourgeois.

— Elle nous regarde, dit la mère.

Germain se pencha à nouveau. Yvonne avait ouvert les yeux. Du fond de sa douloureuse désespérance naissait une expression d'intelligence, intense, que Lescat ne lui avait jamais connue. C'était comme si la jeune fille, d'ordinaire incapable d'enchaîner deux idées cohérentes et les phrases qui allaient avec, mettait en ordre son esprit et l'élevait, subitement.

Germain sentit les doigts d'Yvonne serrer son bras, à en percer l'épaisse chemise de toile qu'il portait cette nuit-là. La poitrine déjà opulente de la mourante pendait, flasque, de part et d'autre du thorax, se soulevait au rythme d'un souffle soudain emballé. Le médecin tendit l'oreille, contre laquelle les lèvres d'Yvonne posèrent une espèce de baiser, violent, bouillant de fièvre.

— Qu'est-ce que tu dis ?

Lescat percevait des bribes de mots, qu'il comprenait mal. Il s'écarta un peu.

— Quoi, Mauvezin ?

Yvonne hoquetait, hochait la tête. Une bile pareille au vomito negro décrit par les médecins coloniaux au stade final des fièvres jaunes sortait de sa bouche.

— … arquès… auvezin… lou arqui…

Germain sentit faiblir la pression sur son bras. Il était temps pour Yvonne Ugarte de passer. Chaque seconde écoulée ajoutait bien inutilement à sa terreur. Germain soutint la jeune fille tandis qu'elle retombait doucement sur l'oreiller, essuya ses lèvres souillées. C'était en vérité une noyade qui emportait la *pegot*, comme l'océan, et l'apaisait enfin. Léone Ugarte s'inquiéta, à sa façon.

— Ça va durer encore combien de temps, cette horreur ?

Germain la rassura. Tout serait fini avant le matin. Le médecin pensait à la souillure, à celle que la fille avait subie quelques semaines auparavant. Un policier se fût enquis des fréquentations d'Yvonne, des visiteurs de la maison, des secrets enfouis au fin fond des familles. Une bergère, vendangeuse… Les bois étaient assez nombreux, avec leurs chemins sous les arbres, pour abriter quelques galipettes d'adolescents en Armagnac landais et celle-ci, entre autres, qui finissait mal. Germain fut soulagé de voir enfin des larmes couler des yeux jusque-là desséchés de Léone Ugarte. La mort était sous ce toit comme la vie, un passage somme toute pas très agréable. On se battait depuis toujours contre le climat, l'ennui, la pauvreté, l'injustice de la naissance, la société tout entière, en fin de compte. Et généralement, on perdait. Question d'habitude.

Lorsqu'il regarda Yvonne Ugarte pour la dernière fois, Germain ne put s'empêcher de penser à sa propre fille. Quitterie allait fêter ses dix-sept ans. C'était ailleurs, dans un autre monde, si proche, pourtant, visible à l'œil nu des collines dominant la bicoque Ugarte.

— A l'Oustau.

— Que dites-vous ? lui demanda la mère.

Il avait murmuré. Eut un geste de la main, las.

— Rien.

Chez d'autres, il serait resté à attendre la fin. On aurait mangé, bu un verre de vin, parlé un peu de tout. Mais cette nuit ne ressemblait guère aux autres. Il s'y accumulait souffrance et deuil, assez pour que l'on eût envie de l'abréger. Germain saisit sa sacoche, dont il referma la serrure ronde, argentée.

— Il faudra que je signe le certificat, dit-il.

Un vieux médecin lui avait un jour conseillé de laisser le plus souvent possible les secrets de famille en l'état. Les morts n'étant plus là pour les partager, il valait souvent mieux confier aux vivants la compagnie de leur propre conscience. Germain se décida à quitter la chambre, suivit Philippe Ugarte dans le couloir étroit menant à la pièce commune. Là, le quarteron de parents et voisins en avait terminé avec sa collation et fumait la pipe en silence. Germain les salua, recueillit quelques grognements, longea leur alignement de statues. Il avait chaud, sentait ses vêtements imprégnés de l'odeur d'Yvonne. L'air de la nuit lui ferait du bien.

Le fils Ugarte et lui sortirent dans l'obscurité. Des brumes légères montaient du sol, étouffant le bruit de leurs pas et leurs voix. Lorsqu'ils furent parvenus à l'endroit où la boue sableuse d'un chemin prolongeait celle, bien grasse, de la cour, le garçon lui prit le bras.

— Il faudra qu'on vous paie.

Il y avait du défi dans sa voix et un sous-entendu évident que Germain comprenait et admettait, même. Que coûtaient la constatation d'un désastre et l'impuissance totale à le réduire ? Le médecin haussa les épaules. A part quelques gouttes de laudanum, il n'avait eu le temps d'administrer aucun remède.

— Laisse, dit-il, je n'ai pas pour habitude de me payer sur la mort. Mais dis-moi, Ugarte ?

Il s'était immobilisé, cherchait le regard du garçon qui déjà esquivait. Il poursuivit :

— Ça ne lui est pas venu comme ça, à ta sœur, cette infection. Elle avait dû dire quelque chose, tout de même. Hé ? Elle a saigné, elle a eu mal au ventre, avant de commencer sa fièvre. A toi, je sais qu'elle parlait.

Il eut un geste du menton vers la ferme.

— Ça, c'est depuis cette nuit, la gangrène et le reste, mais avant, eh ! avant ?

Sa voix s'était gonflée d'une colère sourde. Ugarte gardait la tête basse, semblait vouloir dire des choses qu'il retenait avec peine. L'espace d'un instant, Germain se demanda s'il n'y avait pas là-dessous une de ces histoires d'inceste comme il en avait déjà connu quelques-unes. Bambocheur sans grande conscience, l'Urgarte aîné en eût été bien capable. Germain vint à sa rescousse.

— Vous avez dû penser qu'Yvonne souffrait de ses menstrues, un peu plus qu'à l'ordinaire. Pas de quoi tirer sur la cloche d'incendie, de toute façon, ni consentir à la dépense d'une consultation. On pouvait attendre, même si la petite commençait déjà à se vider. J'ai raison ?

L'autre s'était mis à se dandiner. Germain se pencha vers lui. Pour un peu, il lui eût remonté le menton, comme à un gosse refusant d'avouer une bêtise. Sans doute touchait-il juste. On avait dû demander conseil à une de ces matrones-accoucheuses plus aptes à délivrer des potions qu'à prévenir ou parer les fausses couches. Cela faisait bien une trentaine d'années que Germain se battait contre ces tueuses charitables qui se partageaient avec les religieuses à jouvences une bonne part de la pharmacopée paysanne de Gascogne. Le médecin soupira.

— Hé bé, couillon, si c'est ça, vous le payez cher, aujourd'hui.

Ugarte se mordait les lèvres. Allait-il enfin se délivrer de ce qui le tourmentait au point de se faire saigner ? Germain tourna les talons, rejoignit son attelage sur lequel il se hissa avec peine. Lors de certains mouvements, la douleur lombaire traçait un sillon de feu vers le haut, jusqu'au milieu de ses épaules.

« C'est un viscère, qui souffre quelque part en dessous, pensa-t-il, peut-être un rein. Et quoi d'autre, sinon ? De l'os, une méchante arthrose, quelque part entre lombaires et sacrum ? »

L'agonie d'Yvonne, le secret entourant sa fin pitoyable, l'hostilité de la tribu, ordinaire mais si pesante, devenaient secondaires, tout à coup. Germain se concentrait sur la braise irradiant son dos. Il lui tardait de pouvoir laisser aller son cheval et de s'allonger à demi sur la banquette. Ugarte ne réagissait pas. Lescat l'envoya mentalement au diable, palpa la poche intérieure de sa veste et, satisfait de sentir sous ses doigts le contact de la flasque d'armagnac, mit le cheval au pas sur le chemin de sable.

La lune promenait maintenant son quartier quelque part sous l'horizon. La nuit tenait toutes choses au secret de sa noirceur épaisse. Germain avait dû mettre la jument au trot, pour sentir l'air frais, nécessaire, balayer les miasmes de la ferme Ugarte. Malgré cela, des odeurs veules imprégnaient jusqu'à la doublure de sa redingote. Il arrêta l'attelage en plein chemin, se cala contre le coin de la banquette, là où le dossier offrait le meilleur rembourrage. Après plus de vingt-cinq ans d'exercice, il connaissait au centimètre carré près les ressources de sa seconde maison, un coupé tiré par la jument Figue, docile et vieillissante compagne. Une

35

fois installé, le médecin prit dans sa poche le flacon de liqueur, le fit tourner un instant dans le noir, l'ouvrit. A peine en avait-il ôté le minuscule bouchon de liège qu'une fragrance de violette se répandit dans l'attelage, où elle persista comme dans une chambre close. Germain promena le col odorant sous ses narines, ferma les yeux à demi.

— La blanche, ça ira pour cette nuit, maugréa-t-il.

Il grimaça. Sa fille lui avait un jour posé une question, quand, dépliant sa veste pour la suspendre, elle en avait laissé choir le petit flacon de cuir. Buvait-il vraiment tout cet alcool ? Ces dizaines de bouteilles emplies de leurs liquides aux couleurs si variées ? Bien sûr que non ! avait-il répondu. « Je le hume, mon petit. Je le respire, parce qu'à l'intérieur, il y a tant et tant de senteurs différentes, de parfums, que même le nez le plus averti, ou le plus doué par la nature, serait forcé d'en oublier. Et puis rassure-toi. S'il arrive que je doive le goûter, ce trésor, je le garde dans la bouche assez longtemps, avant de le cracher, et d'en avaler une petite partie seulement. »

Le nez de l'aygue ardente [1]. Sa bouche. Jamais identiques d'une année, d'un fût, d'un flacon, même, à un autre. Avec l'armagnac, l'aléatoire touchait à la magie et les rigueurs des saisons les plus hostiles disparaissaient à la simple ouverture d'une bouteille ou d'un échantillon. Alors, il n'était pas rare que l'on croisât le docteur Lescat, ainsi arrêté quelle que fût l'heure sur un chemin de campagne, respirant les yeux clos l'une de ses créations, procédant exactement comme pour un parfum, approchant et éloignant son nez du goulot, cherchant au bout de ses doigts et sur le dos de sa main la rémanence d'une onction. C'était, pour l'un des meilleurs producteurs du bas Armagnac, un jeu exquis et délicat : distinguer entre elles les composantes de la liqueur, identifier les dominances du moment, deviner

1. Eau-de-vie d'Armagnac.

celles qui s'épanouiraient dans un mois ou dans dix ans, de la pomme vanillée des eaux jeunes au rancio des très nobles doyennes, de l'anis vert marquant la blanche à peine issue de l'alambic au tabac patinant la bouche des nectars vieillis dans le chêne.

Germain soupira. Le petit jeu des suppositions et des espérances serait pour une autre fois. L'urgence était cette nuit-là de sentir la douleur se détacher de son corps et flotter à distance dans les vapeurs de l'alcool. Maintenant que l'effet du laudanum se dissipait, il fallait un autre mode d'anesthésie, et humer simplement l'eau-de-vie ne suffisait pas. Germain colla le goulot contre son nez, inspira plusieurs fois comme s'il se fût agi d'une fumigation, sentit la violence de l'aygue au contact de ses muqueuses. Il fallait discipliner cette flamme tout en la laissant se répandre le plus loin possible vers le cerveau. Et boire, cul-sec. Tandis qu'il se laissait envahir par l'armagnac et qu'immobile il sentait sa tête s'emplir de l'éther bienfaisant, Germain se remémorait des bribes de phrases entendues récemment. On lui avait rapporté des propos de son confrère Hourcques, le jeune de Bordeaux nouvellement installé à Labastide. Ses opinions ne le flattaient pas trop. L'armagnac contre la fièvre puerpérale ! Ah ! la belle médecine que l'on pratiquait, au fond des Landes !

Entre deux gorgées d'aygue, Germain maugréa.

— Ça sort à peine de son œuf bordelais, et ça te donne déjà des leçons. *Conio.* Et tu te visses le cul dans ton fauteuil à deux kilomètres de chez moi, comme s'il n'y avait pas assez de place dans ce pays.

Lasse d'attendre un ordre, la jument Figue avait repris sa route, au pas de promenade. Germain avait trouvé la bonne position pour moins souffrir ; jeté sur le côté, en travers de la banquette, la tempe sur l'accoudoir. Par moments, il regrettait de n'avoir pas voulu parler à Julien de ce symptôme tenace. Mais Julien était de la race de ce Hourcques, de ces petits universitaires élevés à l'hôpital dans un sérail de plus en plus hermétique et protégé. On en faisait des donneurs d'ordres pour bonnes sœurs videuses de crachoirs et de haricots et tout ça débordait de science et d'insolence.

Germain inclina la flasque, but deux gorgées de plus, sentit la chaleur violente de l'aygue se répandre dans sa poitrine, puis dans son ventre. L'eau-de-vie était de l'année précédente, un mélange expérimental de cépages titrant encore près de cinquante-cinq degrés et que le bois n'avait pas même commencé à arrondir.

Des arômes d'extrême jeunesse, de prune et de figue fraîche, remontaient, fugaces mais nets, vers le nez de Germain. La liqueur de 1892 ressemblait à sa divine devancière de 78, avec un peu moins de finesse mais de l'avenir, sans aucun doute. Germain ferma les yeux. La nuit l'enveloppait dans son silence, complice de l'état stuporeux dans lequel il s'enfonçait sans déplaisir.

Germain s'assoupit et Figue, qui avait décidé de se restaurer, mâchait doucement les herbes sèches du fossé. A une lieue et demie de Labastide, il se trouvait près du point où la route de Cazaubon changeait de département et entrait dans le Gers, pour une escapade d'à peine deux kilomètres, avant de réintégrer sagement les Landes. Curieux découpage qui offrait aux uns, les Landais, le bonheur d'être représentés à Paris par un député républicain, et aux autres, leurs cousins, leurs frères, même, de l'être sur cette portion de chemin sableux par un de ces bonapartistes survivants de tous les désastres.

Germain s'était longtemps battu, et en vain, pour un vrai département qui eût englobé le bas vignoble landais, la Ténarèze condomoise et se fût prolongé jusqu'à Auch, au-delà des collines gasconnes de Fleurance et Miradoux. On lui aurait donné son nom, l'un des plus beaux de France : Armagnac. Germain se contentait donc de la contemplation de son pays partagé, fait de douces collines et de bois si sombres que cet Armagnac-là était dit noir ; rien à voir avec les vertes ondulations gersoises dont les alignements pleins de grâce et d'harmonie commençaient à l'est, à moins de trois lieues. Ici, l'horizon, austère, rompant doucement avec les immensités de la forêt landaise, était fait de courbes molles en grande partie dissimulées sous les arbres, qui lui donnaient du mystère à défaut de charme. Une contrée intermédiaire, une marche, pensait Germain, avec dans ses pierres les traces d'une sanglante histoire et la fierté de sa richesse foncière.

La richesse en avait pris un coup. Dans les années 1870 était venu de Dieu savait où le châtiment de Dieu savait quelle faute : le phylloxéra, la bestiole desséchante attaquant la feuille et la racine, creusant sous les ceps ces tunnels que seul, par un vrai miracle, le sable fauve des Landes semblait jusque-là capable d'arrêter en partie. En moins d'une décennie, le fléau avait transformé le vignoble du Gers en une pauvre étoffe bouffée de toutes parts, ravaudée de-ci de-là par du porte-greffe américain, assemblage à demi stérile couvrant ce qui était encore, à l'avènement de la république, le plus vaste vignoble de toute la France.

Germain se sentait découragé, vaguement nauséeux. Sa nuit avait été rude. La mort y avait tracé des cercles de plus en plus serrés autour de lui. Que faire ? Une fatigue assez profonde pour engloutir la douleur même submergeait le médecin. Germain pensa qu'à cinquante-huit ans, le moment était peut-être venu de dételer un peu, ne fût-ce que pour dormir à ces petites heures au lieu de revenir de champs lointains où se perdaient tant de batailles et de trouver déjà, devant sa porte, les premiers consultants.

Le jour se leva, paresseux, sur des brumes légères estompant les contours des bois. Comme souvent au milieu de l'automne, l'humidité de la nuit libérait de la terre de puissantes exhalaisons. Cela sentait la mousse, l'humus aéré par les sabots des chevreuils, la vie sortant de l'obscurité, grouillante. Derrière le gris uniforme du ciel, Germain Lescat devinait le proche triomphe du grand beau temps, encore une de ces journées de fin de septembre comme il s'en succéderait à coup sûr jusqu'à la Toussaint. Quelques belles heures pour la chasse, et pour ceux qui en auraient le temps.

Germain fut bientôt sur la route de Cazaubon à Labastide-d'Armagnac, un fil de terre médiocre creusé d'ornières durcies par la sécheresse. Le médecin avait faim et soif. Chez Ugarte, on ne lui avait proposé ni le gîte pour finir la nuit, ni le couvert pour en adoucir la dure contrainte. Mais au fond, il ne le regrettait pas. Cela faisait des mois que ses échanges avec cette famille s'étaient bornés à donner des soins et à en recevoir le prix, et ce commerce se passait de discours. Tandis que la jument allait au petit trot vers le nord-ouest et une portion de ciel encore bien noire, le médecin se remémorait les quelques moments passés au chevet de la jeune fille et pestait, tout à la fois. Avoir oublié d'emporter un peu de chocolat, ou quelques tranches de la saucisse sèche qu'Antoinette glissait entre des morceaux de pain de seigle ! C'était une erreur de jeune nouvellement installé !

L'écurie serait bonne pour tout le monde ce matin-là. Du bout de son fouet, Germain incita sa monture à interrompre son repas, puis il la mit au pas au moment où un bros tiré par des bœufs, chargé de gens et d'objets encombrants, parvenait à sa hauteur. Sans doute une famille de vendangeurs. Des enfants dormaient encore sous des couvertures, à l'arrière du lourd attelage. Près du chef de famille tassé sur la planche servant de banquette, une femme sommeillait à demi, soutenant une fillette aux cheveux sales et en désordre, à la peau d'une telle pâleur que Germain, intrigué soudain, s'arrêta.

Ces gens descendaient du haut Armagnac. Ils avaient traversé la Ténarèze, le pays des crêtes que les parasites avaient en partie débarrassé de son vignoble. Ils cherchaient du travail mais, cette année-là, le beau temps qui persistait poussait les propriétaires à attendre pour vendanger.

— Ça n'arrange pas les ouvriers, dit l'homme.

Germain ne parvenait pas à détacher son regard de la fillette. Elle semblait dormir, fixait le sol de ses yeux fatigués et respirait un peu vite. Germain descendit de son coupé, s'approcha. Blottie contre sa mère, l'enfant s'économisait. De ses lèvres aux reflets violets s'échappait un filet d'air ténu comme un soupir. Germain toucha son front.

— Cette enfant est bien blanche, dit-il. Cela fait combien de temps qu'elle s'étiole ainsi ?

La mère s'était éveillée. Maigre et sèche, un pli amer au coin des lèvres, elle considérait sa fille avec accablement.

— Les docteurs, il faut les payer pour les entendre dire qu'il n'y a pas grand-chose à faire. Et puis à voyager comme nous le faisons, en quête d'un salaire, croyez-vous qu'on ait le temps ? On essaie bien de la nourrir, pourtant, cette gouyate, mais elle refuse à peu près tout, même le lait.

On ne devait pas consommer beaucoup de viande à cette table ambulante. Restaient les soupes de maïs, les châtaignes. Germain leva la main comme pour dire qu'il ne discuterait pas là-dessus. L'enfant était anémiée, fiévreuse. Il se hissa près d'elle, posa son oreille contre son dos sous l'œil sceptique des parents. Une longue minute d'auscultation suffit.

— Elle a un poumon très malade. Phtisique à tout coup. Il lui faut des soins, absolument.

Les parents se regardaient, indécis. Germain leur donna l'ordre de s'arrêter chez lui et de l'attendre. Il tâcherait de leur trouver un gîte, le temps d'examiner plus précisément la fillette et de leur fournir des médicaments. Antoinette allait encore pester. La grange de l'Oustau se transformait en lazaret un peu trop souvent à son goût. Avec sa manie d'héberger le tout-venant sous prétexte que les églises ne le faisaient plus, l'officier de santé Lescat avait fait de sa maison une dépendance d'hospice dont on se donnait l'adresse comme s'il se fût agi d'un hôtel. Germain éleva la voix.

— Et ne foutez pas le camp avant que j'aie revu cette gosse, vous m'entendez.

Il se sentait plein de colère. Il avait été de ces mioches endormis à l'abri de bâches sur le bois sans douceur des charrettes. Sa prime enfance, elle aussi, n'avait été qu'errance. Et le temps lui semblait soudain proche où l'on se partageait en silence un œuf pour quatre ou six, du pain noir et des champignons ramassés au bord des chemins.

— Té, on fera comme vous dites, monsieur le docteur, lâcha l'homme.

— Monsieur le docteur, maugréa Germain en écho.

Il y avait dans le ton du migrant un accent de soumission difficile à accepter. Germain se détourna. Le commerce de ces gens laissés en marge par une société sans vraie compassion lui rappelait trop de souffrances.

3

Le jour paressait encore dans des teintes pastel. Germain s'était assoupi de nouveau, laissant la jument Figue le conduire vers l'Oustau. A une demi-lieue du bourg de Labastide-d'Armagnac, près d'un boqueteau marquant le centre d'une vaste plaine déshabitée, l'attelage longea une chapelle éclairée de l'intérieur. C'était un bâtiment étroit, allongé sur une vingtaine de mètres, dominé par un clocher trapu auquel des balcons de bois donnaient une lointaine allure de tour de défense. Des tombes erratiques aux croix couchées par les vents encadraient à distance l'entrée de l'édifice. Bâtie là trois siècles plus tôt pour le repos des pèlerins en route vers Compostelle, la chapelle avait perdu sa fonction première, manqué même d'être transformée en carrière à la Révolution mais l'on s'y faisait encore enterrer et le curé de Labastide y donnait de temps à autre une messe pour les rares fermiers des alentours. La jument s'arrêta et Germain ouvrit un œil.

— Té, le père Amestoy est déjà levé.

Germain abandonna son attelage aux limites du cimetière, marcha vers la chapelle. Une courbature barrait ses reins, bien différente de ce qu'il avait coutume de ressentir au bout de ses nuits de courses, autre chose que la banale fatigue musculaire de lombes mâchées réclamant le repos. C'était, issu des profondeurs de son dos, un feu, le signal d'un désordre qui s'installait au

43

fil des jours et des nuits. Tout en cheminant, Germain s'étira. Il entra dans la chapelle, son béret à la main.

La silhouette arrondie de l'abbé Amestoy allait et venait devant l'autel, dans la faible clarté de quelques cierges. Germain s'assit au fond de la nef, se figea. Athée sans être anticlérical, libre penseur tenant le respect des convictions d'autrui pour l'essence même de la vie en société, il avait en vérité une vision égalitaire de la république. Chacun devait y tenir sa place, et rien qu'elle. Comme beaucoup, Germain pensait que les embellies des Restaurations et des deux Empires, venant après les rigueurs sanglantes de la Révolution, avaient bien largement restauré le clergé dans ses privilèges originels. Point trop n'en fallait, donc, même si la rage de bien des républicains à l'encontre de la calotte et de ses séides avait à ses yeux quelque chose d'injuste et d'excessif.

Germain ferma les yeux à demi. Il y avait dans ces petites chapelles perdues en terre des parfums de sérénité vraie, des instants de grâce, du temps arrêté l'espace d'une courte visite, toutes impressions que le médecin n'éprouvait d'habitude que dans son chai. Et le silence de la campagne environnante s'y prolongeait, veillé par les gestes d'un prêtre préparant, seul, son office. Ces gens-là ne dormaient donc pas plus que les médecins ?

Il sentait son cerveau s'engourdir. L'abbé Amestoy n'était pas son ami, mais leurs fréquentes rencontres au chevet des agonisants les avaient depuis longtemps rapprochés. On se respectait ainsi au voisinage de la mort ; chacun à son contact faisait le compte de ses doutes et de ses interrogations. Un jeu subtil s'instaurait même parfois, entre témoins sans grande influence sur le cours des événements. Qui gagnait, dans l'histoire ? L'un n'avait rien pu empêcher, ou même ralentir, devant la détermination de la mort. La promesse de l'autre reposait sur le simple pari d'un monde meilleur à vivre, par-delà cette mort. Victoire ou défaite ? Les petits

44

matins avaient bien souvent le même goût pour les deux hommes.

Il avait dû faire du bruit. L'abbé se tourna, l'aperçut, et vint vers lui, mains tendues.

— Monsieur Lescat. C'est une bonne surprise pour commencer cette journée.

Il appartenait à ce pauvre ministère rural gaulois ignoré par la ville lorsqu'il n'en était pas la risée. En lui rendant son salut, Germain ne pouvait s'empêcher de penser aux recommandations d'un sous-préfet, trente ans plus tôt : « Mon cher monsieur, les populations de nos villages et de nos champs sont faites de gens frustes, menant une vie saine et généralement en assez bonne santé naturelle. Ils sont de surcroît peu fortunés pour leur grande majorité. Il leur faut donc des médecins à leur image. Pas de luxe, pas de luxe ! » Sans doute en allait-il de même pour les prêtres.

— Comment va votre cœur, monsieur l'abbé ? s'inquiéta Germain. Cela fait quelque temps que je ne l'ai écouté.

— Vous avez l'air bien fatigué, dit le prêtre en guise de réponse.

C'était le médecin fourbu qui lui rendait visite, et non le conseiller municipal sollicité pour la réfection et l'entretien des lieux de culte. Politiquement, Germain en tenait pour la séparation des Eglises et de l'Etat. L'abbé le savait mais la modération du médecin dans ses propos et la manière qu'il avait de calmer les plus radicaux de ses collègues du conseil le rassuraient.

— J'ai veillé mon ami Passicos qui ne va pas très fort et la jeune Yvonne Ugarte aussi. Elle a dû passer, à l'heure qu'il est.

— Oh ! Passicos. Voilà une belle espèce de brave homme. C'est vrai, cela fait maintenant quelques semaines qu'il n'est plus revenu par ici. Il soufflait déjà très fort, n'est-ce pas ? Eh bien, j'irai les voir dès ce matin. Quant aux Ugarte, mon Dieu, fit l'abbé Amestoy avec une moue de commisération navrée. Ces gens sont plus malheureux que méchants, je crois. La vie ne leur est pas très facile, et cela continue.

— Mais s'ils devenaient un peu plus heureux, monsieur l'abbé, pensez-vous vraiment qu'ils seraient un peu moins méchants pour autant ?

Le prêtre secoua la tête, l'air navré.

— Ah, ça ! Cette pauvre enfant a été tenue hors de la religion depuis le jour de sa naissance. Même pas de baptême, boh, té. Vous me dites qu'elle était malade. Je l'ai encore croisée ingambe il y a moins de quinze jours, sur la route de Mauvezin. C'était un esprit simple, n'est-ce pas, et vous savez ce que nous disons de ceux-là. Je prierai pour elle et pour les siens, tout autant.

Il avait l'air sincèrement désolé, triste, même. Germain le considéra avec une affection toute fraternelle. Décidément, leurs pouvoirs n'étaient guère différents, en cette fin de siècle réputée scientifique. Germain contempla les objets meublant l'autel, dont aucun ne brillait d'un or quelconque. Entre ses murs à la chaux jaunie par les ans et craquelée, avec son alignement sans fantaisie de chaises et de bancs que ne rompait nulle statuaire, la chapelle elle-même reflétait le dénuement de bien des fidèles. Pourtant, il y flottait une atmosphère de paix absolue, et son espace austère, sans doute propice à la prière, prenait de la grandeur dans la lueur incertaine de l'aube.

— Vous avez déjeuné, monsieur Lescat ? s'inquiéta le prêtre. J'ai béni quelques palombières ces jours-ci, mais mon offre de ce matin ne sera guère gastronomique.

Germain lui sut gré de revenir à des choses aussi peu spirituelles. Ayant deviné, l'abbé Amestoy se hâta vers un panier posé sur un banc, au fond de la chapelle. Il avait des malades à visiter lui aussi tout le jour et s'était fait préparer par sa gouvernante de quoi tenir jusqu'aux vêpres. Du jambon en tranches fines, du pain et des châtaignes cuites de la veille, au presbytère.

— Certes, on me nourrit, ici et là, mais parfois, l'estomac se plaint. Enfin, je ne vous apprendrai rien.

Lorsque, ayant pris un quignon de pain, Germain se fut levé avec l'intention d'aller le manger à l'extérieur, le prêtre l'arrêta d'un geste et le força à se rasseoir.

— Vous prendriez froid, tel que je vous vois. Reposez-vous. Vous ne serez pas le seul à avaler un peu de pain dans cet endroit, ce matin.

Il avait l'air content, comme les paysans et d'autres aussi, plus fortunés, qui priaient Germain de partager sans façons une garbure ou les restes d'un salmis. Germain goûta le pain, le trouva bon. Il se sentait sale. Ses vêtements diffusaient encore par moments des remugles de la nuit, et la courbature devenait plus sensible dans ses reins.

— Vous n'êtes pas de ceux qui s'imposent, n'est-ce pas ? lui dit son hôte.

— C'est ainsi. On ne se refait pas. C'est sans doute pour une raison comme celle-là que je ne me suis jamais lancé dans la politique et j'ai bien peur qu'il soit un peu tard désormais pour changer. Qu'en pensez-vous, monsieur l'abbé ?

— Certes, mais vous ne m'empêcherez pas de penser que c'est dommage. La société a besoin d'hommes comme vous, monsieur Lescat. Votre métier est une passerelle entre les gens, et vous le pratiquez d'une manière tellement humaine, et désintéressée. Je vous ai vu, au chevet des malades. La foi en plus, vous y auriez des airs de Vincent de Paul. L'existence vous a appris la compassion. Vous savez aussi refuser les extrêmes et Dieu sait qu'ils ne manquent pas de nos jours.

L'abbé Amestoy leva les yeux au ciel. Des bombes explosaient à Paris depuis plusieurs mois. On visait les ministres, les députés mais tout autant les terrasses de cafés et les parvis des églises. Après le tumulte du boulangisme venait le désordre anarchiste. A peine revenus en France, les communards exilés puis graciés reprenaient goût à la politique tandis que les scandales financiers traçaient leur sillon de la Bourse à la Chambre. Tout cela créait une frontière sociale instable et dange-

47

reuse dont ce monsieur Zola faisait son commerce littéraire. Germain soupira.

— Nous avons tous nos zones d'ombre, monsieur le curé, nos secrets plus ou moins paralysants. Mais écoutez le calme du bas Armagnac, son silence presque assourdissant. Remarquez, c'est peut-être bien le résultat de l'exode paysan qui nous saigne.

Huit mois plus tôt, les esprits s'étaient pourtant échauffés, pour les législatives. Des lignes de fracture étaient apparues dans la vie politique, plus profondes qu'auparavant ; on parlait socialisme, révolution, face à quoi une coalition hétéroclite de royalistes et de bonapartistes prêchait le retour des monarques. Entre les deux, la république modérée des marécages idéologiques et des corruptions en tout genre l'avait emporté, massivement.

— C'est moindre mal, constata Germain. Que faire d'autre, pour le moment ?

Il n'était pas apparu en première ligne dans ce combat et des rumeurs malveillantes avaient circulé sur une possible sympathie de sa part pour les anarchistes. Un homme au passé obscur, un soldat de Napoléon III récupéré par les républicains et devenu leur agent d'influence chez les paysans ? Qu'avait-il bien pu faire dans sa jeunesse, pour s'interdire ainsi de jouer son rôle public ? L'abbé Amestoy n'avait jamais interrogé Germain là-dessus, pas plus d'ailleurs que la plupart de ses concitoyens. Ses raisons lui appartenaient.

Le prêtre avait à faire et se leva, abandonnant son visiteur. Germain demeura assis, le temps d'avaler sa mie avec de plus en plus de peine. Le manque de sommeil, le lieu, l'engourdissement progressif de tout son corps faisaient résonner des mots, des bouts de phrases. Il revoyait des enfants. L'une, souillée, assassinée, à l'abandon dans son lit de planches mal jointes, dans l'indifférence des hommes de la maison à peine tempérée par le chagrin de sa mère. L'autre, bouffée de l'intérieur, ballottée au lever du jour par les ornières d'un mauvais chemin. Quel était ce monde ? Où étaient les tribuns, les hommes de justice et de passion, les vengeurs ? En Germain, il ne restait de leurs trop lointains élans qu'une envie de vomir, des odeurs de charogne et un découragement qu'il voulut chasser en se levant à son tour pour sortir.

Il se retrouva à demi allongé sur la banquette de l'attelage, la nuque courbatue. Il avait dû s'endormir encore une fois. Un peu hébété, il se mit d'aplomb, massa ses tempes, sourit à la vue de la jument tranquillement occupée à brouter l'herbe rare du fossé.

Il avait perdu la notion du temps, comme souvent lorsque la nuit l'avait vu aller d'un malade à l'autre. Au soleil encore voilé, il devait être neuf heures du matin. Germain mit pied à terre, claqua doucement la croupe de Figue, aperçut enfin la monture masquée jusque-là par la capote de son coupé.

— Té, madame Poidats.

Il se découvrit, salua la cavalière qui le dominait d'un bon mètre et dont il devinait le visage à contrejour. Clélie Poidats inclina vers lui son buste, sourit.

— Sur ce chemin, docteur Lescat ? Alors, c'est que vous revenez de vos vignes de Lagrange.

— J'avoue avoir été absorbé par bien d'autres choses, cette nuit, madame. Mais maintenant que vous me rappelez cet endroit, vous me donnez l'envie d'aller y faire un somme.

Elle rit, se redressa. Un mouvement de son cheval l'exposa soudain dans la lumière. Cela faisait bien une année que Lescat n'avait eu l'occasion de la croiser ou même de l'apercevoir en ville. Il lui donna mentalement deux lustres de moins que ses quarante ans. Sous un casque de cheveux noirs disciplinés par d'austères macarons, Clélie Poidats offrait un visage aux traits hispaniques ; des yeux de jais joliment tirés vers le haut, des pommettes saillantes encadrant un nez droit lui donnaient un air juvénile démenti par la minceur des lèvres et par une expression de tristesse, dès que s'évanouissait son sourire.

49

Clélie demeura quelques instants silencieuse, maîtrisant les petits mouvements d'humeur de son cheval. Germain s'inquiéta.

— Comment vont vos fils ?

— Bien. Ils vont bien.

Elle chercha quelque chose à ajouter, ne trouva rien, affronta le regard de Germain, qui sondait le sien. Ils n'avaient sans doute guère plus à se dire. Sept années de silence et d'éloignement avaient distendu le lien ancien qui attachait le médecin à celle qui avait été sa toute jeune patiente et dont il avait mis au monde les trois enfants, au château de Monclar. Il sembla soudain à Lescat que tout cela appartenait à des vies antérieures, tout comme la vaste demeure des Poidats, devenue simple élément de décor entre des collines et des bois, sur la route d'une parcelle de vigne.

— Bonne promenade, monsieur Lescat.

La voix de Clélie avait pris un ton grave, pour ce salut. Peut-être contenait-elle un peu de regret, c'est du moins le fugitif sentiment qu'eut Lescat mais bast, tout cela n'avait plus beaucoup d'importance. Germain regarda s'éloigner la cavalière, toute droite sur sa monture, les reins, creusés sous la taille fine, doucement agités par le trot. Clélie montait en homme, les étriers hauts, la jupe découvrant ses bottes de cuir et même ses genoux, ce qui ne se faisait pas trop sous la présidence du très compassé monsieur Sadi Carnot.

— *Adichats, pitchou* [1], murmura-t-il, songeur.

Il suivit des yeux la silhouette de Clélie Poidats jusqu'à ce qu'elle eût disparu entre les arbres du bois.

Lui revint en mémoire un soir d'août 1886, une de ces fins de journées lourdes de canicule où la sueur baignait le corps tout entier dans un bain aux senteurs de foin humide. Rentrant d'une tournée de soins dans les collines de Saint-Julien d'Armagnac, Germain avait

---

1. Adieu, petite.

passé quelques quarts d'heure à débarrasser ses vignes de Lagrange de leurs fruits mal nés et de leurs feuilles malades. Il longeait les limites de Monclar, entre des bois pelés par la sécheresse et des parcelles où poussaient les premiers maïs. Dévalant le chemin menant à la magistère, des gens étaient accourus vers lui, servantes affolées, jardiniers aux bras sémaphoriques. Un petit de Madame Clélie s'étouffait, là-haut.

On avait fait entrer Germain par la grande porte, celle qui donnait sur le salon décoré de tapisseries d'Aubusson et de portraits d'ancêtres. Le temps de se demander si le maître des lieux serait à l'accueil, et l'on avait déjà escaladé le grand escalier. La servante se mordait les doigts, courait, courbée, devant le visiteur qu'elle avait précédé vers l'étage.

— Ce petit Lucas, oh, diou biban, on va nous le reprendre.

Elle ne pouvait que répéter son incantation, se retournait, anxieuse de voir le médecin accélérer le pas. En haut des marches, Germain avait reconnu le large palier aux murs de plâtre jauni ornés de gravures militaires, et les couloirs qui en partaient, symétriques. La chambre des maîtres donnait à l'est. Là étaient nés les fils de Clélie, des mains de Germain.

La servante avait pris la direction inverse et, très vite, Germain avait perçu l'écho d'une plainte, encore lointain.

C'était un bruit de gorge en longues feulées, animal, une plainte d'hystérique en crise noire, maintenu contre son lit. Germain était entré dans la chambre sur les talons de la servante, avait vu Clélie bondir du lit et venir vers lui, bras tendus.

— Seigneur Dieu, vous voilà ! Regardez ça, monsieur Lescat, il étouffe depuis trois grandes heures. Pourtant, tout allait encore bien ce matin. De la toux, un peu, et le nez tout plein. Et puis, maintenant, voyez !

Lucas Poidats se tenait debout dans un angle de la pièce, la main serrée autour du cou, fixant le plafond de ses yeux exorbités. Nu jusqu'à la ceinture, il haussait

51

ses sept ans sur la pointe des pieds, comme s'il voulait s'élever en étirant son corps le plus possible. Germain s'était approché de lui, avait croisé son regard de bête affolée. La bouche de l'enfant était un énorme four ronflant dans ses profondeurs, et sa langue, rôtie à force d'en être sortie, lapait l'air comme un chien assoiffé une gamelle d'eau.

— N'aie pas peur, petiot, je regarde, c'est tout.

Germain avait palpé le cou de l'enfant, gonflé par d'énormes ganglions, posé la main, puis l'oreille, sur le thorax de Lucas qu'une excavation creusait à chaque inspiration. Un tout petit filet d'air pénétrait dans les poumons, sifflait, piégé au sein de râles en marée désordonnée. Au moment où il allait examiner la gorge, Germain avait senti l'enfant lui échapper. Clélie avait poussé un cri. Son fils était déjà à la fenêtre, le buste dans le vide, cherchant l'air que les membranes de la diphtérie l'empêchaient d'inhaler. Il s'en était fallu d'une fraction de seconde que dans sa quête l'enfant ne basculât.

Germain avait eu le temps d'apercevoir, tapissant les amygdales de l'enfant, les sécrétions grisâtres accumulées qu'il avait tenté d'écarter de l'index. Serré à la nuque par la poigne du médecin, le petit malade dardait sur lui son regard suppliant qu'une intime terreur mâtinait de folie. En peu de gestes, Germain avait ramené à la lumière quelques mortelles peaux, une récolte bien insuffisante. La maladie avait sécrété sa gangue loin dans les profondeurs de la gorge. Quelques dizaines de minutes encore, et c'en serait fini. Le croup aurait emporté l'enfant dans sa brève parodie de noyade.

Indifférent à l'agitation, Germain avait ordonné qu'on lui versât de l'eau sur les mains, tandis qu'il les savonnait au-dessus d'une vasque d'étain. Ainsi procédait-il d'habitude, dans une espèce de cérémonial qui pouvait prêter à sourire. Mais lorsque tant d'autres passaient d'un malade à l'autre sans s'être décrassé ongles et doigts, il prenait le temps, lui, de ces toilettes répétées, autant de fois qu'il consultait de patients. Entre les murmures des femmes et les spasmes respiratoires de l'enfant, cette ablution tranquille, presque détachée, avait paru d'un autre monde.

Clélie s'était agenouillée au pied du lit, les mains tendues vers son fils. Ses garçons lui causaient un souci égal, mais celui-là, qui végétait encore dans une petite enfance prolongée, avait pour de bon et depuis long-temps la secrète faveur de son amour maternel. Germain y songeait tout en prenant un court scalpel dans une boîte de cuivre. Clélie s'était dressée.

Parmi les histoires de maladies, la diphtérie tenait lieu de grand épouvantail. Clélie avait entendu ces récits d'asphyxie qu'un habile coup de canif amendait en quelques secondes, mais aussi celles des trépas bien plus nombreux que ce geste de la dernière chance n'avait pu empêcher. Germain avait interposé sa puissante carcasse entre la mère et l'enfant. Ordonnant à nouveau :

— Serrez-le fort.

Puis il avait défléchi le cou de Lucas, cherché de l'index la minuscule saillie du cartilage et posé son pouce sur le haut du sternum, là où la gorge s'enfonçait vers les profondeurs de la poitrine. Entre ses doigts se situait la zone sûre. Il avait pointé sa lame, pesé, juste assez pour sentir la trachée se dérober sous le métal, avant de céder, brusquement. Ayant ainsi pénétré le conduit, Germain avait tourné légèrement la pointe du scalpel.

— Ça passe, avait-il dit.

Par chance, il n'avait lésé aucun vaisseau d'importance, évitant ce qui arrivait parfois : des hémorragies qui hâtaient la fin du patient. Il y avait eu un bruit d'outre percée, une sorte de sifflement encombré de quelques gargouillis, avant que l'enfant ne gonflât son thorax, tel un plongeur retrouvant la surface après une trop longue apnée. Germain s'était redressé, avait déplié une gaze sur le lit. Puis il avait fouillé à nouveau dans sa sacoche, à la recherche d'une douille d'arme de chasse qu'il savait utiliser au service de son art grâce

53

à l'ouverture à chaque extrémité. Il l'avait posée sur le tulle immaculé, et arrosée d'armagnac. Lucas s'était mis à tousser, par quintes qui semblaient devoir lui fendre la poitrine.

S'étant à nouveau lavé les mains, à la liqueur cette fois, Germain avait saisi le petit cylindre de métal creusé à l'intérieur, et, d'un geste vif, l'avait introduit dans l'orifice en même temps qu'il retirait le scalpel. Par chance, l'instinct de survie était si grand que l'enfant avide d'air n'avait pas senti, ou si peu, cette opération faite à vif. Après un bref silence, la respiration de Lucas s'était mise à chuinter, avec les claquements secs du mucus traversant la douille.

— Une main, pour tenir ça !

On se regardait, autour de l'enfant. Lucas avait fermé les yeux, et semblait goûter, en extase, le singulier plaisir de prendre consciemment de l'air, par goulées régulières. Sa mère s'était laissée tomber au bas du lit. Germain n'en apercevait plus qu'un bras, replié sur la masse noire des cheveux. Il avait réitéré sa demande.

— Eh, nom de Dieu, personne pour tenir ce bout de ferraille ? allez ! Secouez-vous !

Une main s'était tendue, tremblante, dont il avait serré les doigts autour de la douille. Il fallait la tenir assez fermement pour empêcher la toux de Lucas de l'expulser. Sur les trois servantes qui maîtrisaient le petit malade, la Francette, à peu près vaillante, la plus âgée, se proposa.

Germain, pendant ce temps, avait saisi un fil de lin tressé serré, baigné au préalable dans l'armagnac, et l'avait enroulé autour de la douille.

— Lâche, maintenant, avait-il dit à Francette.

Il avait attiré l'enfant vers lui, passé les mains derrière son cou, pour y nouer le fil.

— Juste assez pour ne pas l'étrangler. Ce moutard devra avoir les mains liées au lit pendant au moins quarante-huit heures et du monde pour le surveiller, jour et nuit. Maintenant, regardez bien, toutes.

54

Il avait exhibé une seringue métallique au bout de laquelle il avait fixé une mince tubulure de cuivre.

— Il va falloir débarrasser le petit bougre des saloperies qui risquent de l'étouffer.

Il faudrait, à intervalles réguliers, aspirer les sécrétions avec une poire de caoutchouc, sans aller trop loin dans la douille.

— Nous le ferons ensemble, avait dit Clélie en s'adressant à Francette.

Relevée, pâle comme jamais, elle était venue s'asseoir au bord du lit, la main de son fils dans la sienne, qu'elle embrassait en retenant ses larmes.

Elle avait tourné vers Germain un visage transfiguré. Ne comptait pour elle en ce moment que le sifflement régulier émis par la respiration de l'enfant. Elle venait de voir s'éloigner la mort pour un temps, avec son cortège de souffrances et de cauchemars. Germain avait dû tempérer cet espoir.

— Ce petit-là n'est pas encore tiré d'affaire. Il y a bien une chance sur deux pour que l'infection se mette autour de l'ouverture, et vers les organes du thorax. Il faudra des soins de chaque instant.

— Boh, té, ces fameux microbes, avait ironisé Francette, avec ces précautions partout, ils ne nous font pas la vie facile.

Germain ne lui avait pas laissé le temps de poursuivre.

— Tout le monde se savonnera les mains avant de toucher ce gouyat, c'est bien compris, les femmes !

Les servantes avaient amené des liens avec lesquels on avait immobilisé Lucas. L'enfant avait l'air de s'éveiller, paraissait chercher à comprendre ce qui lui arrivait. Lorsqu'il s'était rendu compte qu'il était entravé, il avait cessé de gesticuler et, soudain terrorisé, s'était mis à pleurer.

La tension était retombée dans la chambre. Germain s'était mis à réfléchir. A Paris, Roux en terminait avec ses inoculations de toxine diphtérique au cheval. On avait même dû commencer les expériences chez

55

l'homme, avec ce fameux sérum dont parlait *Le Concours médical*. Il s'en fallait sans doute de quelques semaines pour que l'on disposât enfin du précieux antidote. Du fond de sa province, Germain déplorait l'ardeur que mettaient certains à railler la microbomanie des pasteuriens. Certes, l'époque tournait parfois à l'obsession de la propreté, du lavage des mains, de l'eau bouillie et de la tétine stérile, mais comment pouvait-on douter encore du bien-fondé de ces méthodes ?

Clélie Poidats s'était levée, un peu vacillante, avait pris appui sur le bras du médecin. Plus fort que la fade odeur de la maladie, un parfum de liqueur flottait dans la chambre, comme si l'on en avait laissé pour la nuit quelques gouttes, au fond de verres, à la manière gasconne. Germain avait conduit Clélie jusqu'à un fauteuil, l'avait obligée à s'asseoir. Tout était allé si vite.

— Regardez bien ce petit flacon, avait-il expliqué. On appelle ça un antiseptique. Ça sent fort, et autre chose que l'armagnac. Mais c'est tout aussi utile. Il faudra l'appliquer plusieurs fois par jour sur les bords de la plaie et prier, aussi, du moins pour ceux qui savent. Si vous me le permettez, je reviendrai demain. Ce morceau de métal ne doit pas séjourner trop longtemps dans le cou de votre fils. Deux jours, trois, peut-être, le temps pour le croup de commencer à involuer, dans le meilleur des cas.

Il avait eu un geste fataliste. Clélie devait comprendre que rien n'était encore joué. Puis, à l'adresse des autres femmes :

— Je le répète : on se savonne, nom de Dieu ! Et tous les linges, draps, vêtements de l'enfant, à la lessive, tout de suite !

Clélie sortait pour de bon de sa stupeur. Germain avait vu son regard briller à nouveau de son éclat ordinaire, sombre et ardent. On prierait, sans aucun doute, dans toutes les pièces du château et jusqu'au fond des églises et des chapelles de la région. A Monclar, il en allait de la religion comme de la politique. Digne rejeton d'une longue lignée, Jean Poidats, le maître, sur-

56

veillait en personne la fréquentation des parvis par ses gens, comme il choisissait pour eux les bulletins de vote.

Germain avait cherché le regard de Clélie. Il lui avait semblé qu'une sorte de fraternelle et tendre complicité était née entre elle et lui, de ce hasard et du drame heureusement évité. La vie avait triomphé, et Germain avait alors éprouvé une joie d'enfant.

A l'occasion d'une réunion de producteurs d'armagnac, Jean Poidats avait remercié Germain du bout des lèvres. La méthode lui avait paru étrange. Une douille pour faire passer de l'air dans des poumons ? Il avait fallu faire vite et l'enfant avait survécu. C'était presque insupportable d'admettre que son sauveur fût un indécrottable républicain. Germain n'avait pas pris ombrage de ces réserves où il avait deviné de l'aigreur. Poidats et lui n'avaient pas été élevés dans les mêmes mondes et ne se fréquentaient guère, surtout en ces périodes de forts remous politiques. Et puis il y avait d'autres médecins dans la région, qui pourraient œuvrer aussi efficacement si on les sollicitait.

Une année plus tard, Clélie allongée sur un lit, dans une vaste chambre aux fenêtres grandes ouvertes sur le parc inondé du soleil d'été, on s'était préparé à une naissance que tout annonçait difficile. La saison, l'extrême fatigue de la mère et cet enfant à venir que Lescat devinait anormalement gros, et atonique. Le visage de Clélie était méconnaissable, blafard, masque prémortuaire aux orbites cernées de brun, inondé de sueurs profuses. Le ballet des servantes entre les pièces du château s'était figé, comme si la délivrance allait aussi venir de l'orage espéré.

— Eh bien, monsieur l'officier de santé ?

Jean Poidats était entré dans la chambre de sa femme et s'était approché de Lescat.

— Monsieur ! Je vous parle ! Que pensez-vous faire ?

Jean Poidats n'avait pas attendu d'atteindre la qua-

57

rantaine pour affecter le maintien tout de distance et de rigidité de ceux de sa caste. Grand, légèrement voûté, le visage anguleux, il promenait d'ordinaire sur ses semblables un regard bleu et dur à l'expression de lassitude vaguement sceptique. Mais cette fois, son allure était différente, tendue, et sa nervosité, sensible. Orphelin d'une particule que l'on avait peut-être gommée à la Révolution, à moins qu'un ancêtre joueur l'eût perdue sur un tapis de casino, le petit maître de Monclar était de ceux qui rangeaient les individus en deux catégories : les serviteurs, et les autres. Germain Lescat, qu'un titre doctoral en bonne et due forme eût élevé dans son estime, faisait partie à ses yeux de la première et devait s'en accommoder. Il entrait au château par la porte des domestiques, avait même, certaines nuits d'hiver, partagé leur dîner tandis que les maîtres recevaient au salon.

— Je réfléchis, monsieur, je réfléchis, avait répondu Germain.

Césariser aurait signifié sacrifier la mère. Le nombre des opérées survivant à cette extraction sanglante était infime. Infection, septicémies, fièvres malignes emportaient la plupart des femmes en quelques jours. La voix de Poidats était devenue menaçante.

— On dit assez que vous avez l'art d'éviter les pièges de la parturition, monsieur l'officier. Un peu médecin, un peu sorcier, l'homme des secrets bien gardés. Sans doute devrez-vous faire appel à tous vos talents pour nous sortir de cette situation.

Sans être le moins du monde chaleureuses, ou simplement cordiales, ses relations avec Germain ne s'étaient jamais départies jusque-là d'une politesse sans affectation. Tandis qu'il se frictionnait les mains à l'armagnac, comme avec un parfum, Germain s'était dit qu'elles risquaient de se dégrader, quoi qu'il arrivât.

Les mains sur les hanches, Jean Poidats avait observé les préparatifs de l'accoucheur. Tout le monde savait que les doigts de Germain Lescat préservaient la vie, mais l'on doutait encore que l'alcool y fût pour quelque

58

chose. Il y avait là, pour le plus grand nombre, une sorte de mystère que seul le médecin semblait avoir percé.

Lescat s'était penché vers Clélie, pour vérifier si l'enfant avait déjà trépassé. C'était ce qui pouvait arriver de mieux, car la sortie de ce monstre par les voies naturelles eût tué la jeune femme, et bien plus rapidement que la césarienne. Il y avait une décision à prendre sans perdre une minute, un choix à faire entre la mère et le bébé que Clélie n'avait plus la force d'expulser. Poidats s'était approché de Germain. Son œil brillait de colère et d'impatience. S'étant assuré que les domestiques avaient tous quitté la chambre, le maître de Monclar s'était penché vers son hôte.

— Je n'entends rien aux affaires de la naissance mais il est clair, monsieur, que vous devez sauver l'enfant, avait-il dit, du ton qu'il eût adopté pour faire plumer du gibier par ses gens.

Germain entendrait cette injonction résonner en lui jusqu'à sa dernière heure. On lui donnait pour la première fois de sa carrière un ordre simple : sacrifier une femme. Bourreau, il eût sans doute dans une autre vie exécuté la sentence, actionné la guillotine sans se poser de questions. Mais il y avait, à quelques centimètres de son visage, la face tourmentée de Clélie, son regard perdu accrochant de temps à autre le sien et l'interrogeant, de toute sa muette terreur. Etre femme au déclin du siècle n'était pas sans danger. Où donc étaient les beaux esprits scientifiques de la faculté, que disaient déjà leurs péroraisons, leurs articles rédigés dans le confort de bureaux aux portes capitonnées ? Qu'il fallait dans toute la mesure du possible tenter de préserver les deux vies et s'en remettre finalement au choix de la famille. Germain avait senti monter en lui sa propre colère, loin du tyran qui le tançait. On vivait au fond de la Gascogne et il fallait commettre un crime, de toute façon.

A la découverte du relâchement qui avait soudainement empuanti l'atmosphère de la chambre, Poidats avait pâli. Sauver l'enfant, dont le crâne blafard strié d'énormes veines bleues obstruait la filière naturelle ! Germain avait fermé les yeux. La mission était impossible, inhumaine. Le choix du maître n'était pas innocent. Seuls l'extrême rigueur d'une foi sans partage ou le désir de liberté né de l'adultère pouvaient inspirer une telle sentence. Hors quelques cérémonies familiales, Poidats ne comptait guère parmi les affidés de l'abbé Amestoy. Germain en avait conclu que la perspective de se retrouver veuf ne l'effrayait pas. Il avait alors arrêté sa décision, exigeant de demeurer seul avec sa patiente.

Clélie était encore vivante. Si l'aventure de l'accouchement ne l'emportait pas, cette femme féconde aux hanches larges hébergerait d'autres grossesses. Dans son ventre gîtait pour l'heure un énorme têtard dont la rareté des mouvements avait depuis toujours inquiété la mère. Quelque chose n'allait pas, c'était comme si elle avait abrité un dormeur vaguement agité de rêves, un noyé luttant faiblement avant de sombrer. Au palper, Germain avait plusieurs fois senti la tête, qui lui avait paru énorme.

Sauver cela ? Il y avait dans les placards de quelques collectionneurs morbides assez d'êtres formolés racontant les déviations de la nature génitrice pour extraire, et vite. Lescat aurait bien le temps, par la suite, d'essayer de comprendre une fois de plus ce qui pouvait bien pousser les hommes de la trempe de Poidats à imposer ainsi le droit de mort sous leur toit comme d'autres, médecins, dans les salles communes des hospices. A choisir entre faire des anges ou des orphelins, l'esprit se perdait, certes. Il fallait donc laisser à la conscience la charge solitaire de l'exercice le plus angoissant qui fût.

Germain avait ouvert, sur le côté de son bagage, une minuscule serrure donnant accès à une poche de cuir et de tissu, aussi longue que la sacoche, lourde d'instruments qu'un ferronnier eût reconnus pour siens. Trépans et gouges, ciseaux emmanchés long, fines palines au fil de rasoir. Ce qui restait à faire se passait en général de témoins. Lescat avait évalué à une trentaine de minutes le temps qu'il lui faudrait pour en terminer avec sa besogne. Il avait pris une inspiration, profonde, comme pour se donner un encouragement muet, puis il s'était mis à l'œuvre dans le seul bruit des râles de Clélie.

En vérité, l'enfant que Jean Poidats eût tant aimé bercer dans le souvenir de sa mère avait accumulé assez d'eau dans son crâne pour que sa cervelle fût réduite à l'état d'une bouillie. Hydropique, respirant encore malgré sa mort cérébrale, c'était un obèse hydrocéphale, un monstre détruit par le haut. Germain l'avait dûment extrait morceau par morceau avant d'en entortiller les restes dans un linge, et il lui avait bien fallu une demi-flasque de liqueur, sifflée à grandes gorgées, pour affermir ses gestes. Clélie s'était quant à elle évanouie depuis le début de l'intervention.

— Hé, *pitchou*.

Clélie aurait pu trépasser d'épuisement. Mais la vie s'accrochait à elle comme du lierre à l'écorce d'un pin. Elle avait émergé de son sommeil et posé sur Germain un regard de noyée. En l'abandonnant, l'enfant l'avait sauvée.

— Je vis, avait-elle répété d'une voix imprégnée d'une douleur morale immense.

À son entrée dans la chambre, suivi par les servantes, Poidats avait cherché le nourrisson des yeux, avant de constater d'un bref regard que son épouse survivait.

— Où est l'enfant ? avait-il demandé sur un ton inquiet.

Ce n'était pas dans un berceau que reposait l'ange mort-né, mais sous un suaire rougi de sang.

— Expliquez-vous, monsieur l'officier de santé.

Il n'y avait rien à expliquer. L'enfant n'était pas viable, et personne n'avait intérêt à soulever son linceul. Quant à la mère, elle surmonterait cette épreuve, et connaîtrait d'autres étés. Poidats était entré dans une violente colère.

61

— Quoi ! Sans m'avertir ! J'ai quitté cette pièce par honnêteté envers vous et vous me proposez un cadavre à mon retour. Que s'est-il passé ? De quel droit ?

Germain l'avait laissé expulser son ressentiment. Il connaissait ce genre d'individus avec leur besoin viscéral de dominer, d'ordonner et de se voir obéis, tyrans que nulle révolte n'abattrait jamais, recrutés aussi bien chez les hobereaux de Gascogne que chez les prolétaires des faubourgs urbains. Tandis qu'il rangeait son matériel auquel adhérait encore la chair de l'enfant, il avait écouté l'orage se déchaîner autour de lui. Une limite avait été dépassée, par l'invective, l'insulte, un gouffre s'était ouvert entre cette famille et lui, peut-être définitif.

— Ah ! votre médecine, monsieur Lescat ! Il se pourrait en effet que vous l'ayez étudiée sur les champs de bataille de l'Empire, mais était-ce là, seulement ? Sorciers et guérisseurs, la belle université que voilà ! A quel singulier service devez-vous donc d'être un jour devenu médecin ? J'aurais dû m'en inquiéter plus tôt.

Germain s'était approché de lui, s'était expliqué, calmement.

— J'ai eu des maîtres bien différents, monsieur Poidats. Tous n'étaient pas de la Faculté, mais chacun avait des choses à m'apprendre. Et puis la guerre est un terrain d'apprentissage hors des normes universitaires. Pour ce que je viens de faire, sachez-le, j'ai choisi la raison, et je ne le regrette pas. Votre femme portait en elle un enfant sans esprit ni sens, parfaitement anormal et mourant, de surcroît. Mais il se peut bien que la mère ne tarde pas à le suivre.

Il avait scruté avec intensité le visage de son hôte, ses traits tendus par la contrariété. Comment naissaient les haines ? La distance voulue jusque-là par Jean Poidats s'était remplie de reproches et d'hostilité. Serviteur sans autre exigence que celle de son exercice, Germain était devenu à cet instant l'intrus, le gêneur et pire encore sans doute, le témoin. Poidats avait une réputation de galant peu regardant sur la qualité de ses conquêtes. Une certitude était venue à l'esprit du médecin : malgré l'impression de sereine indifférence qu'elle donnait, Clélie Poidats devait cacher le sentiment de se savoir en trop sous son propre toit.

Germain sortit de ses sordides souvenirs, leva sa flasque d'armagnac vers le ciel, la fit tourner dans la lumière encore grise du matin. Après sept années de fût, l'alcool avait pris une teinte intermédiaire, topaze. Il datait de cette boucherie à Monclar, de l'hiver 1887 plus précisément. Une coïncidence. Germain jugea l'aygue décidément un peu trop claire, correspondant à la vendange de cette année-là, gâchée en partie par de trop longues périodes de crachin. Au nez, la liqueur agressait encore, et, maintenant que sa douleur dans les lombes s'était un peu apaisée, Germain en trouvait le parfum herbeux, comme s'il émanait d'un vulgaire berlandieri [1].

L'art de la distillation ignorait le hasard et le magicien le plus doué ne ferait jamais d'une tisane la merveille du siècle. Il avait manqué de la folle blanche, cette année-là, et le colombard avait laissé en route son bouquet originel. Le mélange s'en ressentait. Germain humecta ses doigts, les frotta les uns contre les autres, cherchant les arômes secondaires.

— Boh, té, un peu d'anis, peut-être, et de l'amande verte, gâchés par le bois.

Il eut une moue de déception. Cette année-là, il avait été tenté de pallier les défauts structurels de l'aygue par un brûlage de ses douelles plus intense. Une manière de tricher avec le goût, qui pardonnait rarement. En bouche, l'impression confirmait le nez. Le suc devait bien titrer encore plus de cinquante-cinq degrés et pourtant sa faiblesse aromatique apparaissait.

Il but une gorgée dont la chaleur irradia aussitôt tout son corps, chercha Clélie qui venait de lui parler, mais

1. Cépage ordinaire.

63

cela faisait un moment que monture et cavalière avaient disparu dans les bois. Le souvenir de cette infernale matinée de juillet 1887 à Monclar revint, entêtant. Ce jour-là, Poidats avait vraiment rompu les ponts avec lui. Des rumeurs avaient commencé sur les méthodes de Germain que l'on faisait passer pour monstrueuses. La relative courtoisie des échanges d'opinions dans les villages, et jusqu'en dehors du canton, s'était faite sarcasme et calomnie. Le soi-disant médecin Lescat ne se contentait pas de manipuler les jointures rhumatisantes de ses patients et de leur prescrire d'étranges décoctions de plantes montagnardes. Il mettait aussi dans la tête des gens l'idée que la république serait en fin de compte le moins mauvais de leurs choix. Lorsque Boulanger s'était approché du pouvoir à Paris, il avait été de ceux qui l'avaient combattu le plus ardemment. Au bénéfice de qui ? Des affairistes de la Chambre, radicaux et socialistes, des francs-maçons et en fin de compte des anarchistes poseurs de bombes, qui s'en donnaient à cœur joie aux terrasses des restaurants, assassinant sans discernement pour le simple plaisir de tuer. Et comble de tout, l'affront venait d'un soldat de l'Empereur passé à l'ennemi républicain !

— Comment se font les réputations… se dit Germain, dont la blessure ayant atteint sa conscience professionnelle ne s'était jamais refermée.

Il alluma un de ces petits cigares de Cuba rapportés de Paris par son beau-frère, le négociant Técoère. La fumée en était un peu âcre à la première bouffée, puis finissait comme une caresse parfumée sur la langue et jusqu'au fond de la gorge. Il y avait une parenté avec les sensations données par certains alcools, les plus jeunes notamment, dans les grandes années. Germain goûta, les yeux fermés. L'entretien de sa solitude nécessitait finalement assez peu de chose : du tabac, la liqueur d'Armagnac, à nulle autre pareille, et, pour cadre à ces excès mesurés, bois et collines, afin d'y exercer un métier de nomade.

Il y avait là une forme de bonheur, pour qui eût eu

le temps d'en prendre conscience. Germain se détendait. Les rumeurs qui couraient sur lui depuis cette époque venaient évidemment de Monclar et de la petite coterie absolutiste réunie autour de Jean Poidats. Tout cela n'avait guère d'importance, pas assez en tout cas pour avoir provoqué depuis toujours de la part de Germain autre chose qu'un haussement d'épaules. Clélie était bien plus intéressante que les hommes de son entourage. Germain l'imagina descendant de son cheval devant l'escalier de sa grande maison. Au lendemain d'une nuit aussi éprouvante, sa rencontre avec elle avait été un supplément de chaleur dans l'aube grise de septembre. Que n'avait-il prolongé ce moment ?

Germain se hissa un peu difficilement à bord de son attelage. La lumière du jour l'emportait sur les brumes d'automne, l'air était délicieusement frais, bientôt le soleil s'élancerait du Gers vers le ciel pur de toute nuée, prolongeant le miracle de cette saison unique. Un moment, Germain eut envie de faire le détour par ses vignes de Lagrange, pour le plaisir de contempler leur rousseur matinale sans cesser d'évoquer la voix de Clélie Poidats. Rien n'était plus apaisant que de voir, tout en songeant à elle, les grappes encore luisantes de rosée, leur poids dans la main, et cette certitude de tenir enfin à quelques jours près la vendange espérée depuis des générations.

Germain devait se rendre à l'évidence. Le temps lui manquait, le retour vers son cabinet prendrait bien une heure. Il lui restait une visite à faire. Et puis, des patients sortis tout comme lui de la nuit landaise marchaient déjà vers son cabinet de consultations.

— Té, peut-être que ça fera arriver Charles, murmura-t-il.

Germain se demandait s'il reconnaîtrait seulement son fils aîné et cette perspective le faisait frissonner. Charles avait sans doute été transformé par l'exil, la vie militaire et la découverte tellement aventureuse de l'Indochine.

Ses pensées se chassaient l'une l'autre, au rythme du

trot de la jument. Charles reviendrait au pays comme un étranger, Julien, le cadet, l'ambitieux qui régnerait un jour sur la médecine bordelaise, s'était lui aussi éloigné à sa façon de la maison natale. De corps, de cœur et d'esprit.

Au beau milieu de ses pensées, comme une apparition, Clélie Poidats s'était trouvée devant lui dans le crépuscule. Une joie secrète dans la monotonie de ses jours. Il ralluma son cigare. Des heures, par milliers, ainsi passées à se laisser porter d'une ferme à l'autre sous la bourrasque neigeuse ou la canicule, dans l'opacité des nuits sans lune ou l'éblouissante clarté des midis de juillet, l'avaient familiarisé avec ces improvisations de l'esprit. Elles lui avaient aussi appris la patience et eussent dû lui donner cette forme de tolérance offerte à ceux qu'entraîne, en toute conscience, la course du temps.

Mais il y avait le souvenir des tueries de Crimée, allié à une errance prolongée depuis l'enfance, indéfiniment répétée à travers le pays armagnacquais. Ce par quoi il avait été modelé. Il arrivait que ces évocations surgissant en même temps dans son esprit le missent dans un état de coléreuse exaltation. L'exercice de son officiat, la culture de l'aygue et la splendeur des saisons gasconnes ne suffisaient alors plus à lui épargner le douloureux sentiment de l'humiliation. C'étaient des bouffées de mémoire, pointues et aiguisées comme des scalpels, plus fortes que la nécessité de vivre pour soigner les autres. A les supporter, Germain éprouvait parfois le besoin de hurler, tout seul sur son attelage.

Et ce matin-là, comme maintes fois depuis la mort de sa femme, quinze années plus tôt, il éprouvait autre chose que la simple fatigue des nuits sans sommeil. C'était une sensation de vide immense, de temps perdu, enfui vers des contrées inconnues, et d'un gâchis dont il ne cernait pas bien les contours.

4

Il faisait grand jour lorsque la jument Figue, ayant traversé un épais bois de chênes et de hêtres, déboucha aux abords de Pinchat, une de ces fermes comme il y en avait des dizaines en Armagnac. Modestes balises au pied des collines, postées comme des vigiles aux carrefours des chemins, elles marquaient le paysage de taches ocre surmontées de rouge dans leurs sombres écrins végétaux. Là vivaient les serviteurs de la vigne et du pain, familles fixées depuis des siècles dans leur immuable dévouement aux *mestes* [1], leurs voisins du haut.

Certains possédaient, cependant, un peu de vigne. Les mœurs étaient ici différentes de celles de la Haute Lande où, sous le manteau uniforme et plat de la forêt que l'on dominait de très loin par endroits, lorsque l'on montait vers Eauze, le métayage était une autre affaire, consenti, certes, mais aux contraintes bien plus rigides et aux sanctions sévères.

Germain écoutait son pays et ses paysans lui raconter leurs espérances. Il était là chez lui, dans le réseau de ses plus anciens patients. Il y avait un monde entre la chirurgie de guerre telle que la pratiquait en Crimée le médecin-commandant Maurrin qui lui avait tant appris,

1. Maîtres.

67

et la médecine appliquée jour après jour à la condition sanitaire plutôt miséreuse du monde rural français. D'un côté, un exercice accompli dans l'urgence, aux succès d'autant plus remarqués qu'ils ressortaient d'une clientèle jeune, peu exigeante et généralement hors d'état d'en discuter ; de l'autre, l'accumulation de petites et grandes misères faisant que tout un chacun passait deux bons tiers de son existence à se plaindre de n'être pas d'aplomb. Deux exercices vécus dans des conditions plutôt rudimentaires !

— Té, Germain, ta sangle, là, ce n'est pas le plus pratique, je te le dis, mais enfin, que veux-tu, il faut bien supporter de vieillir.

Julie Despax rit de bon cœur, exhibant ses gencives piquées de chicots à demi déracinés. La maîtresse du minuscule domaine de Pinchat avait soixante ans et en paraissait dix de plus. Elle avait été l'une des premières patientes de Germain et lui demeurait fidèle, avec toute sa famille.

Germain avait inventé pour elle une espèce de bouchon d'étoffe prolongé par deux lanières de lin, elles-mêmes boutonnées sur une ceinture, le tout formant culotte. Ainsi la nature était-elle contenue dans ses abandons. Tandis qu'il fourrageait sous les jupons de sa très ancienne amie, Germain pensait aux chaînes très féminines qui reliaient entre eux, présents et passés, les témoins de sa nuit. Yvonne Ugarte, Clélie Poidats, et cette bonne vieille Julie Despax, avec ses roueries de paysanne et la bonté fruste émanant de sa maigre carcasse. Germain se demandait si, parvenu au même âge, il subirait à son tour un tel assaut du temps. Rendue presque bossue par des paniers de vendangeurs trop lourdement chargés, maigre, édentée, la peau ratatinée, craquelée au visage comme un rouleau égyptien, la fermière de Pinchat, commune de Betbezer-d'Armagnac, subissait dans l'intimité de son ventre les effets de la pesanteur aggravés par une dizaine de grossesses.

— Les organes m'échappent dès que je me mets sur pied, té, se plaignit-elle.

Germain se redressa, remit en ordre la jupe de Julie.

— Voilà, c'est installé, dit-il. Une sangle toute neuve. Elle est un peu dure, mais tu t'y feras. J'ai lu qu'on va en faire de tout à fait modernes, avec du caoutchouc.

— Oh, té, j'en ai vu d'autres. Seigneur Dieu, du caoutchouc là-dedans, et quoi encore.

Elle prononçait « couchou » ; son sabir était un exquis mélange de gascon et de français.

Elle exhalait quelques pestilences volatiles à chaque mot. Germain la gronda. Il lui avait prescrit des bains de bouche au borax et, pour une meilleure digestion, un mélange de pepsine, de Colombo et de quinquina. Elle eut un geste de la main, comme un coup de balai. Boh, boh, boh. C'était pour d'autres, ça, du temps à perdre à la coquetterie quand les vendanges avaient à peine commencé. Germain hochait la tête, navré. Il alla se laver les mains à l'eau claire d'un broc d'étain, observa la femme qui s'asseyait au bord du lit, puis se levait, lombalgique elle aussi, et s'essayait à la marche, lestée de sa nouvelle prothèse.

— Té, la vieillesse, pauvre, dit-elle.

— Tu râles et tu ne fais pas ce qu'on te dit. Plains-toi. En tout cas, le principal, c'est que tes oreilles continuent à bien fonctionner, parce que sans elles, tu serais bien malheureuse, avoue.

Germain chercha son regard, finit par l'accrocher. Julie Despax était aux champs ce qu'Antoinette était à la ville, une écoute, immense, captant tout ce qui se disait d'une ferme ou d'un bourg à l'autre, loin vers les Landes et jusqu'aux hautes collines du Gers. A croire que des passants bien informés se succédaient chez elle pour tout lui conter par le menu, mieux que ne l'eût fait le journal.

— Hé bé oui, té, pardi. Elles marchent bien ces deux-là, et alors ?

Elle eut un petit rire narquois, un peu amer, de ceux que l'on entendait dans les campagnes quand il était question de syndicalisme et de manœuvres politiques, de ces compromissions que l'on soupçonnait sans jamais en être vraiment sûr et par-dessus tout, lorsque l'on parlait, baissant la voix, d'argent et de superficies.

Germain avait ouvert une fiole de liqueur dont le parfum vint bien vite tempérer le remugle encombrant la chambre. Huit enfants étaient nés viables de ses mains dans cet espace monacal aux murs de torchis, à la fenêtre trop petite pour l'éclairer en entier. Huit petits dont aucun n'avait laissé à la mère la charge mortelle de se battre contre la fièvre puerpérale. Un prodige, oui, ignoré des grands esprits scientifiques de l'époque. C'était bien avant Pasteur, Roux, et tous les autres. Germain n'avait jamais oublié les exhortations du chirurgien Maurrin. Semmelweis ! Semmelweis ! Pendant des années, il ne s'était pas posé de questions sur l'action proprement étonnante de l'alcool dans la prévention de ce genre de calamité. Il y avait un effet et cela avait suffi à son contentement.

Julie Despax avait fini de remettre ses bas de laine. Derrière le sourire vertigineux de ses gencives déshabitées, elle paraissait réfléchir.

— Boh, fit-elle au bout d'un long silence, l'époque est au désordre. Vois, Germain, là-haut, vers Auch, tout est sens dessus dessous. Il y en a qui se sont saignés pour sauver ce qu'ils pouvaient de leurs vignes. En vain, té. Je t'en citerai quarante qui n'ont plus rien.

— Au fait, demanda-t-il, vos voisins Destang, ils ont au moins trente hectares de piquepoul en Ténarèze, autour de Montréal-du-Gers. Les bestioles vont bientôt finir de les leur bouffer et ils n'ont pas encore planté les porte-greffes américains. Tu sais pourquoi ?

— Té, ils se disputent les dépouilles du domaine, je crois. Des histoires de famille et de la terre à acheter bientôt, pour pas très cher. L'aygue, c'est terminé. On parle des neuf dixièmes perdus. Ils vont peut-être faire du maïs, comme Poidats et ses pareils, mais avec du retard. Le Poidats, c'est un faux malin, en vérité un sale type. Il te tient toujours sa porte fermée ?

Germain eut un geste vague. Appuyée contre une

70

cloison, Julie remettait avec peine ses chaussons d'intérieur, ceux qui servaient entre la pièce commune et le cellier, les chambres et le grenier. Germain soutint son bras. Il aurait pu la soulever d'une main, tant elle était légère.

— Celui-là ne t'aime pas beaucoup, poursuivit-elle. Sais-tu que pour les élections, il a emmené ses gens avec lui jusqu'au bureau de vote. Les gens, et les bulletins. Je vais te dire, s'il pensait que voter pour les bonapartistes allait lui faire revenir son vignoble, c'est manqué.

Elle considéra son hôte avec bonhomie. Germain était évidemment au courant. Les habitudes politiques ne changeaient guère en Armagnac, ou si lentement qu'il fallait vraiment les observer de près pour y apercevoir du mouvement. Lorsque Julie eut appris de la bouche du médecin ce qui s'était passé chez les Ugarte, son expression changea. Ces gens, Seigneur, s'il leur fallait encore ça comme misère. Germain se garda de préciser les causes de la mort d'Yvonne. Avorter quelqu'un pouvait conduire à l'échafaud, et le seul mot provoquait en général bien plus de crainte que d'apitoiement.

— Cette petite gardait de temps à autre les bêtes de Monclar ? dit-il. Et ses frères ? Il leur arrive encore de travailler pour Poidats ?

— Ça leur arrivait, oui, si on peut appeler ce qu'ils font travailler. Tu penses à quelque chose ?

Sa voix baissa d'un ton comme si la maisonnée n'avait pas à entendre, son regard en dessous semblait la protéger pour passer à des confidences retenues. Les Ugarte n'avaient pas très bonne réputation. Ces buveurs avaient toujours considéré la simplette comme le mauvais cadeau d'un Ciel hostile et injuste. Mais de là à vouloir s'en débarrasser ! Germain songeait quant à lui à Jean Poidats. L'homme avait aussi une solide renommée concernant ses liaisons ancillaires. Son domaine recelait assez d'oustalets et de sombres sous-bois pour abriter ses escapades.

71

— Hé bé, celle-là, pauvrette, dit Julie, elle n'aura pas eu le temps de comprendre grand-chose de la vie. Sauf qu'à trop danser en juillet, té, couillon...

— Tu cherches un proverbe, Julie ?

— Il y en a peut-être un, oui. La simple, on la voyait qui montrait un peu son cotillon dans les fêtes, c'est vrai. Tu sais ça comme moi, Germain. Les maynades, on les voit apparaître au bal, un beau jour, les yeux baissés. Mais les yeux, elles les relèvent à un moment ou à un autre, et alors, on peut tout craindre.

Elle hochait la tête, soudain refermée sur des secrets, des choses inavouables ou des suppositions, tout simplement. La fête nationale était une belle invention, récente, mais les débordements de toutes sortes n'y étaient pas rares et sous prétexte d'honorer la république, c'était souvent de bien autre chose qu'il s'agissait.

— La petite ne s'éloignait pas sans son frère Philippe, je suppose, dit Germain.

— Oh, té, celui-là ! Une gouape bonne pour la ville, et encore, on n'en voudrait pas, là-bas. S'il avait pu la vendre, sa pauvre sœur ! Mais dis-moi, enfin. De quoi est-elle morte, cette innocente ?

— Une colique, té, couillon, mais rassure-toi, pas comme la tienne. Il devait y avoir une histoire d'appendice là-dessous. Elle avait le ventre dur comme du ciment.

Julie sembla se contenter de cette version des faits. Germain préférait garder pour lui le reste. Comme le disait joliment la fermière, la fille était *pèc coum l'àygo loùngo*[1]. C'était là du bon gros sordide de campagne avec en plus, dans cette histoire, un côté bestial infiniment choquant. Le regard de Julie se fit insinuant.

— Té, à propos de médecine, dit la vieille femme, ton jeune collègue Hourcques est en train de te manger la laine sur le dos, un peu partout dans le canton. Oh, il n'est pas maladroit, le bougre, mais j'en connais qui

1. Sotte au dernier degré.

commencent à se demander si, à l'entendre, tu ne soignes pas comme au Moyen Age.

Germain grommela, haussa les épaules.

— Le Moyen Age, on y est encore pour un bon moment, ma bonne Julie. Quant au collègue, boh, té, il me fait penser à un chiot lancé dans des quilles de six. C'est la mode, oui, à ce qu'on dit. La lumière de la Science va éclairer le monde et l'Armagnac, en passant. Adieu les anciens, et leur science douteuse.

Le gouvernement venait de supprimer d'un trait de plume le corps centenaire des officiers de santé. Une époque s'achevait dans les impatiences du siècle à venir. Germain songeait aux lacunes de son art, aux guérisons promises un peu à la légère, et d'une façon plus générale aux dizaines de trépas survenus malgré ses pauvres soins. Son apprentissage avait été semé de tant d'échecs et de doutes. Mais la mode scientifique porteuse d'espoirs pas toujours pertinents ferait-elle croire aux gens qu'on allait cesser de souffrir, de vieillir, et par-dessus tout de mourir ?

— Qui sait ? fit Julie, faussement rêveuse. Il y a peut-être eu des progrès pour faire passer les anges.

Germain se récria. Quel médecin digne de son rang dans la société prendrait-il le risque de porter le fer dans un ventre fécondé ? Au-delà d'un débat philosophique, ou religieux, c'était affaire de conscience, avec comme certitude la mort à tout coup, ou presque, par septicémie, et gangrène. Germain considérait sa vieille amie, songeur. Julie connaissait comme lui ces femmes capables de pratiquer l'avortement contre une récompense en argent. Elles venaient de quelque gros bourg ou de la ville, passaient et s'évanouissaient comme le souffle du vent, emportant avec elles la vie. Ah ! mieux valait de solides bâtards élevés dans le secret des familles. S'ils gênaient, on en faisait des soldats ou des saisonniers et même des héritiers, comme les autres. Julie s'inquiéta, tout à coup.

— Tu es sûr que tout va bien de ton côté, Germain ? Si tu passais tes nuits à dormir tranquillement dans ton lit comme les honnêtes gens, au lieu de quoi tu te mets en morceaux sur les routes. Enfin, c'est ton affaire, depuis le temps. Tu mangeras bien quelque chose, avant de partir ?

C'était un ordre. Germain consulta sa montre tandis qu'il traversait le couloir sur les pas de son hôtesse. La journée serait longue, même pour un estomac rétif à la nourriture depuis quelques semaines. Germain pénétra dans la pièce commune parfumée au confit. On vivait sans le moindre luxe mais bien, chez les Despax ; quelle différence avec la turne humide et crasseuse des Ugarte. Ici, les saucisses et les jambons, lustres paysans entorchonnés de blanc, se pressaient le long de la poutre maîtresse tandis que le bruit apaisant d'une sauce au miton s'échappait en douceur d'une énorme marmite en fonte. Tout était propre et astiqué, chaises et vaisselier, cuivres, casseroles et jusqu'au carrelage patiné par quelques centaines de paires de chaussons.

Des hommes en vestes, de retour d'une chasse matinale, déjeunaient en silence à la grande table rectangulaire. Certains avaient posé leur fusil derrière eux. A leurs pieds, des chiens se reposaient, museaux ouverts, langues pendantes, à distance des lièvres et des faisans alignés en bout de table. Germain s'assit avec précaution mais sa lombalgie elle-même paraissait subir le charme tranquille de l'endroit, sa sereine tiédeur de cuisine et d'humanité rassemblées. Julie était déjà aux fourneaux. La présence de Germain lui faisait plaisir.

— Té, Germain, on l'aura, le raisin du bon Dieu, cette année, dit un homme sur un ton assuré.

— Et comment, Jules Despax ! Avec l'aygue du siècle en cadeau.

Le soleil triomphait de la grisaille, traversait la pièce en larges stries scintillantes. On allait parler vendanges et maïs, et premiers vols de palombes, aussi. Germain ferma les yeux. Le temps faisait une pause sous un toit ami. Il y aurait quelques instants de grâce pour réparer les grandes fatigues de la nuit.

74

En le voyant ouvrir la porte de son cabinet, quelqu'un avait murmuré :

— Le sorcier de Labastide.

Trente ans après son arrivée dans le pays, l'épithète laissait Germain indifférent. Il s'était dit depuis quelques lustres que Germain Lescat, « celui de Sébastopol » pour les anciens des armées impériales, possédait autant de pouvoirs sur les souffrances de ses semblables que sur les cépages composant les crus d'armagnac. Alors, la rumeur avait enflé, au point de faire de la route de Labastide à Eauze une espèce de chemin de pèlerinage, emprunté de jour comme de nuit par toutes sortes de murmurants.

Pustuleux et variqueuses, dolents de la tête, du ventre ou des genoux, goutteux algiques et cardiaques à bout de souffle, ils connaissaient par cœur les chemins menant à l'Oustau. Et pareil pour les femmes grosses menacées par le diabète et l'éclampsie, pour les petits séchés par les diarrhées ou saignant des oreilles. Il n'était jusqu'à des malheureux tourmentés par des sorts jetés d'Albret ou de Grande Lande qui n'aient éprouvé un jour le besoin de venir se confier au sorcier. Tous ceux-là et cent autres se rejoignaient à l'Oustau, en bros ou à cheval et même à bicyclette, juchés sur ces haridelles de métal dont les roues grossièrement gainées de caoutchouc effaçaient les traces du gibier sur les chemins du bas Armagnac.

C'était au milieu des premières collines d'Armagnac, entre les bourgs de Labastide et Betbezer, sur la route d'Eauze, une bonne grosse maison rectangulaire à un étage, couverte de vigne vierge, prolongée à l'ouest par un bâtiment plus bas faisant office de cabinet médical. En équilibre avec cet ensemble et séparés de lui par une pelouse, un jardin potager et un bosquet de chênes, des communs percés de quatre hautes portes ogivales à deux battants donnaient à l'ensemble des allures de gentilhommière. Le cabinet ouvrant ses fenêtres sur le couchant se composait d'une enfilade de quatre pièces desservies par un couloir : deux salles d'attente, le bureau de Germain et, tout au bout du bâtiment, la salle réservée aux actes chirurgicaux courants. Ainsi exposé, le cabinet encaissait les chaleurs estivales et les bourrasques de la saison froide, laissant à la partie noble des dépendances, distillerie, chais et annexes, l'agrément plus tempéré de l'exposition à l'est.

L'été, les patients attendaient volontiers leur tour à l'extérieur, à l'abri des hautes haies de laurier limitant le jardin et les pelouses familiales. Lorsque leurs cent pas les amenaient au voisinage de sa fenêtre, Germain avait ainsi le loisir de les entendre se raconter quelques histoires à ne pas mettre entre toutes les oreilles. La canicule aidant, on se laissait aller, plus facilement encore quand la consultation avait été précédée d'un séjour au café. Ainsi des détails lui étaient-ils livrés le plus innocemment du monde.

Certains jours, tout comme les abords du marché de Labastide, les salles d'attente de Lescat prenaient des allures de forum. On y parlait haut le gascon, ou l'hybride qui navrait tant l'instituteur. Maladies, douleurs et angoisses constituaient le fonds des conversations, entre rires et chuchotements. Seuls les enfants demeuraient par habitude assez obstinément hostiles et le faisaient savoir dès que leur tour arrivait.

Lorsque le calme était enfin revenu dans le couloir et dans les salles, Lescat faisait le tour du propriétaire, vaporisant à l'aide d'une antique sulfateuse la solution antiseptique mise au point à Paris, chez Pasteur. Une odeur de purgatif et de bouillie chimique chassait alors par les fenêtres grandes ouvertes le lourd remugle laissé par les vêtements paysans, la sueur, et les diverses sécrétions promises à examen puis à traitement. Ce n'était qu'à la fin de ce travail que Germain, après s'être autorisé un petit cigare accompagné d'une gorgée d'armagnac, procédait au nettoyage de ses instruments.

Il y mettait un soin particulier, par une habitude remontant loin dans les méandres secrets de sa vie. Les enseignements qu'il avait reçus n'avaient rien de très académique, et des exégètes pointilleux de l'art de soigner eussent pu, parlant de lui, évoquer une génération spontanée, une formation médicale ex nihilo, un mystère, même. Par hasard sans doute, par bonheur en tout cas, nul dans son petit pays d'adoption n'avait jamais interrogé Germain sur l'origine de ses connaissances. On appréciait les services qu'il rendait, supposant que l'officier de santé nommé sous le règne de Napoléon III avait bénéficié d'un magistère suffisant. Il y avait eu dans les campagnes françaises, et jusque dans les suites lointaines de la révolution de 1789, un tel vide médical, une telle déshérence de la santé publique que tout secours aux populations, d'où qu'il vînt, civil ou militaire, religieux ou laïque, avait été reçu pendant des décennies comme une réparation un peu miraculeuse, don de l'Etat ou du ciel, mais don, ce qui n'avait pas de prix.

Germain sentait sur ses épaules la fatigue de sa nuit d'errance. L'eau froide d'une cuvette versée sur le visage et le corps, un bol de café préparé par sa servante Antoinette l'avaient débarrassé des miasmes de sa visite chez Ugarte.

Il s'en était fallu de peu que les radotages d'Antoinette, préoccupée ce matin-là d'on ne savait trop quel compte à régler avec un commerçant de la ville, et exigeant l'arbitrage immédiat de Germain, ne le replongeassent dans le sommeil. Une reddition sans conditions, suivie d'une fuite vers son cabinet, l'avait soustrait aux colériques imprécations d'Antoinette, en vérité maîtresse de maison depuis la mort de Marie Lescat, sa femme.

Toute la matinée, Germain avait essayé d'enquêter très discrètement sur la mort d'Yvonne Ugarte, mais personne ne savait rien. L'opinion générale était que chez de tels sauvages possédés par l'alcool, il devait se passer des choses de tous ordres. Quant aux possibles relations amoureuses de la fille, il se chuchotait que ses fiançailles avaient déjà dû se faire et se rompre plusieurs fois au cours des fêtes de villages.

— Boh, té, Germain, ces gens-là échappent à toutes

les règles. Et la façon dont ils vivent et meurent, couillon...

Le maire de Labastide, Joulia, venait montrer ses gencives à son adjoint à l'hygiène. C'était un brave homme à la conscience assez inquiète pour sa fonction, distillateur et paloumeyre [1] exclusif d'octobre à fin novembre. Solide et noueux, l'œil bleu de mer sous une chevelure grisonnante et taillée ras, il avait senti sa joue soulevée dans la nuit par une chique qu'il estimait du volume d'un œuf de cane, ce qui avait paru très exagéré à Germain, au premier examen.

— Tu as un bel abcès, Toine, et déjà bien collecté. Ça devait traîner depuis un moment. Je vais t'y foutre un coup de lame.

— Oh, pute, c'est nécessaire, vraiment ?

— C'est ça ou un phlegmon, l'os bouffé, et la chair qui te coulera dans la gorge, comme une bécasse en cave, au bout d'une quinzaine de jours. Lave-toi la bouche avec ça.

L'édile mâcha un décilitre de blanche à soixante degrés, la trouva raide sur la langue, en déglutit une partie et recracha le reste dans un haricot.

— C'est du colombard d'il y a deux ans, lui expliqua Germain. On aura beau faire, ça restera un peu sauvage.

Le maire lui conseilla d'attendre une dizaine d'années avant de tempérer ce feu par quelque mélange noble, après quoi Germain lui planta une pointe de scalpel droit dans la gencive, sous les restes d'un chicot brunis par le tabac. Joulia fit un bond sur le fauteuil de cuir.

— Reste ouvert, diou biban ! Tu vas me bouffer le matériel, tempêta Germain.

Un geste efficace avait inondé l'officiant autant que le carrelage, soulageant le malade qui se laissa aller à un long soupir d'aise. Joulia apprécia.

1. Chasseur de palombes.

78

— C'est aussi bon que de pisser trois litres de bourret [1].

Germain raconta sa visite chez les Ugarte. Sa confiance dans le maire était suffisante pour qu'il y allât d'un récit exhaustif sous le sceau du secret. La révélation d'une vilaine affaire sous ce toit hostile n'émut guère son patient.

— Et que peux-tu faire, Germain ? Si on l'avait retrouvée poignardée dans un fossé ou étranglée sous une borde, il y aurait eu enquête. Mais là ? Va savoir ce qui s'est passé. Elle a aussi bien essayé de se faire l'ange toute seule. Ces drôlesses, on en a vu d'autres. Elle t'a parlé ?

Germain se souvint des quelques bribes de mots prononcés par la jeune fille. Entre deux crachats riches en coloris, Joulia en chercha à son tour la signification. Mauvezin-d'Armagnac était à cinq kilomètres de Labastide, à l'écart dans les collines. Au vu du contenu de sa débâcle, Germain avait évalué la grossesse d'Yvonne Ugarte à trois mois environ, ce qui faisait remonter la conception à la Saint-Jean, fêtée là-haut comme partout ailleurs. Joulia hocha la tête. Il s'était rincé longuement la bouche à l'eau claire, concentré sur cette toilette intime.

— Des bâtards, lâcha-t-il, tandis que le médecin lavait son carrelage à grande eau, il s'en fait quelques-uns, ces nuits-là, sur les chemins d'Armagnac, et depuis des siècles. Et je te dirai, té, Germain, que moi-même, enfin, bon, passons.

Il se mit à rire. Sa jeunesse avait été celle d'un hardi *festayre* [2] coureur de bois autant que de jupons, arrosée au piquepoul avant et après qu'on l'eût distillé et mis en barriques. Croisait-il un ou plusieurs de ses enfants inavoués dans les ruelles de sa bonne ville ?

— Va savoir, brisa-t-il en se levant. Au début de l'Empire, si tu te souviens bien, les filles avaient le cul

1. Premier moût de la vendange, trouble et douceâtre.
2. Fêtard.

79

moins serré qu'aujourd'hui. C'est vrai, non ? Pour l'éducation, la santé, les colonies et mille autres choses, la république, il n'y a pas meilleur. Mais pour la roucoulade et ce qui s'ensuit, je la trouve un peu triste. Enfin, c'est une opinion. Ecoute, Germain, concernant la *hilhète* [1], on peut se renseigner. Je tâcherai de savoir ce qui s'est passé en juin à Mauvezin. Il me semble qu'à cette époque, elle et ses petites gouapes de frères travaillaient pour Jean Poidats. Celui-là aussi, té, il a dû en laisser quelques-uns en route, qui ont hérité de sa tête à gifles. Hilh de pute, je me sens mieux. Té, il faudrait peut-être finir le médicament.

Germain lui servit un verre de noble, cette fois, guettant le bond qu'il ferait au contact de la liqueur sur sa gencive ouverte. Mais le bougre avait de la sanquette. Une grimace, un soupir, et, très vite, les mouvements de bouche du dégustateur jouant avec ses sensations.

— Il y a du tilleul, là-dedans, et du rancio, diou biban, vingt ans d'âge, et pas loin de cinquante-six degrés d'alcool. Je me demande si ce n'est pas l'aygue que tu as mise au commerce en 85, ta folle « Juarez » et le colombard de l'année suivante. C'est ça ? Dis. Souvenir de l'empereur Maximilien. Je me trompe ?

Joulia éclata de rire. Ses dents jaunies par le tabac des cigares s'étaient recouvertes d'un curieux mélange de sang et d'Armagnac.

— Quarante ans de pratique, ça forme, nom de Dieu ! s'écria-t-il, libéré tout à coup.

Pris par son épuisante consultation, Germain avait oublié la fillette tuberculeuse croisée sur la route de Mauvezin. Il sortit, aperçut l'attelage abrité sous un saule, à l'écart de la maison. Le père était parti se renseigner en ville et dans les fermes. L'enfant attendait avec ses frères et sœurs, assise à même le sol à l'ombre des bœufs. Germain l'aida à se relever et la conduisit

---

1. Jeune fille.

dans son bureau. Là, il la fit se déshabiller devant sa mère, découvrit, effaré, sa maigreur. L'ayant auscultée à nouveau, il lui tendit un haricot.

— Crache dans ce récipient, petite.

Comme tous les enfants, la fillette ne savait pas expectorer. Germain la fit tousser et, du doigt, fouilla le fond de sa gorge, à la recherche de quelques sécrétions. Il constata.

— Té, du sang. Alors, cette petite est bien phtisique et la chose est déjà avancée.

La mère ne réagissait pas. Le nom de la maladie semblait ne rien évoquer pour elle. Germain lava sa main, contempla la femme immobile serrant un baluchon entre ses doigts.

— Il n'y a pas de médecine contre cela, dit-il. A part le soleil et la lumière.

La femme eut un rictus amer. Du soleil, et quoi encore ! S'ils ne trouvaient pas de travail en bas Armagnac, elle et les siens iraient plus loin vers les Landes et chercheraient un emploi dans la forêt. On embauchait là-bas, pour gemmer les pins et scier le bois. Le père avait été bûcheron dans les Pyrénées. Il saurait bien se débrouiller. Mais du soleil et de la lumière, rien que pour la petite ! Germain s'excusa.

— Restez dans ma grange, le temps de vous remettre en route. Ici, on ne vendangera pas avant la fin du mois. J'en suis navré pour vous. Mais la forêt nourrit ses gens, quand le vignoble chasse les siens. Alors, tâchez de vous approcher de l'océan. Laissez cette enfant prendre le plus possible de soleil et d'air marin. Je vous assure que s'il existe une seule chance de la guérir, ce sera de cette façon.

La fillette jetait vers sa mère des regards anxieux. La femme eut un hochement de tête. Elle avait du mal à croire ce qui lui était dit, même par un médecin.

— Eh té, s'il le faut, on essaiera, on fera comme vous dites, finit-elle par concéder.

Germain prépara une ordonnance pour Lagourdette, le pharmacien de Labastide. Puis il assembla des pou-

81

dres sur une planche et les versa dans des sachets de papier. Prise plus tôt, l'affection aurait pu être freinée par la créosote à faible dose et par l'ergot de seigle. Mais au point où elle en était, même le camphre en injections serait inefficace. Germain expliqua.

— La poudre noire, c'est du fer pour combattre l'anémie et la fatigue. Vous lui donnerez avec de la viande.

A la grimace de la femme, il comprenait que la viande ne serait pas souvent servie dans l'assiette de l'enfant. Des gens comme ceux-là, mangeurs de vent, il en transhumait des dizaines sur les routes de Gascogne quand l'hiver stérilisait les champs. Germain observait la petite, évaluait à vingt ou vingt-quatre mois ses chances de survie. Il ouvrit la main de la mère, la referma sur quelques pièces d'argent, sourit.

— Achetez-lui le soleil des Landes maritimes, madame. Qu'elle le prenne derrière une vitre, tout cet hiver, et qu'elle aille respirer le vent de mer chaque fois que ce sera possible. Vous le ferez, n'est-ce pas ?

Germain caressa la tête de l'enfant. Nulle sorcellerie, fût-elle aimable et inoffensive, ne renverserait le cours des choses. La femme serrait les dents, comme si la perspective d'avoir à remercier lui déchirait la bouche. Germain ne lui demandait rien.

— Allez, dit-il. Et ne perdez pas votre temps en Armagnac. Ce pays meurt des fléaux de la vigne et son peuple s'écoule désormais vers les villes.

L'après-midi s'achevait dans une douceur de fin d'été. Par la fenêtre de son bureau, entre des alignements d'étagères couvertes de livres et de revues, Germain apercevait la haie de lauriers abritant la maison des regards indiscrets, et devant lui, le fouillis végétal laissé en liberté le long de la dépendance médicale. Arbustes et fruitiers s'y disputaient l'espace sur un tapis d'herbes sèches. A distance d'un jeune noyer poussé là spontanément, la main jardinière de Larrouy, l'homme à tout faire de Lescat, avait disposé quelques alignements de rosiers, sur instruction d'Antoinette. Sacrilège. Germain avait bien tenté de lutter contre cette intrusion de l'ordre dans sa savane, mais Antoinette avait profité d'un de ses séjours à la palombière des Técoère pour agir. A présent, quelques roses avaient poussé, que l'automne languissant maintenait en survie précaire, et Germain se demandait quelle gelée emporterait avec elle boutons et maigres tiges.

Il se laissa aller dans son haut fauteuil de cuir, alluma un cigare et ferma les yeux, la main serrée sur un verre d'aygue ardente. S'étant allongé à demi, les talons de ses bottes posées sur son bureau, il chercha la bonne position par des petits mouvements du bassin, finit par la trouver, en partie appuyé sur la fesse droite. Cette douleur ne lui disait rien qui vaille. Une sciatique se fût prolongée à l'arrière de la cuisse, jusqu'au genou et même plus bas. Par association d'idées, il se prit à penser qu'il souffrait peut-être lui aussi d'une tuberculose, osseuse, celle-là. Le mal de Pott décimait étudiants et médecins. Mais des détails ne coïncidaient pas avec ce diagnostic : son état général encore bon, l'absence de fièvre.

— Alors, té, un de ces engouements lombaires, peut-être bien, murmura-t-il. A tant coucher hors de mon lit.

Les cahots des chemins, au fil des années, la station assise, des heures durant, sur la banquette du coupé et l'âge, pardi, avaient dû peu à peu rigidifier son dos, déformer des apophyses, rétrécir quelques orifices de nerfs. De la vieillerie, banale sans doute. Mais qu'il était bon de ne plus rien sentir, dans cette position d'ordinaire intenable.

Germain s'emplit les narines de sa liqueur. L'assemblage d'extraits déjà anciens, fait deux ans plus tôt, portait maintenant son fruit, et le maire ne s'y était pas trompé. Comment pouvait-on, au ministère, refuser à ce nectar sans égal son appellation d'origine et ne lui laisser pour fonction officielle que le relevage sans gloire des cognacs dominant le marché ? Il y avait là un scandale que producteurs et politiques de la région ne cessaient de dénoncer, en vain, hélas. Les quelques velléités d'action commune, à l'aube de la république, avaient été balayées par les fléaux parasitaires. Maintenant, on luttait comme on pouvait et souvent seul, entre Gers et Landes. On se battait pour la survie immédiate, pour la conservation d'un minimum de vignoble et le remboursement des dettes. Dur combat. Face au spectre de la ruine, l'exil et le suicide avaient déjà emporté des dizaines d'exploitants.

Du flot changeant des pensées de Germain émergeaient les bouts de phrases d'Yvonne Ugarte, les mots très durs du frère, un crime, et quoi encore ! Oh, en trente années d'exercice, il n'avait pas manqué de morts suspectes pour donner à l'officier de santé Germain Lescat l'occasion de se torturer l'esprit. Deux ou trois nouveau-nés privés d'air à l'arrivée dans le monde, un rival adultérin tombé tête la première sur les galets d'un ruisseau, quelques très vieux tardant à s'effacer retrouvés raides sous les couettes épaisses. A leur chevet mortuaire, on croisait parents, notaires et gendarmes, parfois. Arrangements, silences et non-lieux. Ainsi allait de temps à autre la société, et pas seulement en Armagnac.

— Pas de quoi se vanter, eh, Chorra ?

En évoquant sa jeunesse, le maire avait entrouvert dans son esprit une porte laissée fermée avec ce soin que procurent les longs oublis volontaires. Par l'entrebâillement de sa mémoire, Germain apercevait soudain une forme humaine. Une ombre venait vers lui de sa démarche saccadée, livrait peu à peu les contours de sa silhouette puis les traits d'un visage rond et paterne, à l'expression de souriante persuasion. A ce fantôme de regard, on donnerait tout, d'avance, sans poser de question, avant d'y apercevoir, peut-être, si on en avait le temps, la malice et l'éclat fugitif d'une vraie froideur. C'était une étrange visite. Mais cette journée de la vie de Germain Lescat, suivant une nuit de mort et d'agonie, ne ressemblait guère aux autres. Le Chorra, de passage à Labastide, et pourquoi pas, après tout ? Par une rouerie du hasard, le médecin aux armées Maurrin avait montré lui aussi son visage roux dans la mémoire de Germain, quelques heures auparavant. Il fallait sans doute se laisser aller un peu à ces exhumations. Elles avaient un sens.

Germain ferma les yeux. Dormirait-il ? Ce serait alors un rêve qui viendrait le hanter avant de se faire chasser, un de ces retours en arrière contre lesquels il se battait depuis longtemps. Il se mit à respirer un peu plus fort. Endormi ou non, il avait du mal décidément à se débarrasser du souvenir qui lui rappelait une indéracinable culpabilité. Jamais, pourtant, il n'avait été responsable des agissements du Chorra. C'était plus fort que lui, il se sentait encore solidaire, donc responsable en partie de ce qui s'était passé. Il luttait pour se débarrasser de ce poids, y parvenait parfois, mais sitôt que par malveillance on lui remettait, comme un plat froid, ce souvenir en tête, il réendossait la peau de l'enfant victime d'autrefois. Ses mois de prison, dans l'âge tendre, l'avaient convaincu qu'il avait participé à la faute grave. C'était un travail à recommencer sur lui-même chaque fois, pour s'alléger du poids de ce passé d'enfant pauvre.

5

C'était au printemps 1846, dans le pays d'Orthe, un piémont de Gascogne, sous le règne de Louis-Philippe, Roi des Français.

Colporteurs et camelots, bergers et métayers des confins de l'Albret, de Grande Lande et du Marsan, montreurs d'ours descendus de leurs Pyrénées à la saison froide, marchands de poudre, de fusils, de sonnailles ou d'aygue ardente et tant d'autres, aux cent métiers, Germain les avait tous connus, côtoyés, croisés d'une assemblade à l'autre, dans les années de sa prime jeunesse. Le vieil homme qu'il avait accompagné au fil de ce temps vagabond ne manquait pas de ressource.

On l'appelait le Chorra. La source jaillissante !

Germain l'avait servi jusqu'à l'âge de dix-sept ans. C'était un de ces vendeurs d'élixirs, sans domicile fixe, allant d'un village à l'autre, ses fioles dans les mains. Un marchand de magie à prix réduit, sympathique charlatan qui le soir, préparait ses mélanges d'herbes et de poudres dont il gardait jalousement le secret.

La fabrication des potions avait bien plus intéressé Germain que leur commerce. Etrange époque. Un demi-siècle de gabegie, de décisions aberrantes et de laisser-aller général avait abandonné la santé des Français dans un état voisin de la friche et la sélection naturelle l'emportait assez largement sur la misérable pharma-

86

copée des initiés. Pauvres médicastres de ce siècle cahotant ! Nés de la Révolution niveleuse et si ingrate pour la science, les officiers de santé dispersés à travers tout le pays pour assister la misère générale du peuple avaient fort peu de savoir médical. Une parodie d'examen, au bout de trois ou quatre ans de sous-études, les diplômait au rabais. Une affectation, un salaire d'ouvrier saisonnier et quelques prières bien adressées les aideraient à survivre.

La considération ordinairement due aux médecins s'était à ce point dégradée que des officines naissaient de toutes parts, fabriquant et proposant à la vente directe des jouvences par dizaines, des potions miraculeuses, des consultations privées. Châtelains et moines, religieuses et bourgeois, il n'était d'école de médecine ainsi créée du néant général des connaissances qui ne sentît, à peine fondée, le besoin de se répandre et de servir le rhumatisant, le dyspnéique, le furonculeux ou la femme en couches. Étrange époque ! Restaurés, dûment protégés par rois et empereurs, gens de Dieu, de robe ou d'épée s'instauraient docteurs, ouvraient des cabinets dans leurs cuisines et leurs celliers et se mettaient à oindre et à prescrire. Fallait-il aux patients des réserves de santé, ou d'hypocondrie, pour résister à leur souci de bien faire !

Le Chorra méprisait ces médiocres. Il se prenait pour un inventeur et avait choisi comme clientèle la cohorte sans nombre des migraineux, des dolents que brûlaient les feux du zona, des femmes que la solitude, le deuil, l'inertie des sens, les retours de couches rendaient mélancoliques et irritables, lunatiques et imprévisibles. Ses patients voulaient lui décrire des maux invisibles, des plaies de l'âme les tenant éveillés jusqu'à l'aurore, des douleurs stigmatisées par rien ? Ils n'en avaient pas même le temps. L'efficacité de l'art était tout entier dans la rapidité de la vente.

Ses bras immenses faisaient un V, avec des fioles dans chaque main, flacons inaccessibles, mais susceptibles de tomber dans la poche de l'impétrant contre la modique somme de trois, quatre ou six sous, « quelques pauvres sous ! ». Il exhibait des lettres d'archevêques et de préfets, des ex-voto à son nom, en reconnaissance éternelle, finissait même par y croire, hâbleur piégé à l'intérieur de son propre univers. Germain le contemplait, admirait, tout en les moquant secrètement, ses attitudes de saint Michel terrassant d'invisibles dragons. Superbe et dérisoire, le Chorra, la source jaillissante, plastronnait sur les places des villages. Mais dès que le rideau tombait, quand la calèche allégée avait pris le chemin d'un autre marché, d'une autre place à investir, alors le magicien redevenait en quelques minutes ce qu'il avait cessé d'être le temps d'un boniment, un vieillard perclus de crampes, ridé, l'œil terne, le cou fléchi par trop de temps, de solitude et de bourlingue, semblable à son cheval épuisé. Et si source il y avait eu, elle se tarissait pitoyablement.

Germain, à peine adolescent, avait tôt fait la part des choses. Face aux potions inefficaces et aux discours qui allaient avec, il y avait ce que les clients en attendaient contre la maladie, la souffrance bien réelle, la douleur. Et puis, à côté de ça, tout ce qui était inventé, déformé, amplifié par les gens. La peur, le besoin d'un peu de pitié, l'espoir et ce petit goût d'immortalité qui leur chatouillait la cervelle, au réveil. Il fallait une bonne médecine pour ces maladies-là. L'élixir contre les varices ou les carences de la lactation, pour l'apaisement des maux de tête ou l'espacement des crises de grand mal devait agir vite, ce qui était rarement le cas. Tout était donc dans la persuasion.

Cette médecine-là, personne ne la trouverait dans les livres. Les hommes avaient eu de tout temps besoin de magie. Les herbes de montagne pour le côté profane, les sources landaises et leurs eaux bienfaisantes pour le pan religieux faisaient le mélange idéal. Parler aux âmes et les soulager de poids trop lourds pour elles, convaincre, en quelques minutes, que tout pouvait s'arranger, même les tumeurs, les anthrax, les goitres, telle était la charge, parfois bien pénible.

Germain avait exhumé, du fond d'une malle, des livres de pharmacie, des traités de pathologie et de thérapeutique, dans lesquels il avait, encore tout jeune, trouvé son école puis ses maîtres. C'était un univers singulier et fascinant, où Trousseau, Bichat, Larrey coexistaient avec ces Arabes aux mystérieuses connaissances héritées des Grecs et des Egyptiens. Ces compagnons de route lui avaient d'abord appris l'alphabet, la syntaxe et la grammaire, puis la science du corps et de ses maux. Quand des garçons de son âge s'échinaient sur Thalès et sur Tite-Live, Germain avait plongé des heures durant dans les phlegmons et les sibilances, les œdèmes et les gibbosités. Le Chorra lui avait enseigné les rudiments de la langue. Puis il l'avait laissé approfondir le reste.

Parfois, au détour d'un chemin, le vieux charlatan, qui était aussi guérisseur et ne répugnait pas aux techniques du magnétisme, consultait pour de bon, comme un vrai médecin. Un sous-bois ombragé faisait office de cabinet, la mousse d'un ru à sec celle de table d'examen. La proximité d'une fontaine réputée pour ses vertus curatives complétait la panoplie des traitement proposés. On parlait bile épaisse ou noire, engorgement du cerveau et du foie. Genoux gonflés, épaules ankylosées, entorses des coudes ou des chevilles faisaient le fond de roulement chirurgical du charlatan. Quelques gestes, des pressions aux bons endroits, de subtiles manipulations et cet art de la caresse apaisante, les yeux dans les yeux, avec les mots doux pour tranquilliser, suffisaient en général pour des améliorations rapides et remarquables, des soulagements observables à l'œil nu. Et lorsque cela ne suffisait pas, tractions et torsions plus énergiques amenaient parfois la sédation, après la douleur animale des premiers instants.

Les traitements ne s'arrêtaient évidemment pas aux manipulations hardies, aux désarticulations réparatrices. Il fallait ensuite boire les potions, à heures fixes et assez longtemps pour qu'elles fussent efficaces. En vérité le Chorra se foutait pas mal du suivi de ses pres-

89

criptions. Allégé de ses liquides magiques, lesté d'espèces sonnantes, il hochait la tête, satisfait, après quoi, comme dans un rituel de théâtre, on quittait le lieu assez vite et on disparaissait. Cette errance avait duré dix ans pour l'enfant prénommé Germain.

Germain reprit ses esprits, soupira. Le visage de son mentor penché vers le sien, à le toucher, avait disparu comme un souffle d'air. Le cabinet était désert, silencieux.

— Fous-moi la paix, maintenant, Chorra, grommela Germain.

Ses reins engourdis lui donnaient la sensation d'un poids attaché à sa ceinture tirant en douceur vers le bas. Germain but une gorgée d'armagnac, la mâcha longuement pour en extraire les nuances, avant de l'avaler à la température de son corps. Avait-il dormi ? La cendre de son cigare était tombée sur son pantalon. Il la dispersa en maugréant.

Quelqu'un se tenait dans l'embrasure de la porte. L'espace d'une seconde, Germain se dit que c'était le Chorra revenu en chair et en os du royaume des ombres. Ses yeux s'écarquillèrent.

Germain reconnut la haute et maigre carcasse de celui qu'il appelait son maître de chai. Jean Larrouy eut un grand sourire dévoilant ses dents jaunies par le tabac. Il s'approcha du bureau, le béret dans une main. Après avoir couru, ou du moins essayé, il était encore tout essoufflé. Ses longs membres tremblaient. Germain se dressa.

— Tu étais au coche d'Aire, dis-moi ? Charles est arrivé ! Nom de Dieu ! Ça, c'est une nouvelle !

Germain se leva d'un bond. Il fallait bien une telle joie pour effacer dans l'instant les remugles de la nuit et dompter la douleur.

— Je vous préparerai quand même le coupé pour Eauze, ce soir ? demanda Larrouy.

Germain avait oublié l'importante réunion des producteurs d'armagnac prévue dans la matinée du lendemain. L'époque était à la crise, aux parasites de la vigne et à la remise en cause radicale d'activités vieilles comme le temps. Eauze, c'était deux heures et demie de voyage aller par temps sec et de la fatigue en prévision.

— Fais comme tu veux, Jeannot. J'irai si j'ai pu dormir un peu avant. Mais mon fils est de retour, c'est le plus important !

Il avait déjà enfilé sa redingote et se précipitait vers la porte. Au passage, il décocha à Larrouy une bourrade qui fit vaciller le vieil homme.

— Charles est de retour, diou biban ! Si tu as menti, canaille, je te noie dans un foudre !

L'Armagnac n'avait jamais été avare de soldats ni de capitaines. Celui qu'aperçut Germain entre les arcades de la grand-place de Labastide ne ressemblait à aucun autre. La main posée sur le pommeau de son sabre, altier, le geste facile, charmeur, tandis qu'il bavardait avec ses cousins Edmond et Mélanie Técoère, Charles n'avait pas vu son père s'approcher. Germain différa par plaisir le moment où il poserait la main sur l'épaule de son fils. D'ordinaire, la rencontre d'Edmond Técoère eût contrarié le médecin. L'homme était imprévisible et plutôt feignant, vivant aux crochets de sa mère dans la vague promesse de trouver un jour un emploi. Mais ce matin-là, il y avait Charles, de retour en Gascogne, et le cours de la vie devenait différent.

— Tu es magnifique, mon grand fils, murmura Germain pour lui-même.

Il avait de l'allure, vraiment, le *serrelèbe*[1], le chasseur de corbeaux, pêcheur d'écrevisses, explorateur du moindre terrier depuis la tendre enfance. Charles connaissait le cours du ru le plus insignifiant du bas Armagnac. Il avait été l'homme des bois, capable de survivre dans n'importe quelles conditions, et c'est tout

1. Braconnier.

91

naturellement qu'il avait décidé d'assouvir sa soif d'aventure sous l'uniforme. Germain sentit son cœur s'emballer. Charles n'avait pas reparu depuis cinq longues années.

— Regarde qui est près de toi, dit Mélanie Técoère d'une voix fluette.

— Té, le bon docteur des pauvres !

Charles tourna vers son père son large visage aux yeux enfoncés profondément dans leurs orbites, au-dessus d'une épaisse moustache couvrant sa lèvre supérieure, fit un pas vers Germain, les bras ballants. Dans la seconde, Germain reçut un choc qu'il ne pouvait expliquer. Au tréfonds de lui-même, sa joie disparut, chassée par une angoisse terrifiante, comme l'annonce d'une petite mort.

— Tu aurais quand même pu nous écrire de Marseille, petit *peluset* [1]. Nous savions simplement que tu avais quitté l'Indochine. Laisse-moi te regarder. Dieu, que tu es maigre.

— Un long voyage, et quelques guerres lointaines.

Il n'y avait pas que cela. Dans le regard de Charles, Germain lut une espèce de désespoir, amer malgré le sourire.

— Mon petit, mon petit, murmura-t-il.

Il découvrait un inconnu au faciès torturé, au regard absent. Edmond Técoère tapota les galons dorés cousus sur l'épaulette de Charles.

— Maréchal des logis-chef, admira-t-il. On a un sacré sous-officier dans la famille.

Charles haussa les épaules. Sa nomination datait du jour de son embarquement pour Marseille. Outre-mer, les avancements allaient plus vite qu'en France. Mais il n'y avait pas de quoi tirer des feux d'artifice. Les galons d'officier, c'était pour d'autres. Charles eut un petit ricanement, frappa la hanche de Técoère du plat de son fourreau.

_____

1. Débrouillard.

— Et toi, couillon, tu fais toujours la sieste dans les jupes de ta mère, à ne rien foutre de tes dix doigts ?

Edmond Técoère se rembrunit. Il avait de tout temps été dominé par la forte personnalité de Charles. Le temps passé à ne rien faire d'intéressant le confortait dans un vague sentiment d'infériorité.

Mélanie Técoère contemplait les deux hommes. Des serments échangés dans leur enfance en avaient fait une sorte de promise à Charles. Maintenant, elle n'osait interroger l'étranger au visage transformé qui revenait du bout du monde.

— Je te l'enlève, petite, lui lança Germain. Viens donc le retrouver à la maison et dis à ton père que le ciel reste bleu.

Germain n'oubliait pas que le marchand d'aygue avait décidé de vendanger sans tarder ses colombards de Mauvezin. Il y avait entre eux un pari à gagner sur les dix ou quinze jours à venir ; Germain avait choisi de les prévoir superbes et ensoleillés, assez pour repousser d'autant la vendange.

Il entraîna son fils vers la place inondée de lumière. Par une heureuse conjonction, il aurait sous son toit, et pour quelques jours, deux de ses trois enfants, Quitterie, l'adolescente en quarantaine, pour cause de maladie infantile, et lui, l'aîné, qu'il arrêtait tous les cinq mètres pour le toiser, le presser contre lui, l'accabler de questions. Quoi ? Un séjour de six semaines, seulement ? Ils se foutaient du monde, aux armées coloniales ! Et le Tonkin, nom de Dieu ! Il y avait la Chine, tout près, la Chine !

— C'est quoi, ce que tu as, dis ? Des fièvres ? La malaria ? Sous ton uniforme, tu n'as que la peau sur les os. On ne vous donne pas de quinine ? C'est ça ?

Charles avait passé une demi-année en poste près de la frontière du Laos. Les fièvres, oui, sans doute, mais la quinine faisait partie du paquetage. Les hommes souffraient aussi de dysenterie. Inévitable et si banal. Il ne fallait pas s'inquiéter.

93

— Ce n'est pas pire que le siège de Sébastopol ou alors c'est que j'ai mal appris l'Histoire.

Par l'échancrure de la vareuse, Lescat apercevait le cou décharné de son fils et, sous le maxillaire, des excroissances arrondies, grosses comme des œufs de pigeon.

— On va te retaper, sale gouyat, tu peux me croire. Tu sais en quelle saison nous sommes. Il y a un peu partout des bolets hauts comme des tabourets de piano et de la palombe en veux-tu en voilà, qui passe depuis une dizaine de jours. Ah ! comme je vais te préparer la cuisine qui guérit des fièvres !

Sa douleur l'avait abandonné. Il connaissait les vertus thérapeutiques de la joie. C'était une bonne médecine, qui se passait des potions et des onguents.

— Je t'examinerai, pourtant, promit-il, et dès ce soir.

— As-tu des nouvelles de Julien ? demanda Charles.

— Boh, Julien, comme d'habitude, tu sais. Le commerce de la famille ne l'intéresse pas beaucoup. Il était là il y a peu, pour la petite qui a eu la scarlatine. Maintenant, on ne le verra plus avant Noël, ou l'an prochain, va savoir. Même Antoinette finit par penser qu'il exagère. Pourtant, c'est son préféré, tu te souviens.

Charles n'avait pas oublié. Avec son cadet et son cousin Edmond Técoère, ils avaient formé un joli trio de *festayres*. Puis Julien était parti faire ses études de médecine à Bordeaux et, depuis, se faisait silencieux et rare comme à plaisir.

— J'irai le voir, s'il ne se montre pas, promit Charles. Le carabin, je me le débusquerai au sortir de sa tanière. Quoi ! Je reviens au pays et il n'est pas là pour m'accueillir ? Il se prend pour qui, ce ladre ? Pour Pasteur soi-même, réincarné ?

Germain haussa les épaules. La froideur de Julien, la distance que le jeune homme mettait entre lui et sa famille l'attristaient. Mais il fallait considérer d'abord sa carrière, et de ce côté-là, les choses allaient plutôt bien.

Ils croisèrent des voisins, quelques amis. On accourait de loin pour saluer le revenant, un futur illustre qui vaudrait bien un jour ceux de Lectoure, les Lannes et autres Gersois du haut pays armagnacquais. Germain rayonnait. C'est mon fils, semblait-il répéter, couvant de ses yeux mouillés le gaillard amaigri, si plein de reconnaissance que pour un peu, il se fût arrêté à l'ombre des puissants murs fortifiés de l'église pour y faire une prière. Charles devina la raison du désarroi joyeux de son père, eut un bref éclat de rire qui le fit presque grimacer.

— Ah ! Oui ! J'aimerais voir ça ! Le serviteur de Badinguet [1] passé à la république, le traître vissant un ex-voto dans ces pierres vénérables ! Oui, voir ça, une fois dans ma vie !

Germain ne releva pas. Il avait de tout temps recommandé à ses enfants de garder leur liberté d'esprit et assez de sens critique pour l'entretenir. La scrupuleuse et dévouée Antoinette, qu'un besoin profond de maternité avait transformée en une sorte de gardienne de temple, à la mort de Marie Lescat, avait bien essayé de contre-balancer son influence réputée néfaste sur les jeunes esprits des garçons. Elle allait à l'église, comme sa défunte maîtresse. Germain l'avait laissée faire, certain que parvenus à l'âge adulte ses fils sauraient faire leur choix.

Charles se pencha vers lui, chuchota.

— Dis-moi. L'abbé Amestoy, qui ne t'a jamais entendu en confession, tu lui fais tout de même toujours avaler tes mélanges d'herbes, orties, pissenlits et le toutim ? Pauvre.

— Et un peu de digitale, aussi, désormais. On vieillit tous, té.

Charles avait laissé ses bagages en tas sous une des

---

1. Sobriquet donné à Napoléon III.

arches de pierre ceinturant la grande place carrée. Dans la lumière éclatante, sa pâleur n'en paraissait que plus irréelle. Le soleil qui blessait ses yeux le forçait à plisser les paupières. Un mal secret le rongeait, qu'il s'essayait à masquer en feignant la gaieté. Mais Germain le devinait.

— Mon petit, on va te retaper, tu peux me croire.

Charles le suivit dans l'ombre fraîche des arcades, d'où la vue embrassait trois côtés marchands de la place, piliers ronds ou carrés, noble pierre patinée par les siècles, voûtes sous lesquelles le silence même prenait parfois des résonances d'absolu mystère. Renouant avec un lointain passé, un peu hébété, Charles redécouvrait, façade par façade, la justesse architecturale du lieu, son harmonie rustique qu'égayaient cependant, un peu partout, colombages et chevrons, et jusqu'à la masse quasi aveugle de l'église, muraille fermant au nord la place, porte guerrière de l'ancienne bastide pacifiée par l'Histoire.

— J'ai quelques objets à prendre chez Larrieu, dit Germain.

— Té, le vieux Larrieu. Toujours de ce monde ?

Il semblait s'intéresser aux gens mais son esprit était ailleurs. Ils entrèrent, courbés, dans une échoppe, descendirent quelques marches et, s'étant accoutumés à l'obscurité, s'immobilisèrent devant un invraisemblable capharnaüm de bois, de cuir, de verre et de métal au centre duquel, assis sur un tabouret, officiait le maître des lieux.

— Et té, qui c'est, là ?

— Lescat, couillon, et Charles, mon grand qui nous revient de Chine ou presque.

L'homme se leva, posa sa pipe sur le tabouret, vint à leur rencontre. Il était minuscule, noueux, le visage noyé sous des vagues de rides, les yeux, invisibles, tapis au fond des orbites.

— Et fais-toi voir, l'officier. Bé, ils t'ont changé, aux colonies. Le paloumeyre de Betbezer a fait sa mue.

Brandebourgs, épaulettes, et des citations, même. J'en connais qui devraient prendre exemple.

Il était le seul à distinguer nettement quelque chose dans sa boutique à demi enfoncée sous le pavement de l'arcade. Le Tonkin, ah, oui, il avait vu des photographies dans *L'Illustration*. On y faisait flotter le drapeau tricolore un peu partout.

— Ça te console de Sedan, eh, Germain ? dit-il. Et puis, les Prussiens, là-bas, au moins, ils ne nous emmerdent pas. Parce que les Anglais, ce ne sont pas vraiment nos amis mais tout de même, on ne leur fera pas la guerre pour des arbres à caoutchouc ou du mil pilé. C'est bien, petit, c'est bien.

Germain fit asseoir son fils, qui transpirait à grosses gouttes, promit qu'on rentrerait tout de suite après. Charles avait l'air épuisé, soudain. Le vieux Larrieu lui proposa un verre d'eau, s'éloigna quelques instants, revint, portant une construction de ferraille prolongée par un levier muni d'un manche en bois.

— Té, Germain, la voilà, ta machine à mettre l'aygue en prison. Et regarde, la bouteille, je lui cale le cul dans ce collet de métal et je lui fais faire sa part de chemin vers le bouchon en soulevant le tout avec cette pédale. C'est la nouveauté. Le levier fait monter le flacon et hop, le col se coince dans ce manchon. Tu appuies, et c'est bouché ! Oh, je n'invente rien, tu penses bien qu'à Bordeaux, ils ont déjà pensé à ça, mais ici, tu vois, le couple est plus puissant. C'est mon secret, de Polichinelle bien sûr.

Larrieu n'était jamais allé à l'école, tout comme Lescat. Les deux hommes avaient appris la vie par l'expérience, y compris leur métier. Leur amitié déjà ancienne se nourrissait de l'effort qu'ils avaient dû faire pour s'extraire de leur chaos originel.

— Té, il faudra que tu récupères ça aussi, dit Larrieu en caressant une haute machinerie à tamis. Ta trieuse à grains. Je te l'ai réparée, bichonnée, fardée mieux qu'une fille du marché d'Eauze. Pour ta folle blanche de Lagrange. Moi, je dis que cette année, il n'y aura

97

guère de déchet. Pas un pet de pourriture grise ! Tu as vu un peu cet automne, nom de Dieu, encore quinze jours de ce cagnard et on aura la récolte du siècle, la plus belle en tout cas depuis l'année des versaillais. 1871 ! Ton père te l'a déjà dit, je suppose, eh, Charles ? C'est la seule chose qui réconcilie les gens en ce moment, par ici.

Il disait versaillais quand d'autres eussent dit communards, peut-être simplement pour exorciser le souvenir des temps barbares de la guerre civile. Comme beaucoup de vieilles gens des Landes, Larrieu avait conservé la fibre impériale et de la reconnaissance pour celui à qui le département devait beaucoup.

Charles s'était tassé sur son tabouret. Germain posa la main sur son épaule. La faconde de Larrieu, l'étalage-foutoir de son génie réparateur et créateur ne retenaient plus son attention, ce jour-là. Leur bavardage à l'heure chaude, sur les vendanges à venir, leur éternel débat sur les alambics seraient pour une autre fois.

La chambre de Charles était restée inoccupée depuis son départ. Le jeune homme avait embrassé les femmes de la maison et déposé ses malles dans le grand couloir du bas. Puis il avait aussitôt gagné l'étage et s'était assis sur son lit étroit recouvert d'une couette rouge, le dos appuyé au mur.

Germain se tenait debout devant son fils, les mains soutenant ses reins endoloris. Il lui donna l'ordre d'enlever sa chemise et son pantalon.

Charles s'exécuta. Sa maigreur apparut dans la lumière inondant la petite pièce. Germain siffla entre ses dents.

— Nom de Dieu ! Faut-il que vos uniformes vous avantagent.

A Sébastopol, au bout de dix mois de siège, il avait vu pas mal de prisonniers russes pareillement étiques. Mais pour beaucoup, Français et Britanniques n'avaient guère à leur envier. Minée par les fièvres et les diarrhées, une bonne partie du corps expéditionnaire se traî-

98

nait depuis des semaines entre infirmerie et latrines. Assiégés et assiégeants s'étaient en fin de compte trouvés assez ressemblants.

— Tu nous reviens dans un drôle d'état, marmonna Germain.

Il fut comme terrassé par ce qu'il voyait. Sous la peau glabre apparaissaient, comme des olives sous un drap, des gommes syphilitiques. Elles occupaient déjà le terrain, au cou, aux aisselles, aux aines. Germain palpa les petits reliefs indolores, éprouva leur rénitence. Par endroits, des taches en cours d'effacement témoignaient de la roséole.

— Ouvre la bouche.

Des mois et des mois de mauvaise nourriture avaient commencé à délabrer la dentition de Charles, ainsi que le tabac, de ces petits cigares cubains si appréciés des corps expéditionnaires et consommés par dizaines. Sur les gencives à sang par endroits, Lescat découvrit quelques lésions syphilides. Au cas où il eût éprouvé un doute, rien ne lui manquait, maintenant, pour établir son diagnostic.

— Tu n'as pas consulté au Tonkin ? Tu te balades avec ça depuis combien de temps ?

Charles eut un geste d'humeur. Un rictus amer déformait le bas de son visage. Il venait de passer près d'une année dans les jungles du Nord, savait-on ce que ça voulait dire ? Ce qu'il appelait ses kystes était apparu à la fin de cet épuisant séjour.

— Les premiers sont sortis un mois avant ma permission. Je ne voulais pas me retrouver à l'hôpital militaire d'Hanoi. Et puis, je n'ai pas mal. Je n'ai jamais eu mal.

Germain s'assit près de son fils. Tête basse, il réfléchissait. Les lésions secondaires n'étaient guère invalidantes, mais comme beaucoup de pasteuriens, le médecin supposait qu'elles représentaient la phase de contagiosité maximale. Chez Charles, la maladie se développait vite. A quand remontait sa première offensive ? Contrit, le jeune homme finit par donner les détails.

— C'était en 90, il y a trois ans, peu après notre retour du Haut-Laos. Nous avons passé quelques semaines d'instruction à Hanoi.

— Tu es allé au bordel ?

— Bien sûr. Qu'est-ce que tu crois ! Que les demoiselles de la bonne société coloniale nous attendent à l'entrée de leurs chambres à coucher ? Tu n'as donc jamais voyagé sous l'uniforme ?

Malheureux au plus profond de lui, le père voyait de méchantes lueurs dans le regard de son fils. Il fit un geste d'apaisement.

— Des filles, poursuivit Charles, à peine calmé, il y en a partout, dans les maisons, et d'autres, sur des jonques. Avec la promesse de se perdre au bout du monde pendant des semaines, on ne se privait pas trop. C'est normal, on partait pour des coins de montagne où personne n'avait encore vu d'étranger, sans la moindre assurance de revenir.

Charles respirait plus vite, comme agité par d'anciennes terreurs. Il pressentait que sa maladie était grave, se renfermait comme un enfant pris en faute. Germain reconnaissait soudain, sous le masque, son petit trappeur d'autrefois, insouciant et intrépide, si confiant en sa bonne étoile que l'on finissait par penser que rien de mal ne lui arriverait jamais. Mais il revenait transformé par l'exil, les fièvres, la peur. Charles expliqua. Depuis la sale affaire de Lang Son où quelques centaines de Français avaient été massacrés, la conquête poussait ses colonnes vers l'ouest, Laos, Siam, même. Quelques jours après le départ pour sa première expédition aux confins de la Chine et du Laos, il avait découvert un chancre.

— Là-bas, on se paye assez souvent des abcès, des saloperies sur la peau, qui s'arrangent plus ou moins spontanément. Je surveillais ça. Tout a disparu assez vite, enfin, en deux semaines, trois, peut-être. J'ai oublié. Quelqu'un s'était foutu de moi, pourtant.

« Quand tu auras ta vérole au dernier degré ! » Des conneries d'aspirant, quoi. Lorsque l'on est en train de conquérir le monde, on ne se laisse pas abattre par ces broutilles. De toute façon, le médecin avec lequel nous étions partis avait dû rebrousser chemin avec des guides Moï, avant de m'avoir examiné. Les fièvres ! Il tremblait au point de faire avancer son lit !

Il regarda son père, eut un rire bref, comme un défi, avant de demander :

— Si c'est ce à quoi tu penses, confirme-moi que ça ne se soigne pas.

Germain secouait doucement la tête comme pour nier. Charles s'était ressaisi. Il avait vingt-sept ans, un âge auquel les fatigues d'un long voyage s'effaçaient vite. Déjà, la maison, avec ses odeurs, ses cloisons incurvées par le temps, ses recoins obscurs où l'on jouait, enfants, lui donnait l'envie du repos nécessaire, et de la force, même. La voix du jeune sous-officier tonitrua.

— Alors c'est bien ça. La vérole ! Donc vingt ans, peut-être, de vie acceptable. Si j'ai bien retenu la leçon. Et bast ! Je m'en contenterai. Je vais repartir. Tu vas me soigner, et je reprendrai un bateau pour l'Orient. Là-bas, je te le dis, la vie n'a pas tout à fait le même sens, ni la même durée qu'ici.

Germain acquiesça avec tristesse. Il savait que rien ne retiendrait son fils en Gascogne, et il avait une forte envie de le prendre contre lui, de l'embrasser. Mais ces sortes de tendresses n'avaient jamais été de mise dans la famille et à l'heure des comptes, le prix de cette carence s'imposait comme une dure privation. Il contint ses élans, posa son oreille contre le thorax de Charles, écouta longuement le cœur, dont nul souffle anormal ne brouillait le bruit régulier. Il faudrait expliquer au jeune homme que les ennuis viendraient un jour de là, de l'angor précédant les troubles neurologiques. Cela suffirait bien. Pour le reste, la lecture d'un ouvrage de sémiologie serait plus éclairante qu'un long discours : la déchéance, lente, irréversible, l'atteinte des fonctions

101

les plus nobles, jusqu'à celle de la pensée, et la paralysie générale pour finir. Vingt ans ? Il y avait de l'optimisme dans cette espérance de survie. Mais peut-être la curiosité de Charles n'irait-elle pas aussi loin.

— Il y en a qui disent que cette saloperie est héréditaire, dit Charles, l'œil allumé, soudain. J'ai lu là-dessus des articles, à Hanoi.

Germain haussa les épaules. Il supposait que non, par raison scientifique, mais personne n'avait encore aperçu la possible bestiole et les grandes facultés formaient une majorité d'étudiants convaincus que la syphilis se transmettait par l'hérédité, au même titre que la couleur des yeux. Charles se leva, se rhabilla en silence. Dans les laboratoires de Paris, la révolution microbienne avançait. Dieu, que c'était long à s'accomplir. La pauvre Yvonne Ugarte, comme mille autres désignés par le sort, ne connaîtrait pas ce jour. Et Charles, sans doute, parmi eux.

— Et toi, dis donc, qu'on appelle le magicien, le *bourrolou*[1], avec tes fioles d'armagnac et tes incantations sur les verrues, tu n'as pas une petite recette pour effacer ces bricoles vérolatiques ?

Germain contemplait son fils. Au-delà de la fatigue qui durcissait et creusait ses traits, Charles conservait comme un bien inné qu'il aurait su entretenir sa belle insolence et la certitude qu'il trouverait comme d'habitude la sortie du bois en pleine nuit. Germain se redressa, massa ses reins.

— Il n'y aura pas d'incantation, Charles, ni de tisanes du genre salsepareille, gaïac ou sassafras ! Ça, c'est des conneries de bonnes femmes, pour faire transpirer cette pauvre Antoinette quand elle a des vapeurs. Pour ce que tu portes en toi, la médecine exige plus. Du mercure en sublimé, des iodures.

Il pointa l'index vers le thorax de son fils.

— Je t'en injecterai autour de ces gommes. Tu pren-

1. Chef des sorciers.

dras aussi de l'arsenic, peut-être. Je te demande de me croire. Dans six semaines, tu ne seras pas rétabli au point de gambader sous ton sac, vers un quai de Marseille. Il va te falloir du temps.

— Je t'arrête, père ! Il faut faire en sorte que ces kystes aient disparu au moment de mon départ. Et puisque personne d'autre que nous deux n'est au courant, cette affaire ne sortira en aucune façon de cette chambre.

— Ton frère est médecin, lui aussi.

— Ah oui ! Au fait, comment va-t-il, ce bon vieux ? L'annonce de mon retour n'a pas l'air de l'avoir trop touché. Eh bien, *bac si*[1] Julien ne verra rien, et les militaires non plus. Surtout pas eux. Je ne tiens pas à terminer ma carrière dans un hospice de Bordeaux, ou de Nancy. Tu me comprends, n'est-ce pas ?

Il répéta sa question, qui valait ordre. Lescat comprenait. Lorsque les lésions en cours auraient disparu, le masque de la maladie serait pour quelques années celui de la bonne santé. Tapie au fond de Charles, la syphilis sommeillerait, pousserait ses avantages en silence le long de ses artères, à travers les substances de son cerveau. Lent voyage et un jour, le réveil.

— Je dois retourner en Asie, ajouta Charles. Ces pays ne ressemblent à rien de connu. C'est dans le cœur, dans les tripes. Malade ? La belle affaire. J'ai vu à Hanoi des types au bout du rouleau, accrochés à la terre tonkinoise comme à une ancre coulée dans la vase d'un port en eau saumâtre, mais que rien, tu m'entends, rien n'aurait fait remonter à la surface. Crever, oui, mais là-bas, nom de Dieu.

Son œil s'était allumé, sa lèvre tremblait. Germain connaissait ces fascinations pour l'ailleurs. Lui-même en avait éprouvé pour le Caucase, avant de connaître la boue de Sébastopol et d'entendre la litanie des douleurs qui résonnait encore parfois à ses oreilles, la nuit.

1. Docteur, en vietnamien.

Mais la Crimée n'était pas l'Annam, le Laos, le Siam, la Chine, où quelques milliers d'explorateurs-soldats éblouis découvraient jour après jour les pays, les ciels, les odeurs, les gens que leurs rêves les plus fous n'auraient même pas esquissés.

— Alors, je mettrai dans ton paquetage des médicaments que tu devras prendre bien régulièrement, dit Germain. Je t'en enverrai, aussi.

— Bonne décision ! Je serai ton patient le plus docile, tu peux me croire. Ici comme au loin.

Germain Lescat réprima la bouffée de chagrin qui montait en lui. Pour la première fois depuis la mort de sa femme, la maladie frappait à sa porte pour détruire, tuer. Aucune détresse, aucune souffrance ne le bouleverserait autant que la vision du corps amaigri de son fils sous son regard de clinicien. Le plus terrible était que, nourri, retapé, débarrassé des probables parasites qui l'infestaient, Charles resterait porteur de son hôte mystérieux. Devant ces fatalités-là, les médecins écartaient les bras, se faisaient humbles, détournaient la conversation. Cette fois, Germain éprouvait l'envie, violente, d'en découdre. Mais contre quoi ?

Charles ajustait ses bretelles. Il arrêta son geste, pointa le doigt vers son père.

— Mais dis-moi, tu t'enraidis pas mal de ton côté. Tu as vu comment tu marches ? On dirait un vieillard.

Il y avait dans sa voix quelque chose de narquois, de vaguement revanchard, qui blessa Germain. Charles avait l'air de jouer une espèce de partie de cartes morbide, atout contre atout. C'était pourtant bien lui qui, délaissant brutalement la bure lycéenne l'année même du baccalauréat, avait choisi les uniformes chamarrés de l'armée. Germain éluda.

— Boh ! Une vieillerie de la hanche ou quelque chose de voisin. Et l'hiver qui vient, té, couillon. Ce n'est pas une très bonne saison pour les vieux.

Germain se sentit mal. Les effusions des premiers instants avec son fils laissaient place à l'angoisse d'une coexistence routinière. Et l'on n'avait encore parlé de rien ! On pourchassait les Pavillons noirs aux confins de la Chine, on affrontait les conquérants anglais au Soudan, au Siam. Y aurait-il conflit plus large, la guerre jusqu'en Europe, peut-être, pour des histoires de prés carrés africains ? Rien n'était moins certain que le désir de Charles d'évoquer ces sujets. Perplexe, Germain observait son fils finissant de se rhabiller. Dans bien des familles françaises, les jeunes gens de la trempe de Charles représentaient la revanche contre la Prusse, détournée vers l'aventure coloniale. On pleurait l'Alsace-Lorraine et on fêtait dans le même temps les exploits des corps expéditionnaires en Tunisie, à Madagascar, en Indochine, et jusqu'au cœur de l'Afrique noire. Un empire naissait, baume sur les plaies du désastre encore si récent.

Quitterie Lescat passait son petit museau de collégienne dans l'entrebâillement de la porte de la chambre. La présence de ce frère arrivé d'une autre planète, de cet inconnu qui l'emmenait, enfant, cueillir des champignons et poser des collets, l'excitait et l'intimidait. Elle aussi avait lu des revues, découvert les photographies de quelques atrocités bien asiatiques, têtes coupées, rangées de suppliciés en attente de mise en terre et, en point d'orgue à ces bains de sang, les régiments français défilant sous le regard froid de chefs à cheval. Et voilà qu'une de ces silhouettes figées sur le papier glacé de *L'Illustration* s'animait devant elle et lui souriait, gentiment moqueuse.

— Charles, je t'abandonne à la curiosité de ta jeune sœur, dit Germain. Je compte sur elle pour t'aider à retrouver tes repères dans cette maison.

— Alors, gouyate, fit Charles avec un clin d'œil, on ira aux cèpes, c'est la saison. Tu te souviens ? Mais peut-être que la jeune fille ne s'amusera plus beaucoup là où l'enfant passait son temps.

Germain se leva, soupira. Il avait tant attendu ces heures de retrouvailles, trop, sans doute, et devait refréner son impatience. Il lui fallait comprendre le voyageur au long cours enfermé dans ses visions encore si

proches. Charles avait passé cinq années à se battre loin
de France, entre jungles et mers inconnues. Il rentrait
au pays et retrouvait une province endormie dans sa
crise vinicole, se préparant de surcroît à hiverner. Les
hommes tels que lui, hantés par l'indicible solitude des
expatriés et pleins de l'odeur des guerres, méritaient
que l'on fît silence autour d'eux, qu'on leur laissât le
temps de réaliser la différence entre les mondes. Charles contemplait sa sœur du même regard un peu absent
que Julien l'autre jour. Pourtant, celui-là n'était jamais
parti bien loin. Bordeaux ! Mais comme son aîné, Julien
avait mis entre lui et la maison mère une distance radicale. Ces jeunes hommes avaient fui, dès qu'ils
l'avaient pu.

— Il faut que j'aille au chai, dit Germain. Tu vois,
Charles, le cours de l'existence à l'Oustau n'a guère
varié. Ici, rien ne te surprendra, pas même le paysage.
C'est plus haut vers le Gers que tu verras la différence,
si tu pousses jusque-là. Il y a encore moins de vignes
qu'en 88 et le maïs envahit tout. Mais pour l'instant,
repos, maréchal des logis Lescat. C'est un ordre.

6

Germain avait besoin de l'obscurité du chai, de son odeur si particulière de temps, de poussière et d'humidité mêlés. La quiétude du lieu, le silence eurent tôt fait de l'apaiser, comme au sortir de chacune de ses nuits blanches. Ses angoisses fondaient comme les bruits de l'extérieur dont il suivit la lente disparition. Une carriole sur le chemin empierré, les clarines d'un troupeau changeant de pâture, les cris d'enfants rentrant dans les fermes du voisinage, après l'école.

Germain laissa entrer un peu de lumière, puis traversa la pièce, longeant l'alignement des barriques en sommeil jusqu'aux dernières d'entre elles. Tout en avançant, il laissait traîner ses doigts sur le dos des foudres alignés. Le harem ! Antoinette prétendait que les sultans procédaient ainsi sur les fesses de leurs épouses, avant d'en choisir une pour les plaisirs de la chair.

Il dressa mentalement la liste des crus susceptibles de composer le mélange auquel il pensait depuis plusieurs jours. Composer un « hors d'âge » n'était pas chose facile et contrairement à d'autres distillateurs, qui se refusaient à marier les cépages et les années, Germain se prenait à ces jeux subtils des amalgames. Certaines vendanges ravissaient le nez, d'autres, la bouche ou le palais. Le vieillissement en fût aurait estompé le degré d'un échantillon, tandis qu'il n'aurait rien changé à la force de son voisin. Là était le prodige de la dis-

107

tillation, son hasardeux mystère. L'éther, en se liquéfiant, emportait avec lui dans cuves et tuyaux ses capacités uniques à se fondre, à s'arrondir et à conserver ou
non son caractère. Aussi Germain cherchait-il comme
un Graal, depuis près de vingt années, l'alchimie capable de créer la liqueur parfaite.

Il alluma des bougies qu'il colla sur des barriques.
Puis il ouvrit une caisse en bois, choisit une longue
pipette graduée et des verres en forme de tubes à essais
qu'il posa sur une table, tout contre le mur du chai.

— La cuvée des Fédérés, murmura-t-il.

Il y avait eu, l'année de la Commune de Paris, un
printemps d'une douceur inoubliable, puis une vendange assez précoce avec pour résultat un vin puissant
mais sans grande finesse. La distillation, curieusement,
avait corrigé le défaut et produit un alcool de grande
amplitude, d'emblée suave et comme débarrassé de la
dureté attendue. Germain avait suivi le nouveau-né au
fil des ans, retardant tant qu'il le pouvait la mise en
bonbonne qui en eût stoppé l'évolution. Un bois parfaitement flambé et le long mariage de la liqueur avec
son contenant donnaient maintenant à cette cuvée-là
une noblesse sensible au nez, confirmée par sa caresse
sur la langue et ce rancio des grands alcools, exhalé
comme une signature du talent.

L'ouverture de la barrique était chaque fois un
enchantement. Parmi les étapes de l'accomplissement
de son art secret, Germain préférait peut-être celle-ci.
Le mystère demeurait entier, clos par nécessité, comme
une lettre du bout du monde enfermant un parfum de
femme aimée. Et puis il y avait la seconde où le bon
génie libéré s'échappait de sa prison et prenait forme
dans la pénombre. Germain ferma les yeux. Un être
vivant peuplait soudain le chai. Puissant, il donnait
l'envie que l'on s'en tînt là, à le humer, à s'en emplir
le corps tout entier.

Il plongea la pipette au cœur des douelles, aspira,
boucha le tube du pouce, avant de laisser filer doucement l'armagnac dans le verre qu'il ferma à son tour.

La robe de l'aygue apparut dans la clarté douce des bougies, d'abord sombre, avec des reflets d'acajou, et bien vite révéla sa limpidité qui captait le moindre éclat de lumière. Germain reposa le verre et, lissant sa barbe, fit quelques pas vers un autre fût.

– 85, 85, chuchota-t-il.

Il souleva le large bouchon de la barrique, ferma les yeux, à l'instant où une vapeur différente envahissait ses narines. Plus forte et plus agressive, portant en elle du coing et de la violette, en fin d'inspiration. Elle persistait longtemps sur les muqueuses olfactives avec un tout petit peu d'âpreté. Il avait plu en octobre, cette année-là, et les raisins avaient manqué de la douceur automnale propre à arrondir le vin, mais Germain était à la recherche d'un tel fruit pour tonifier son 71, et lui donner de la vigueur finale.

Il emplit un second tube. Pour avoir séjourné moins longtemps dans le chêne de Lagrange, la liqueur était un peu plus claire, mais d'égale pureté. Germain promena son nez de l'un à l'autre des récipients, dans un mouvement semblable à un bercement. Les effluves de l'alcool lui parlaient, faisaient pour lui seul le récit secret de leur origine, de leur lente maturation dans l'obscurité absolue. Il y avait de la joie dans cette délivrance, dans la rémanence des parfums sous la voûte du chai. Germain s'arracha à leur découverte sans cesse renouvelée, prit dans un meuble bas une dizaine de verres à armagnac gradués, les aligna sur une planche tendue entre deux étais. Puis il utilisa les pipettes pour des mélanges aux proportions chaque fois différentes et contrôlées, d'un dixième de 71 à un dixième de 85. Lorsque les verres furent prêts à être observés, humés et goûtés, Germain rapprocha les bougies, les disposa autour de lui, s'assit face aux verres et parut s'assoupir.

— Tu vas tout boire, père ?

Il sursauta. Quitterie s'était glissée sans bruit dans le chai et se tenait devant lui, les mains croisées dans le dos. Inquiète.

109

— Je te dérange ? Tu n'aimes pas trop que l'on t'accompagne dans le chai.

— Non, non, mon petit, au contraire. Tu n'as donc plus peur de cet endroit ?

— Ça fait un moment.

Enfant, elle redoutait de se retrouver un jour enfermée là, entre le catafalque des toiles d'araignées, l'alignement des barriques et l'ombre gigantesque de l'alambic, ce monstre immobile et terrifiant.

— Et la compagnie de ton frère, alors ?

Elle se rembrunit. Charles lui avait dit quelques mots aimables avant de décider brusquement d'aller dormir. Quitterie avait rêvé du retour d'un héros sur un cheval de légende, prêt à se raconter des heures durant et s'était trouvée en face d'un long spectre amaigri, d'assez mauvaise humeur et plein de sombres pensées.

— Il a voyagé trop longtemps pour ne pas être fatigué, lui dit Germain. Un peu de patience et tu retrouveras ton coureur de collines.

Elle haussa les épaules. Les soucis des adultes ne la concernaient encore que de très loin. Elle s'était approchée de la table, écarta soudain les narines.

— On dirait un mélange d'odeurs, comme un fruitier juste avant les confitures.

— Pourquoi pas ! Approche, penche un peu la tête au-dessus des verres et ferme les yeux, ordonna Germain.

Elle s'exécuta, inspira à fond, comme pour se moucher, eut un mouvement de recul.

— C'est fort !

Germain la tempéra.

— L'alcool est violent et s'évapore le premier. Il a besoin de liberté et à le respirer trop profondément, tu vas te brûler les muqueuses du nez. Laisse la fragrance monter vers toi. Respire doucement, comme dans ton sommeil.

Elle ouvrit les yeux. Germain lui expliqua pourquoi le contenu des verres s'assombrissait de l'un à l'autre et ce qu'il comptait en faire. Quitterie alla s'appuyer contre une barrique, contempla la silhouette de son père dans la clarté des bougies.

— Dominante 85, et dix pour cent de l'autre, annonça Germain pour lui-même.

— Comment peux-tu travailler devant un mur à ce point gâté par la saleté ? lui demanda sa fille.

Elle découvrait la noirceur des parois du chai dans la lumière jaunâtre. C'était une peinture de cauchemar, en traînées sombres comme appliquées à la main, un crépi sans relief fait de milliers d'auréoles formant un réseau d'humide pointillisme, couleur d'anthracite. Germain se tourna vers sa fille, interloqué.

— Saleté ? Mais je t'interdis ! Cet enduit a des noblesses de tableau flamand. La part des anges, mon petit !

— Des anges ? Dans cet endroit ?

Elle rit. Germain pointa son index vers la croûte noirâtre, protesta, faussement scandalisé.

— Tais-toi, fille ! Ce sont les vapeurs de l'aygue, cette partie d'alcool qui se perd sous la toiture et vient lécher la pierre tout au long de la distillation. C'est une danse d'amour invisible par l'œil humain, un fantasme que captent seules d'infimes moisissures, elles aussi imperceptibles. Et ces organismes viennent coloniser la muraille, les poutres et jusqu'aux tuiles des chais.

— Alors, fit-elle, étonnée, les toits noirs que l'on aperçoit dans les hameaux et sur les collines, c'est à cause d'eux ?

— Parfaitement. Dans ce pays, ils sont les fidèles témoins du miracle de l'aygue ardente et tu n'en verras de semblables nulle part ailleurs dans le vaste monde. Sous eux, tu peux être sûre de trouver un alambic et des foudres, de la vapeur et des gens pétrifiés depuis quelques siècles dans la même position que moi.

Il huma sa préparation, trempa ses lèvres dans le mélange, garda en bouche un peu de liqueur qu'il aéra, avant de la recracher. Quitterie parut soulagée. Elle craignait de voir son père siffler les ballons en série.

— Jeune, dit Germain, et trop violent. Je le vois mal s'amender avant trente ou quarante ans.

Il en avala une infime quantité. Déjà sensible en bouche, la brûlure s'étalait vers son épigastre et faisait définitivement du 85 un simple complément d'années plus favorables.

— Tu vois, dit Germain, ma créature sera par ici, entre ce verre et celui-ci.

Il désignait les mélanges relevés à moins de trois dixièmes par l'alcool jeune. Lorsqu'il eut tout recraché jusque-là, il dégusta, enfin, chuchota « c'est ça, c'est bien ça ». Il éprouvait une véritable sensation de bien-être. Peut-être un peintre apposant sa signature au bas d'une toile ressentirait-il cet accomplissement et la même sérénité. L'alcool était parfait ainsi et pourrait être désormais transféré dans du verre, où son évolution s'arrêterait. Germain conserverait, en tonneaux plus petits, une cinquantaine de litres de 85, pour des mélanges ultérieurs.

— Alors ? demanda Quitterie.

Germain promena le verre élu sous le nez de sa fille. Quitterie ne sentait guère de différence, mais le jeu l'amusait, et cette fois, elle n'eut pas de mouvement de défense.

— On dirait qu'il y a des fruits en salade, cette fois, dit-elle, un parfum difficile à définir avec plus de sucre.

Germain écarquilla les yeux, étonné. Par une sorte de prévention contre le désordre enfantin, il avait longtemps interdit l'accès du chai à sa fille et de toute façon, les femmes ne fréquentaient guère ce genre de lieux. Incompétentes !

— Je peux goûter ?

Il eut un regard vers la porte du chai, comme si un cerbère nommé Antoinette venait de la franchir et découvrait le spectacle du père et de la fille penchés sur des échantillons de poison. Il entendait la tancée : « Eh, diou biban, il ne manquait plus que ça, té ! La belle médecine que voilà ! Et cette petite qui traîne

112

encore la jambe et que vous saoulez de cette façon. Vous n'avez pas honte, monsieur Germain ? »

— On m'a dit que les femmes en donnaient parfois aux enfants avant de les envoyer à l'école, dit Quitterie, persuasive. Et puis que de toute façon, c'est un poison mortel pour tout le monde, ajouta-t-elle avec un peu de reproche dans la voix.

— Ah, ça. On peut dire tout et son contraire sur de pareils sujets !

Elle n'était pas trop mal informée. Bien qu'il luttât depuis des années contre ces habitudes morbides, Germain savait bien que la « goutte » aux moutards et à leurs aînés ne restait pas l'apanage des pays à pommiers ou à mirabelles. Et que lorsque les eaux landaises de Sainte-Catherine ou de Sainte-Colombe ne suffisaient pas à la croissance des petits, il n'était pas rare qu'on les musclât un peu au plant de graisse ou à la clairette de Gascogne.

— Nous sommes en Armagnac, mon petit, dit-il, pas dans des arrière-boutiques où des assassins mélangent de médiocres eaux-de-vie de pomme ou de prune avec du plomb ou des boyaux de bêtes mortes. Mais tu parles cependant d'une pauvre réalité. La république n'est pas tendre avec ses paysans. Elle baisse le prix des alcools industriels et va jusqu'à payer l'ouvrier en aygue ! Tu te rends compte ? Payer une part de salaire en alcool ! Les bouilleurs de cru peuvent bien voir leur nombre croître comme des pieds d'ortie. Ils ont de l'avenir.

Fascinée par les verres et leur contenu, Quitterie ne l'écoutait qu'à moitié.

— Tu en as envie, hé, gouyate, murmura-t-il. Un soupçon, alors, et tiens, de cet échantillon-là. Il est né en 78, en même temps que le téléphone. Cette eau-de-vie titre entre cinquante-deux et cinquante-cinq degrés. On en boira encore au milieu du siècle prochain. J'ai dit un soupçon, n'est-ce pas.

— Et moi j'ai dix-sept ans, tout de même !

— Pas tout à fait.

Il rit, la regarda porter le verre à ses lèvres, le pencher, anxieuse et impatiente à la fois. Il attendait des protestations de malade avalant une potion et s'étouffant avec, aperçut une vague grimace, entendit le petit clapotis d'une langue contre un palais, puis le jugement.

— Pruneau.

Elle trichait sans doute. Germain avait moult fois prononcé ce mot devant elle mais il ne releva pas et applaudit.

— Juste, mon petit. Le goût de pruneau est la marque d'une excellente qualité et lorsqu'il se marie au temps qui passe, il se fait rancio. Un simple mot mais qui par ici veut dire absolu.

Elle posa le verre d'un geste un peu vif, comme si, malgré tout, elle s'en débarrassait. Maintenant, la minuscule gorgée d'alcool laissait remonter son parfum vers sa gorge et Quitterie découvrait la magie du phénomène de rétro-olfaction. Que pensait-elle ? Germain considéra sa fille. Elle goûtait, en tout cas, éprouvait des sensations inconnues. Après tout, apprendre cela par la grâce du meilleur alcool au monde n'était pas du pire enseignement.

— Eh bien, ma fille.

— C'est divin, père.

Elle ferma les yeux, fit de petits mouvements des lèvres, comme pour retenir le plus longtemps possible en elle les volutes invisibles de l'eau-de-vie. Ayant laissé s'éteindre le doux foyer de l'alcool au fond de sa gorge, elle s'approcha de la table, se pencha vers les verres à essais, huma.

— Ainsi, tout serait différent, d'un verre à l'autre. C'est incroyable.

Elle avait du mal à énumérer toutes les senteurs, et finissait par trouver tout uniforme. Germain la rassura. Pour apprécier les aygues d'Armagnac, il fallait des mois et des mois, à condition de posséder comme un don la papille et le nez. Et encore devait-on tout connaître de la vigne, de la terre et de la couleur du ciel, et

114

de l'intimité des chênes, même, avant que ceux-ci n'enfantent les douelles des barriques.

— Alors, dit-elle, j'apprendrai, puisque aucun de mes frères ne s'y intéresse.

Elle découvrait le chai et ce qui s'y passait sous le regard stupéfait de son père. En vérité, il ne savait pas grand-chose de sa fille. Le pensionnat de Mont-de-Marsan lui expédiait régulièrement les bulletins d'une collégienne à l'esprit alerte et aux réelles capacités d'écoute. En vacances, l'adolescente s'était depuis longtemps habituée à l'extrême rareté des contacts avec son père. Quelques repas pris ensemble, des bavardages au coin de la cheminée ou devant les marmites d'Antoinette. Le reste du temps, Quitterie se rendait à pied jusqu'à Labastide où elle retrouvait sa cousine Mélanie et des amies d'enfance pour de sages après-midi à coudre, à cuire des fruits ou à se déguiser en Parques ou en Dianes réciteuses de Racine et de Corneille.

— Tu apprendrais ? s'étonna Germain.

— Bien sûr, s'écria-t-elle. Ne me regarde pas ainsi, père. J'ai un nez, des papilles et un cerveau aussi, comme tout le monde, je t'assure.

Quitterie reprendrait le chemin du lycée dès que sa maladie serait totalement guérie, se disait Germain. Avec le temps, elle oublierait cette lubie. Et pourtant, l'air résolu de l'adolescente troubla son père.

— Comment trouves-tu ton frère Charles ? lui demanda-t-il à brûle-pourpoint.

Elle répondit évasivement, cachant la gêne provoquée peut-être par l'intense curiosité qu'il éveillait en elle. Germain découvrait le fossé creusé entre ses enfants par le temps, la distance et l'oubli. Et cette faille l'engloutissait lui aussi. Les personnalités de ces jeunes adultes s'imposaient et l'affrontaient, lui qui ne gardait encore que le souvenir d'adolescents courant la campagne ou grimpant aux mâts de cocagne.

— Je dois aller à Eauze demain, dit-il. Profite donc de mon absence pour faire un pas ou deux vers Charles.

En petite maîtresse de maison. Il est très fatigué dans son corps et dans sa tête aussi. Sois bonne fille.

Elle poursuivit sa découverte olfactive des trésors du chai. Germain l'entendit chantonner comme pour prendre de la distance vis-à-vis de lui. Il n'insista pas, mais songea à son avenir encore incertain. Filles de ferme, d'usine ou filles à marier, le sort des donzelles en cette fin de siècle ne réservait guère de surprises. Cependant, pourquoi Quitterie Lescat, seize ans, ne deviendrait-elle pas maître de chai en Armagnac, d'ici quelques années ?

Germain se laissait volontiers aller au charme d'Eauze. Lorsque le marché étalait ses toiles blanches au pied de la cathédrale et que des Landes et du Gers convergeaient vers lui les foules paysannes, le très ancien évêché mérovingien prenait des allures de cité médiévale et le temps tout occupé du passé paraissait s'y suspendre. Sous les murailles tant de fois blessées par l'Histoire, au pied de la nef souillée, mutilée, défigurée par les ardeurs sans-culottes se pressait comme de toute éternité le peuple d'Armagnac, bourgeois et manants, filles et bergers, chalands quêtant étoffes et volailles, outils et couteaux, armes, vaisselle et les cent objets du culte vinicole à peine restauré par les porte-greffes américains.

On fêtait sans grande manifestation le centenaire de la Terreur et de ses parrains. Comme pour célébrer à leur façon l'anniversaire de ces temps où la Vertu trempait ses pieds dans des rigoles de sang, les fléaux parasitaires continuaient à se répandre sur les vignobles de Gascogne. Black-rot et oïdium relayaient les ardeurs phylloxériques enfin jugulées, engendraient des industries nouvelles, des cultures et commerces de remplacement. La vigne s'étiolait-elle, des charrois de grain jaune, de pailles et de foins séchés remplaçaient dans les ruelles les plates-formes où s'alignaient autrefois les muids de vin nouveau. D'avisées cuisinières, précédant et accompagnant les modes et les tocades de la gastronomie, proposaient en abondance au bourgeois désireux d'épater son invité foies de canards et d'oies, avec leurs recettes. Présentés par dizaines sur les planches des étals, palombes, faisans et bécasses attendaient leurs rôtisseurs, leurs metteurs en salmis. Des broches tournaient sans répit dans leurs cages de métal, exhalant les fumets des poulardes, les vapeurs des saucisses. C'était la fête des narines, une randonnée guidée par les parfums les plus divers.

Germain suivit cet itinéraire comme un enfant le pas tranquille des troupeaux. Autour de cette place, de ces venelles, tout près du bruit et des couleurs de l'assemblade, chaque mois qui passait emportait avec lui sa charge de faillites et de ruines. On s'exilait, en Amérique ou dans les faubourgs des grandes villes. Qui négociait depuis toujours ses quelques hectolitres de liqueur s'était fait ouvrier en Ile-de-France ou au port de Bordeaux, tel autre, ayant vendu au rabais ses collines et ses bois, tentait sa chance dans les marais du Nouveau-Brunswick ou s'était déjà tué à défricher à mains nues les djebels algériens. Germain cherchait des visages dans la foule. D'autres avaient dû les remplacer et il demeurait bien difficile de percevoir, derrière l'agitation du marché, l'appauvrissement de toute une région, sa mutation forcée vers une autre chose aux contours encore flous, et incertains.

Les conversations reflétaient cet état. Germain en capta au passage, tenues en confidence ou, au contraire, publiquement passionnées et colériques. Passé les élections et la période un peu stuporeuse qu'elles avaient provoquée, le réveil républicain tournait regards et pensées vers le gouvernement. Qu'allait-il faire pour la province meurtrie ? C'est qu'on n'était pas les seuls à souffrir, et les sauterelles s'abattant sur les lointaines Afriques les dévastaient peut-être moins que les foutues bestioles acharnées sur la France ne rongeaient la vigne tout entière. Il n'était pas un endroit où en moins de trente années les parasites n'eussent laissé leur trace.

117

— Sauf le bas pays d'Armagnac, sans doute, pensa Germain.

En arrêtant la progression du phylloxéra, le sable, le pauvre sable de la vieille lande gasconne, avait sauvé le vignoble à Nogaro, Villeneuve, Cazaubon et plus haut, même jusqu'à l'est d'Eauze. Et l'on se mettait à admirer, à jalouser tout en les maudissant un peu tout de même, ces Landais sécessionnistes du canton de Labastide et leurs ceps épargnés. Quelle étrangeté, même. Plein ouest, le pays des marais et des moustiques, l'antique cauchemar pour voyageurs égarés, le désert landais, était passé en un quart de siècle du statut de Patagonie française à celui d'Eldorado. La résine y coulait désormais comme un fleuve nourricier, tandis que le pays des collines, autrefois dominateur de cette steppe stérile, achevait de se ratatiner.

Germain s'interrogeait parfois. D'où était-il, lui qui ne jalousait personne et traversait les villes en étranger ravi ? Partout, on le reconnaissait ; anciens patients installés plus haut dans les collines gasconnes, saisonniers à la recherche de travail sur un terroir dévasté. Il s'inquiétait de leur sort. Bah, c'était la vie, té. Les industries embauchaient, on irait voir, un jour. Mais c'étaient des décisions difficiles, quitter en famille les vertes contrées de l'enfance, les brumes d'automne et le souvenir même des coteaux dorés par le soleil et par les vignes, pour s'en aller fabriquer des pavés, des pièces de machines, ou laver le linge des citadins.

Et puis il y avait ceux qui restaient et tentaient de se battre, les producteurs d'aygue ardente, de la région d'Eauze et plus haut, de la Ténarèze, venus là pour affaires, ou pour des passations de biens. Vigies restées debout au milieu du naufrage, les notaires ne chômaient pas. On vendait : des bouts de parcelles épargnés, des domaines la veille encore florissants, des collines entières ratiboisées, au prix de la terre à châtaignes. Noyé, le trésor millénaire, dissipée, la part des anges. *Nec fluctuat sed mergitur*, les latinistes faisaient de l'humour et les pauvres fortunes gasconnes changeaient de mains.

— A quoi pensez-vous, monsieur Lescat ?

Noyé dans ses songeries, Germain était parvenu à quelques dizaines de pas de l'hôtel où se tenait la réunion. Il reconnut Clélie Poidats, en tenue de ville cette fois et dûment corsetée, le visage dissimulé derrière une mantille.

— Té, dit-il, on ne se quitte plus.

Elle avait accompagné son mari et faisait quelques courses en attendant la fin de la réunion.

— Il y a un dîner de producteurs, en serez-vous ? demanda-t-elle sur un ton faussement neutre.

Il eut une moue de scepticisme. Les mondanités ne l'intéressaient guère, pas plus que la perspective d'avoir à poursuivre à table une discussion présumée houleuse. Clélie le considérait avec un léger sourire. Dans un univers aussi restreint que la petite province des distillateurs d'armagnac, tout se savait et notamment les habitudes des personnes en vue, fussent-elles entourées d'un maximum de discrétion. Germain rendit son sourire à la jeune femme, chercha une diversion.

— Vous savez bien que je ne peux vivre plus de quelques heures loin de mes malades, dit-il sur le ton de la plaisanterie. Et puis mes enfants me reviennent l'un après l'autre. Je me dois d'être pour une fois un père pas trop absent. Au fait, comment va notre petit diphtérique ?

— Oh, le mieux du monde ! C'est maintenant un collégien de quatorze ans et d'un mètre soixante-dix, meilleur au sport qu'aux mathématiques.

Ils se turent. Des souvenirs communs leur revenaient tandis qu'ils marchaient lentement vers la cathédrale. Le partage d'un secret les liait, plus fort que les crises et les guerres. Entre les mains de Germain, le bonheur de vivre et d'enfanter avait côtoyé l'atroce mais Clélie Poidats gardait sur son visage le sourire un peu triste et comme détaché des violences extrêmes de l'existence.

119

— Au fond, je ne sais pas grand-chose de vous, dit Germain.

Elle s'arrêta, l'observa longuement, la tête légèrement penchée sur le côté. A travers le fin réseau de la mantille, Germain devinait son regard, qui le scrutait.

— Vous seriez déçu, monsieur Lescat, dit-elle. Mon histoire et ma vie sont d'une banalité affligeante.

Clélie avait été mariée très jeune ; son fils aîné avait à peine dix-sept ans de moins qu'elle. Germain se souvenait d'une toute jeune fille juste sortie de l'enfance, épousée pour d'obscures raisons d'agrandissement domanial et mourant d'anxiété de se savoir ainsi projetée sans égards particuliers dans une vie de devoir familial absolu. Avec le temps, elle donnait l'impression de se promener désormais dans la vie comme elle le faisait ce matin-là dans les rues d'Eauze, l'âme en voyage, moins intéressée par les vitrines que par sa rencontre fortuite avec Germain. « Fataliste », pensat-il et les souvenirs des drames vécus ensemble lui revinrent, entêtants.

— Je suis bien persuadé du contraire, madame, dit-il.

Elle eut un petit rire, bref.

— Il semble que vous soyez arrivé à destination, dit-elle. Décidément, vous voyez qu'il ne nous est guère facile de bavarder trop longtemps.

Elle tendit sa main gantée. Germain la quittait à regret.

— Mon mari ne fabrique plus beaucoup d'armagnac, dit Clélie. Je crois même savoir que le maintien de cette industrie lui semble un anachronisme. Tout pour le maïs ! Mais Jean Poidats tient tout de même à rester dans la famille distillatrice et à donner son avis sur la crise. C'est un souci politique, évidemment, dont je ne suis pas certaine qu'il vous intéresse. Vous êtes, n'est-ce pas, dans un autre univers que celui du pouvoir. A moins que vous n'ayez changé récemment. Mais cela se saurait.

Elle l'interrogeait. Elle eut un sourire un peu énigmatique dont Germain perçut cependant l'ironie, dans l'ombre de la mantille. Il se pencha, baisa la main de Clélie restée un long moment dans la sienne, respira lentement les parfums mêlés qui flattaient ses sens. Le musc et le jasmin semblaient provenir d'elle-même. De lui émanait un reste d'alcool dilué dans un effluve de violette. Le tout était en harmonie, digne d'une aygue encanaillée par un soupçon d'Orient, et c'est en humant ses propres doigts que Germain pénétra dans l'hôtel particulier.

— Mille hectares de plus arrachés à Lectoure, et la moitié à Fleurance. Les gens plantent tout en maïs. Il n'y a déjà plus de haut Armagnac, Germain, et voici que ceux de la Ténarèze vacillent pour de bon.

L'air catastrophé, Firmin Técoère attendait son beau-frère dans le hall de la Maison des Producteurs. Lunetté, rond de figure et de taille, les cheveux roux mêlés de blanc frisant bas sur un crâne largement dégarni, le négociant de Labastide, mari d'Adélaïde Lescat et secrétaire de l'association, avait gardé de la mode impériale d'épais favoris toujours en désordre, inaptes à anoblir si peu que ce fût sa silhouette. Mais l'homme avait assez d'entregent, de relations politiques et de tunnels de palombière pour faire oublier sa relative disgrâce physique. D'Eauze à Nogaro, de Labastide à Cazaubon, il n'était un hectare de terre dont il ne sût très exactement l'histoire et le rendement, un emplacement de chasse dont il ne connût le plan.

— Je suis content que tu sois là, dit-il. C'était houleux, ce matin. Entre les tenants de l'aygue à tout prix et ceux de l'abandon pur et simple de la vigne, il n'y a guère de milieu. J'ai plaidé pour le pays noir, mais j'ai peur que nous nous retrouvions seuls à défendre notre art.

Les partisans de la reconversion céréalière guettaient les subsides de l'état. Leur crainte était de voir ces aides s'éparpiller en faveur d'un vignoble malade, pour un résultat des plus aléatoires. Germain écoutait ces his-

121

toires étonnantes avec l'impression d'assister à la fin d'un monde. Técoère s'enflammait.

— On ne va pas se laisser bouffer par des engraisseurs de poules et d'oies ! Pas nous ! Plutôt aller s'installer en Algérie, ou au Chili ! Té, au fait, ajouta-t-il, baissant d'un ton, Poidats est parmi nous. C'est bien le diable s'il produit encore plus de deux cents bouteilles, mais ça ne l'empêche pas de se montrer.

On avait dégusté quelques crus de Ténarèze et du bas Armagnac, car même en temps de crise et de vignoble sinistré, la vie continuait. Le président de l'association, un gros producteur de Vic-Fezensac, avait donné la liste des portés manquants du trimestre, malchanceux que l'indifférence des banquiers, la léthargie du gouvernement et l'avancée impitoyable de l'oïdium et du black-rot, parachevant l'œuvre de mort du phylloxéra, avaient conduits à la cessation d'activité. A l'énoncé de ces noms amis emportés par l'Histoire, chacun s'était senti touché, et, un peu égoïstement en même temps, soulagé de n'en être point, cette fois encore. Puis la conversation, après avoir roulé sur les espoirs que portait malgré tout la superbe saison en cours, avait dévié sur les législatives du printemps passé et l'échec des républicains dans le Gers, un résultat dont Germain s'était montré plutôt satisfait.

— Je n'ai pas eu l'honneur de porter les armes pour l'Empereur, dit Jean Poidats. Mais cela ne m'empêche nullement de regarder autour de moi et de constater ce que n'importe quel imbécile pourrait faire à ma place, d'ailleurs.

Firmin Técoère toussa, puis un silence suivit, plombé comme quinze palombes. Germain remercia d'un léger mouvement des doigts vers sa tempe. Poidats avait les audaces de son âge, quand la fortune les conforte. Germain leva le menton.

— Et ces constats, monsieur ? questionna-t-il d'une voix neutre.

— Eh bien, d'un côté des Landes, il y a un million

et demi d'hectares de désert transformés par votre ancien employeur Napoléon en pinède productive. La terre la plus pauvre de France est en train de devenir son patrimoine foncier le plus important. Et de l'autre côté du département, il y a nous, ici-même et plus haut vers le Gers, les soi-disant nantis de la veille, abandonnés aujourd'hui par la république, votre république. Quand je pense que le canton gersois de Labastide a demandé et obtenu son rattachement aux Landes ! Pour quel résultat ? Le président vient de nous le dire : vingt nouvelles faillites en moins de trois mois en bas Armagnac et ça continue pendant que nous bavardons, malgré vos fameux sables qui arrêtent soi-disant le phylloxéra. Cela vous plaît donc vraiment, monsieur l'officier de santé, de voir l'essentiel de votre liqueur continuer à servir de supplément d'arôme aux raisins de Cognac, sous le seul prétexte que ces derniers manquent habituellement de finesse ? Quitte à se fondre dans la masse, autant faire de la céréale partout, non ?

Le procès n'était pas nouveau. Le refus du ministère de donner à l'armagnac son appellation était un lourd handicap. Comment se défendre, si l'on n'existait pas officiellement ? Des voix s'élevaient un peu partout pour en finir avec ce fardeau en transformant le vignoble en terre à maïs. De sa voix grave, qu'il voulait mesurée, le président tenta une diversion.

— Poidats milite pour l'arrachage, mais la discussion demeure ouverte. On ne sacrifie pas de gaieté de cœur le plus beau vignoble à aygue de tout le pays.

— Moi, je n'arracherai rien de ce que la bestiole me laissera, l'interrompit vivement Germain. Je préfère crever sur des rogatons de vigne plutôt que de mettre mes parcelles en métayage pour y faire du grain à poules. Et je sais bien que nous sommes une majorité à penser cela, ici. Alors, libre aux prudents de raser leurs ceps et grand bien leur fasse.

On se tourna vers lui. Le président avait l'air un peu ennuyé. Germain prit le temps d'avaler une gorgée de limonade, posa son verre sur la table. Puis il chercha le regard de Poidats. Sa voix s'était un peu assourdie.

— Pour le reste, servir l'Empereur était sans doute un honneur, monsieur. A la vérité, pour bien des jeunes gens de ma génération, c'était d'abord un effet de la conscription et du tirage au sort. Mais soyons honnêtes. Je n'ai pas eu besoin des pailles, courtes ou longues, pour me décider. A dix-huit ans, on pense de bonne foi pouvoir infléchir son propre destin et je n'ai été en rien une exception à la règle. L'armée impériale, j'y suis allé de mon plein gré. Ni conscription ni tirage au sort.

Poidats eut une moue de scepticisme. Ayant lancé une flèche, il gardait le silence, attendait la réplique, les paupières plissées, en bon jouteur habitué aux estrades publiques. Le visage de Técoère avait pris la teinte des murs toulousains. Sa Maison des Producteurs d'Armagnac abritait en temps ordinaire de calmes et longues réunions d'amis. Comme tous ses pareils, l'endroit était plutôt propice aux bavardages entre dégustateurs, à la négociation et aux arrangements, dans la perspective réjouissante des banquets de clôture.

— L'honneur, l'honneur, bien sûr, murmura Germain, pensif. Mais comment peut-on encore honorer, vingt-cinq ans après sa déconfiture, un homme né d'un coup d'Etat, dont le souci vital semble avoir été d'enrichir les plus riches tout en laissant les plus pauvres enchaînés à leur condition, tout cela sous le masque du modernisme patriotique, bien évidemment, et qui a laissé en s'enfuyant avec son magot, la France amputée de deux provinces ? Je voudrais qu'on m'explique ça, une bonne fois, mais j'ai beau écouter les tribuns de Napoléon, j'attends la réponse. Et ça dure !

D'une voix rauque, Firmin Técoère tenta à son tour une diversion.

— La destinée de l'armagnac doit rester notre souci principal. Mes amis, soyons lucides. La production du haut Gers a cessé d'être, désormais. Les bestioles l'ont rayée de la carte et pour toujours.

Sa remarque tomba dans un silence de cathédrale.

Poidats la ramassa, cependant. Il avait envie d'en découdre encore.

— Curieuse république, alors, qui abandonne ses terriens à leur sort. Ténarèze et haut Armagnac prennent des allures de steppes traversées par les Huns et au lieu de subventionner les porte-greffes américains, nos vaillants républicains eux-mêmes conseillent d'y mettre du maïs. Efficace !

— Vous n'avez pas attendu le désastre pour suivre cette voie, lui dit Germain, et en bas Armagnac, même, où les fléaux nous ont pourtant laissé de quoi survivre. Pour l'instant. Un conseil occulte de l'Empereur, je suppose.

Poidats avait pâli. Debout, soudain, il se dressa sur ses talons, raide comme si l'impératrice Eugénie était entrée sous sa palombière et se dirigeait droit vers lui. Il gronda :

— Je ne veux pas de cette république vacillante d'affairistes et d'ingénieurs corrompus, où les anarchistes et autres assassins poseurs de bombes nichent en paix comme des corbeaux. Si le Gers a élu quatre bonapartistes, c'est pour de bonnes raisons, comme l'ordre, par exemple.

Germain haussa le ton.

— Quatre députés pour Bonaparte, un quart de siècle après la trahison de Bazaine à Metz ! Peut-on être plus reconnaissant, ou nostalgique ? L'Empire, ah oui ! C'était l'ordre, bien sûr. Mais si mes souvenirs sont bons, c'était aussi la censure, la police secrète, l'introduction jusqu'au cœur des familles du ver de la délation. C'était Hugo en exil, la presse interdite, la combine financière à tous les étages, le népotisme institué comme système de gouvernement. Qui désirerait au fond de lui-même le retour de ce système-là ?

— La république vous semble vraiment à l'abri ? fit Poidats, ironique. Ouvrez donc les yeux. La nouvelle aristocratie s'appelle Rothschild, Pereire, Lazare. Ces rats se gobergent sur les dépouilles de leurs devanciers avec la bénédiction des radicaux et autres bourgeois enrichis. Tout leur est bon pour engraisser, et vos raisins, même, sans aucun doute. Ils guettent les faillites comme des vautours au-dessus des charognes. Laissez vos vignes crever encore un peu et ils vous rachèteront toute la province, chais, pressoirs, vendangeurs et les fléaux avec, au prix des bouchons !

— Ces rats, comme vous dites, rétorqua Germain, ont réglé une certaine rançon et débarrassé la France de cet autre fléau nommé la Prusse. En moins d'un an.

— Balivernes ! C'est le peuple français tout entier qui a payé, avec sa richesse foncière et ses bas de laine, et vous le savez bien. Ces banquiers juifs que vous paraissez tant chérir n'ont fait qu'y prendre quelques intérêts. La république est bonne fille.

Germain secoua la tête. Comment savoir ? Il espérait, simplement, que la république se garderait le plus longtemps possible de corrompre, d'humilier, de tuer, voire. Poidats s'esclaffa. Le scandale de Panamá venait d'écarter du pouvoir la clique affairiste de Clemenceau. Se souvenait-on de ce gendre de Grévy qui vendait des Légions d'honneur dans un bureau de l'Elysée ? A peine sauvée du boulangisme, la république montrait ses failles, ses soubassements moisis, ses égouts où coulaient des eaux plutôt malodorantes et, de Ravachol à Léauthier en passant par Meunier et Henry, les anarchistes profitaient de cette déliquescence pour rougir le pavé des villes. Poidats laissait enfler son discours. Encouragé par le silence de ses pairs, par leurs expressions de gêne vaguement complice, il dominait le débat. A la fin, il pointa le doigt vers Germain, en l'accusant avec la véhémence du député tançant le ministre.

— Vous pensez que le bas Armagnac a été mieux protégé par la république que par le sable ? Je vais vous faire une confidence, monsieur l'officier de santé. L'Empereur, celui-là même qui, quoi que vous en disiez aujourd'hui, vous a nourri et éduqué sous l'uniforme, vous l'aurait donnée, votre appellation d'Armagnac. D'un geste, oui, il l'aurait fait, tandis qu'un quart de siècle après, vous implorez encore votre république si généreuse et désintéressée et semblez trouver normal qu'elle s'obstine à vous répondre qu'elle s'en fout. Il en faudra, des loges et des amitiés occultes, pour vous donner satisfaction, et encore !

Il s'engageait sur le terrain mouvant des suppositions politiciennes. Germain eut un mouvement du menton pour l'inviter à poursuivre.

— Que voulez-vous dire, monsieur ?

— Eh bien, je sais par exemple qu'être franc-maçon permet d'être plus vite restauré par l'état. Pour être indemnisé et recevoir l'appellation d'origine, n'est-ce pas là la bonne voie, le réseau efficace ? Franc-maçon, ou de toute autre famille, minorité agissante, camerata, voire coterie de lointaine province ? La société ne manque pas de ces trous dans son fromage, Lescat.

Il y eut un silence, puis quelques protestations à vrai dire assez molles. On exagérait. Germain s'était planté devant la fenêtre de la grande salle et contemplait la masse imposante de la cathédrale. A la différence du président et de quelques-uns de ses affidés, il n'était d'aucune loge. Quant à sa famille, elle se confondait depuis la nuit des siècles avec la glèbe de Gascogne. Il grogna, plein d'une froide colère. Il avait l'envie de se tourner, et de s'en aller tranquillement nouer ses doigts autour du cou du hobereau, mais un visage, un sourire triste, une silhouette sortant de l'ombre le maintenaient dans son attitude de rêveuse bouderie. A son côté, le fantôme parfumé de Clélie Poidats, regardait, lui aussi, l'église et son calme apparent, son air de penser que tout cela n'avait aucune importance contrastaient avec l'agitation de son mari. Germain eut un geste brusque de la main dans le vide, un de ces mouvements que provoquaient parfois chez lui les états d'intense fatigue.

— Les peuples sont braves, dit-il, les nations, courageuses. On se bat pour survivre, on porte le deuil éternel des patries perdues. Je vous confirme, au cas où vous ne le sauriez pas, monsieur Poidats, que les sociétés sont en revanche veules et calculatrices, égoïstes et inhumaines. Les plus puissantes d'entre elles ne réclament-elles d'ailleurs pas l'anonymat pour agir à leur guise ? Mais bast. Les sociétés sont ce qu'elles sont. Voyez la nôtre. Elle gère comme elle peut la grande misère du vignoble gascon. Elle est hélas sans réel pouvoir sur le cours des choses. Je pense néanmoins qu'il y a des manières moins insultantes de dire ces vérités. Je me demande par la même occasion si la rancœur et la haine sont des moteurs suffisants pour vivre sa plénitude.

Poidats chercha du regard autour de lui un soutien qui ne vint pas. Le président avait écarté les bras, réclamant le calme avant de parler.

— C'est bien le sable fauve qui a stoppé le phylloxéra en bas Armagnac, et lui seul, Poidats, dit-il. Le bon vieux sable de la lande, là depuis des milliers d'années, attendant l'assaut. Nous avons eu de la chance. Nos curés prétendent que c'est un miracle, le doigt de Dieu pointé sur le bas pays de l'aygue ardente. Ils parlent pour leur famille, té, en voilà une autre, n'est-ce pas ? Pour le reste, il est bien vrai que Paris continue à nous refuser l'appellation. Que faire de plus ? Nous n'avons pas les moyens financiers du Cognacquais et malheureusement, le génie de notre eau-de-vie ne suffit pas. Nos productions demeurent familiales, confidentielles, presque. En attendant l'envoyé du Ciel qui se penchera sur nous et décidera que nous méritons depuis toujours de porter publiquement notre nom, armagnac, nous formerons ici une de ces coteries de lointaine province, comme vous le dites, Jean Poidats. Plaisir de vivre, palombes et liqueur. Au fond, je crois que nous sommes assez attachés à ces choses très simples pour accepter de perdre le reste, n'est-ce pas, Lescat ?

Germain éluda la question. Il se sentait infiniment las, tout à coup, trouvait la discussion dérisoire quand tant de ses amis s'apprêtaient à fermer boutique. Poidats tenait son petit triomphe de comice et le cognac continuerait pour quelques lustres à se faire relever par l'anonyme cousin de Gascogne. Réprimant une grimace, Germain marcha droit vers son hôte.

— Tu as un pet à une jambe ? s'inquiéta le secrétaire.

— Boh, rien, té, de la vieillerie à un genou. Firmin, je me perds un peu dans ces considérations, ajouta-t-il. Les édiles de Constantinople bavardaient ainsi du sexe des anges quand les Turcs entraient dans la ville. Tu ne m'en voudras pas de refuser par avance ton invitation à rester dîner avec vous. Ce sera pour une autre fois.

— Mais non, c'est moi qui me retirerai ! lança Poidats. Je vous en prie, messieurs, cette réunion est la vôtre. S'il vous plaît de la terminer en compagnie d'un colporteur devenu guérisseur puis écraseur de cervelles de nouveau-nés, libre à vous. L'Empereur, monsieur Lescat, vous lui devez tout ! Par bonheur, on parle enfin dans le pays de vrais médecins, pour nos pauvres carcasses.

Il endossa sa cape, qui tournoya dans la lumière. Il y eut un grand silence, rompu par le rire de Germain.

— Poidats, tout de même, vous exagérez, souffla le président, effaré.

— Cher ami de monsieur Badinguet, dit Germain, je tranche aussi comme vous le savez les gorges des petits garçons de sept ans, pour y placer des douilles de neuf millimètres, et je les sauve d'une asphyxie certaine. Quel jeu encore plus bizarre pourrais-je bien inventer ? Mesurer les effets de l'alcool sur ce qui reste de l'aristocratie impériale ? Je vais y réfléchir.

Poidats ne releva pas, quitta la salle sous son chapeau à plume, dans un assez bel effet de cape. Quelqu'un souffla, sans doute soulagé, puis les conversations reprirent. Ce genre d'incident demeurait rarissime, heureusement. Técoère mit les mains sur ses hanches replètes, apprécia la sortie et tout ce qui l'avait précédée.

— *Diou biban* ! Celui-là, on peut dire qu'il se la tient chevillée à l'âme, sa colère. Je suis vraiment

129

désolé, mon vieux Germain. Nous aurions dû éviter cette rencontre et d'ailleurs, la question de conserver parmi nous le gentilhomme de Monclar se pose, à mon avis. Ces vieilles histoires que d'aucuns s'ingénient à exhumer n'ont vraiment aucun intérêt.

Exhumer. Il rougit, craignant d'avoir eu un mot malheureux. Germain le rassura d'une tape amicale sur l'épaule, en murmurant :

— Je n'étais qu'un enfant sous la tutelle d'un colporteur.

Firmin Técoère prit publiquement son parti. Le fait était remarquable en soi ; le négociant de Labastide, par nature plutôt louvoyeur, n'avait pas pour habitude de trancher ainsi dans les débats. Son désir très profond d'une carrière politique demeurait inassouvi, peut-être justement à cause de cette difficulté à s'engager en première ligne.

— Je suis fatigué, dit Germain, et j'ai encore à faire.

Il était troublé par le rappel public de ses très anciennes origines, bien plus que par celui d'un acte médical extrême qu'à aucun moment de sa vie il n'avait regretté. Colporteur, guérisseur, il avait bel et bien été cela. Lorsqu'il s'était installé aux abords du bourg de Labastide avec, pour seule raison sociale, l'attestation d'officier de santé délivrée par la préfecture des Landes en 1860, on s'était posé ici et là quelques questions sur son compte. Un jeune homme d'à peine vingt-cinq ans et qui n'était pas du pays ! Et nommé sur Dieu savait quel critère dans un corps à la réputation parfois terrifiante. Mais les leçons qu'il avait bien apprises et les quelques petits talents personnels qu'il mettait dans l'exercice de son métier avaient vite apporté les réponses satisfaisantes. Le reste, jeunesse passée, études et guerres, lui appartenait.

Il croisa des regards vaguement interrogateurs, d'autres, un peu gênés, qui se dérobaient. Les invités du président n'étaient pas tous de son cercle rapproché, ni même de ses patients, ce matin-là. Certains consultaient ailleurs, à Cazaubon, à Saint-Justin. Il décida qu'il en avait assez entendu, et trop dit. Il eût été plus avisé d'écouter les supplications de son corps dévasté par l'insomnie, taraudé par cette douleur lancinante, et de garder le repos sous les tuiles de son chai noircies par la moisissure qu'exhalait l'alambic.

— Je suis vraiment désolé, lui répéta son beau-frère lorsqu'ils furent dans le hall. Comment peut-on accumuler, et conserver intactes, de telles rancœurs ? Et pour quelle raison, vraiment ? Tu n'as cessé de servir cette famille Poidats. Sa femme et son fils te doivent la vie.

— Il y a des gens qui n'aiment pas être en dette. Ils se suggèrent à eux-mêmes qu'on les a entraînés sciemment dans des pièges et qu'on les y force. Si j'étais banquier, je pourrais me laisser haïr en toute tranquillité d'esprit, seulement voilà, j'ai choisi une autre façon de servir les gens. Enfin, ce qui compte, comme tu l'as dit, c'est que cette femme et son fils soient encore en vie.

Beaux-frères, Técoère et Germain n'étaient cependant pas intimes et Germain touchait soudain du doigt la solitude dans laquelle le maintenaient ses errances avec sa haridelle, la médecine, l'étude perpétuelle, la passion de la vigne et de l'armagnac. Même sa sœur Adélaïde ignorait des pans entiers de sa prime jeunesse, de ces années passées loin d'elle, et ne le connaissait toujours pas. Poidats en savait donc plus qu'elle et son mari.

— Charles est arrivé juste pour les palombes, dit Técoère. Il me tarde de le voir. Edmond l'a trouvé bien maigre. Tu vas avoir du travail pour le remettre sur pied. Mais ton beau soldat qui te revient du bout du monde, de la colonie ; quelle chance tu as, Germain.

Il eut un sourire triste. Son fils Edmond avait l'âge de Charles et les perspectives d'un enfant de dix ans. Couvé par sa mère, qui lui trouvait mille excuses pour ne rien faire depuis la fièvre méningée qui avait failli l'emporter tout petit, Edmond Técoère se laissait vivre. Vaguement intéressé par le vignoble familial et son entretien, « dégustateur en premier » comme il s'intitulait lui-même, il était en perpétuel projet d'un emploi commercial fixe à Aire-sur-Adour ou à Mont-de-Marsan et s'était bâti au fil des ans une niche de doux parasite. Firmin Técoère parut chasser une idée noire de son esprit.

— On a tiré une bonne cinquantaine de palombes hier matin, dit-il, la mine soudain réjouie. Je réunirai les amis pour une rôtie, dans quelques jours. Tu en seras, j'y compte, et avec ton fils.

— Tu me regardes d'une drôle de façon, Firmin. Ce n'est pas pour ce ridicule incident avec ce cuistre ?

Técoère secoua la tête, passa le pouce sous une de ses bretelles. Il avait ce geste familier, comme pour en éprouver la solidité.

— Non, bien sûr. Mais je ne saurais te dire. Tu as changé, ces temps-ci. C'est, je ne sais pas, autre chose qu'un coup de vieux. Tu sembles un peu miné de l'intérieur. Tu vas bien, dis-moi ?

Germain eut une réponse évasive. Sa colère contenue devant ses pairs lui laissait un goût amer dans la bouche. En vérité, il ne pouvait se défaire d'une envie subite : chercher Poidats dans les rues d'Eauze et en découdre avec lui toutes affaires cessantes. Il planta son regard dans celui de son beau-frère, serra les dents. Par une association d'idées, il pensait soudain à un autre fâcheux.

— C'est étrange, tout de même, dit-il. On m'attaque au bout de trente années d'exercice. Est-ce la vieillesse prochaine qui fait peur ? Le blanc-bec de Labastide, ce Hourcques, le pharmacien Lagourdette le sert de temps à autre, non ? Il fait son trou, à ce qui se dit.

Técoère eut l'air surpris. Certes, oui. Son ami Lagourdette voyait bien quelques ordonnances du jeune médecin, rien que de très banal. Hourcques avait les vanités normales de son âge et ce sentiment de supériorité donné par l'appartenance à une caste universitaire. Mais ses prescriptions n'allaient pas révolutionner la thérapeutique, et la dure réalité de la médecine

132

campagnarde se chargerait bien vite de le tasser. Técoère s'amusa.

— Tu te préoccupes de tes confrères, désormais. C'est bien la première fois depuis que je te connais ; cinq lustres, tout de même !

Germain eut un léger haussement d'épaules. Il bouillait d'impatiences, d'un mélange d'élans comme il n'en avait guère éprouvé depuis sa lointaine jeunesse. C'était tout à la fois la rage contre Poidats, l'inquiétude de savoir son fils porteur d'un mal sans pitié et ce silence sans raison apparente dans lequel Julien, son cadet, le laissait depuis qu'il avait été officiellement nommé assistant en médecine.

— Tu es déçu que personne ou presque n'ait pris ta défense tout à l'heure, hasarda Técoère.

— Boh, té, l'époque n'est pas aux grandes solidarités. J'ai beau le savoir depuis longtemps, ça ne fait jamais plaisir de constater qu'on n'a presque pas de soutien aux moments critiques. Mais la roue tourne ! De ceux qui sont à l'étage ce matin, combien seront encore producteurs d'armagnac dans trois ou six mois ? La ruine guette toujours, tu le sais, et il y a de l'angoisse dans bien des esprits.

Il était excédé. Après quelques minutes à peine de station debout, la courbature envahissait son dos avec, de temps à autre, des élancements qui lui faisaient serrer davantage les dents. On se verrait à Labastide. Il donna une petite tape sur l'épaule de Técoère, et tourna les talons.

Il songea un instant faire une halte, chez la Gisèle qui l'accueillait depuis son veuvage, selon le temps dont il disposait lorsqu'il venait à Eauze. Une habitude plus qu'un attachement, mais il appréciait parfois ces moments de détente auprès d'elle. Il ne doutait pas qu'elle avait plusieurs protégés-protecteurs qui, comme lui, glissaient quelques billets sous la pendule de la commode avant de la quitter, et il n'en était pas jaloux. L'amour n'entrait pas dans ce partage. Cela n'empêchait pas d'apprécier ces quelques heures passées

133

auprès de cette femme sans grâce mais dévouée qui commençait déjà à se faner.

Oui, il aurait bien fait attendre sa haridelle devant sa grille, le temps d'une visite qui lui aurait donné l'illusion d'un peu de chaleur humaine après l'insulte de Poidats qui cherchait encore aujourd'hui à le faire passer pour un charlatan, un colporteur, un empoisonneur, pendant qu'on y était.

Chez la bonne et serviable Gisèle, il se serait fait servir un plat chaud, et aurait peut-être même apprécié la chaleur de ce corps lourd contre lui, avant de reprendre le chemin de Labastide. Seulement cela retarderait d'autant le moment de retrouver deux de ses enfants revenus dans le même temps sous son toit, par le fait du hasard.

Il découvrait la joie du cercle familial et brûlait de reprendre la route. La grâce d'un soir de fin d'été le saisissait. Rien ne manquait, ni l'absolue pureté du ciel, ni la douceur de l'air. Il mit la jument au trot et passa sans ralentir devant le portail fermant le jardin de l'hôtesse.

7

La nuit était tombée très vite. Des brumes montaient en douceur vers la lune pour de longues caresses d'amantes. Sans vrai repos depuis la veille, Germain avait dû en demander un peu trop à sa jument. L'animal le lui disait en faisant non du col, au rythme de son trot. Grisé par l'alcool que la douleur avait fini par l'obliger à boire, Germain s'était mis à donner à sa vieille haridelle une de ces petites leçons de morale dont il avait le secret. Quoi ! Il était donc déplaisant, voire critiquable, de servir encore l'officier de santé Lescat à minuit passé ? Et de quoi se plaignait-on, la belle ? Bon Dieu de bois ! On en connaissait, chichement nourries, qui trimaient comme des esclaves entre les manchons des charrettes de distillateurs, voire sous le joug, à la ferme. Rêvait-on de pareils esclavages ?

Il y avait, entre Lagrange et Betbezer, un chemin de traverse longeant sur près d'un kilomètre les champs de maïs du domaine Poidats. C'était à l'extrême fin des cultures céréalières, entre des collines pentues, au secret de sous-bois ondulant le long d'un ru presque à sec cette année-là. Germain avait quelques patients dans la région, mais cette nuit-là, aucune raison précise ne l'eût conduit jusqu'à eux. Il se laissa porter au trot sonore de la jument sur la terre durcie de la sente, comme en promenade, et pour le spectacle qu'il finit par découvrir au détour d'une courbe ; la maison de Clélie Poidats,

135

cernée de grands conifères, sur sa butte où les sillons de maïs avaient épousé la trace de ceux des vignes. En d'autres temps, Germain eût raillé in petto l'abandon de celles-ci, et la préférence donnée à la nourriture pour volaille, mais cette fois, il s'agissait de bien autre chose, d'un geste d'adolescent consistant à se perdre dans la contemplation de la chose, et peut-être à désirer quelqu'un de très loin.

Jean Poidats était-il rentré chez lui ? Avait-il lui aussi une affaire de cœur, ou de ventre, plus simplement, à Eauze ? En vérité, il n'avait plus grand-chose à faire chez les distillateurs d'armagnac, et la prise de bec de l'après-midi sonnait de sa part comme un adieu. « Monsieur l'officier de santé… » Dans les premiers temps, son salut avait marqué une sorte de distance princière, un souci de mettre Germain à sa place exacte. Puis l'ironie avait pris le pas sur la déférence, et le mépris, enfin, avait tout emporté.

Germain chassa de son esprit les échos insultants de la réunion, chercha la présence de Clélie, cette ombre à peine entrevue. Il fallait pour cela le silence et la solitude. Descendre du coupé, faire quelques pas vers Monclar, humer le vent léger effleurant la colline. Germain se sentait un peu ridicule. En avait-il vu, de ces gouyats transis d'amour pour quelque belle plus ou moins laide, de ces vendangeurs manœuvrant entre les ceps, tels des torpilleurs, pour en approcher une, ou bien encore de ces paysans, dans les bals villageois, lissant leur moustache avec des airs de matamores et se donnant discrètement courage, du coude et à grandes rasades de bourret[1]. A cet instant, il devait leur ressembler, à tous, et cette pensée l'amusa.

Il revint vers l'attelage, but une gorgée de laudanum. Parfois, la répétition des doses le laissait vaguement cotonneux en fin de journée, avec la sensation d'être devant une porte ouverte sur des songes informes et

1. Premier vin à peine fermenté, encore trouble.

doux. L'endormissement des enfants devait tenir de cela, pour ceux qui en gardaient un souvenir heureux. Germain s'ébroua. Cela ferait bientôt deux nuits qu'il ne s'était allongé sur son lit et pourtant, il ne sentait plus sa fatigue. Il décida d'aller pisser dans l'humus mousseux d'une chênaie. En chemin, il eut l'odorat attiré par une senteur fugace, revint sur ses pas. Les yeux clos, il fouilla l'endroit de la pointe de sa botte, cherchant l'endroit précis où le sol se ferait à peine plus meuble. Il siffla, admiratif. Une dizaine de cèpes, sans doute éclos dans l'heure précédente, dormaient sous l'herbe. Trois fois le volume de ceux qu'il avait vus le jour même à Eauze, en cordelettes ! Et à un prix imbattable. Il se dit qu'il gardait l'instinct. Tout n'était donc pas perdu.

Jean Larrouy devait faire de la place pour les fûts de la prochaine distillation au chai. Germain lui avait aussi demandé de descendre quelques tonnelets d'aygues jeunes de la mezzanine et de les aligner près de sa table de travail. Connaissant les élans subits qui jetaient son patron vers ses alcoolomètres et ses verres à dégustation, Larrouy ne se posait guère de question. L'échantillonnage serait le plus large possible, balayant les cinq ou six dernières années de production des cépages différents. Et la charge sur ses épaules dépendrait des inspirations exigeantes du maître.

Cela faisait plus de vingt ans que Larrouy était au service de Germain Lescat. Son admiration pour le don d'assemblage de son patron était réelle. Germain n'avait pas son pareil pour trouver les bons mélanges et les bouteilles issues de son chai trouvaient preneurs jusqu'en grande ville, Toulouse, Bordeaux et Paris, même. Servir un tel magicien n'avait rien d'une corvée ouvrière, et puis quelques centaines d'heures d'attente en commun sous les palombières et de kilomètres entre les collines d'Armagnac avaient soudé entre les deux hommes une bonne et franche amitié, bien au-delà des différences de fortune.

— Et peut-être bien qu'il est comme moi, de la pauvre terre des ouvriers, pensait parfois Larrouy.

Il n'en savait guère, sur son maître, et ne lui avait jamais posé la moindre question, même détournée, sur ses origines. Germain ne les suscitait pas, de toute façon. Mais Larrouy savait reconnaître de temps à autre, dans un regard, une attitude ou un silence du médecin, la distance que les petits de Gascogne mettaient entre eux et les nantis par donation. Germain Lescat n'était pas né sous un toit argenté et sa volonté farouche de vouloir créer, seul, une aygue supérieure à toutes les autres reflétait bien l'esprit d'un conquérant sorti du fond obscur de la société.

Larrouy soupira. Les tonnelets pesaient une quarantaine de livres chacun, et lorsqu'on les avait entre les omoplates, il convenait de garder l'œil rivé aux barreaux de l'échelle. Ayant gravi les étroites marches de bois, le vieil homme cracha dans ses mains, se baissa pour empoigner un fût qu'il souleva d'un geste bref et assura sur son dos.

La descente était périlleuse mais Larrouy avait manié tant et tant de ces fardeaux que ce n'était plus pour lui qu'une routine, aussi transporta-t-il d'un pas bien assuré le premier tonnelet jusqu'à l'établi de Germain.

Il remonta vers la mezzanine. Des rats s'agitaient là-haut, ou quelque grosse bestiole dérangée dans son sommeil. Larrouy maugréa. Il n'était pas rare que l'on tombât au chai sur une de ces chattes à demi sauvages cherchant un abri pour accoucher d'une portée.

Courbé sous la poutraison, il fouilla du regard la pénombre poussiéreuse de l'étage, en vain. L'endroit était encombré de petits tonneaux et de sacs de grain empilés jusqu'au toit, une lubie de Germain, persuadé que le chêne se portait mieux dans une atmosphère de céréales. Chargé d'un second tonnelet, Larrouy s'engagea sur l'échelle, face au vide, dominant l'alignement des grands muids. Un instant, il chercha son équilibre et, pensant qu'il avait mal assuré son fardeau, chercha l'appui d'un montant de l'échelle, qu'il ne trouva pas.

— Oh, pute, murmura-t-il.

Au moment où il basculait en avant, il réussit à agripper l'échelle, mais son poids l'entraînait irrésistiblement. Il hurla. Le tonnelet lui broyait l'épaule. Un choc de la tête contre le mur du chai, et ce fut une brève chute jusqu'au sol, tout près d'un foudre. Larrouy voulut se relever. Du sang lui coulait sur les yeux. Son bras droit, inerte, lui faisait mal. En haut, la foutue bestiole avait repris sa marche. Larrouy s'agenouilla et fut pris d'un vertige qui le jeta en avant, évanoui, la face dans la poussière.

Le chai baignait dans sa pénombre familière. Germain referma derrière lui les deux lourds battants de la porte, comme s'il craignait que la lumière ne rompît l'équilibre entre obscurité et silence, senteurs du bois sec et des murs humides. Puis il demeura un long moment immobile, les yeux clos, s'imprégnant comme à l'habitude de son espace.

Il prit appui contre un vantail, s'efforça de respirer calmement, tâchant d'oublier pour quelques instants la flèche qui avait pénétré son dos et s'installait entre ses reins. C'était une flambée de la douleur, surgie de son cours ordinaire. Cela pouvait désormais prendre des heures, un jour entier, avant que vienne une relative accalmie. Germain résista à l'envie de s'allonger sur la terre inégale. Tout plan dur opposé à ses vertèbres était objet de mieux-être. Très vite, la sensation de mal absolu se délitait, comme un cachet dans de l'eau trouble, avant l'engourdissement apaisant.

Germain avança dans l'allée centrale. A mesure qu'il marchait, il sentait les effluves puissants de jeune fruit des eaux-de-vie nouvelles-nées, inhabituel à cette période de l'année. Cela piquait le nez anormalement. Lescat eut soudain l'impression qu'il n'était pas seul dans le chai. Acclimaté à la nuit de premier quartier de lune éclairant un peu l'endroit, il chercha d'où provenait ce souffle doublant le sien, fit quelques pas vers la massive silhouette de l'alambic. La grosse bête dormait

139

sous ses cuivres, froide et déshabitée, ses tubulures figurant des reptiles immobilisés par l'hiver.

Le pied de Germain buta contre un obstacle. Un madrier, ou un tasseau laissé en plan. Cela ne ressemblait pas à Larrouy. Germain se baissa, reconnut l'échelle servant à surveiller la coulée du vin dans la cuve de réception, étalée en travers du passage. Pressentant un accident, il alla donner de la lumière, revint, longea l'échelle.

— Ah, nom de Dieu ! Jean.

Le vieil homme était recroquevillé dans un angle du chai, une jambe encore fléchie sur un barreau d'échelle. Près de sa tête, un tonneau de folle blanche se vidait doucement de son contenu. Germain se précipita. Larrouy respirait faiblement. Sa bouche ensanglantée s'ouvrait par intermittence comme pour des sortes d'appels de poisson hors de l'eau. Dominant sa propre douleur, Germain tira le corps vers la lumière, l'allongea, entreprit aussitôt un rapide examen de son ami. En vérité, l'hémorragie venait de plus haut, du sommet du crâne. La peau y était entaillée profondément et laissait sourdre du sang. Incapable de tousser et de cracher, Jean Larrouy s'étouffait bêtement par des caillots déjà formés.

Comme chaque fois qu'il s'apprêtait à faire de la chirurgie, Germain voyait surgir de lointaines limbes des visages, des corps, entendait la musique monotone, et pourtant différente chaque fois, des souffrances. C'était étrange, à force, cette fixation de la mémoire sur ce qu'elle enfermait de plus révolu. La guerre avait-elle eu lieu, et dans quel pays ? Germain trempa un linge dans l'eau d'une bassine, procéda à la toilette du visage de Larrouy et à l'évacuation du magma encombrant la bouche. Le nettoyage de la plaie crânienne parut éveiller un peu le blessé, qui secoua doucement la tête et se mit à geindre. Germain apprécia.

— Aï dio ! C'est une belle entaille. On y voit l'os. Bé, Jeannot, tu n'as pas fait les choses à moitié et en plus tu as réussi à m'éventrer un muid, ou presque. Il en a bien coulé un tiers.

Rassuré sur le sort de son ami, il alla vérifier les dégâts matériels. En tombant, Larrouy avait désinséré le robinet fiché au côté de la barrique, ouvrant une brèche. Encore heureux que le vieux paysan n'eût pas défoncé le foudre. Il se serait asphyxié dans l'aygue sans déranger grand monde, à la manière d'un ortolan préparé à mourir.

Larrouy ouvrit un œil de nageur en perdition. Il marmonna quelques questions, soupira bruyamment, plusieurs fois, avant de se tourner pour soulager son estomac. Germain l'encouragea.

— Va, mon pauvre vieux, va.

— Aï dio ! J'ai le bras qui me fait mille morts.

Il se laissa aller sur le dos. Germain déchira sa chemise souillée, vit tout de suite la déformation de l'épaule droite, en coup de hache, témoin d'une luxation franche. Il y aurait de l'ouvrage pour l'heure à venir. Germain palpa l'articulation, jusqu'à se persuader que rien n'y était fracturé. De toute façon, il fallait réduire d'abord, avant de se lancer dans la couture du cuir.

— Tu peux te mettre sur le côté, Jeannot ? Il faut faire assez vite.

Larrouy se sentait un peu mieux. Conscient, et donc inquiet, soudain, il vit Germain se pencher vers lui et l'aider à se mettre dans la position souhaitée. Larrouy laissa sa main dans celles du médecin. Germain mit le bras de son ami à la verticale, prit appui du pied contre son thorax, tourna doucement le membre. Lorsqu'il estima avoir trouvé le bon angle, indifférent aux gémissements de bête blessée de Larrouy, il empauma de la gauche le bras, de la droite, l'avant-bras et de tout son poids, tira l'ensemble vers lui, d'un mouvement de dessoucheur. Larrouy hurla.

— Clac ! Et c'est dedans !

Germain faisait déjà jouer l'humérus dans sa glène. Tout ça allait maintenant gonfler quelque peu, noircir

141

par endroits, mais l'articulation était reconstituée ou à peu de chose près, avant qu'œdème et contractures ne rendissent impossible la réduction. Un bandage serré, gardé une bonne quinzaine de jours, permettrait à la nature de faire son œuvre réparatrice. Germain n'avait jamais oublié la leçon du chirurgien Maurrin. Réduire à chaud, toujours.

— Tu peux te mettre sur pied, Jeannot ? Je dois te recoudre le scalp.

Germain reçut Larrouy contre lui, le soutint, se dit qu'à eux deux ils faisaient une jolie statuaire des douleurs du grand âge. Charles les rejoignait, attiré par un cri tandis qu'il passait près du chai.

— Il est tombé de l'échelle, dit Germain. Il aura fait un malaise, ou quelque chose comme ça. Enfin, c'est curieux, tout de même.

Charles releva l'échelle, alla l'appuyer dans un angle de la pièce. Puis il jeta des copeaux de bois sur la flaque brunâtre, fit un peu de ménage et vint vers Larrouy, hilare.

— Tu as voulu goûter le piquepoul avant qu'il ne se vaporise, vieux brigand ? Tu aurais pu attendre qu'on l'ait grimpé dans la cuve, tout de même !

Larrouy hochait la tête, incrédule. Un filet de sang lui coulait sur l'arête du nez, franchissait ses lèvres et se perdait en gouttelettes sous son menton.

— Je me demande s'il n'y avait pas quelqu'un, là-dessous.

— Quelqu'un ? lui demanda Germain.

— Eh, té, peut-être. Tout a bougé et je me suis cassé la gueule. Entre la cuve et le mur, j'ai eu le temps de penser un peu. Alors, je me dis qu'il y avait peut-être quelqu'un sous l'échelle.

Germain haussa les épaules. Il se demandait où il avait bien pu ranger son fil de lin. En hiver, les plaies se faisaient rares et la suture aussi. Larrouy avait le cuir épais. Il faudrait pousser bien fort sur l'aiguille d'acier pour le lui traverser en surjet. Pressentant une épreuve

142

supplémentaire, le vieil homme tourna vers Germain sa face tuméfiée.

— Dites, Monsieur Germain, vous allez me foutre de l'aygue sur le museau, pour de bon ?

La réduction de son épaule luxée lui avait arraché un simple cri, après quoi il s'était remis sur pied. La perspective de se baigner le crâne à l'armagnac, jusqu'à l'os, l'inquiétait beaucoup plus. Germain le serra contre lui.

— Ne t'en fais pas, lui dit-il, hilare. C'est de la blanche de l'année dernière. Elle a perdu un peu de sa vigueur, mais je pense qu'elle chatouille encore les soixante degrés !

— Té, dit Charles, il y a un autre tonneau qui se vide, par là.

Il s'était penché entre deux foudres. Germain le rejoignit. Quelqu'un avait pesé sur une barrique de jeune colombard et l'avait inclinée, juste assez pour en commencer la vidange. Le précieux liquide coulait le long des douelles et allait se perdre dans le sol de terre, laissant dans l'air une trace odorante de pomme fraîche et d'airelle. Charles se releva, entreprit de remettre le foudre en place.

— Ce n'est tout de même pas ce pauvre Jeannot qui a ricoché jusque-là, dit-il entre deux ahans. Larrouy a raison. Il devait y avoir quelqu'un dans le chai. Le type qui a fait ça est un athlète, du genre leveur de poids. J'en ai vu autrefois à Saint-Jean-Pied-de-Port, aux fêtes de la force basque. Des colosses capables d'épauler des pierres énormes.

— Il n'y a guère de Basques par chez nous, dit Germain.

— Sans doute. Alors, il y en a d'autres qui ont décidé de te nuire et peut-être bien qu'ils s'y sont mis à plusieurs.

Charles suait sous la barrique, Larrouy se tenait le bras et grimaçait en silence. Germain voulut aider son fils mais son dos lui refusait un tel service. épuisé, les reins en feu, il dut retourner s'asseoir à sa table de

143

travail, le front dans la main, statue de pierre observant de loin une troupe d'éclopés. Seule l'eau-de-vie triomphait, répandant, volatile et charmeuse, ses divines émanations.

Une immense fatigue le rompait de toutes parts. Trop de nuits sur les chemins et de mauvaises nouvelles, en même temps. La petite tuberculeuse était partie à l'aube, au bout de quelques heures de repos. On allait bientôt mettre en terre Passicos et la perspective d'avoir à recoudre le crâne de Larrouy au fil de lin n'était pas pour le réconforter.

— Voilà, ça ne coule déjà plus, dit Charles. Il n'y a qu'à reboucher et laisser reposer dix ans de plus. Au fond, ton colombard aura un peu pris l'air. Ça ne peut pas lui faire de mal.

Il chancelait, contemplait Jean Larrouy avec une drôle d'expression dans les yeux. S'étant approché du vieil homme, il posa la main sur son front d'un geste mécanique, caressa la peau livide, cherchant les bords de la plaie, mêlant au caillot écarlate la poussière de ses doigts.

— C'est du joli sang bien rouge, ça, murmura-t-il d'une voix sourde. Il y en a plein sur toi, Jean Larrouy. Comme il y en avait sur les collines de Crimée, dans les ruisseaux de Sébastopol et jusque sur les pieds de ton maître. Hé, père ? Ça coulait bien aussi, par là-bas ?

Germain fronça les sourcils. Le geste de Charles avait quelque chose de sacrilège. La terre souillée et les plaies vives ne faisaient pas bon ménage.

— Retire ta main, dit-il. Cette plaie doit demeurer à l'air et seulement à l'air.

Les doigts rougis, fasciné, Charles malaxait la pâte sanglante avec la douceur d'un baptiste. Et Larrouy, confit dans l'acceptation de sa souffrance, acceptait la caresse, les yeux baissés. Germain se leva d'un bond, furieux.

— Charles, retire ta main ! Et toi, le vieux singe, va m'attendre au cabinet !

Larrouy s'éloigna, dos voûté. Charles contemplait sa

144

main, les yeux écarquillés, la narine frémissante. Germain s'approcha de lui. Ce n'était plus son fils qu'il avait devant lui dans la pénombre du chai mais un étranger soupirant, accaparé par d'étranges pensées.

— Mon petit, murmura-t-il.

Charles se mit à frotter avec vigueur ses doigts contre une barrique, comme s'il voulait tout à coup se débarrasser d'une limace ou de quelque saleté visqueuse ramassée par terre. Puis il acheva de s'essuyer sur sa chemise de lin gris, laissant sur le tissu de larges traces brunes.

— Je trouve que nous formons une belle troupe, ici, dit-il, sarcastique. Balafrés et claudicants, vérolés et lombalgiques. Pour ce qui me reste à faire en Orient, j'aurai besoin d'hommes plutôt durs au mal. Tu crois que nous pourrions monter une sorte de section familiale et nous retrouver tous là-bas, avec quelques-uns de tes patients les plus représentatifs ? La Compagnie d'Armagnac ! Battant la campagne comme au Moyen Age, vivant sur le manant et lui prenant tout. Terreur ! Après tout, c'est la guerre ici aussi, on dirait, le sang coule dans les chais du canton de Labastide. C'est la guerre partout, alors.

Germain le vit dodeliner de la tête et commencer à trembler. Il pensa que son fils devrait encore se reposer longtemps avant d'envisager de repartir pour l'Asie. Charles montrait ce que d'autres auraient réussi à cacher mieux que lui, les fêlures créées chez les plus endurcis par la guerre et les tensions et peurs qu'elle engendrait. Tout cela était normal et Germain se sentait plein de patience envers son fils. Et même, le sentiment d'avoir à veiller Charles comme il avait autrefois veillé des blessés graves le fouettait.

— Viens, dit-il, on va aller recoudre la vieille carne. Je ferai mettre un cadenas à la porte de ce chai.

D'un geste d'automate, Charles mit entre ses lèvres le cigare que son père lui tendait. Il en consommait beaucoup, des cigarettes aussi, et buvait. Sa chambre fleurait souvent la violette et la prune des jeunes

145

liqueurs. Ayant aspiré plusieurs fois l'épaisse fumée du havane, il parut se détendre un peu et se laissa entraîner par Germain.

Lointain héritage de sa jeunesse turbulente, le sommeil avait longtemps été la thérapeutique de Germain, médication contre les fatigues et les soucis, havre où l'accostage se faisait en quelques secondes. Sous un arbre, au fond de sa calèche ou même sur le dur matelas des ruisseaux asséchés, il avait toujours trouvé ainsi le repos, pour un quart d'heure ou pour une heure. Quand ses nuits se passaient à courir d'un malade à l'autre, il y avait eu ces moments de grâce dans les aubes incertaines, le ciel contemplé un court instant avant de sombrer, la fuite de l'esprit vers des contrées sans souffrances, où tout n'était qu'harmonie et doux vertiges.

Maintenant, et surtout depuis le retour de Charles, une horloge vaquait dans la tête de Germain, frappant ses heures avec une effrayante régularité, et chacun de ces signaux réveillait le médecin, quelle que fût l'heure. Germain se retrouvait assis dans son lit, le cœur en déroute, la bouche sèche, inquiet de savoir que la certitude de continuer à vivre qui chassait d'ordinaire ses cauchemars ne suffirait plus.

Il se leva, mû par une étrange et trompeuse sensation de bien-être physique. La douleur avait disparu avec la nuit. Pendant quelques instants, il fut comme un jeune homme émergeant du sommeil pour une aventure encore indéfinie. Puis, très vite, comme la canne vient à la main du vieillard, sa brûlante compagne s'éveilla à son tour, et s'installa entre ses reins.

Germain alla vers le miroir posé, légèrement incliné, sur la cheminée de sa chambre. Des bougeoirs l'encadraient. Il fouilla l'âtre à la recherche de braises que du bout de la pince il offrit aux chandelles.

Cela donnait une clarté de sépulcre, apaisante comme le silence, dessinait les objets dans une pénombre de tableau empoussiéré. Germain s'approcha de la

146

glace, curieux de ce qu'il y découvrirait à ces heures où la fatigue mal réparée creusait encore les visages.

Il y avait sur le sien autre chose que le banal barbouillage du repos de mi-nuit. Des cernes bruns dessinaient autour de ses yeux d'épaisses montures de lunettes, l'arête de son nez paraissait plus effilée. Et c'était aux tempes et aux pommettes que la transformation s'opérait le plus visiblement.

— Ou alors, il y aurait une saloperie, quelque part, traçant sa route entre os et peau, supposa-t-il.

C'était là, dans ces régions de la face d'ordinaire tapissées et arrondies par des reliefs ténus, que la maladie imprimait sa marque. Oh, il n'y avait pas encore ces cavités macabres des fins de vie, ces aigus de l'os pointant sous le derme, seulement une déshérence à peine visible des chairs, leur subtil amenuisement, leur possible défaite devant le rongeur qu'il ne voulait pas nommer et qui les attaquait de l'intérieur, les réduisait.

Lucide mais incrédule malgré tout, Germain palpa cette mutation. Chaque réveil de chaque nuit révélait en lui un personnage différent. C'était une métamorphose, et ce qu'il apercevait dans son reflet correspondait à ce qu'il ressentait dans son corps. Il aurait pu décrire cela, le travail obstiné du mal, son expansion, millimètre par millimètre, comme tant d'autres qui le faisaient si bien dans *Le Concours médical*. Des géomètres de l'humain, des cadastreurs de la souffrance. A défaut de prolonger d'un seul jour la vie de leurs patients cancéreux, ils avaient l'art d'en décrire la décomposition, heure par heure. Aucune avancée de la mort ne leur échappait, ni le décharnement, la maigreur, les éclairs de soumission dans les regards, la peur insinuée partout, changeant la voix, obérant la pensée, aliénant le sourire et traçant à sa place d'infâmes rictus. Qui viendrait un jour détourner de ces cibles pitoyables le souci maniaque de ces artistes en blouses blanches ?

Germain ricana. Il en fallait pourtant, de ces cliniciens, pour l'enseignement des plus jeunes, pour la mémoire des générations, dans l'attente d'une vraie médecine capable de guérir ces choses-là.

— Je suis foutu, murmura-t-il.

Ce constat le calma. Personne n'y pourrait rien ; un jour viendrait sans doute où, lasse de s'être répandue entre les viscères et les os, la tumeur, car c'est bien de cela qu'il devait s'agir, montrerait sa hideuse bouffissure quelque part vers la pointe de la hanche ou bien en haut de la fesse, offrant sa tranquille protubérance à qui aurait le courage de la regarder en face.

Germain se versa un verre d'alcool blanc, de celui recueilli au sortir de l'alambic. Il n'était plus trop question à ces heures de nuances olfactives de fruits rouges ou de coings mais d'une traversée immédiate de son corps par l'éther. Il songea à ces mourants dont il tenait la main tandis que des masses internes achevaient de les broyer ou de les asphyxier. Il apercevait le visage de son ami Passicos. Rien d'autre à faire qu'attendre. Souvent, il partageait avec le prêtre ces moments suspendus dans le temps, guettait l'instant du trépas. Ils étaient là, tous deux vivants et impuissants, l'un avec ses prières, l'autre avec son regard de clinicien.

— Dater sa mort.

Il s'assit, accablé par ce qui restait à accomplir avant l'heure du destin. Quoi, au juste ? Il passait son existence à migrer d'un coin à l'autre de sa petite province, sans que son esprit cessât de s'agiter. Consultations, visites, chai, palombes, république. Mais ces nuits de doute et d'angoisse n'avaient plus rien à voir avec ces activités-là. Une chape tombait sur lui, plomb échappé d'un ciel d'orage. Tout devenait trop important, insurmontable. Les erreurs, les fautes, les manquements et les insuffisances donnaient l'assaut. Et le temps manquerait forcément pour réparer tout ce qui devait l'être, la fissure apparue dans l'âme de Charles, le silence glacé de Julien dont Germain commençait à deviner les possibles raisons, les incertitudes sur l'avenir de Quitterie. Il y avait sans doute des choses à dire, des gestes à faire, avoir une écoute différente.

Il fit des allées et venues dans sa chambre, ouvrit la fenêtre sur l'épais mystère de la nuit, chercha dans sa mémoire les repères essentiels qui avaient fait de lui ce qu'il était. Tout se brouillait. Des bouffées de sa jeunesse lui remontaient à la gorge, avec l'enfance sombre comme un puits, hurlant son nom, la Crimée et l'Italie, ce raccourci d'aventure dont il se demandait parfois s'il ne s'agissait pas en vérité d'un rêve. Des visages, rêveurs ou cocasses, défilaient sur les murs, des silhouettes, le Chorra dans sa carriole brinquebalante, Maurrin et ses mains piquées de roux d'où ruisselait le sang des pauvres soldats de Sébastopol et de Magenta, le fonctionnaire de préfecture qui lui avait remis son diplôme d'officier de santé. D'autres s'approchaient de lui, hilares puis très vite menaçants, le fantôme de paysans gersois lui faisant escorte vers leur village ravagé par la chiasse. Et d'autres encore tournoyaient par dizaines dans la chambre trop petite pour les contenir tous, masques mortuaires des amis disparus, veillés par le faciès torturé d'Yvonne Ugarte. Germain haletait. Tous ces gens avaient appartenu à sa vie et il ne lui restait plus assez de celle-ci pour tout mettre en ordre. Alors il se mit à gémir, serra les poings, insulta la nuit et le jour qui lui succéderait mais tout cela ne servait à rien d'autre qu'à le laisser plus pitoyable et inutile.

— Ah ! En finir !

Cela viendrait bien assez tôt et sans forcer la nature. Germain but du laudanum et de l'aygue, s'allongea de nouveau, son esprit emporté dans les volutes de fumée d'un cigare. La peur impatiente se dissipait peu à peu en lui, laissait place à une lassitude qui finit par ressembler à du bien-être, et le sommeil vint enfin, pour quelques heures.

Chaque fois qu'il le pouvait, Germain rendait visite à son vieil ami Eugène Passicos. C'était au hasard d'une tournée dans les fermes, du côté de Saint-Justin, là où, émergeant des platitudes de la forêt landaise comme un rivage doux, commençait le pays des collines et des

149

bastides d'Armagnac. Pourtant, ces moments au chevet de son vieux compagnon de jeunesse ne faisaient qu'accroître son trouble. Au fond, leurs destins n'étaient guère dissemblables, même si le fermier, revenu depuis longtemps de ses illusions de jeunesse, affectait, pour le taquiner, de ranger Germain parmi les riches.

— Tu te fous de moi, Eugène, se défendait le médecin. Je ne suis ni riche ni pauvre.

— Et tu es quoi, alors ?

Il ne savait pas. Hybride, inclassable par les obsédés de la hiérarchie sociale.

— Un sauvage poli par le temps. J'ai encore les bruits de Sébastopol et de Magenta dans les oreilles. Je pensais qu'avec l'âge ils s'estomperaient, mais pas du tout. Ils sont là et moi, je me tiens au milieu d'eux, spectateur de ma propre histoire. Comment font ceux qui avancent sans se préoccuper de ce genre de détail, à la guerre ou dans la vie de tous les jours ? Tu te souviens de ces types qui allaient au casse-pipe sans plus d'états d'âme que s'ils étaient allés pisser ? Devoir et besoin. Pour moi, quarante ans plus tard, ça reste un mystère.

Passicos essaya de sourire. Son souffle était devenu râpeux et les râles emplissant ses poumons semblaient pouvoir lui sortir à tout instant de la bouche.

— Et tes fils ? demanda-t-il en guise de réponse.

C'était cela, être ami. Aux yeux de Passicos, les enfants de Germain représentaient la réussite qu'il n'eût même pas rêvée pour les siens. Pourtant, la vieille structure paysanne d'Armagnac craquait sérieusement et on s'exilait de plus en plus. Mais c'était la plupart du temps pour grossir le prolétariat des faubourgs, à défaut de le dominer. Autant demeurer à la ferme, sous le grand ciel de Gascogne.

— Ils vont, dit Germain.

Les jeunes Passicos, eux, resteraient à Labastide. Pour combien de temps ? Le maïs nourrissait mieux les bêtes que leurs maîtres. Quant à l'eau-de-vie, d'autres,

150

plus chanceux ou malins, avaient conservé la possibilité de la produire. Grand bien leur fasse ! Passicos cultivait avec élégance la tristesse de ses deuils et ignorait la rancœur. Une belle âme.

Germain demeura assis près de son ami, sans rien dire. Ils avaient bu des vins ensemble et guetté cent fois les vols de palombes sous les tunnels landais. Leur compagnonnage avait été fait de silences entrecoupés de quelques paroles sérieuses. Des avis et le désir pour l'un de protéger l'autre. Germain avait parfois prêté à Passicos de l'argent que le fermier lui avait remboursé bien avant de l'avoir rentabilisé.

On se serrerait la ceinture en attendant la récolte. Et puis il y avait la pension militaire.

— Tu veux rire, Passicos ! Cette misère pour uni-jambistes. Réjouissons-nous d'être sortis de là sans y laisser quelque membre ou une moitié de cervelle. C'est nous qui devrions payer pour ça.

— Et dehors, Germain, c'est comment ?

Cela faisait quelque temps déjà qu'Eugène Passicos était cloué au lit, à peine capable de réajuster son oreiller sous sa nuque. Coureur de lande et de forêt, traqueur de chevreuils et de sangliers, il se regardait mourir sans autre résistance que ses poings serrés sur du vide. Dehors ? Germain restait évasif. Ses velléités de raconter les séances de l'association des producteurs, la maladie de son fils ou les avanies de Jean Larrouy fondaient à la seule vue du malade émacié, anxieux, suant entre des draps humides. En d'autres temps, Passicos eût donné à Germain quelques clés, des pistes. Il connaissait lui aussi la nature humaine. Mais Germain n'était pas sûr qu'il attendît encore la réponse. Comme les agonisants lucides, Passicos se contentait de savoir que le monde existait toujours et reflétait encore un peu sa précaire présence.

Germain quitterait la ferme désespéré, encore une fois. Ses traitements ne servaient plus à rien. Passicos était au bout du rouleau et la pompe de son cœur défaillait au moindre mouvement. Combien de temps durerait cette lente descente ?

— Je crois que mon ventre va éclater. Ami, nom de Dieu, fais quelque chose.

Germain considérait d'un œil morne le bocal de confit où le malade recueillait ses urines épaisses et foncées. Il souleva le drap puis la chemise de Passicos sous laquelle s'étalait l'énorme baudruche gonflée par l'ascite. De l'eau plein l'abdomen, stagnant en amont du cœur, dilatait la peau du malade telle une outre monstrueuse. Des veines turgescentes y dessinaient leur cours, comme sur une carte de géographie. Et tout cela, figé, comprimait le thorax, rendait la respiration sifflante. Germain ouvrit sa sacoche.

— Ça fait longtemps qu'il a ce ballon de flotte ? demanda-t-il.

Les femmes lui répondirent que non. Il y avait eu les œdèmes des chevilles, comme d'habitude, puis les cuisses avaient enflé à leur tour et le ventre enfin, en quelques heures.

— Tu vas me percer, Germain ?

Les narines de Passicos se dilataient, traduisant son violent effort pour inspirer. Ses lèvres prenaient des reflets violacés. Germain empoigna le trocart qu'il avait lui-même fabriqué pour ce genre de ponction. Il en avait trouvé le modèle chez un vétérinaire d'Eauze. Au départ, l'outil servait à dégonfler les vaches ballonnées par la luzerne. Fixée perpendiculairement au tube d'acier effilé, une courte traverse permettait d'assurer la saisie à la manière d'une dague.

— Té, je crois bien, dit Germain.

Il alla chercher un seau, qu'il posa à terre, orienta vers lui le corps de Passicos. Le ventre bombait au bord du lit, menaçant d'entraîner le malade. Germain fit contrepoids et, d'un geste vif, planta le trocart en zone déclive.

La chambre se vida aussitôt de quelques femmes. Seules les plus âgées restèrent, la main devant la bouche, les yeux écarquillés.

152

— Putain, comme une vache, chuchota Passicos.

Il n'avait rien senti, entendait le bruit de l'eau coulant dans le seau. A mesure que s'effectuait la vidange, Germain orientait son trocart. Le coup avait été porté au bon endroit, là où le liquide accumulé exerçait la pression maximale. Maintenant, il fallait laisser l'ascite se réduire. Germain palpait la paroi du ventre et fut satisfait de sentir qu'elle se détendait. Il lui sembla même que son malade sifflait un peu moins en respirant.

— Tu changes de couleur, Jean, c'est bien, dit-il. Tes lèvres retrouvent une teinte acceptable quoique encore assez violine.

— Té, couillon, elles font ce qu'elles peuvent.

Lorsque le seau eut été à demi empli, Germain retira le trocart et appliqua une gaze imbibée d'alcool sur l'orifice de ponction. Passicos avait l'air un peu soulagé et moins angoissé, surtout. Il fixait le plafond, tentait avec difficulté de discipliner sa respiration. Germain posa l'oreille sur son thorax, écouta longuement. Au point de départ des gros vaisseaux, cela faisait un bruit de locomotive jusqu'à couvrir l'écho des battements cardiaques. Et le pouls de Passicos changeait de rythme d'une minute à l'autre, filant puis à nouveau frappé, traduisant le grand désordre interne. Germain sentit la main du malade serrer la sienne. Il s'assit au bord du lit, attendit.

— Tu te donnes du mal, mon vieux, lui dit son hôte d'une voix faible. Et la vendange, dis-moi.

Germain sourit. On n'en verrait pas de plus superbe avant longtemps. Il raconta la mésaventure de Larrouy et la liqueur répandue sur la terre du chai. Qui pouvait bien avoir médité ce coup perfide ?

— Les jaloux, Germain, les jaloux. C'est comme pour les palombes, tu sais. Il y a les endroits où elles se posent et d'autres qu'elles évitent, va savoir pourquoi. La chance, oui. Ça fait des envieux et les envieux, ça devient malfaisant, à l'occasion. Toi, tu as fait le bien. Il y en a qui ne supportent pas qu'on fasse le bien.

153

Ça les gêne. C'est comme de disperser au vent les bonnes idées de la république. Ça crée de la haine, beaucoup trop.

Passicos avait fermé les yeux et s'endormait doucement. Germain demeura quelques instants près de lui. Puis il se leva, vida le seau par la fenêtre.

— Vous le laverez, dit-il aux femmes.

Il leur laissa des flacons de digitale et des sachets de poudre, résine et pissenlit.

— Il doit pisser, plus que jamais, dit-il.

— On essaie de lui faire avaler du fenouil et de la bonne fougère de haute lande aussi, en tisanes, dit Émilie, navrée. Mais vous le connaissez, celui-là. Le fenouil, déjà, et en tisane, macareou. Il croit qu'on veut se débarrasser de lui.

Germain quitta cette fois la ferme sans s'y être restauré. L'agonie de Passicos le bouleversait. Il n'avait nulle part ailleurs dans le pays ami plus désintéressé que lui et pressentait la solitude et le désenchantement du deuil. Peut-être la soirée à venir chez sa sœur Adélaïde le sortirait-elle de cette inquiétude.

8

Une douzaine de personnes s'étaient assemblées dans la vaste cuisine enfumée de vapeur blanche. Firmin Técoère avait étalé pour partie le repas sur la table. Douze palombes, choisies parmi les plus jeunes, avaient été plumées, et seraient servies grillées. Leurs aînées mijotaient depuis quelques quarts d'heure et feraient un salmis dont le fumet s'élevait déjà et se répandait dans la vaste pièce.

Il y avait autour de Firmin Técoère et de ses convives un forum joyeux de vieilles histoires mille fois vécues et racontées. C'était là le consensus des chasseurs, comme partout en Gascogne, depuis que les oiseaux migrateurs passaient au-dessus de la lande, venant des lointaines Poméranies pour aller aux Afriques desséchées, et qu'il se trouvait là-dessous des guetteurs assez tenaces pour les attendre onze mois durant, et le douzième, surtout. On allait consommer le butin de la veille. Et si par la faute d'un vent mal orienté, la journée qui s'achevait n'avait été qu'une longue patience dans l'ombre des palombières, le compte n'était finalement pas si mauvais.

Germain ouvrit les yeux sur les étagères chargées des bassines de cuivre rangées par ordre de taille, inventoria par petites touches l'univers familier de la cuisine : les feux de fonte noire sous les sauces odorantes, les hautes armoires au secret desquelles dormaient

155

l'argenterie, le lin, et puis les outils au service du vin, les charcuteries en chapelets contre les parois des poutres. Centre du monde et de la vie, traversée par la broche sur laquelle s'activait Firmin Técoère, la haute cheminée et son âtre profond, rougeoyant tabernacle.

— Ici, on vit comme les paysans que nous sommes restés, au fond, dit Técoère. Les salles à manger lugubres, c'est fait pour les bourgeois des villes.

Il ajouta, rigolard :

— Tu ne m'en veux pas de te dire ça, Germain ?

Germain ne lui en voulait pas. Il passait depuis toujours pour une espèce d'autodidacte imprévisible et secret aux yeux de son beau-frère et ses connaissances mises en ordre au cours des ans en imposaient naturellement au marchand d'aygue dont le bagage culturel avait la minceur d'une meurtrière dans le mur d'une palombière. Assis devant l'immense cheminée traversée par une broche au lourd mécanisme, Germain trempait ses lèvres dans un verre de sauternes et cherchait, entre deux gorgées, la position assise qui calmât un peu son mal. Autour de lui, fourbus et soupirant, les hommes conviés par le maître de maison au terme de la journée de chasse regardaient s'activer le gynécée des cuisinières et servantes. Une vague senteur de paille humide montait de leurs chemises.

Edmond Técoère entra dans la cuisine à sa façon habituelle, les mains dans les poches, le regard un peu absent, maître des lieux sans responsabilité. Petit et déjà quasiment chauve à moins de trente ans, les jambes grêles, arquées à l'image de son nez, il essayait de compenser sa disgrâce physique par l'épaisseur et le pointu de sa moustache, signature de l'artiste au bas d'un tableau raté. Germain l'avait mis au monde dans la maison Técoère, un de ses premiers accouchements. Le vieux docteur Rocaché, de Labastide, devait officier, mais il avait été introuvable ce jour-là. Adélaïde avait fait appeler son frère, malgré les réticences de Firmin. Ça avait été un peu étrange de se sentir en famille avec un doute, pourtant, sur ses compétences.

Germain avait décidé de passer outre, il savait qu'il devait s'imposer par ses compétences et ce don qu'il avait de sentir les maux tapis dans les corps.

« Commensal dans sa propre maison », pensa Germain, que le commerce de son neveu avait habitué à ce compagnonnage ectoplasmique. Le jeune homme avait sa mine habituelle, comme détachée de tout, reflet vaguement maussade d'une existence vouée tout entière à l'échec ou à ses leurres : l'ennui, l'inactivité bougonne, avec pour exutoire régulier la fréquentation des fêtes de village qui seule semblait l'éveiller et lui donner brièvement le goût de vivre. Germain le tança.

— Alors, mon neveu, c'est toi qui as ramené le gibier, cette fois ?

Edmond tourna vers lui son visage de jeune vieillard. En ville, il eût fait un gratte-papier acceptable, dans une banque, à la rigueur au tri postal.

— J'en ai tiré deux. A l'affût.

Germain s'esclaffa.

— Manier le filet t'aurait foutu par terre ! Gouyat !

Germain croisa le regard plein de reproche de sa sœur, haussa les épaules. Edmond avait été pour Adélaïde Técoère un don du Ciel dans une vie sans grand relief. Son fils l'avait comblée. Elle avait pour lui des tendresses de nourrice, des élans d'amoureuse, des excuses toutes prêtes au moindre de ses écarts. Inconsciente et boursouflée de sentiments, elle s'obstinait à penser que l'adolescence d'Edmond pourrait ainsi durer encore une bonne dizaine d'années, ce qui mènerait le bougre aux environs des trente-cinq ans.

— Tu as vu Dauger ? s'inquiéta Germain.

Edmond eut une moue de dépit. Son oncle lui avait donné, sans grand espoir à vrai dire, une recommandation pour un grainetier d'Estang à la recherche d'un commis. Il s'agissait de négocier blé, seigle et maïs entre Gers et Landes, à un moment où la production stimulée par l'abandon des vignobles croissait régulièrement d'une année à l'autre.

157

— Ça ne va pas, dit le jeune homme. Enfin, je ne sais pas trop. Il faut que nous en discutions à nouveau.

Charles s'était approché de son cousin. A voir les deux garçons réunis, Germain éprouvait un peu de vague à l'âme. L'époque était révolue, et semblait pourtant si proche où, revenant d'une visite, il les croisait à l'aube, défaits et triomphants, collés les uns aux autres à seule fin de rester debout, prêts pour ces sommeils de vacances qui pouvaient dépasser les douze heures, et mettaient Antoinette en fureur.

— Edmond, il faudrait que tu envisages de faire quelque chose de tes dix doigts, dit Germain. A vingt-cinq ans, tout de même.

— Oh, té !

— Le cousin se donne du temps pour réfléchir, plaisanta Charles. Hé, marquis, c'est bien ça ? Regarde un peu ces femmes en cuisine. Ça ne te dirait rien, un petit travail comme le leur. Nourri, logé. Remarque, tu l'es déjà, et en plus tu ne fous rien ! Au fond, tu as raison. Hé ! Une idée. Il nous faut des porteurs pour remonter vers la Chine au printemps prochain. Un bon emploi, au bon air de la jungle laotienne. Non, vraiment ?

Noyé dans la fumée des cigares qu'il allumait l'un après l'autre, Charles avait l'air de se sentir un peu mieux et son humeur devenait méchante. Edmond lui jetait un regard de noyé et Germain en eut le cœur serré. Adélaïde s'était éloignée. Firmin Técoère préparait sa rôtie et Germain considérait son beau-frère avec effroi. Comment un père pouvait-il avoir à ce point gâché son unique fils ?

Técoère s'était pourtant installé dans une existence sans surprise de producteur-négociant, entre sa cave pleine des trésors accumulés vingt années durant, sa palombière, ses vignes de Gabarret et de Nogaro et ses interminables banquets de chasseurs. Quand Germain avait choisi la rupture, l'errance d'un malade à l'autre à travers le pays d'Armagnac, l'autre s'était réfugié dans les cocons de sa maison et de ses tunnels d'affût.

Mais le résultat dans la vie de famille n'était guère brillant.

Germain pensait à Julien, l'absent, observait Charles, le sursitaire, qui piquait à plaisir son cousin Edmond. Le raté et le vérolé échangeant des souvenirs de prime jeunesse et des remarques acerbes sur la décadence des mœurs ; que valait-il mieux, de l'incapacité d'Edmond à se donner une raison de vivre, ou de la limite invisible tracée devant Charles par la maladie ? Germain frissonna. C'était un choix impossible, inutile et cruel.

— On ne sait pas trop ce que veulent les jeunes gens d'aujourd'hui, se lamenta Adélaïde. On dirait qu'ils s'ennuient, c'est tout de même un monde, avec ce que leur offre la vie moderne.

— Boh, té, des emplois d'ouvriers dans les villes, merci, lui répondit Edmond.

Il haussa les épaules. Inutile et heureux de l'être, il se lovait en position de fœtus et se laissait engloutir par l'amour maternel démesuré. Germain réalisait à quel point l'enfance niée d'Adélaïde portait ses fruits pervers dans la personnalité d'Edmond.

Les regards de Germain et de sa sœur se croisaient de temps à autre, témoins muets de souvenirs semblables à de très anciennes dépouilles enfouies par accord tacite. Et cela faisait bien une trentaine d'années qu'ils se racontaient la même chose. A son retour des campagnes d'Italie, Germain avait patiemment recherché sa sœur dans les villages de son enfance et fini par la retrouver dans la ferme du Béarn où elle avait été placée, enfant, vingt années auparavant. Ni choyée ni malmenée, Adélaïde avait été utilisée, simplement, avec une sorte de statut de servante et la promesse de faire un jour partie intégrante d'une famille.

Il l'avait enlevée de là avant qu'un mariage arrangé ne l'eût attachée pour toujours à une terre qui n'était pas la sienne, et l'avait emmenée avec lui en Armagnac. Là, elle s'était socialement élevée en épousant un négociant en alcool, héritier d'une cave et de quelques hectares de bonne vigne. Un destin à l'échelle de gens sans naissance ni fortune. Adélaïde s'était laissé faire avec son sourire de sainte et son humeur égale de victime consentante. Tout comme elle se laissait désormais dominer par ce fils qu'elle préférait voir végéter près d'elle plutôt que lancé, seul, contre les récifs de l'existence.

— Ah, la famille ! dit Charles à voix basse et en manière de synthèse.

Il s'était assis face à son père et contemplait les entrelacs des flammes dans la cheminée. Depuis le début de la soirée, il subissait, affectant de ne pas les remarquer, les mouvements vers lui de sa cousine Mélanie. C'étaient des coups d'œil un peu appuyés, des sourires à la dérobée, un émoi, surtout, que Germain percevait, inquiet. Entre le tendron et le syphilitique, il convenait de ne pas laisser le cousinage aller trop loin. Entre deux empalages de palombes, Firmin Técoère se pencha vers Germain.

— Elle est jolie, ta Quitterie, dit-il. C'est à croire que ces maladies infantiles accélèrent les transformations.

Germain s'efforça de sourire. Il avait mal, plus que d'habitude. La douleur s'épanchait hors de ses vertèbres, gagnait le ventre et le pelvis, où elle tournait en rond. Germain avait soudain envie de se coucher, là, à même le carrelage, de respirer son éther brut et d'en avaler assez pour calmer le feu. Et la vision de sa fille, appuyée les mains dans le dos, contre une cloison, observant, ravie, les femmes autour des marmites, ne lui était d'aucun secours. Técoère s'inquiéta.

— Tu es bien pâle, Germain. Quelque chose ne va pas. Et cette canne dont tu ne te passes plus, désormais. Ne me dis pas que tes relations avec Jean Poidats te minent à ce point. Tu veux un cordial ?

Germain accepta. Un verre d'armagnac, du jeune si possible.

— J'en ai, de chez toi, d'ailleurs. Tu te souviens, le 82, prometteur. Après deux années de bouteille, tu me diras ce que tu en penses et si tu es d'accord pour que je commence à le vendre.

Firmin Técoère ne connaissait pas grand-chose à la littérature, ni à la physique des métaux. En revanche, l'alcool d'Armagnac n'avait pas de secret pour lui et son prix encore moins. Il passa dans le cellier, revint, un flacon à la main qu'il ouvrit avec des précautions de fin sommelier. Germain s'impatientait. Il ne s'agissait pas de déguster. Il encouragea son beau-frère, tendit son verre.

— N'aie pas peur, emplis.

Charles le considéra, surpris. Ses yeux s'arrondirent lorsque Germain eut sifflé le verre cul-sec, au mépris apparent de toutes les règles. Técoère prit un air affligé, mais s'abstint de commenter. Ce n'était pas ainsi que l'on dégustait une grande année vieillie selon les règles.

— Tout va bien, père ? demanda Charles.

C'était à son tour de s'inquiéter. Il vit Germain fouiller la poche de sa redingote, à la recherche d'une petite bouteille au contenu rougeâtre dont il emplit le verre. Germain ricana. Charles revenait du pays de l'opium. Il y avait là-bas ces fumeries, grands dortoirs où tout s'oubliait, disait-on, de la misère humaine. On y agonisait dans la cachexie et la quiétude des morts-vivants. Les gens souffrant de leurs os au point de hurler, parfois, se soignaient-ils avec ces fascinantes fumées ? La question avait de quoi passionner les experts.

— Une vieille douleur, dit Germain, un rhumatisme qui se réveille de temps à autre. Pardonne-moi, Firmin. La noble liqueur de notre petit pays fait partie de ma pharmacopée personnelle. La méthode est sacrilège et à usage privé exclusif. Je comprends ton désarroi mais c'est la seule façon efficace de calmer un peu la chose et de toute façon, je ne la prescris qu'à moi-même.

Il fit une grimace, ingurgita le calmant, ferma les yeux. Près de lui, les conversations un instant suspendues reprirent. Il n'y était question que des palombes, de leur long voyage, de leurs amours et de la meilleure façon de les attraper. Bavardages de soir de chasse, d'apparence anodine. Mais la fatigue creusant les traits du médecin et la lassitude de sa haute carcasse devenaient évidentes pour tous.

Germain guettait l'apaisement qui viendrait au plus profond de lui-même. Thérapeute attentif, il comptait mentalement les minutes que cela prenait, conscient du fait qu'un allongement de ce délai signifierait sans doute la progression du mal. En trente ans d'exercice, il avait eu loisir de l'apprendre à la lecture du visage des autres, de leurs silences, de leur enfermement dans la maladie. Son tour arrivait maintenant.

— Charles, je te réquisitionne pour la rôtie, annonça Firmin Técoère.

Le jeune homme se leva. La préparation de la rôtie faisait partie de ces rituels que l'on vivait comme le brame à Chambord ou le partage du gibier en forêt de Bercé, avec le sentiment de participer à l'Histoire.

— Foutre ! C'est une mission. Dois-je accepter, père ?

Germain eut un geste évasif. L'effet chaleureux de l'alcool se dissipait en lui et cesserait bientôt, mais celui du laudanum prendrait le relais.

— Ça ressemble à un ordre, dit-il.

A l'annonce de la rôtie, le silence était tombé soudain dans la cuisine, comme à l'église, pendant l'Elévation. Il allait se passer quelque chose de sérieux, de grave, peut-être. La seule à s'amuser de ce soudain changement était Quitterie, qui pouffa, surprise, et dut mettre la main devant sa bouche pour ne pas éclater de rire.

— Lescat, j'y suis ! dit Charles.

— Alors, tu t'occupes de l'armagnac, lui ordonna Firmin.

La voix était un peu rauque, le ton, péremptoire. Firmin Técoère commença par repousser les tranches de mie que lui tendait une cuisinière. Trop fines, et pas assez briochées. Il choisit lui-même un pain, le découpa en une vingtaine de morceaux qu'il empila soigneusement sur le bord de l'épais tablier de bois taillé en tous sens, concave en son centre pour servir de plan de travail. Firmin ordonna derechef :

— A griller, mais pas trop.

La cuisinière commise au pain haussa les épaules, ramassa les tranches. Depuis le temps qu'elle accommodait les oiseaux bleus, elle avait appris les règles de la rôtie. Mais la charge en incombait aux hommes, par tradition, et il faudrait encore quelques révolutions en Gascogne pour que cela changeât.

— Je sais faire, peut-être, maugréa-t-elle.

Son maître ne l'entendait pas. Il avait déjà fait le compte des bols et assiettes contenant les abats des palombes, foies, poumons, reins, certains y ajoutant, mais c'était controversé, les cœurs et les gésiers. Il étala leur pâte brune sur le bois avant de les réduire en purée, à la fourchette. La recette prenait corps. Tandis que Charles surveillait la casserole où l'armagnac se réchauffait doucement, Firmin activa sur le feu deux poêlons graissés d'un peu de beurre.

— Le pain ! réclama-t-il.

Un demi-cercle de chasseurs-vendangeurs s'était formé, à distance réglementaire des officiants. Il convenait en effet de ne pas gêner les très importantes opérations à venir. Germain se laissa aller contre le dossier de sa chaise. C'était un de ces moments comme il les aimait. Des senteurs nouvelles de pain grillé, de graisse tiède envahissaient l'espace. Tout, dans le désordre apparent de la cuisine, n'était en vérité qu'harmonie et bien-être. La souffrance même s'effaçait, comme si elle respectait elle aussi ce moment suspendu dans le cours des choses.

— Courage, Firmin, dit Germain. C'est maintenant.

Il y eut quelques sourires, mais pas plus. Técoère vida l'un après l'autre bols et assiettes dans les poêlons. Une épaisse vapeur s'éleva, dans un grésillement. Les bras prolongés par la fonte noire qu'il secouait avec vigueur, le marchand d'aygue prenait des airs de mitrailleur, ce qui fit rire à nouveau Quitterie. Técoère semblait avoir une demi-douzaine de paires d'yeux.

163

— L'armagnac, pas trop chaud, tout de même, lança-t-il. Le pain, nom de Dieu ! Il noircit déjà.

Il y avait une vraie tension dans l'air. Les abats cuisaient à grande vitesse, la cuisinière tournait et retournait les toasts, l'armagnac exhalait sa part des anges en volutes aussitôt dissipées. Concentré sur ce qu'il aurait à faire, silencieux, Charles ne perdait rien des gestes de son hôte, guettant le moment où il interviendrait. Técoère jetait des ordres en rafales, puis passait à une espèce de grognement continu, encouragement adressé à lui-même. Ayant reposé les poêles, il malaxa la pâte viscérale à la paline, goûta.

— Le pain !

La cuisinière avait étalé les tranches dorées sur un plateau qu'elle tendit à son maître. Il fallait faire assez vite pour que la viande gardât le maximum de sa chaleur. Lorsque Técoère eut terminé de tartiner, Charles s'approcha de lui, la casserole en main, attendant un ordre qui vint lorsque la dernière tranche de pain fut prête à subir le feu.

— Allez ! Maintenant !

Il fallait faire vite, et avec précision, mouiller le pain sans le noyer, puis approcher l'allumette enflammée, regarder monter la flamme bleue avant de commencer la tartine suivante. Les dents mordant ses lèvres, jambes écartées, Técoère opérait dans un silence quasi religieux. Poussant ses feux l'un après l'autre, grognant de sourdes inquiétudes, il eut en moins d'une minute embrasé la totalité des toasts. Lorsque cette étape essentielle eut été achevée, Charles vérifia qu'il ne restait strictement aucune goutte d'armagnac dans la casserole et, soulagé, soupira bruyamment. Técoère contemplait son œuvre, aidant de temps à autre la flamme à survivre un peu, creusant le pain, de la fourchette, pour qu'il s'imprégnât mieux.

— Eh bé, putain, on est passé près de la catastrophe, dit-il en conclusion.

C'était rituel. Manquer une rôtie, c'était une défaite, pire, un désastre.

— Mangez, maintenant !

On applaudit. Déjà la rôtie, qui devait se déguster encore fumante de son alcool, circulait parmi les convives. Germain reçut sa part et goûta. C'était un mariage entre deux saveurs violentes, celle des abats, suave et amère, mariée à l'éther d'Armagnac, le tout pacifié par le pain, chauffant délicieusement la bouche. Técoère avait le triomphe modeste. La préparation de la rôtie était grevée du risque permanent de l'échec. Un faux mouvement, trop ou pas assez d'armagnac, un pain à peine durci et le mélange restait banale tartine, ou devenait en quelques secondes un brouet. Le fort — certains disaient mauvais — caractère de Firmin Técoère trouvait là matière à se dominer ou à exploser, selon l'issue de l'entreprise.

— Je dois servir la demoiselle ?

La cuisinière n'osait tendre à Quitterie l'assiette qu'elle tenait en main et jetait vers Germain des coups d'œil interrogateurs. Un mets fortement alcoolisé, pour une jouvencelle de seize ans, cela ne se faisait guère. Quitterie implora son père. Supplication muette, derrière un sourire désarmant. Germain se leva, marcha vers sa fille.

— Bien sûr, Jeanne. Vous la servez, comme les autres. Ma fille est en train de faire ses humanités gasconnes.

Il tendit la main vers la joue de Quitterie. Sans qu'il sût pourquoi, la sensation de mort imminente qu'il éprouvait de plus en plus souvent dans ses chairs courut sous sa peau, frisson fascinant contre lequel il ne pouvait rien. Dans le même instant, la vision d'Yvonne Ugarte agonisant sur son lit souillé, dans une masure sans lumière, l'envahit. C'était un trépas parmi cent autres et face à cela, Quitterie figurait la vie, l'espoir. Equation bizarre, jeu de masques. Germain percevait l'évolution de l'esprit de l'adolescente. Quitterie entrait, ravie, dans un monde ignoré d'elle jusqu'à sa longue fièvre écarlate. Pour quelle raison le spectre de la pauvre Yvonne venait-il rôder à cette minute autour

165

d'elle, de son bonheur tout simple et de cette fête paysanne improvisée ?

— Mais c'est délicieux !

Quitterie avait goûté la tartine du bout des lèvres, à la fois confiante et anxieuse. Maintenant que la saveur de la rôtie occupait son palais, elle mordait à pleines dents le pain blond et la mixture étalée dessus. Charles s'approcha d'elle, frappa doucement son épaule. Il la faisait chevalier de la rôtie, un privilège réservé à une élite de quelques centaines de personnes. Rien de moins qu'un authentique baptême.

9

En octobre 1893, Gérard Despiau, le tonnelier de Labastide, avait entassé les douelles au centre de son atelier, et tournait autour, se penchant à l'occasion pour en caresser une, en tourner une autre. Cela faisait plus de cinq ans que ce lot confié par son ami Germain Lescat séchait dans un commun de la tonnellerie.

— Ce chêne avait la santé d'un tricentenaire, au moins, dit-il. Il aurait encore vécu quelques quarts de siècle.

Despiau avait le torse court et velu, des épaules de lutteur. Le relief musculeux de ses cuisses moulait son pantalon de toile épaisse. Sa tête était à l'avenant, son visage rougeaud, parcouru de veinules comme le blanc de ses yeux, et son souffle court annonçaient des apoplexies, des crises cardiaques.

— Tu crois que tu dureras comme ce chêne si tu te soignes toujours aussi mal ? ironisa Germain.

Il savait le tonnelier hypertendu et proche de l'ictus, tentait de lui faire éliminer son eau en abondance. Mais ces menaces semblaient dépassées par l'indifférence bougonne avec laquelle Despiau supportait les bourdonnements dans ses oreilles et ces impressions, fréquentes, de voir voler des mouches autour de lui.

— Tu les prends, au moins, les cachets que je t'ai fait faire par Lagourdette ? s'inquiéta Germain.

C'était de la théobromine, un principe actif du cacao,

167

remède nouveau capable à lui seul des mêmes effets que la scille, la bourrache, les queues de cerises et les stigmates de maïs réunis. Despiau haussa ses massives épaules. Ça ou boire deux litres d'extrait de baies de genièvre !

— J'arrête pas de pisser, nom de Dieu ! Tu veux me vider comme une barrique, ou quoi ? J'ai deux pots de cinq litres dans ma table de nuit et quand les autres se reposent et dorment comme des gens normaux, moi je me lève comme un diable pour ne pas mouiller draps et matelas. Cela dit, ton petit blanc à la digitale, comment tu l'appelles, déjà ?

— Le vin de Trousseau. 9/10 de piquepoul, 1/10 d'alcool à 90, le reste en pétales et tiges divers.

— Celui-là, je veux bien en pisser un pot chaque matin.

Germain passa la main sur les douelles. Le bois était en parfaite santé, sans nœuds, les cinq années de repos lui avaient donné la couleur de la paille. Despiau l'avait légèrement poncé, et adouci les reliefs de ses arêtes. Ainsi présentées, les pièces, une mince et effilée voisinant avec une autre, plus large en son centre, avaient belle allure.

— A année exceptionnelle, bois de première classe, dit Germain. Tu vois, Gérard, la nature fait bien les choses. Ces pièces ont séché juste le temps qu'il fallait. L'arbre et la vigne s'étaient vus grandir sur la même parcelle de Lagrange, donner au fil des ans l'un ses fruits secs, l'autre sa piquette. Que se racontaient-ils, d'après toi ? Des histoires d'écureuils, ou de démangeaisons des racines ? Des peurs de l'hiver, ou de ces maladies qui font tout crever ?

— Té, docteur, tu nous fais des poésies. Sérieusement, tu te vois faire combien d'hectolitres ?

Germain réfléchit. Entre la parcelle de Lagrange et ses vignes de Betbezer, la vendange lui laisserait une vingtaine d'hectolitres, dont les moûts attendraient la vinification sous verrou. Au bout du compte, l'année produirait environ deux mille bouteilles.

— Les moûts seront superbes, dit-il. Couleur et sucre, ils vont avoir tout ce qu'il faut. C'est vrai, Gérard, je pense que nous pourrons parler un jour d'une très grande année. Ça se confirme.

— Alors, tu me le feras goûter pour le siècle, dans sept ans. A moins que je ne vous contemple de là-haut, avec les verres qui tourneront dans vos mains, et vos nez sur l'aygue, alignés comme pour la revue. Bon Dieu, ne plus sentir ce fumet-là, je crois bien que c'est ce qui me manquera le plus !

Ils rirent. Germain pensait à lui-même, au temps qui courait deux fois plus vite dans son corps et lui imposait son rythme affolé. Vinifier, distiller en décembre. Il y avait un vieux débat entre ceux, dont il était, qui distillaient aussitôt la vendange terminée et les autres, partisans de laisser le vin se reposer un peu. A quoi bon, pensa Germain. Puisqu'il ne servait en vérité qu'à l'alambic, qu'il y fasse sa mue, et vite !

— J'ai vu Larrouy et son crâne tout neuf, dit le tonnelier. Tu lui as fait la coupe indienne, comme en Amérique ! Et tu n'as toujours pas prévenu les gendarmes ! Tout de même. On te vide des foudres après avoir manqué tuer ton jardinier et tu restes en plan ?

— Foutaises ! Les gendarmes ont sans doute autre chose à faire.

Despiau avait aligné les douelles numérotées contre un mur et observait ses aides commençant l'assemblage. Une droite, une bombée, pour la bonne courbure. Le tonnelier haussa les épaules, l'air de dire « c'est ton affaire ». Mais la curiosité restait tout de même la plus forte. Diable ! Comme si les calamités ne suffisaient pas, on en rajoutait, entre Labastide et Betbezer. A tous les coups, il y avait là des relents de vieilles histoires politiques. Entre le Gers figé dans son conservatisme agraire et les Landes agitées par les puissants courants syndicaux nés de la révolution résinière, l'écart des idées se creusait tout comme celui des fortunes.

— Tu n'as vraiment aucune idée de qui a pu te faire ça ? s'inquiéta Despiau.

Avec un jeune compagnon, il avait déjà posé le premier cercle de fer et pesait sur le second, plus petit, qu'il ajusta au marteau et à la pointe. Presque aussitôt après, les douelles furent insérées dans la profonde rainure d'un fond circulaire, pour essai.

— C'est bon, fit l'aide en retirant le fond.

L'esquisse de la barrique était née. Despiau grogna, satisfait. Il avait son idée sur les tracas du docteur Lescat.

— Moi, té, poursuivit-il, je suis bien sûr que ce sont ces bonapartistes du Gers, qui te cherchent querelle depuis des lustres. Je les vois bien, ceux-là, devant leurs raisins desséchés par les bestioles, à se dire que té, le vieux solitaire de Betbezer, avec ses aygues bien meilleures que les meilleurs des cognacs, il les emmerde un peu trop.

— Boh ! Ils ont été réélus, ça devrait leur suffire, non ? Et puis, il n'y a pas la guerre entre le Gers et les Landes, que je sache.

Despiau rigola.

— Ils ont peut-être commencé la reconquête du canton de Labastide !

— C'est ça ! Ils ont lancé une première attaque, et c'est tombé sur moi !

Le canton autrefois gersois avait demandé et obtenu son rattachement aux Landes au début de la république. Du côté d'Eauze, et de Nogaro, et jusqu'à Auch, même, cette sécession avait parfois été vécue comme une véritable trahison. L'image des vignerons gersois déferlant sur le bas pays et perçant les barriques pour réparer à leur manière les combinaisons des politiques eut le don de mettre Germain en joie.

— Boh, fit-il, d'un côté, je perds quelques dizaines de litres et de l'autre, je récupère mon militaire de grand fils le temps d'une permission. Le hasard fait bien les choses, en fin de compte.

Le tonneau prenait forme. A demi cerclé, il avait des allures d'énorme panier de vendangeur. Despiau en fit le tour, apprécia, toujours bougonnant. Puis le tonnelier disposa à même le sol un fagot de sarments qu'il enflamma à l'aide de quelques gémelles de pin. Germain s'approcha. Le moment venait où toute pensée qui ne fût point dévolue à l'opération suivante devait être chassée des esprits. Bonaparte ou la république, distillation immédiate ou retardée, Dieu ou Diable. On faisait silence.

— Le bois est parfait, dit Despiau, et cette année l'aygue n'aura sans doute besoin d'aucun soutien. Tu vois ce que je veux dire. Inutile de tricher avec le boisé. Alors, je te conseille de ne pas trop flamber.

Germain se grattait le menton. Dorer l'intérieur des douelles, c'était donner au mariage de l'alcool avec le bois la bénédiction du feu. A ce contact intime, la magie de la robe s'opérerait, tandis que la texture de l'eau-de-vie s'enrichirait au fil des années. Des douelles brûlées, juste un peu trop, et le goût de l'armagnac, alourdi, en pâtirait. Du bois insuffisamment léché par les flammes, et ce serait au contraire une liqueur pâle de couleur et de goût. Des décennies d'espoir et d'attente, pour une déception.

— Laisse-leur tout de même un peu de temps, recommanda Germain.

Despiau s'assura que les flammes étaient assez hautes pour que la fumée n'allât pas aussitôt noircir ses belles. Il fallait de l'équilibre là aussi. Puis il souleva son œuvre comme s'il se fût agi d'un tabouret, et la posa, encerclant le foyer. Germain recula d'un pas. Le tonnelier devait avoir la totale liberté de ses mouvements.

— Aï, dio.

Despiau fit tourner l'assemblage sur lui-même, de façon à ce qu'aucune partie des douelles ne fût oubliée. Sourcils froncés, la trogne rougeoyante dans la vive clarté du foyer, il avait l'air d'un diable manipulant quelque infernale marmite. A quatre pas de lui, Germain s'inquiétait. La flambée n'avait-elle pas déjà assez duré ? Mais non. Il connaissait le talent de son ami. Gérard Despiau avait le flair pour traquer les défauts

171

du bois, ses faiblesses, ses résistances à l'épreuve. Des chênes d'allure saine se révélaient poreux, prenant trop vite la flamme. D'autres, frappés par la foudre, avaient déjà en partie séché depuis des lustres, et se fendillaient soudain, comme de la glace sous des pas trop lourds.

— Encore un peu, souffla le tonnelier.

Il avait cessé de faire tourner l'assemblage et reculé d'un pas. La matière, vraiment exceptionnelle, exhalait une senteur chaude, sans la moindre trace de brûlé. Lorsqu'il eut estimé que cela suffisait, Despiau souleva la barrique, la porta contre lui à distance du brasier et la posa sur la terre, tandis que Germain se précipitait, plaquait ses mains contre le bois, cherchant sa tiédeur.

— Regarde à l'intérieur, lui dit Despiau.

Tout y avait pris la couleur des peaux créoles. Germain s'écarta, laissant Despiau et son aide cercler le haut et donner au muid sa forme définitive. Il ne resterait plus qu'à fixer les fonds et la belle créature pourrait tout espérer de son mariage avec la liqueur. Germain se coiffa de son haut-de-forme, chercha, pestant, la canne qu'il avait appuyée contre un stère de chêne. Il ne s'habituait pas encore à l'usage de sa prothèse à tête argentée, même si Quitterie soutenait que cela donnait à sa démarche une allure aristocratique.

— Je te laisse finir, Gérard, dit-il.

La naissance réussie de son tonneau l'avait mis, l'espace de quelques minutes, dans un état de joie tranquille dont l'effet se dissipait comme une brume sous un soleil de mai. Maintenant, Germain sentait à nouveau peser sur lui la chape ordinaire de sa souffrance et comme chaque fois, il devrait donner le change, faire croire que les malades, c'étaient les autres, observés par un bon génie hors du temps et des contingences humaines. Despiau n'avait pas l'air trop dupe.

— Tu te soignes un peu ? demanda-t-il, avec de la malice dans les yeux.

— Je serai ce soir chez Lagourdette. Le potard s'occupera de moi. Et d'autres aussi, peut-être.

Il pensait aux esprits éclairés que le pharmacien de

Labastide avait coutume de convier autour de quelques nobles flacons. Exégètes du *Journal des lois* ou de *La Gazette des sciences*, émules de Taine ou contempteurs de l'ingénieur Eiffel, ils sauraient bien lui faire oublier les misères de son corps.

Le dîner avait été pris dans la cuisine, et en silence. Puis Charles s'était excusé et avait quitté la pièce, laissant Germain et Quitterie en tête à tête tandis qu'Antoinette débarrassait la table.

— Eh bien, soupira Germain, notre Tonkinois a repris des joues à défaut de l'envie de bavarder. Il ne voit plus personne.

— Té, dit Antoinette, c'est son humeur. Laissez-le donc. Il a dû en voir de drôles, en Chine.

Pour elle, il y avait un continent unique portant ce nom. Le reste, Tonkin, Annam ou Siam, se perdait dans son inquiétante immensité. Quitterie haussa les épaules. Cela faisait quelque temps qu'elle avait cessé de solliciter son grand frère, préférant attendre que Charles lui proposât une promenade de convalescents ou une lecture à deux.

— Lagourdette m'a demandé d'inviter Charles à sa réunion du mois, dit Germain. Pour se raconter un peu. Je vais tout de même faire une tentative pour le sortir de sa tanière.

— Ce sera plus difficile que d'aller conquérir le Siam, remarqua en riant Quitterie.

Germain rejoignit l'étage, frappa à la porte de son fils. Charles était étendu sur son lit et fumait un cigare, les yeux dans le vague. Las d'attendre que le jeune homme sortît de sa rêverie, Germain finit par le brusquer un peu. Au bout d'un mois d'une coexistence silencieuse, il ne savait plus trop comment lui parler, balançait entre le respect de ses états d'âme et l'envie de le secouer. Charles tourna lentement son visage vers lui.

— Père, tu me vois pour de bon pérorer devant ces petits-bourgeois tout excités d'imaginer le bruit des

173

têtes tranchées à huit mille kilomètres d'ici ? Je pourrais leur dire que là-bas, ta sacrée potion de piquepoul et de folle blanche m'a souvent manqué et que si je me souvenais d'une chose, d'une seule de ce pays, c'était de l'eau-de-vie et de sa brûlure, là, au fond de la poitrine. Ça, je pourrais. Mais pour le reste, ne compte pas sur moi. Ces gens vivent par procuration des aventures dont ils se croient les maîtres. Ils ont des opinions sur tout sans bouger leurs gros culs de leurs fauteuils Voltaire. La conquête du monde, pour des tartarins de cheflieu de canton ! C'est grotesque.

Il s'assit au bord du lit, enfouit sa tête dans ses mains. La chambre empestait le tabac et la nostalgie ressassée pendant des heures, fenêtres fermées. Germain restait debout dans l'embrasure de la porte, guettant un mouvement de Charles. Lorsqu'il vit son fils commencer à trembler, il s'approcha, voulut s'asseoir à son tour.

— Ah, laisse-moi, je te prie !

Charles tirait sur son cigare, massait ses tempes, sa gorge, respirait avec peine. Ces gestes compulsifs mirent Germain en alerte. La vérole à ses débuts n'engendrait pas ces signes-là. Croyant que Charles avait trop chaud, il se dirigea vers la fenêtre.

— Laisse fermé, ordonna son fils.

Il s'était levé et marchait dans la chambre. Qu'avait-il à extirper de son esprit, ou de son corps ? Le jeune homme observait ses mains, ahuri de les voir échapper au contrôle de sa volonté.

— Tu imagines ça, répétait-il, entrelaçant ses doigts pour les tenir tranquilles. Toi aussi, tu es malade, n'est-ce pas, dit-il, le regard perdu. Tu fais le malin avec ta canne, comme si elle ne te servait qu'à piquer les feuilles mortes, mais je vois bien que tu souffres et bien plus que tu ne le laisses paraître. Tu sais ce que c'est, alors.

— Quoi ? Que suis-je censé savoir ?

Charles lui faisait face, transpirant, soudain, plein d'un intense malaise. Germain éprouva un choc. Il avait lu des articles sur l'accoutumance aux opiacés et éprou-

174

vait parfois lui-même l'étrange sensation que donnait l'espacement trop grand entre ses prises de laudanum. C'était une tension indéfinissable, à l'intérieur de son corps, une envie sans forme ni objet vite rompue et annihilée par le harcèlement de la douleur. Il pointa l'index vers Charles, s'approcha de lui si près qu'il pouvait voir les gouttes de sueur sourdre des pores de sa peau.

— Je comprends, dit-il, ces accès de tremblements, ces gestes bizarres comme au chai, l'autre jour.

Il y avait aussi l'instabilité du caractère de Charles, l'alternance de la gaieté et de la prostration, les phases d'inappétence, l'insomnie ou son contraire débordant sur les journées presque entières. La fatigue du voyage se prolongeait au fil des semaines par une pathologie de besoin. Charles se laissa tomber assis sur le lit. Etait-il soulagé ? Germain pensait aux guerres que les Anglais avaient menées au milieu du siècle pour obliger les Chinois à laisser le toxique entrer à nouveau chez eux. Sans doute les conflits en cours aux frontières d'Asie serviraient-ils à de nouveaux enrichissements sordides, derrière le triomphe commercial de la civilisation européenne.

— A quoi penses-tu, père ?

La voix de Charles était rauque, déformée par l'angoisse. Germain contempla son fils. Il éprouvait autant de pitié que de dégoût, comprenait pourquoi Charles, occupé à d'autres passe-temps, n'avait pas éprouvé le besoin de fréquenter la société coloniale du Tonkin. La guerre et l'opium étaient deux nécessités aussi prenantes l'une que l'autre. Fallait-il que Charles s'en fût imprégné pour fondre à ce point, de corps comme d'esprit ?

— Nous allons nous occuper de cela aussi, dit Germain.

Charles eut un bref ricanement.

— Ah oui. Les teintures de passiflore et d'avoine, comme antidotes. La science moderne déferle aussi en Asie, sais-tu. On en parle entre nous. Comment faire

175

pour neutraliser la vilaine fumée ? Foutaises. Il n'y a rien. Mais toi, tu sais, à la différence de tant d'autres. Tu as côtoyé la misère des guerres. Tu sais.

Il se mit à rire, franchement, plein d'une amère jouissance, montrant ses gencives turgescentes, ses dents jaunies prématurément. Germain recula vers la porte. Que feraient les érudits de Labastide et des environs d'un tel spectre ? Il y aurait peut-être chez le pharmacien Lagourdette de purs esprits scientifiques nourris aux lumières de la vraie connaissance pour discourir sur la réalité des choses. Mais vu de Gascogne, l'enfer des expéditions coloniales tenait tout entier entre les quatre murs d'une chambre d'enfant occupée par un fantôme.

— La solution, père, je vais te la donner. C'est un bateau pour Haiphong, le plus vite possible. Ici, je meurs, tu comprends.

Le père opina de la tête dans un acquiescement muet. Charles s'était allongé à nouveau, en chien de fusil, dans la position des fumeurs d'opium. Rêvait-il ? Peut-être cette simulation suffirait-elle à l'apaiser. En même temps que la profondeur de la détresse de son fils, Germain découvrait l'enfermement des opiomanes. A aucun moment Charles n'avait pensé aux succédanés médicaux du pavot enfermés dans les armoires de son père, morphine et narcéine, laudanum. Sa quête était enclose dans les murs de son crâne. Il n'y avait aucune parade à cela.

Germain se retrouva dans le couloir. S'il avait eu quelques certitudes sur la cohérence de sa famille, elles appartenaient à une vie qui n'était plus la sienne. Ses propres enfermements lui apparaissaient tandis qu'il marchait lentement dans l'obscurité rassurante de sa maison. Cela tenait sans doute à des décisions qu'il avait prises quand tout supposait leur contraire. Quel étrange entêtement. Germain ferma les yeux. Son fils gisait à quelques mètres de lui, en proie à des nausées. A la cuisine, l'adolescente qu'il connaissait à peine songeait au moyen de prolonger son séjour loin du pensionnat et de ses jours gris, tous semblables. Un ordre devait naître du chaos, mais quand et sous quelle forme ? Germain se mit à respirer plus fort. Il avait été un jeune homme plein d'un projet d'abord informe dont les contours lui étaient apparus peu à peu, évidents. C'était loin et terriblement proche en même temps.

Il y avait bien des années de cela, Germain avait eu quelqu'un de fiable à qui se confier. C'était au bout de quelques campagnes militaires, au sommet du triomphe impérial. La France était alors ce qu'il y avait de plus puissant au monde.

— Ainsi, ta décision est prise, avait dit le chirurgien Maurrin en considérant son aide avec quelque regret. Tu quittes l'armée en pleine gloire. Gascoun, je respecte ton choix mais tu me permettras de ne pas bien le comprendre.

En cinq ans, ils avaient ensemble fait et défait quelques centaines de destins militaires, drainé des abcès par milliers, cautérisé des plaies, amputé, tranché dans le vif des chairs. Ils avaient vu assez de véroles, épongé suffisamment de dysenteries, arraché des dents et incisé des phlegmons en tel nombre qu'ils auraient pu se prévaloir l'un comme l'autre de titres équivalents à ceux des civils des hôpitaux, et mieux, même, sans aucun doute.

— Cet Empire a du bon, avait répété Maurrin. Il offre l'argent de l'industrie aux bourgeois et l'odeur unique de la poudre aux soldats. Où allons-nous ainsi, les uns et les autres, nul ne le sait et c'est sans doute mieux ainsi. En tout cas, moi, j'y vais, et comment !

L'uniforme avait été pour Germain un refuge gratifiant, au contraire des défroques qu'il avait portées tout jeune homme, de la toile trouée de ses chemises d'enfant aux bures que le Chorra l'avait forcé à endosser, parce que cela faisait sérieux, et propre. Il avait connu des étapes vers la qualité et la reconnaissance de soi. Le rouge des tuniques de zouaves et ce sarouel en forme de sac, ça vous avait tout de même une autre

177

gueule que les pantalons taillés dans des draps usagés, et le talon des bottes militaires sonnait plus joliment sur le pavé que les sabots achetés au rabais sur les marchés du Gers.

— Tu as le mal du pays à ce point, Lescat ? Ou alors, c'est que le bruit des guerres te déchire les tympans ?

Il y avait eu de cela, mais aussi le fait que le silence des grands déserts africains n'avait pu couvrir dans la mémoire de Germain les cris horribles montant des charniers de Magenta et de Solferino. Maurrin avait affiné ses techniques, mis en ordre une méthode de chirurgie sanglante qui ferait date pour les guerres futures. C'était dans ces occasions-là que la science progressait, de façon parfois fulgurante.

— J'en ai assez, peut-être bien, avait simplement reconnu Germain.

Il n'y avait pas que cette fatigue-là. Il avait enfoui le désir d'une possible revanche au plus profond de lui, et l'aventure militaire lui avait beaucoup appris pour cela. Jusqu'à la signature pour l'engagement en Crimée, sa vie n'avait été qu'une succession de décisions prises pour lui par des êtres qui ne tenaient pas compte de ses aptitudes, de ses aspirations. Ils ne songeaient qu'à ce qu'il pouvait leur rapporter à eux. Il avait fini par croire que c'était normal, qu'on se souciait réellement pour lui, qu'on cherchait à l'arracher à la pénombre des humbles, alors qu'on l'y maintenait. Il avait fini par se persuader, tant il en avait besoin, qu'il y avait eu de l'amour dans ces choix terribles, même si les plus lointains de ses souvenirs le ramenaient aux colères de son père, aux vaines tentatives de sa mère pour le protéger, au départ sans adieux en pleine enfance, semblable à un arrachement, pour suivre un Chorra par tous les temps et sur tous les chemins.

Maurrin avait en commun avec le jeune colporteur de Gascogne un mépris de la nature humaine suffisant pour lui apprendre à se constituer un véritable blindage, une seconde peau cuite et recuite, de quoi affronter toute sorte de situations sous tous climats. Cette évidence avait été le ciment de leur brève et réelle amitié ; d'un côté, le scientifique décidant de la vie et de la mort, de l'autre, le petit paysan dessalé par l'errance et assez intelligent pour se hisser au-dessus de sa condition.

— Je rentre en Gascogne, avait conclu Germain.

Maurrin avait hoché la tête.

— Tu as peut-être raison. Et que feras-tu dans ta campagne, avec tes petites économies ?

— De l'aygue, peut-être.

Il avait mis de côté de quoi acheter quelques bouts de collines et de ces bois noirs d'Armagnac au fond desquels il lui était si souvent arrivé de dormir. Maurrin avait trouvé étrange cette attirance pour l'enterrement provincial.

— Et tu feras un peu de médecine, quand même ! Mettre de l'alcool dans des foudres, c'est bien, mais tu vaux les meilleurs auprès des malades. Les pontifes bien gras de Paris et de Bordeaux gagneraient à venir te voir travailler du scalpel et du béniquet. Je ne parle évidemment pas du don que tu as pour dominer les céphalées avec la seule pulpe de tes doigts.

— Médecin ? Comment cela ?

Avoir calmé par compression des tempes les maux de tête de quelques officiers supérieurs ou remis des membres luxés d'un simple geste ne suffisait pas pour faire un bagage de praticien. Maurrin avait éclaté de rire. Comment devenir médecin sans être sorti de la Faculté ? Mais avec un diplôme, pourtant, en bonne et due forme. Cela s'appelait l'officiat et n'exigeait qu'une recommandation bien placée, pour un passage de pure forme devant un jury de concours acquis d'avance. On ne refusait rien aux vrais héros de l'Empire !

— Et fais-moi savoir où tu en seras, petit traître, avait ordonné Maurrin. Je veux être sur le quai du port d'Alger lorsque las de l'ennui provincial, tu auras enfin décidé de revenir à la raison !

Les démarches accomplies, Germain avait été reconnu apte à la fonction d'officier de santé. C'était en juillet 1860, par une de ces chaleurs écrasant tout, hommes et bêtes. Le sous-préfet des Landes se tenait debout, droit, sous le portrait de l'empereur Napoléon III. Il avait l'air grave, et pénétré en même temps, comme au début d'une distribution de médailles. Germain avait attendu quelques encouragements, des vœux, même, comme au nouvel an.

— Mon cher ami, avait simplement déclaré le représentant du gouvernement, le jury de concours a relevé votre aptitude particulière à exercer le difficile métier d'officier de santé. Mais gare. Vous allez avoir affaire à une population de rustres en assez bon état général, et qui se soignent eux-mêmes depuis la nuit des temps. Je ne vous dis pas comment. Vous imaginez.

Il avait eu un geste d'impuissance, avec une mimique d'intense fatalisme. Dans ses vêtements civils, Germain s'était senti soudain exposé au feu, comme au combat, lorsque le vacarme de la mitraille et des obus couvrait les cris des blessés. Il avait été de ces rustres en bon état de santé dans sa prime jeunesse. Les côtoyer à nouveau, affronter, même, leurs maladies, ne l'effrayaient pas.

— Il faut une médecine qui corresponde à cette population, aux besoins réduits par les contraintes de la vie campagnarde, avait poursuivi le sous-préfet. Vous comprenez bien, n'est-ce pas. A mœurs dépouillées, maladies simples et médecins modestes. Pas de luxe ! Pas de luxe ! Les grands esprits scientifiques sont dans les villes. Des années de patientes études leur ont donné cette légitime prééminence. Vous devrez pour votre part vous efforcer de ressembler le plus possible à vos patients, car c'est ainsi que ces paysans vous imaginent, et vous espèrent.

Germain était encouragé à l'ascétisme guérisseur, préparé à la gestion de la pénurie. Raide comme un procureur et ne transpirant pas la moindre goutte malgré la canicule, le haut fonctionnaire avait levé le doigt.

180

— Et pas de zèle non plus, monsieur l'officier de santé Lescat. L'accouchement est à cinq francs, la consultation à zéro franc virgule cinquante. Voici d'ailleurs la liste des tarifs que vous devrez pratiquer. On vous donnera des œufs et du maïs en grains, de la volaille pour les fêtes et des morceaux de cochon à la saison des partages. Comme au prêtre, voyez-vous, assez en tout cas pour améliorer votre ordinaire. Attention à l'alcool, cependant ! Nous sommes en pays de production. On a tôt fait de prendre des habitudes. Enfin, avait-il admis en connaisseur, c'est tout de même de l'armagnac. Rien à voir avec ce qui se fait à Paris et rend l'ouvrier fou, ou aveugle, autre chose que de la vinasse mêlée d'acide, de benzène ou de je ne sais quels résidus de l'industrie.

A croire que la dégustation comparative ressortait de son office préfectoral ! Germain avait patiemment écouté. Après cinq années d'exil, il lui tardait de retrouver le pays où pourtant personne ne l'attendait.

— Lescat, dites, c'est bien votre nom ? avait demandé le haut fonctionnaire. C'est étrange. Votre état civil semble naître en Crimée. Ah ! ces temps d'avant l'Empire étaient bien obscurs. Mais d'où êtes-vous exactement, monsieur l'officier de santé Lescat ?

— Du Béarn, je crois. J'étais très jeune lorsque mes parents sont morts. C'étaient des gens sans terre ni demeure. Ils migraient sans cesse à travers le pays, d'un emploi à l'autre. Tout cela est désormais très loin et n'intéresse à vrai dire personne.

— Et vous avez décidé de vous fixer. Je comprends.

Le sous-préfet avait perçu la soudaine nervosité de son hôte et son désir de ne pas s'étendre sur cette partie de sa vie, mais comme beaucoup d'autres, cet agent de l'Empereur ne devait pas répugner à recueillir sa part de renseignements sur les citoyens. Ainsi le régime tenait-il en grande partie son pouvoir.

— Eh bien, bonne chance, monsieur l'officier de santé Germain Lescat, avait conclu l'homme.

Germain avait pris entre ses doigts tremblants le

181

diplôme qui faisait de lui l'égal des médecins formés à la Faculté. Le sous-préfet souriait malicieusement. Avait-il deviné la pensée de son visiteur ?

— Les docteurs de l'Université ne vous tiendront pas en grande estime, avait-il dit. Il faudra vous y faire. Pour eux, vous serez toujours des médecins au rabais nommés par un système archaïque né des grands bouleversements de 1789 et dont ils réclament depuis longtemps la suppression. Encore que je ne sois pas certain que cette différence de statut ne les conforte pas dans leur supériorité. Briller est toujours plus aisé face à plus modeste que soi. C'est humain, n'est-ce pas ? Mais rassurez-vous. Ceux-là sortent rarement des villes, sauf pour donner la leçon.

« Diou biban ! Que tout cela est loin », songea Germain. Il se retrouva devant la porte de la cuisine, écouta un moment le bavardage des deux femmes restées seules. Quitterie pressait Antoinette de questions sur la vendange et les travaux qui s'ensuivaient. Elle avait lu des choses, voulait en savoir davantage. La vieille servante se défendait comme elle pouvait. Elle avait grandi dans la steppe de Haute Lande, comme Madame Marie. Là-bas, il n'y avait guère de vigne et l'on n'avait que fort peu l'occasion de vendanger.

— Demande donc à ton père, té ! Tu me fatigues.

— Tu crois qu'il me laissera travailler avec ses saisonniers ?

— J'espère que non, diou biban ! Tu vas retourner au collège et rattraper tout ce temps perdu à ne rien faire. Travailler avec les ouvriers, en voilà une idée. Et puis les vendanges, macareou, avec les calamités qui nous tombent dessus, il y a plus de gens pour les faire que de grappes à ramasser !

En tournant la poignée de la porte, Germain ne put s'empêcher de sourire. Il tenait sous son toit les extrêmes, l'un, rêveur pris par l'Asie, et l'autre, qui ne demandait qu'à s'enraciner.

182

Il avait finalement décidé de se rendre à la réunion chez le pharmacien. L'habitude en avait été prise à l'époque où le danger boulangiste menaçait la république. On s'enflammait alors pour la défense des libertés, jusqu'au fond des provinces. Depuis, les soirées chez Lagourdette avaient pris un tour plus universaliste, à l'image, lointaine, des clubs parisiens où se faisait l'opinion.

— Charles est fatigué, expliqua Germain. Il remet votre rendez-vous à plus tard.

Joseph Lagourdette eut l'air sincèrement désolé. Il avait alléché ses compagnons, une demi-douzaine de notables passionnés par les grands problèmes du temps, en leur promettant un récit détaillé des opérations militaires en Asie par Charles Lescat.

— Sans doute notre aventurier au long cours souffre-t-il de quelque fièvre, supposa le pharmacien, qui ajouta, l'air malicieux : Mais avec la concurrence que son père me fait depuis toujours pour l'invention et la préparation des cachets, onguents et sirops, il me sera bien difficile de vous donner des informations sur son état de santé.

On rit. Il était de notoriété publique que Germain Lescat excellait autant au mélange des esters et des plantes qu'à celui des cépages, et Lagourdette, qui s'était installé bien après lui, affectait d'en avoir pris une bonne fois pour toutes son parti. Ce soir-là, pourtant, Germain sentait un léger changement dans son comportement. C'était une subtile nuance dans le regard et l'espèce de satisfaction presque exubérante avec laquelle il avait déjà signalé plusieurs fois la présence d'un tout nouveau membre de la compagnie.

— Eh bien, annonça-t-il, notre ami le docteur Ferdinand Hourcques, nouvellement installé en bas Armagnac, nous entretiendra des consultations de son maître le professeur Charron, lui-même élève de notre grand, très grand Jean-Martin Charcot. Ainsi la connaissance se transmet-elle. Nous ne nous quitterons tout de même pas sans avoir fait un peu avancer la nôtre.

Il en avait plein la bouche, du maestrissime, le potard. Petit et à demi chauve, la moustache aux longues pointes effilées en boucles, vibrionnante, les mains dans les poches de son gilet, il toisait sa compagnie avec l'assurance d'un chef de guerre. Quant au jeune confrère dont Germain découvrait la réalité physique, il avait assez fière allure, semblant sorti tout droit d'une gravure de mode : cravate lavallière joliment nouée, chemise de soie sans plastron pour la dissimuler, veste courte et pantalon à larges carreaux, tels qu'on les dessinait dans les ateliers de Paris et de Bordeaux. Germain Lescat ne put s'empêcher d'admirer la prestance juvénile du docteur Hourcques, dont il se disait qu'en plus d'une silhouette de danseur, il possédait une véritable musculature d'athlète et s'en servait pour courir, pédaler et même boxer, ce qui ne manquait pas d'impressionner entre Albret et bas Armagnac.

— C'est le grand avantage de la Faculté, n'est-ce pas, expliquait le jeune médecin d'une voix posée. Cette possibilité unique d'apprendre le plus beau métier du monde, et de cultiver en même temps son corps. *Mens sana in corpore sano*. Nous pouvons ainsi rejoindre les principes simples de nos anciens maîtres, grecs, arabes et latins.

Il s'exprimait avec un peu d'emphase, lissait sa moustache avec une délectation de gourmet découvrant des ortolans mijotant dans un ramequin. Son regard bleu flotta, satisfait, sur l'assistance. Lorsqu'il aperçut Germain, son visage aux traits fins se tendit cependant, l'espace d'une seconde.

A défaut de stratégie coloniale, on parla donc hystérie et maladies de Charcot, grand mal épileptique et dégénérescence syphilitique. Lagourdette couvait sa recrue au point que Germain supposa qu'ils appartenaient peut-être à la même loge maçonnique ou qu'en tout cas, l'aîné ne tarderait sans doute pas à y entraîner le cadet. Cela sentait un peu trop son affinité de réseau et de secrètes connivences. Par une espèce de phobie de l'ombre et du murmure, Germain s'était toujours défié des loges et autres esprits de famille. Ne croyant guère à l'altruisme de gens habitués à se compter à l'abri des regards du vulgaire, il gardait une espèce de confiance désespérée dans les hommes publics marchant flamberge au vent et affichant, quitte à se perdre dans des combats inégaux, leur totale liberté d'action et de pensée.

— Vous devriez pourtant être maçon, lui répétait parfois le potard. Votre esprit et ce don que vous faites de vous-même depuis si longtemps vous distinguent.

On l'invitait à rejoindre l'élite mais, au mouvement mystérieux de ces sociétés ultraminoritaires, Germain préférait de loin celui des atomes de l'aygue entre les murs noirs de son chai et les ineffables senteurs de l'armagnac.

— Mais comme vous le savez sans doute, dit Lagourdette lorsqu'il eut rapproché Germain de Hourcques dans un coin de son salon, Germain Lescat est bien autre chose qu'un simple assembleur de cépages. Il avait par intuition la connaissance pasteurienne bien avant les travaux de notre grand homme. Amibe et gangrène, anthrax et tuberculose, chancre mou et tétanos, rien de toutes ces découvertes ne pouvait l'étonner. N'est-ce pas, Lescat ?

Germain soutint le regard de Ferdinand Hourcques, à l'éclat intensément curieux sous une apparence trompeuse de décontraction un peu nonchalante. Un chasseur à l'affût, en vérité. Il hocha la tête.

— Prévoir les germes n'était pas très difficile, dit-il avec une pensée pour le chirurgien Maurrin. Il est plus que jamais souhaitable de les anéantir mais c'est là une tout autre histoire.

Hourcques s'inclina légèrement vers lui.

— J'ai entendu parler de vos… réussites, dit-il. L'eau-de-vie d'Armagnac contre la fièvre puerpérale, les furoncles, le tétanos aussi, peut-être. Les doigts qui sauvent ! Il y a là une sorte de prodige qui échappe à nos rationalismes sans fantaisie. Vos recherches per-

185

sonnelles ne vous permettent-elles pas d'avancer encore dans ce domaine, monsieur ?

Il semblait sincèrement admiratif, comme s'il découvrait une identité de culture et s'en réjouissait, mais Germain perçut bien l'ironie masquée par ces mots d'apparence anodine. Hourcques guettait la réponse, qui ne vint pas. Il y eut un silence. Lagourdette observait d'un œil intéressé la montée de la tension.

— L'eau-de-vie, certes, contre une foule de miasmes, dit Germain. La nôtre titre soixante degrés au maximum. Je suis bien certain que les Cognacquais seraient encore plus efficaces, avec leurs dix degrés supplémentaires. Mais je dois être hélas comme les Latins dont vous parliez tout à l'heure. Il me semble que leur apport à la médecine fut plutôt régressif. Un peu comme les jeux romains du cirque, par rapport à ceux de la rhétorique grecque.

— Vous êtes donc vous aussi de formation classique pure, releva Hourcques. Votre fils Julien ne m'en avait pas parlé. Vous savez sans doute que nous avons voisiné en cours et à l'hôpital, de temps à autre.

À l'âge où les lycéens s'imprégnaient de ces cultures-là, Germain Lescat usait ses fonds de culottes sur les bancs des tavernes du Gers, des Landes et des bords de Garonne. Du latin, il ne connaissait alors que les incantations du Chorra face à sa crédule clientèle. C'étaient de vagues réminiscences de la messe, mâtinées de gascon, des formules magiques dont eût rougi le plus médiocre des prestidigitateurs. Il en fallait, du culot, pour inventer pareil sabir, et l'ériger en langue vivante. Mais pour des analphabètes accourus de leurs champs, cela suffisait bien.

Germain plissa un peu les paupières, et des rides en patte d'oie apparurent au coin de ses yeux. Son cadet le cherchait sur un terrain mouvant.

— J'ignorais que l'officiat utilisait la langue de Pline pour enseigner ses élèves, dit Hourcques.

Germain hocha la tête et sourit. Il tenait en main un large ballon au col rétréci, d'où s'échappait une superbe fragrance de rancio qu'il reconnut comme étant de son invention. Lagourdette ne se moquait pas de ses invités. L'alcool était de pure folle blanche, un cru de 1874, de Lagrange très exactement. Germain regretta que la conversation ne se fût pas engagée sur ce terrain-là.

— Une longue expérience permet de combler quelques lacunes, dit-il. Mais c'est vrai, rien ne vaut sans doute la fréquentation dans sa prime jeunesse des bons établissements de la république. Tout le monde n'a pas eu cette chance.

— Mais au fait, l'interrogea Hourcques sur un ton badin, je n'ai jamais bien compris comment on formait les officiers de santé. J'entends autrefois, bien avant la récente suppression de ce corps.

Il eut un geste de la main évoquant un passé lointain, cherchant le soutien muet de Lagourdette.

— Avait-on par exemple une obligation de séjourner dans les hospices, voire les hôpitaux ? Deviez-vous passer un examen final, ou même un concours ? Enfin, qui vous validait, à part vous-mêmes ?

Il conservait son mince sourire et son regard dur à l'expression narquoise. Germain se sentait fatigué, tout à coup. Ce n'était pas à cause de la douleur, bien qu'elle fût à sa place, et supportable, mais par le sentiment d'avoir fait son temps, et d'avoir dû attendre pareille rencontre pour s'en persuader.

— Relisez Balzac, lâcha-t-il. Tout y est dit sur la pauvre condition de mes compagnons officiers, je pense. Et chez Flaubert aussi. Il y a notamment là un certain Bovary, Charles, si ma mémoire est bonne. La Faculté le remet à sa place, sa femme le trompe et finit par en mourir. Exemplaire destin de médiocre. Vous avez fréquenté les lycées de la république, vous en aurez entendu parler.

Des pairs s'approchaient, curieux de savoir ce qui se disait entre médecins. Lagourdette toussa pour se donner une contenance. Il lui tardait de voir s'achever l'échange. Hourcques acquiesçait, l'air pénétré, et face à lui, Germain Lescat ne se décidait pas à rompre.

187

— Ah oui, bien sûr, les glorieux aînés ! dit Hourcques. Ils savaient en général tenir leur place et s'il ne s'agissait que d'appliquer pour l'éternité d'approximatifs onguents sur de vieilles blessures plus ou moins cicatrisées, on ne leur tiendrait pas rigueur de leurs insuffisances. Mais si j'en crois les minutes de certaines affaires de justice, d'autres n'eurent pas cette modestie.

Germain se sentit pâlir en même temps qu'il se redressait instinctivement. Prenant appui sur sa canne, il fit un pas vers son cadet qui blêmit à son tour. Sentant venir l'incident, Lagourdette intervint.

— Allons ! notre ami Hourcques fait sans doute référence à ces quelques histoires d'il y a des lustres. Souvenons-nous, c'est vrai. Ces servantes d'apothicaires tentées par la confection des poudres, ces charpentiers et tonneliers nommés ici ou là par des jurys irresponsables. Et jusqu'à madame Sand, mais oui, qui consultait ouvertement dans son manoir de Nohant. Ha ! drôle d'époque. La république a tout de même mis de l'ordre dans ce foutoir.

— Elle semble avoir oublié de sanctionner les soldats en rupture d'engagement, lâcha Germain d'une voix blanche. J'en connais qui sévissent encore et jusque par chez nous.

Hourcques eut un petit rire, plongea le nez dans son verre d'armagnac.

— Fameux, votre alcool, monsieur Lescat, dit-il en manière de transition. Sincèrement, je suis admiratif. Mais la médecine, puisque nous parlons d'elle, devient une chose assez sérieuse pour être confiée à des hommes parfaitement éclairés sur ses progrès. L'empirisme a la peau dure, sa parenté avec les sorcelleries et magies d'un autre âge le maintient en forme dans la plupart des régions. Il devra céder, et le plus tôt sera le mieux. Vous ne croyez pas, cher confrère ?

— Certes. Les exemples de telles survivances ne doivent pas manquer.

— En effet. Tenez, les canules.

Lagourdette préparait une médiation. Son regard

188

inquiet allait de l'un à l'autre, observait la crispation des visages et des sourires, la tension dans les poings fermés. L'aîné semblait curieusement le plus fébrile, l'autre, très attentif mais apparemment plus détendu, écoutait, comme s'il cherchait où porter le coup décisif. Cela ne pourrait pas durer.

— Les canules ? s'étonna Germain.

— Oui. On en fabrique de fort maniables. Le saviez-vous ? Grâce à ce caoutchouc tiré d'arbres d'Indochine dont le nom m'échappe. Hévéas, voilà. Votre fils nous en eût dit davantage. Caoutchouc ? Ça vous dit tout de même quelque chose. C'est une matière flexible et fort résistante à la fois, que l'on peut introduire en souplesse dans les orifices les plus variés, nez, gorge, trachée, intestin terminal, même. La religieuse la plus bornée semblerait capable de s'en servir correctement.

Il regarda Lescat avec insistance. Ajouta d'une voix neutre :

— Ainsi peut-on sans regret excessif mettre au ran-cart des techniques comme l'intubation trachéale à la douille de carabine.

Il avait envie de rire, et se retenait à grand-peine. Lescat cherchait en vain une façon de réagir. C'était étrange. Il subissait un assaut, prévisible dès lors qu'un jeune coq pénétrait dans sa basse-cour. Brûlant au fond de se défendre, plein de ses trente années passées dans le secret de sa relation avec ses malades et certain d'avoir fait en conscience le compte de ses erreurs et de ses insuffisances chaque fois que cela s'imposait, il était dans l'incapacité de se battre, sentit qu'il abandonnait sans combat ce qui avait fait si longtemps sa raison d'être.

— Il faut garder pour nous nos petites recettes, dit-il.

Il se trouvait insuffisant, piteux, presque, profitait de la fumée de son cigare pour dissimuler son trouble. Lagourdette ne risquait pas trop de venir à son secours. Lui regardait déjà vers l'avenir, faisait des estimations, satisfait, au fond, du représentant de la jeune génération

189

des médecins, juste débarqué en lointaine Barbarie avec la fougue des conquérants et le bagage des nouveaux scientifiques. « Que feras-tu face à la prochaine épidémie de fièvre typhoïde ? pensa Germain. Et la puanteur des gangrènes, des tumeurs extériorisées, des anthrax, te chatouillera autant le nez que dans les couloirs fraîchement repeints des hospices de la ville. Ah, tu sais bien tout cela mais c'est à moi que tu t'en prends, pour Dieu sait quelle raison. »

— On ne peut dominer la maladie, et la mort, avec le seul esprit, avec la seule intelligence, ajouta-t-il. Ce serait trop facile. Il faut mettre les mains dans cette horreur avec nos pauvres moyens et c'est cela et cela seulement qui nous élève. C'est comme à la guerre.

Il s'en voulut aussitôt d'avoir cherché cette référence-là. Sa vie civile d'adulte avait été un long travail d'enfouissement des parties les plus scabreuses de cette époque. La guerre pour faire progresser la science, comme si la seconde ne pouvait se passer de la première. En futur bon politicien d'arrondissement, Hourcques s'était déjà engouffré dans la brèche. Un geste d'agacement, et le jugement, sans appel.

— Si le progrès ne peut se passer de la guerre, alors, oui, nous aurons besoin encore longtemps de nos glorieux anciens.

Germain applaudit mentalement. Cela faisait vingt-trois ans que la France ne se battait plus que pour son expansion outre-mer et Bismarck avait habilement laissé l'aventure coloniale occulter dans l'esprit des Français les idées de revanche sur l'Allemagne. Mais l'impasse à la guerre ne se prolongerait pas éternellement. Germain ignorait tout des capacités médicales de son jeune confrère, cependant l'habileté de Hourcques à jouer sur les ambiguïtés politiques du moment était certaine. A travers la fumée de son cigare, Germain imaginait le trublion sûr de lui vieillissant sur son terroir, conseiller municipal, maire puis conseiller général un de ces jours, et propulsé de là vers une carrière publique comme la bourgeoisie triomphante de la fin de siècle s'en offrait par dizaines. En avait-il connu, de ces jeunes loups traversant la place publique, gueule ouverte, et puisant à grands coups de rhétorique dans leurs tenders d'arrière-pensées stratégiques.

Fort de sa belle jeunesse, et de l'assurance offerte par les années passées dans son cocon magistral, Hourcques déboulait bannière au vent, bousculait la vieille piétaille rassise, introduisait au sortir d'un long tunnel de près d'un siècle la seule notion qui signifiât à la fois modernisme, science et république : la concurrence. Il s'installait en terre promise avec quelques certitudes, un peu d'angoisse aussi, sans doute, poussé par le vent hospitalier qui le déposait en douceur sur le rivage d'Armagnac. Comme tout jeune chien se respectant, il marquait aussitôt son territoire et lorgnait sur celui des autres, histoire de donner sans tarder son sens au mot confraternité.

Il devait se dire que les plus faciles à envoyer au musée des techniques médicales préhistoriques seraient le résidu de l'humanisme conventionnel, ces officiers de santé dépassés par les progrès de la science, et qu'un décret venait de rayer des listes.

— Foutue engeance, murmura Germain, le nez dans son verre.

Lagourdette profita d'un court répit, se dévoua.

— Eh bien, dit-il dans un soupir, nous voici devant des conceptions quelque peu différentes de la profession médicale, et sans doute de la vie en société. Mais enfin, messieurs, nous sommes tous pour la république, n'est-ce pas ? Rassurez-moi, des fois que j'eusse laissé entrer sous ce toit un de ces fossiles monarchistes, calotin de surcroît. Dieu me damne ! Où se cache-t-il, le bougre, que je le mette en salmis. Flambé avec votre divine liqueur, Lescat, cela va de soi.

On rit. Le pharmacien Lagourdette avait assez d'aisance et d'habileté pour détendre l'atmosphère. Allons ! Tout cela ne valait pas les découvertes de monsieur Charcot et la discussion perdait de son intérêt.

191

Hourcques avait encore à répondre à quelques questions et s'éloigna.

Germain en voulut au potard de dévier ainsi l'entretien et de le dissoudre dans les effluves de l'alcool. Il attendait de ses amis ce qu'il était lui-même disposé depuis toujours à leur accorder, le secours immédiat, comme aux noyés. Devait-on réfléchir longtemps pour décider de faire un geste ? Lagourdette se prenait au jeu, se délectait de ses comparaisons, s'écoutait parler et en rajoutait. Il n'était pas son ami.

— C'est que notre jeune collègue baigne depuis des années dans la marmite universitaire, ce bouillon fertile ! s'exclama-t-il. Et pour faire reculer les échéances, il y a l'obsession de chaque instant, le risque d'être soi-même atteint, contaminé, comme disent les pasteuriens dont vous êtes, Lescat. Qui niera en effet les dangers qu'il y a à côtoyer journellement à l'hospice tant de miasmes regroupés en si peu d'espace ? Je suis bien persuadé que nos étudiants courent là des dangers accrus. La science, payée au prix fort ! Quelle époque vivons-nous !

Il en bavait presque, d'admiration autant que de reconnaissance. Face à lui, Hourcques se rengorgeait. On lui accordait du crédit avant même qu'il eût démontré quoi que ce fût.

« L'ignorance au grand air de la campagne pour les uns, la science dans le bouillon hospitalier pour les autres », pensa Germain, apaisé soudain. Il y avait donc un ordre des choses, et point n'était besoin de le lui rappeler autour d'un verre d'armagnac. Sur vingt articles du *Concours médical*, un seul, et encore, venait de la campagne. C'était la mise au point par quelque bricoleur en sabots d'une contention, d'un onguent, d'un bandage. Le reste, techniques de chirurgie et protocoles de soins, spécialités nouvelles et études cliniques, sortait désormais en pages serrées des facultés, et d'elles seules. Sans avoir rien montré de ses capacités à soigner, le jeune Hourcques prenait déjà l'avantage. Lagourdette affichait sa mine réjouie. On avait ferraillé à sa table, entre républicains, et le bougre ne s'en plaignait pas. Germain refusa la dernière tournée d'armagnac. Il sentait venir la sommation traditionnelle de raconter hors les noms une de ces savoureuses histoires de patients dont il avait le secret, mais il en avait suffisamment dit et entendu pour cette fois, et prit congé.

Il se retrouva sur la grande place carrée de Labastide déserte à cette heure avancée. La nuit d'une absolue clarté offrait aux pavés son ombre effilée et le prolongement de sa canne comme un mât soutenant sa silhouette. Germain connaissait bien le sentiment de possession de l'espace et des gens que lui donnaient ces instants de solitude, au centre de la ville. Il flottait là un peu de l'obscure poésie attachée aux lieux endormis. En même temps qu'il savait où reposaient les gens, maison par maison, chambre par chambre, il imaginait ces lieux vidés de leur petit peuple, et lui, veilleur inutile, rôdant à la recherche d'une présence. Ainsi allaient ses pas en toute saison, lorsque les hasards de ses courses nocturnes lui faisaient hanter le bourg de Labastide.

Il traversa la place à pas lents, souhaitant que l'alcool fît une fois de plus son œuvre, avec l'aide du laudanum. La conjonction des deux éthers mettait de plus en plus de temps à agir et Germain commençait à penser que son obstination à subir sans essayer de comprendre ressemblait à de l'orgueil bien inutile.

— Le solitaire de Labastide, fit une voix dans l'ombre. Que manigance-t-il ?

On ricanait, comme au théâtre. Germain appela son fils, qui finit par sortir d'entre deux colonnes de pierre et vint vers lui. Charles avait passé la soirée dans un café et cherchait un attelage pour le porter jusqu'à la maison mère. Germain saisit son bras, le pressa chaleureusement. Ils se trouvaient tous deux à l'angle nordest de la place, par où ils apercevaient, émergeant des alignements parfaits de maisons et d'arcades, la masse trapue de l'église fortifiée dans la lumière de la pleine lune.

— Tu as déjà récupéré du muscle, mon petit, dit Germain.

C'était faux. Charles conservait sa maigreur d'ascète ou de phtisique à moins que ce ne fût celle des opiomanes en rupture de matière. Il subissait sans déplaisir le contact de son père. Comme Germain, il découvrait que cela était possible : se toucher, s'appuyer l'un sur l'autre. Oh, il ne s'agissait pas de tanguer, embrassés, doucement ivres, mais bien plus simplement de se savoir physiquement présents, et disponibles.

— Il se pourrait que je me mette à guérir, dit Charles.

— Et comment ! Et puis, Charles, il faut que tu saches à quel point je suis heureux de te compter parmi nous. Ces choses de la vie n'ont pas de prix.

— Moi aussi, dit Charles. Mais dis donc, tu deviens sentimental, à cette heure de la nuit ? Toi, l'homme que rien n'atteint, ni la rigueur de l'hiver, ni l'insomnie chronique ?

Il paraissait détendu. Son haleine trahissait la lourde présence de l'absinthe. Ainsi l'alcool tenait-il pour quelque temps à distance de lui le désordre du manque d'opium, et érigeait un mur de plus pour son enfermement.

— Peut-être, dit Germain. Il serait temps, tu ne crois pas ?

Charles eut un drôle de rire, presque forcé. Quinze ans plus tôt, la mort de sa mère n'avait rien changé à ses habitudes de pensionnaire, ce qui l'avait réduite à un événement presque banal. Julien et lui s'étaient faits très jeunes à leur état d'exilés, mais tandis que l'aîné ne rêvait que de retourner sous les tunnels des palombières d'Armagnac, l'autre avait joué le jeu des études à fond, et fait de son emprisonnement de potache un puits de savoir et d'ambition.

— Si tu savais combien de fois il m'est arrivé de rêver à un pareil moment, dit Charles. Cette place, une nuit d'automne comme celle-ci, bien fraîche, avec sa lune pour l'éclairer et ces pierres inscrites dans leur éternité.

— C'est vrai, renchérit Germain. Et tu as remarqué comme parfois il est difficile de donner à ces fantasmes la moindre matérialité.

Il parla de l'éloignement et de ses effets étranges, des visages impossibles à reconstituer, des obsessions tenaces, un air de musique, une phrase que l'on voudrait en vain chasser de son esprit. Il savait comme son fils les chagrins dont on ne pouvait se défaire des jours durant, les moments de désespoir insolubles dans l'alcool ou dans l'amour. Charles devinait ce soir-là des obsessions tenues secrètes dans l'être intime de son père. Il n'y avait pas que les contours de la guerre, ses échos lointains repoussés d'ordinaire d'un geste de la main. Donner aux autres ce qu'il n'avait pas reçu, telle était la philosophie de Germain Lescat. Dans cette distribution, ses fils avaient seulement été oubliés. Germain chercha soudain le regard de son aîné dans la pénombre. Il fut infiniment soulagé de recevoir la lumière de son sourire, et son air, qui semblait dire : « Tout cela n'est finalement pas très grave, nous sommes là, tous les deux, et le reste ne compte guère. »

— Ah, mon petit, mon petit.

Il dut prendre appui contre une colonne de pierre ronde, devant la soupente de son ami Larrieu. Sans douleur ni crispation, sa cuisse droite lui refusait soudain tout soutien. C'était comme si un invisible croc-en-jambe allait le faire chuter sur les pavés de la place. Charles s'inquiéta.

— Mais que se passe-t-il, enfin ? Tu donnes le change depuis des jours et des jours, avec ton dos, ou je ne sais quoi. Tu fais le fort, mais je vois bien que tu serres les dents en permanence, dès que tu te mets debout.

Un rayon de lune échappé d'entre deux nuages éclaira la face livide de Germain.

— Bon Dieu, protesta Charles, dans quel état te mets-tu ?

Germain voulut balayer la question, comme à son habitude, mais cette fois, la souffrance empêchait tout geste de sa part, coupait sa respiration, le laissait hagard, ne sachant que faire pour s'en protéger. Charles le saisit sous l'aisselle, voulut l'aider à marcher vers l'attelage. Germain l'implora.

— Attends, je t'en prie.

Jamais il n'avait éprouvé pareille sensation. La partie supérieure de son corps semblait s'être détachée de l'autre, le long d'une ligne tracée sous ses côtes. Plus bas, c'était le désordre brûlant comme à chaque crise, avec désormais, et pour combien de temps, la défaillance d'un membre.

— Nom de Dieu, je ne vais pas rester comme ça.

Il se redressa, secoua la tête. Par quelle déplorable malice le charme installé entre son fils et lui était-il ainsi balayé en quelques secondes ? Charles était déjà contre lui, le soutenait tandis qu'il se mettait en marche, gémissant. Dès qu'il se fut hissé sur la banquette de son coupé, il s'allongea tandis que le jeune homme prenait les rênes.

— Ecoute, monsieur mon père, dit Charles, tu as un fils à Bordeaux, qui fait avancer chaque jour un peu plus la science. Toi, je te connais malgré tout. Tu en sais beaucoup plus que tu veux bien le montrer mais cette fois, je crains que la chose dépasse tes compétences. Tes histoires de rhumatisme et de vieillerie des articulations ne me semblent plus très convaincantes. A vrai dire, je pense que tu es malade pour de bon. Alors, de la même façon que tu m'as inspecté, et traité, je vais te mettre dans un train à la gare de Mont-de-Marsan, et tu iras voir Julien. Ça, je te le dis.

10

Julien Lescat avait du mal à se concentrer sur son patient. L'homme devait avoir une quarantaine d'années et souffrait depuis la veille d'une douleur thoracique continue, occupant la région cardiaque et irradiant vers l'épaule, qu'il ne pouvait décrire avec précision. Pâle et angoissé, suant abondamment, le malade semblait économiser sa respiration.

Julien hochait la tête d'un air entendu. A l'énoncé des symptômes, Charron avait lâché : « Angine de poitrine, vous êtes d'accord, Lescat ? Ce type doit avoir des artères aussi souples que des tuyaux de lavabo usagés. Nitrite d'amyle, pour commencer, et iodures en seconde intention. Vous verrez bien. »

Les nitrites au mouchoir, sous le nez de l'homme, puis l'éther, avaient entraîné une sédation partielle et de courte durée. Le spasme des artères coronaires se reconstituait, irritant les régions avoisinantes, provoquant des salves d'éructations entrecoupées de vomissements. Julien avait fait ingurgiter à son patient trois cuillerées d'iodures, puis il lui avait injecté de la strophantine sous la peau, en vain. Cela faisait maintenant près de trois heures que l'homme souffrait le martyre et Julien assistait impuissant à la lente décomposition de ses traits. Le jeune médecin se leva, aperçut une religieuse penchée sur le bassin d'un colitique en phase catarrhale, l'interpella.

197

L'infirmière se retourna. Elle avait une vingtaine d'années et débutait dans le métier par les tâches les plus rebutantes, comme ses pareilles. Crachoirs et haricots, drainage des abcès, escarres et soins des tumeurs, rien ne lui était épargné par des internes désireux de savoir très vite où se trouvait son point de rupture. Ainsi les nouveaux maîtres de la médecine moderne tenaient-ils à constituer autour d'eux les équipes les plus aguerries. Il en allait de leur réputation, et du défi lancé aux services concurrents. La jeune religieuse s'efforçait à sourire, sous sa coiffe aux pans dressés comme des voiles de navire.

— Cet homme a désormais besoin de morphine.

La sœur ouvrit grand ses yeux. La drogue n'avait pas bonne réputation. Un tiers de gramme au kilo suffisait à occire une demi-douzaine d'hommes en parfaite santé. Julien leva le doigt.

— Exécution. Vous me préparerez la solution habituelle, deux centigrammes dans de l'eau de laurier-cerise, à la seringue de Pravaz pour une hypodermique stricte, s'il vous plaît. Il s'agit de le calmer, pas de le plonger dans le coma. Nous sommes bien d'accord.

Il y avait un petit jeu entre internes, à qui obtiendrait de ces bizuts à peine sorties de leur confessionnal la première erreur thérapeutique digne de ce nom, le surdosage prévenu de justesse au moment de l'acte fatal. « Mais que faites-vous, malheureuse ! Vous voulez tuer quelqu'un ? » La sainte fille en était quitte pour quelques nuits de frayeur rétrospective et l'heureux gagnant du concours pour une tournée de verte au Grand Café.

L'homme avait tenté de demeurer assis le plus longtemps possible. Puis il s'était laissé aller en arrière et reposait sur le dos, la main crispée sur le thorax, les yeux exorbités, cherchant au plafond une issue à la douleur qui le traversait de part en part et lui broyait le thorax. Julien s'éloigna. L'angor tournait mal, et les choses ne traîneraient guère. A l'autopsie de ces cas, on trouvait les plaques d'athérome responsables des crises successives et de la mort. Francisque Charron, qui ne détestait pas jouer les médecins légistes pour l'enseignement de ses élèves, exhibait les pièces anatomiques, au bout de pinces, avec des mines de sénateur romain.

— C'est dur comme du tartre ! constatait-il l'air triomphant. L'artère, un tuyau de pipe ! Et pour laisser passer le sang, un chenal moins large qu'une mine de crayon ! Touchez ça, une fois dans votre vie.

Julien s'éloigna tandis que la religieuse inventoriait le placard aux opiacés. En même temps qu'elle calmait un peu la souffrance, la morphine semblait hâter la fin de ces patients en crise cardiaque aiguë. Il y avait là un mystère impossible à percer et un choix à faire, dans une situation désespérée. Julien se dit qu'il aurait le temps d'y réfléchir. Sa décision était prise, le reste n'était plus qu'application et dosages savants.

Il s'approcha d'une fenêtre, entre deux lits où sommeillaient des tuberculeux aux souffles rauques, entrouvrit les battants à la recherche d'un peu d'air frais. La salle commune était pleine d'une odeur fade, écœurante, relevée ici et là par des bancs d'effluves antiseptiques ou par l'âcre présence de vapeurs d'éther. La chaleur moite du grand poêle à charbon central ajoutait encore à l'impression de confinement que les non-initiés avaient du mal à supporter plus de quelques minutes. Julien fouilla la poche de sa blouse maculée de sécrétions diverses, relut le télégramme reçu le matin même, signé de Charles. Il y était question d'une arrivée en urgence de Germain, pour une histoire de douleurs dans les reins. S'agissait-il de la lombalgie dont son père semblait souffrir d'une façon chronique, ou d'une affaire plus sérieuse, comme une colique néphrétique ou une infection de la vessie ? Cela faisait quelque temps que Germain Lescat n'avait pas très bonne mine. Julien s'en était rendu compte en fin d'été. Il y avait autre chose que les banales dyspepsies que son père traitait au colombo ou aux sels d'arsenic, quand il avait épuisé les ressources de son eau-de-vie ou de ses plantes miraculeuses.

Charles avait dû insister pour convaincre son père

de consulter si loin. Julien froissa le papier, l'enfouit dans sa poche. Même s'il essayait de s'en défendre, il avait du mal à considérer son père autrement que comme un habile manipulateur, un bon rebouteux. Certes, l'incroyable fidélité de sa clientèle et l'aura qui l'entourait faisaient de Germain Lescat une étrangeté dans un milieu plutôt réputé pour son inefficacité. Peuples crédules, pensait Julien. Lorsqu'il serait en face de Germain, le maître Charron apercevrait-il seulement la fourmi Lescat du haut de ses certitudes ? Ce n'était même pas du mépris que le cacique bordelais affichait pour ses semblables du terroir mais une ignorance totale de leur façon d'être et de faire.

Julien laissa errer son regard sur les gisants de la salle commune. Il n'y avait pas grande différence en vérité entre les condamnés des campagnes gasconnes et ceux qui peuplaient les hospices bordelais, sauf la prétention des soignants de l'hôpital à mieux connaître le mécanisme de leur déchéance et les raisons de l'échec final. A ce jeu du pouvoir et du mensonge, Francisque Charron excellait. On était meilleurs de toute façon dans la grande ville. Par le secret partagé entre initiés, par l'insolence du savoir comme masque des ignorances et si cela ne suffisait pas, par des manières de hussard propres à décourager l'impétrant un peu trop curieux.

— Eh bien, ma sœur, ce calmant ?

Julien montra son impatience. Il avait suffisamment de choses à faire, de décisions à prendre, et d'impairs à ne pas commettre, pour décourager la tentation qu'il avait parfois de trop penser. L'action avait du bon contre la remise en question.

— Voilà, monsieur Lescat.

Il examina la seringue de métal, la grosse aiguille d'acier, rejoignit le lit de son patient. Du fond de la salle, un petit groupe l'observait, immobiles près de la porte ogivale, une femme et deux jeunes enfants qu'elle tenait contre elle comme une cane ses petits. Julien se pencha, saisit le poignet de l'homme. Les choses

200

allaient vite là-dedans, témoignant d'un grand désordre cardiaque. Le pouls filait, tandis qu'une pâleur cireuse jaunissait la peau du malade. Par instants, l'homme ouvrait les yeux, cherchait désespérément un secours, une réponse à son angoisse extrême et à la souffrance. Il devait sentir la vie le fuir et râlait entre ses dents serrées, furieux, sans doute, de n'avoir en face de lui que le masque impénétrable d'un inconnu.

Julien avait pincé la peau du mourant, au milieu du ventre. D'un geste vif, il piqua, pressa le piston de la seringue, avant de retirer l'aiguille et de se relever. Le regard de l'homme le gênait. Un reproche, et alors ? Que faire de plus ? Charron lui avait appris à réagir, à fermer encore un peu plus son visage pour garder le mystère de ses pensées. Certains médecins parvenaient à sourire, c'était affaire de tempérament. Julien Lescat ne savait pas, n'avait jamais su. Au fond, la mort le terrorisait et la perspective d'avoir à accueillir son père malade ajoutait à son malaise. Il se détourna, marcha vers la porte de la grande salle.

— Monsieur ?

La femme qui l'interpellait était grande et distinguée, ses yeux écarquillés par l'inquiétude imploraient quelque chose, un mot, un geste. A soutenir cet assaut, Julien savait qu'il romprait le premier, et vite. L'homme était peut-être mort, déjà, quoique les défaillances cardiaques de ce genre fussent susceptibles de durer, parfois quelques minutes ou quelques heures. Difficile de le dire à la famille angoissée.

— Vous pouvez aller près de lui, dit-il platement. Je repasserai vous voir dans quelque temps, avec le professeur Charron.

Il se sentait vaguement honteux. Charron avait passé ce stade, lui. La mort des autres ne le touchait plus guère. Les jugements se concentraient sur lui, mais là où il se trouvait perché, le monarque médicant ne risquait guère d'en être éclaboussé. « Le but devient simple, pensa Julien. Pour connaître la paix des grands cyniques, il faut prendre un jour leur place. »

Germain avait hésité entre Bordeaux et Toulouse, pour obtenir un avis définitif sur son cas. Le voyage vers l'une ou l'autre de ces deux capitales provinciales était d'un inconfort et d'une durée à peu près équivalents. D'un côté, les collines sinistrées du Gers, de l'autre, les plates landes aquitaines colonisées par la forêt. Quel que fût le choix, la journée suffisait à peine pour parcourir la trentaine de lieues. Il avait dû changer deux fois de coche avant de monter dans le train direct pour Bordeaux. Fourbu, enrhumé de surcroît, il n'avait qu'une hâte en quittant son compartiment : apercevoir la silhouette râblée de Julien, et se laisser conduire le plus rapidement possible vers son hôtel.

Il le vit, en effet, sortir de la brume et venir vers lui, les mains dans les poches de son manteau de laine. Il pensa dans l'instant qu'il avait engendré deux fils si dissemblables qu'on eût pu les croire étrangers l'un à l'autre.

Le jeune médecin ne se départissait pas de son éternel demi-sourire, expression d'une humeur également distante du plaisir et de l'ennui. Germain avait fini par se dire que ce trait faisait partie intégrante de son visage, comme l'éclat sans chaleur de ses yeux, ou la pâleur cireuse de sa peau. Julien serait à son affaire face à des citadins exigeant de leur médecin écoute et concentration exclusives. Il avait vraiment la gueule de l'emploi.

Il tendit sa main, et ce geste brisant net les habitudes de l'enfance stupéfia Germain. Pas d'embrassade, ni de tape affectueuse dans le dos, à la façon de Charles. Germain s'inquiéta. Ses vêtements fatigués par le voyage, sa bouche desséchée répandaient-ils quelque mauvaise odeur ? Il s'abstint de le questionner.

— Long voyage, dit platement Julien.

Il n'avait pas besoin d'entrer dans les détails. Vues de Bordeaux, les sombres collines du pays des bastides délimitaient d'improbables ailleurs, en cours de désertification. Julien confirma.

— Dis donc, ajouta-t-il, ça ne s'arrange pas dans le

Gers. J'ai lu ça. Les optimistes prévoient une réduction du vignoble à moins de cinq mille hectares en haut Armagnac.

Ce serait encore moins, sans doute. Germain sentait un malaise l'envahir. Il avait quitté sa Gascogne sous les derniers feux d'un soleil d'automne presque aussi doux que celui de mai. Etait-ce à cause de la gare pleine de sa brume épaisse mêlée aux panaches de vapeur de la locomotive, ou de la présence de ce fils qui semblait accueillir un étranger ? Que s'était-il passé, entre Julien et lui ? Où était le malentendu ? La nuit ne serait sans doute pas assez longue pour chercher la réponse à ces questions. Julien l'informa.

— Si tu veux dîner, il y a un restaurant, en bas de l'hôtel.

Il avait réservé une voiture dont le cheval dégustait son picotin, le museau au fond d'un sac noué autour du col. Germain se hissa à bord, inquiet de devoir s'appuyer contre une banquette aussi dure que celle du train. Mais la calèche était confortable. Julien s'installa face à son père, et Germain lut dans ses yeux un mélange d'inquiétude et de réticence. « Le colosse a une faiblesse, pour la première fois en vingt-sept ans, pensa-t-il, et tu t'en aperçois, mon fils. »

Germain n'avait pas faim, désirait seulement se reposer.

— Tu as raison, lui dit Julien, la journée de demain te sera rude. Mais tu verras, Charron est un seigneur. La clinique, la vraie, et tout pour elle ! Ta lombalgie trouvera son explication. Enfin, tu sais ce que j'en pense. Je reste persuadé que tout ça vient d'une arthrose. Les becs de perroquet ! Sales bestioles…

Face à l'inefficacité générale des thérapeutiques, il était tout de même heureux que perdurât l'amour de la sémiologie. Ainsi les praticiens les plus renommés pouvaient-ils se gargariser de leur savoir, à défaut de triompher de la maladie.

— Je lis les articles de Charron, comme tout le monde, tu le sais.

203

Julien approuva, et Germain eut soudain l'intuition de ce qu'il cherchait depuis l'instant de leurs retrouvailles à la gare. C'était d'ordre strictement matériel. Julien avait cessé de dépendre de lui pour ses études, son logement, pour des actes aussi dérisoires que l'achat d'une gomme, ou d'une paire de bretelles. Dans sa républicaine générosité, l'Université des temps nouveaux le prenait à son tour en charge, le logeait et le nourrissait, coupant ainsi le cordon, et, cela devenait criant, Julien le vivait comme une véritable libération, lui qui chaque mois, durant six années, était allé chercher à la poste le mandat que son père lui envoyait.

— Becs de perroquet, tu parles, murmura Germain. Il déboucha sa flasque de laudanum, but une gorgée, ferma à demi les yeux. Julien pensait à l'évidence qu'il en consommait vraiment beaucoup, trop. Par la fente de ses paupières, Germain le voyait l'observer. Sa gêne était perceptible. Il y avait là un mystère, tout de même, mais l'heure n'était pas aux questions de fond qui le taraudaient. Les pavés de Bordeaux, par endroits irréguliers ou creusés d'ornières, s'avéraient redoutables malaxeurs de vertèbres, écraseurs de racines nerveuses. Au bout de quelques hectomètres de ce régime, Germain n'éprouva plus qu'une envie : s'étendre.

L'hôtel était face au Grand Théâtre. Par la fenêtre de sa chambre, Germain devinait dans la brume la façade du monument, distinguait des halos de lumière attestant une activité. Lorsqu'il fut las d'avoir scruté les ténèbres, il alla s'allonger, détendit un à un les muscles de son dos, comme le Chorra le lui avait appris : « Toute la compréhension de notre pauvre condition est dans cet empilement d'os et de cartilage, je te le dis. Homo erectus ! Atlas et axis, support du génie, douze dorsales, comme les Apôtres, cinq lombaires, comme ce que tu voudras, et le reste, sacrum et le toutim, soudé, un bloc capable de supporter sans fêlure les coups de pied au cul qu'on ne manquera pas de te donner. Donc, un principe : rester souple. »

La journée du lendemain serait rude, sans aucun doute. Le regard au plafond, les mains derrière la nuque dans la pâle clarté de la lampe à pétrole, Germain cheminait en pensée dans les étages de sa colonne vertébrale. Se coucher devant la souffrance, pour en calmer un peu les assauts, c'était là un cas de figure qu'il n'avait guère envisagé pour lui-même. « Du courage, du courage. » Combien de fois avait-il prononcé ces simples mots, tandis qu'il se penchait vers ses semblables. « Allez, il faut se battre. Tu as la force, toi, personne ne peut le faire à ta place. » Des becs de perroquet ? Allons donc. Sa douleur avait des phases aiguës d'incendie. Des langues furieuses embrasant une parcelle, puis l'autre, comme dans les grandes combustions de la forêt landaise. L'arthrose, c'était pour les curistes de Dax ou de Lamalou, une compagnie à laquelle on se faisait au fil des ans, une occasion de se plaindre au dérouillage du matin, un baromètre, comme les genoux hydropiques martyrisés par les saisons humides. Ce qui lui mordait les reins, c'était bien autre chose.

— Tumeur, murmura-t-il.

Qu'ajouterait le grand clinicien des Hospices de Bordeaux ? Germain frissonna. Un fils aimant se fût approché de lui, aurait posé la main sur la sienne, dit quelques mots conjuratoires, minimisé l'évidente vérité. Mais Germain était seul, et il devait y avoir une raison à cela, l'absence, sûrement.

Il respira plus fort. Il n'avait même pas assisté à l'agonie de sa femme, emportée en quelques heures par une crise d'urémie. Il y avait eu une chasse en début de matinée, à laquelle il avait participé. Puis les visites à domicile, lointaines et difficiles, ce jour-là, avec un accouchement à Mauvezin, qui n'en finissait pas. Marie Lescat s'était plainte de maux de tête, en fin de nuit, avait pris un sachet de salicylate qui l'avait calmée. Cela faisait quelque temps qu'elle souffrait de ces céphalées du réveil. Germain l'avait retrouvée morte,

205

veillée par Antoinette. La servante lui avait décrit le coma et la fin, avec ses pauvres mots.

Quinze années déjà. Germain cherchait l'assoupissement, mais les flots de souvenirs s'entrechoquant sans ordre apparent, tels les courants de la mer dans un typhon, le tenaient en éveil. Il eut l'impression de suffoquer, se leva pour ouvrir en grand la fenêtre, aperçut de nouveau, au centre de la ville glaciale, les contours du théâtre.

Il décida de sortir, se retrouva sur la place hantée par des silhouettes convergeant vers ce lieu de vie, suivit le mouvement jusqu'aux guichets. Ainsi exauçait-il, seul, le souhait que sa femme avait émis tant de fois pour eux deux : gravir l'escalier d'un pareil monument, pénétrer dans sa lumière, dans son murmure, côtoyer des gens heureux de se trouver là ensemble, et espérer Dieu savait quel miracle des sens. Son cœur se mit à battre plus fort, comme s'il allait découvrir une arène où des hommes se battraient contre des monstres. C'était un délice pour enfant. Avoir attendu près de cinquante-huit ans pour en profiter !

Tout dans ce théâtre avait la couleur du sang, de la vie. Le rouge des fauteuils et des tentures, le marbre éclatant des escaliers à demi tapissés de velours. Germain s'assit, réalisa qu'il ne savait même pas ce qu'il allait voir, ou entendre. Sur les genoux d'un voisin, une brochure ouverte annonçait un concert ; un orchestre national jouerait un poème d'Edvard Grieg. Les lumières s'éteignirent au moment où Germain tentait d'en déchiffrer le titre.

Ce qu'il entendit ce soir-là entra en lui comme l'onde bienfaisante d'une machine à apaiser les souffrances, toutes les sortes de souffrances. Il y aurait eu une prescription à faire, laudanum et *Peer Gynt*, et l'éther de la vigne, la part des anges à respirer à intervalles réguliers. Quel Dieu bienveillant s'amusait à inventer cette sorte de médecine ? Une voix de femme s'élevait, vibrait. Que disait-elle ? Son chant triste et beau résonnait comme un appel. Dans le public, des gens s'étaient mis à pleurer en silence. On se retenait de crier son bonheur. Germain compta les années passées à ignorer ce miracle, et lorsque ce fut fini, demeura un long moment prostré, méditant sur cette révélation semblable à un coup reçu en pleine poitrine.

Il n'y avait pas beaucoup de chemin à faire pour rejoindre l'hôtel. Germain se sentit plein d'un mélange d'exaltation et de nostalgie. Il retraversa la place déserte, dans le cocon du brouillard. Sa solitude lui convenait, comme la disparition du décor autour de lui, et la sensation d'être en perdition tout près d'un rivage ami. Il retrouva pourtant sa chambre, mit un peu de bois dans le poêle. En Armagnac aussi, les nuits commençaient à être froides. Germain se déshabilla, l'esprit en paix.

Arriva le moment d'attendre son tour à la consultation. C'était dans une grande pièce cubique, aux murs nus, au plafond d'une solennelle hauteur. Dans un coin, un énorme poêle à charbon attestait le soin que l'on mettait à se chauffer, à la saison froide.

— Baissez la culotte !

La voix ferme du professeur Francisque Charron avait retenti, interrompant les bavardages. L'homme à qui s'adressait cet ordre était en caleçon, torse nu, au centre de la salle d'examen. Face à lui, le maître des lieux avait pris la pose, le dos légèrement en retrait, une main sur son bureau, l'autre dans la large poche d'un tablier blanc. En miroir, un groupe assistait à la consultation : des étudiants en blouse blanche, des invités personnels du patron intéressés par la neurologie, femmes du monde et médecins bordelais que l'on conviait comme le grand Charcot en avait lancé la mode, à Paris. Le tout formait un petit théâtre où l'on bâillait encore un peu, comme au début du spectacle.

Germain s'assit au fond de la salle, à quelques pas d'un petit groupe de sœurs infirmières dont les cornettes exécutaient par instants un gracieux ballet de voiles blanches. De sa place, il pouvait suivre les mouvements du malade, et les gestes et les réactions du médecin. En se tournant légèrement, il découvrait ensuite l'assemblée souvent hilare, quoique globalement intéressée, des étudiants. Charron s'énerva.

— Baissez la culotte ! Vous n'entendez pas ce qui vous est dit ?

Le grand neurologue était plus jeune que ne l'avait pensé Germain. Moins de la cinquantaine, sûrement, grand, déjà bien arrondi autour des hanches ; son visage au front limité bas par des cheveux épais, grisonnants, offrait un contraste entre le regard, bleu, sans réelle chaleur, et la bouche, joliment ourlée, gourmande, presque féminine. Un bouc sans le moindre poil blanc épousait la forme des maxillaires, durcissant ses traits de séducteur rattrapé par la gastronomie. « Un chef, pensa Germain, et parvenu où il voulait. Presque repu, déjà. »

L'homme que Charron proposait ce matin-là à l'observation de son auditoire était dans l'état de syphilis avancée précédant de quelques mois l'entrée dans la démence et la paralysie générale. Sa démarche était celle d'un ivrogne aux jambes grêles et tremblantes, ses hanches saillaient sous le linge christique cachant son bas-ventre. Le haut du corps, décharné, livide, marqué par endroits de plaques lie-de-vin, était à l'unisson de cette cachexie. Quant au visage, la mort y avait déjà installé ses sillons et ses concavités, moulé les os de la face sous un suaire de peau glabre et jaunie. Entre ce cadavre encore chaud et celui que les étudiants auraient sous peu à disséquer, il devait rester le temps d'un hiver.

— Quelqu'un pour l'aider, ordonna Charron.

Complètement nu, l'homme parut découvrir sa position, et le cercle au centre duquel il se trouvait. Il eut un mouvement de défense, replia dans un premier temps les bras sur sa poitrine, avant de laisser descendre ses mains sur son sexe, tituba, enfin, soutenu par un infirmier aux muscles de lutteur.

— Lescat, faites l'examen, dit Charron.

Il semblait n'éprouver aucun sentiment particulier,

208

laissait aller son regard du troupeau des étudiants au malade exposé, attendait, en somme, aux aguets sous une apparence de souriante décontraction. Un fauve, pensa Germain, qui vit Julien se lever et s'approcher de l'homme, pour une description dont il connaissait lui aussi les détails. Quelle serait l'attitude de son fils au chevet, si tant est qu'il y eût un chevet quelconque en un pareil lieu, de cette loque humaine incapable de tenir debout sans aide ? Julien se racla discrètement la gorge, posa la main sur l'épaule de l'homme. Commença.

— Ce sujet se trouve en phase tertiaire de sa syphilis. Il sera particulièrement intéressant d'étudier chez lui les troubles neurologiques de l'équilibre, qui doivent normalement être patents à un tel stade.

Les médecins invités hochaient la tête, l'air pénétré. Les dames avaient sorti des éventails de leurs sacs et s'aéraient un peu tout en se lançant de brefs regards. Germain sentit son cœur se serrer. « Intéressant... doivent normalement... » Julien prononçait des mots d'une banalité que la misérable présence de son patient rendait effroyable. A voir la satisfaction gourmée du maître, il était clair que l'élève en démonstration était son préféré. Charron avait l'air de déguster un ortolan. Les yeux mi-clos, la tête légèrement défléchie, il faisait mentalement le compte des éléments cliniques débités par Julien, et dans cet exercice, le jeune Lescat excellait.

Les étudiants s'étaient réveillés, admiraient l'artiste, bouche bée. Germain fut vite pris dans une sorte de spirale vertigineuse, comme aspiré par l'érudition de son fils, le magnétisme qu'il exerçait sur ses troupes, et le pantin d'os et de peau que l'on faisait tourner, avancer, s'accroupir. L'homme s'essayait à parler, mais la commande ne répondait plus, et quelques borborygmes, seulement, sortaient de sa gorge.

— Yeux fermés ! lui répétait Julien. Touchez le nez du doigt. Du doigt !

209

Et le pauvre type vacillait, son bras dans la large paume de l'aide, cherchait son nez, piquait sa joue de l'ongle.

— Raté, murmura un étudiant.

— Dysmétrie, rectifia Julien.

Il alla vers une table en bois, saisit un cadre de verre empli d'une forme arrondie sur laquelle il pointa la mine d'un crayon.

— Ce malade présente des lésions du cervelet identiques à celles que vous pouvez observer ici, là et là, encore. D'autres coupes sont disponibles au laboratoire d'anatomie pathologique. Je vous invite à aller les observer en détail.

Le malade contemplait lui aussi la coupe, hébété. Un jour prochain, son cerveau serait peut-être exhibé ainsi pour l'avancement de la science. Julien reposa la coupe, s'approcha à nouveau de son patient. Il avait dû avoir un peu le trac, au début, et se libérait à mesure qu'il parlait. Testant l'équilibre général du vérolé, il lui donna sur l'épaule une petite bourrade qui le projeta au sol. Effet disproportionné. Il y eut un murmure dans la pièce.

— Quoi ? fit Charron, comme émergeant d'un songe.

Julien avait aidé l'homme à se relever et le maintenait debout avec la compassion d'un étai sous un pied de tomates.

— Rien, monsieur, dit-il. Il n'y a quasiment plus de sensibilité proprioceptive.

Germain eut envie de se lever et de sortir, mais cela ne se faisait pas publiquement, surtout avant d'être reçu en privé par le maître. Force lui fut de supporter la leçon tout en recherchant une position calmante sur le bois de sa chaise. Julien en terminait avec son exposé de neurologie pratique, et le faisait en cherchant son regard. Mâchoires serrées, les deux mains enfouies dans la poche de son tablier, il avait l'air de lui lancer une provocation. Germain s'efforça de lui sourire, mais ce qu'il avait vu de son fils l'avait refroidi aussi sûrement

210

qu'une coulée de vent du nord entre deux collines de Ténarèze.

— Comment vous appelez-vous, mon brave ? demanda Charron au malade.

L'homme le considéra sans paraître comprendre. Son tremblement s'accentuait, ses genoux menaçaient de fléchir à chaque seconde, obligeant l'aide à l'appuyer carrément contre lui.

— Je... je...

— Votre nom. Vous avez bien un nom ?

Bien sûr, il avait un nom. Mais on voyait bien qu'il ne le retrouverait pas.

— Et cet homme a trente-huit ans, assena Julien en guise de conclusion.

C'était le salut de l'artiste, la révélation ultime propre à impressionner l'assistance. Julien hochait la tête. Un matador ayant réussi son coup d'épée n'eût pas été plus fier de son triomphe. Germain se sentit parcouru des pieds à la tête par un méchant frisson. Le malade présenté aux étudiants ce matin-là était passé par le stade où se trouvait présentement Charles. Gommes et syphilides. Gnomes et Sylphides. C'eût pu être le nom d'un ballet, ou d'un tableau champêtre. Germain souhaitait que la leçon prît fin. Il avait chaud, et très mal au dos. Mais le professeur Francisque Charron n'en avait pas terminé pour autant. Il interrompit le rhabillage du patient.

— Cet homme est une bonne indication pour l'appareil de Sayre, décida-t-il, le doigt levé.

Et d'expliquer à l'assistance que son maître Charcot avait fait sienne, à sa grande satisfaction, la méthode d'un médecin d'Odessa consistant à étirer la moelle épinière par une suspension appropriée. Tandis que l'on approchait l'appareil, une sorte de haut porte-manteau d'où pendaient des sangles de cuir, Charron donna quelques recommandations.

— L'étirement doit être progressif et doux, et ne pas excéder deux minutes. Attention aux lanières. Les Russes en ont étranglé quelques-uns avant de réussir leur

211

coup. Enfin, ce sont les Russes, n'est-ce pas ? Messieurs les étudiants, deux d'entre vous pour aider, je vous prie.

L'homme fut sanglé sous le menton, la nuque et les aisselles. Un assistant s'était placé derrière lui, une corde entre les mains, qu'il tendit autour d'une poulie supportant le fardeau.

— Doucement, répéta Charron. Il s'agit de ne pas rompre la nuque.

Le malade avait décollé du sol. Son cou semblait s'allonger sous la traction. Il y eut quelques murmures dans la salle et les dames, soudain pâles, s'éventèrent un peu plus fort. Instinctivement, les témoins caressaient leur propre cou, grimaçaient. On guettait des craquements, des spasmes de pendu, mais rien ne se passa et l'homme fut ramené à terre au bout des deux minutes prévues.

— Notre ami tabétique doit être fatigué, observa Charron. Je vous invite cependant à poursuivre son exploration neurologique lorsqu'il se sera couché, ajouta-t-il à l'adresse des étudiants. Lescat, vous les prendrez par petits groupes de trois ou quatre, en fin de matinée.

On ne chômait pas, dans le service du très autoritaire Francisque Charron. Mais c'était la moindre des choses pour que se répandît à partir de ce lieu phare une génération de praticiens correctement formés à l'approche clinique. Germain pensait à Hourcques. Le jeune loup d'Armagnac avait dû hanter ces salles de consultation où la misère urbaine défilait en ordre serré. Comme Julien, il s'était imprégné jour après jour d'enseignements multiples et brillants. Germain comprenait qu'il n'y aurait plus guère de place pour des gens comme lui dans un système où se fabriquaient ainsi des élites orgueilleuses et sûres d'elles. Il n'avait pas vu venir cette révolution. Son art à lui était né d'obscures carences, dans des universités en plein air où œuvraient des maîtres sans statut. Quelques dizaines d'années seulement séparaient ces époques, mais en vérité, celle de

Germain dérivait à des siècles de l'autre, et le mouvement de la connaissance qui les séparait ne cessait de s'accélérer.

Germain regardait travailler son fils, et l'admirait en même temps qu'il s'indignait. L'étudiant un peu gauche des premiers mois avait fait place à un petit maître rigoureux, un de ces futurs patrons avec lesquels il faudrait filer droit. Il devait se créer des mimétismes entre les chefs et leurs subalternes, et Germain trouvait que Julien prenait des attitudes de Charron ; le même regard froid et calculateur derrière des sourires mécaniques, et jusqu'aux intonations de la voix faussement enjouée, exigeante et dominatrice. Ainsi naissaient les hiérarques, dans leurs cocons citadins.

— François Ier a succombé à une paralysie générale, expliqua Charron avant de libérer ses étudiants et invités. Le mal de Naples ! Ou mal français pour les Napolitains, chacun voit midi à sa porte. Je puis vous révéler qu'il en a été de même pour monsieur de Maupassant puisqu'il est mort depuis quelques semaines.

Il guetta l'effet, écouta les oh ! et les ah !, se rengorgea, faussement modeste. Germain sourit. Il y avait du comédien dans cet homme-là, comme il y avait, en germe, du politique, de l'écrivain, du moraliste et, pourquoi pas, de l'apache. Germain touchait du regard, et de l'esprit, ce que les envies de pouvoir faisaient d'un homme, et, bien qu'il le sût depuis longtemps, continuait de s'en étonner. Il y avait certes le plaisir de dominer, de conduire, de manipuler et de convaincre, mais aussi la méfiance, l'impossibilité de l'amitié vraie, la peur, infantile, rémanente, d'être dépossédé, dans l'instant ou dans vingt ans. Et cette angoisse figeait l'expression du visage, le sourire, tout sauf le mouvement des yeux qui ne cessait jamais, allant de l'un à l'autre comme pour inventorier des cadenas fermés sur une porte blindée.

Germain en fut presque rassuré. Longtemps redoutée par certains, désirée par d'autres, la génération des fats en tabliers blancs était bel et bien née.

— Tu accepteras qu'il y ait quelques collègues ? avait demandé Julien à son père, en l'accueillant à l'hôpital. Charron insiste pour que sa leçon soit toujours publique. Enfin, on restera entre médecins, tout de même. Les étudiants ne seront pas là, ni les invités civils, bien sûr.

— Soit, avait répondu Germain. Mais je doute que mon cas intéresse tes confrères. Si tu permets, mon fils, je souhaiterai même ne présenter aucun intérêt clinique à leurs yeux. Tu me comprends ?

Julien avait cessé de sourire. Décidément, la nuit ne lui avait pas apporté le conseil de se lâcher un peu face à son père. Quant à Germain, son esprit se préparait à affronter une épreuve.

Germain se déshabilla dans un minuscule vestiaire attenant à la grande salle, et attendit, debout. Julien vint le chercher lui-même.

— Entre, père, je vais te présenter mon maître, le professeur Charron.

Ces révérences verbales sentaient leur siècle d'avant, et les broutilles monarchiques corrigées par la république, deux Restaurations, autant d'Empires, et le boulangisme, même, aux feux encore mal éteints. Julien eût fait un chambellan honorable, ou un royal porte-coton de première classe.

— Cher ami.

A demi relevé de sa chaise, Charron tendait une main assez molle que Germain serra sans la moindre conviction. Réalisant qu'il était en caleçon et en chemise de corps, il chercha malgré lui une contenance, trouva le regard aigu de son fils.

— Assieds-toi, père, dit Julien.

Charron tourna la tête vers Germain, se pencha un peu, posa la main sur son épaule dans un geste de fausse complicité.

— Comment vous sentez-vous, ce matin, cher ami ?

— Assez bien, je crois.

L'élève de Charcot avait l'amitié facile, un peu comme le politicien sommeillant en lui. Tout dans l'aisance et l'assurance. Ainsi pouvait-on un jour présider une chaire, tout comme on s'installait derrière un pupitre de la Chambre des Députés, quand on ne parvenait pas à coupler les deux charges comme cela se faisait un peu plus à chaque élection.

Charron sourit et, s'adressant à ses élèves :

— Julien Lescat a convaincu son père de subir ici un examen articulaire et neurologique complet. Notre patient de ce début de matinée a donc fait un long voyage, depuis où, déjà ?

— Labastide-d'Armagnac, précisa Julien.

— C'est ça. Labastide. Pardonnez le pauvre Parisien que je suis de ne pas connaître par cœur la géographie de votre belle province. Notre confrère Lescat est donc médecin à Labastide depuis plusieurs dizaines d'années. La révolution de 1789 avait laissé ce pays-là, comme tous les autres d'ailleurs, dans un état sanitaire lamentable. Mais seuls, à l'époque, quelques officiers de santé suffisamment courageux et endurants se risquaient alors à pratiquer leur art dans ce territoire si mal assisté.

Il avait la prétention encyclopédique et la fibre sans doute un peu monarchique. Etonné, Germain découvrait en chair et en os l'un de ces curieux personnages dont la fréquentation par revues médicales interposées en faisait des espèces de compagnons, d'anges tutélaires penchés, fraternels, sur de vieux étudiants perdus au fin fond de leurs provinces. Celui-là se plaisait à donner sa leçon d'Histoire, et à la prolonger, les mains croisées sur la table.

— Comme vous le savez peut-être, ce mois de novembre 1893 a vu la disparition officielle du diplôme d'officier de santé.

Il avait cherché le mot, prononcé sur un ton neutre quoique très légèrement amusé.

— Désormais, poursuivit-il, il n'y aura plus dans le difficile métier de médecin de campagne que des gens comme nous, formés à l'Université, et à l'hôpital, surtout, à l'hôpital.

215

Il garda son doigt levé, parut satisfait. Germain cherchait le regard de son fils assis à quelques mètres de lui, n'aperçut que son front, baissé. Le discours du professeur Charron confirmait le programme officiel de la république en médecine. Les praticiens des villes allaient déferler sur les champs pour le plus grand bonheur de populations enfin égales en droits sanitaires. Adieu les serviteurs récompensés, les aventuriers des armées et des colonies reclassés dans le secours aux malades. Exit les amateurs plus ou moins éclairés, les braves bougres synapistes et leurs frères en misère thérapeutique. On en ferait de bons brancardiers, à la rigueur des infirmiers. Place aux vrais docteurs, dont Hourcques et le jeune Lescat représenteraient le probable archétype.

Julien avait fini par relever la tête, et considérait son père sans sourire, sans intervenir, malgré l'affront que Germain subissait sans broncher. Les mots du maître étaient des scalpels maniés par une main gantée de velours et enfoncés dans les chairs de Germain. Depuis quelques lustres, le mépris se nourrissait des différences trop grandes, le fossé se creusait entre gens aux langages devenus presque étrangers. Germain pensa qu'il était temps, en effet, de passer la main. Un découragement le prit, tel que dans toute sa vie, il n'en avait jamais éprouvé. En même temps, il lui paraissait nécessaire de faire front. Charron ne faisait pas de sentiment. Clochard syphilitique ou petit notable des Landes, on logerait tout le monde à la même enseigne. Des cas ! Avant tout.

— J'ai donc mal au dos, dit Germain d'une voix qu'il voulait forte. Cela dure maintenant depuis plusieurs semaines. C'est une douleur lombaire basse, quasi constante, avec des paroxysmes qui la rendent par moments exquise [1]. Elle est calmée par le repos, la position couchée, le laudanum et l'armagnac par voie

1. En langage médical, douleur extrêmement précise et violente.

216

endonasale et orale aussi. J'essaie de vous décrire tout cela avec précision, comme on recommande ici de le faire. Mais j'ai eu des maîtres pressés par le temps ou trop indifférents à la trace qu'ils laisseraient pour écrire leurs observations et m'apprendre à le faire. Je vous en demande bien pardon.

Il y eut quelques murmures vite étouffés, dans la petite pièce. Germain fixait Charron avec intensité. Il remarqua la brève crispation des lèvres du maître, comme une moue de dépit. Ces cadors n'aimaient pas qu'on leur résistât.

Charron se leva et invita Germain à en faire autant.

— Eh bien, cher ami, nous essaierons donc de pratiquer à notre manière, dit-il sans sourire.

Germain l'observa. Après tout, le patient qu'il était pouvait endosser pour quelques minutes l'habit de l'étudiant, et observer les manières d'un patron. Viendrait le moment où l'attention de Charron trouverait sa cible, vers les membres inférieurs, et dans le circuit complexe des nerfs.

— Mon maître Charcot...

Charron laissait en suspens ses fins de phrase, dès qu'il évoquait le grand homme, avant d'assener ses diagnostics. Equilibre, tension musculaire, force des segments de membres, tout devait être vérifié, noté par les assistants sur de petits carnets. De temps à autre, les regards des deux médecins se croisaient, et celui de Germain questionnait : « Trouveras-tu ce que je sais déjà ? » C'était comme un jeu entre carabins. Charron gardait la main.

— Avez-vous des troubles de la sensibilité superficielle ? demanda-t-il. Des impressions de ruissellement, de froid ? Fermez les yeux.

Germain s'était allongé, les jambes de son caleçon retroussées haut sur les cuisses. Il lui était arrivé d'éprouver ce genre de sensations, et d'autres, aussi, des fourmillements, et des brûlures, même. Avec une simple épingle, Charron cherchait les zones concernées.

— Je pique ? Je touche ? C'est un canevas d'examen récemment mis au point, à Paris.

Germain se laissa aller. Son hôte avait une vision matérialisée des choses, et il était évident que son enquête avait une autre allure que l'empirisme « au flair » pratiqué jusque-là, en ville comme à la campagne. Ah ! avoir été l'élève de Charcot ! Ou n'avoir pas eu tout bonnement le temps de s'extraire du terroir pour visiter, deux ou trois jours par an, ces endroits où s'inventait la science moderne. Ce serait pour une autre vie.

— Il existe une atteinte de la sensibilité, avec une diminution de la force musculaire au membre inférieur droit, constata le neurologue. Et un syndrome de la queue de cheval, aussi.

Il expliqua. Les rameaux ultimes de la moelle épinière souffraient, sans doute par compression vertébrale. A mesure qu'il parlait, Germain voyait en songe son dos se dessiner sur le mur blanc de la salle d'examen. Il y avait ce que le Chorra nommait les assiettes essentielles, les vertèbres, et près d'elles, en elles peutêtre, la masse intruse qui les déformait peu à peu, et cherchait à s'en échapper, écrasant sur son passage les fins filets des nerfs. Germain savait ce que ferait bientôt le maître. Il sentit le pouce de Charron appuyer sur ses épineuses, puis entre les corps vertébraux, appréhenda l'instant où, débusquée, provoquée, la douleur se montrerait.

— Là !

Germain avait presque crié. Charron répéta son geste, plus doucement, palpa à distance les muscles latéraux, revint rôder du doigt sur la région suspecte. Germain ferma les yeux. Le verdict allait tomber, et il le connaissait.

— C'est en profondeur, lâcha le neurologue, dans le corps osseux de la dernière lombaire, et cela irradie vers le sacrum. Messieurs, remercions notre confrère Lescat de s'être ainsi prêté à cet examen en public. D'autres auraient refusé.

Il était bon clinicien, meilleur que Lescat ne l'avait supposé. A sa manière, le Chorra aussi ne se débrouillait pas trop mal : « Il y a le dos qui te fait mal parce que tu as porté un sac trop lourd, disait-il, l'œil en berne, et le dos qui te fait mal parce qu'il a donné asile au Démon, et qu'il ne peut plus s'en débarrasser. Et là, je te le dis, petit, c'est le Démon qui gagne, à tous les coups. »

— Elle est nichée loin, dit Germain à Charron lorsque, l'ayant accompagné dans le vestiaire, le maître en eut refermé la porte derrière eux.

Le neurologue éluda.

— J'ai vu les dessins d'une machine extraordinaire, qui nous viendra bientôt du Nord, d'Allemagne, ou du Danemark. L'appareil de ce monsieur Roentgen permet, paraît-il, de photographier les os. Oui, rendez-vous compte, une photographie de l'intérieur du corps ! Par des rayons.

Il semblait avoir encore du mal à y croire et son enthousiasme juvénile avait quelque chose de touchant.

— Nous savons, donc, lui dit Germain d'une voix calme.

Il eut un mouvement de la tête, comme pour ajouter que de toute manière, il n'y avait pas grand-chose à faire, sinon attendre. Puis il s'approcha du neurologue, prit son bras, qu'il tapota gentiment.

— Que nous soyons à Bordeaux, à Copenhague ou à Labastide-d'Armagnac, cher collègue, nous sommes bien devant la mort. C'est elle qui nous réunit et nous fait ressemblants, quoi que vous en pensiez. Moi, avec ma pauvre science de paysan, mes poudres sans effet, mon vocabulaire d'assistance, et vous, le jugement exact et la pertinence de la sentence en même temps, le tout protégé de la misère des hommes par la muraille de vos serviteurs. Mais question guérisons, rien ou si peu, de part et d'autre. Une espèce d'égalité entre nous, peut-être.

L'autre prit l'air de ne pas comprendre tout à fait. Francisque Charron devait à quelques compromissions et arrangements le fait d'être parvenu où il était. Pour règlement de sa dette, et pour conserver au garde-manger sa petite tranche de société durement gagnée, il avait à convaincre de sa supériorité, quotidiennement et sans relâche. Le maintien d'un pouvoir chèrement acquis passait par cette obligation de porter en toutes circonstances le masque de l'expert, du spécialiste, de l'universelle conscience.

Manquait-on pour cela d'étoffe, d'épaisseur humaine, de sincérité ? Qu'à cela ne tînt. On prélèverait sur les morts, comme à l'autopsie. L'humour de l'un, la culture de l'autre, le courage d'un troisième. Eberlué, Germain assistait à la naissance d'une génération d'imperturbables, tandis qu'agonisait le siècle des empereurs. Les rois étaient morts, ou avaient fui, mais la république s'en inventait de bien à elle, en miniature. Elle les nourrissait dans ses grandes écoles et les conservait dans les ministères, les hôpitaux, les charges où se décidait le sort des gens. Et ce Charron parmi quelques autres plus ou moins sincères, plus ou moins honnêtes, jamais candides. Il y aurait de tout dans cette création-là, des génies, et de sombres andouilles, aussi, des égoïstes et peut-être, malgré tout, quelques partageurs. Le constat ne rassura pas vraiment Germain.

— Je préfère décidément vous lire dans *Le Concours médical*, monsieur Charron, dit-il d'une voix tranquille.

Il refaisait le nœud de sa lavallière et se sentait plutôt bien. Charron tenta de sourire. Germain lui adressa un petit geste de la tête, comme pour lui donner congé.

— Je m'accorde une survie de douze à quinze mois, et assez pénible à supporter, dit-il. Etes-vous d'accord avec ce pronostic ? Ou faudra-t-il que j'affine en revenant vous voir, par exemple pour photographier la gangrène de mes os dans votre future machine ?

Charron cherchait une contenance. Germain fut satisfait de voir paraître sur son visage une expression qui ressemblait à du désarroi.

— Je vous souhaite un bon voyage de retour, monsieur Lescat.

Le maître hocha la tête et se détourna. Germain supposa qu'il n'était pas mécontent d'en avoir terminé avec lui.

Germain traversait la salle commune sur les pas de son fils et avisa une malade allongée dans l'angle le plus sombre, sous un haut crucifix. La tête tournée sur le côté, plus pâle encore que ses draps, les yeux cernés, elle agonisait, non loin d'une vieille démente dont les mouvements du cou et de la tête semblaient aller en syntonie avec sa respiration.

« Elle n'a pas vingt ans », constata Germain, et le visage d'Yvonne Ugarte lui revint en mémoire, avec son expression de stupeur et d'incompréhension. Il y avait une injustice immense, un déni de la vie même, dans ces morts d'adolescents. A aucun moment de sa longue carrière Germain ne s'y était accoutumé.

— Quelle puanteur, dit-il. Vous n'ouvrez donc jamais les fenêtres, ici ?

Une quarantaine de femmes gisaient sous les hautes voûtes de la salle commune, souffrant et soupirant, geignant ou contenant à grand peine des cris. D'aucunes s'apprêtaient à mourir et faisaient cela comme elles le pouvaient, cherchant le salut, de leurs regards noyés, mais en pure perte. Les religieuses occupées aux soins ne pouvaient être partout.

— Le maître va passer, expliqua Julien.

Il avait l'air pressé, fouillait de manière compulsive la large poche de son tablier. La traversée de la salle offrait un raccourci pour rejoindre la cour. Germain posa sa redingote sur un lit inoccupé, s'approcha de la jeune mourante.

— Quoi ? Personne pour lui tenir la main ? dit-il.

La mort le fascinait. Pas celle des cadavres, avec son triomphe inutile et ses teintes bleuâtres. Mais plutôt celle qui s'installait, prenait les mesures de son pro-

221

chain logis, jouait encore un peu avec des restes d'existence.

— Ces êtres en fin de vie ont besoin de compagnie, s'indigna Germain. Tu ne sais pas cela ?

Il tournait vers son fils un regard plein d'interrogation, défiait le jeune homme sur son terrain, et cela lui plaisait.

— Té, petite, tu t'en vas comme ça, alors.

Il s'assit au bord du lit, caressa le bras de la malade, puis sa main. Hors le visage, qui conservait quelques reliefs de chair, le reste n'était plus qu'ossature et peau, un squelette sous un suaire immaculé. Consomption. La fille avait brûlé de l'intérieur, sans doute de phtisie, et le peu qui en restait luttait encore, mais pour la forme, avec des moyens dérisoires. Il fallait avoir vécu en grande ville pour s'en aller dans une telle solitude, avec pour compagnie les senteurs mêlées de quarante exhalaisons fétides, et les reliefs olfactifs d'autant de pots et de bassines. Comme ils ignoraient leur bonheur, ceux que la mort venait chercher au milieu des leurs, dans le silence des saisons gasconnes et les odeurs de la terre d'Armagnac.

Germain sentit de l'impatience dans l'attitude de son fils. Sans doute exigeait-elle le respect de quelques prérogatives, et d'une certaine hiérarchie. Il n'était plus dans les coutumes hospitalières de la cité de partager avec un étranger — fût-il confrère par une branche bâtarde — le soin des patients, ou la simple compassion. On avait du personnel pour cela. Germain se pencha vers la mourante. Il lui venait des envies de fusion, d'échange, comme s'il fallait réparer, avant la fin.

— Une sœur va s'en occuper, dit Julien.

La belle affaire. On ne devait pas laisser cette jeunette mourir seule, voilà tout.

Il eût été intéressant d'observer les comportements des infirmiers. Se laverait-on les mains avant de retourner vers les vivants ? Il y avait fort à parier que non. Les mêmes doigts occupés à la vidange des pots iraient appliquer des pansements, sans passer sous le robinet

222

avec du savon. C'était pire qu'à la guerre. Levant les yeux vers son fils, Germain sentit autour de lui les murs d'un piège terrifiant, cage presque hermétique où seuls les miasmes et autres humeurs des abcès trouvaient à s'engraisser. Et de ce monde clos, fermé sur ses certitudes, partait la leçon universelle de médecine !

— C'est foutu, renchérit Julien, on ne peut plus rien faire pour cette pauvre fille. Tu perds ton temps. Si tu veux voir des choses vraiment intéressantes, il vaudra mieux que tu suives la visite du maître, dans une heure environ.

Germain hocha la tête, interloqué. Ainsi pouvait-on s'abstraire de la pauvre condition des hommes et dominer ceux-ci par l'absence, jusqu'à leur sortie du monde, à l'exemple de ce maître sans cœur ni tripe éduquant ses disciples à son image. Germain en oubliait le feu taraudant son dos, découvrait même une possibilité de traitement : séjourner là, observer et, les mains dans la merde comme la plus humble des religieuses du service, s'indigner assez pour ne plus sentir sa propre souffrance.

Il pensa qu'avec le professeur Francisque Charron, il était tombé sur un des inévitables crétins automates sécrétés par le système nouveau. L'idée que son fils était parti pour copier le modèle le mettait en fureur. Il se leva, pointa son doigt vers Julien.

— Je ne verrai rien d'intéressant ici, et je ne suivrai pas la visite de ton maître, dit-il. Ça pue trop. Mais tu ne sens rien, on dirait. Ouvre donc tes narines. C'est la mort qui triomphe ici. Et regarde, nom de Dieu, ça coule sous les corps, c'est pire que des bécasses au crochet depuis dix jours. Comment pouvez-vous faire ? Et toi, au milieu de ce désastre ?

Il prit les mains de son fils, aligna ses doigts entre les siens.

— Tes ongles portent le deuil de ces gens, Julien. Tu les nettoies au charbon de bois, dis ? A quoi cela vous sert-il que des génies s'échinent sur des microscopes dans d'obscurs laboratoires, si vous agitez devant

223

eux vos petites menottes parfaitement dégueulasses ? Et en plus tu ne peux rien faire pour cette pauvre, là ? Mais tu as raison ! Pourquoi la contaminer encore un peu plus ?

Il pensait à Semmelweis et aux exhortations du chirurgien Maurrin. Un demi-siècle avait passé et les préceptes de l'Autrichien n'avaient pas encore franchi le seuil de cet hospice. Il eut un mouvement du bras, circulaire.

— Ce lieu est un immonde cloaque où le plus crasseux de mes pays refuserait de laisser une truie grosse, ajouta-t-il.

Julien encaissait sans broncher, laissait Germain s'épancher. Il n'avait pas la réponse aux questions de son père et semblait peu désireux de la chercher. Chez Charron, on pratiquait l'abcès de fixation et la méthode du pansement sale, des pis-aller que les matrones landaises du début de siècle eussent parrainés avec dévotion. Et l'on citait les maîtres !

— Quelle insolence, maugréa Germain.

— Quoi que tu en penses, père, les choses avanceront grâce à des gens comme ceux qui travaillent ici. Laisse-nous juges des méthodes, même si elles te paraissent critiquables. Et dis-toi que les gens qui trépassent entre ces murs ont reçu tous les soins qu'on pouvait leur donner.

Germain balaya l'argument d'un geste. A ce négatif de photographie devait correspondre la lumière d'un humanisme acceptable, celui dont on parlait dans les lointaines réunions de province, et que certains pensaient même avoir rencontré, à Bordeaux, à Toulouse ou à Paris. Dotés d'une authentique capacité à s'émouvoir et à souffrir, capables de connaître l'angoisse et la peur en même temps qu'ils s'efforçaient de réduire celles des autres, de vrais maîtres existaient. Ailleurs.

— Pour me donner un jour la leçon, mon petit, dit-il, il te faudra changer de façon d'être face à la souffrance des autres. C'est là que je t'attendrai. Le reste, science

224

et pontificats divers, je m'en fous comme d'un résidu de distillation.

Il rompit, presque brusquement. Sans doute envisageait-il mal le monde médical futur. Il aurait dû le côtoyer de plus près, en comprendre les mécanismes, au lieu de s'en tenir à une telle distance, et de n'en maintenir le contact que par les revues et les articles de ces maîtres devenus inaccessibles. Julien était des leurs et ne pouvait cacher sa honte de son charlatan de père.

— Alors, si tu penses que la discussion est close, je m'en retourne, dit Germain en consultant sa montre. Il y a un train pour Mont-de-Marsan dans moins de deux heures. Il ne faudrait pas que je le manque.

Le train avait un peu de retard et les gens attendaient sur le quai, devisant entre eux, allant et venant dans la brume à nouveau épaisse qui faisait de la gare une île aux rivages invisibles. Germain s'assit sur un banc, une fesse un peu relevée pour soulager son nerf sciatique déjà comprimé à sa racine. C'était toute une petite gymnastique, pour éviter autant que possible les feux de la douleur le long de la cuisse, jusqu'au creux du genou. De la belle clinique pour étudiants, ça, oui ! En vérité, seule la position couchée calmait encore le symptôme, mais de plus en plus brièvement et avec le secours systématique des drogues.

Une famille de paysans s'en retournait au pays et campait là au centre d'un vaste emballage de cartons et de linges transformés en sièges par les enfants. Debout, les adultes restaient groupés tels des marins autour d'un mât, ou des partisans cernés dans une redoute. Leur langue était du Gers. Germain la reconnaissait comme étant celle de son enfance, quand l'école de la république n'avait pas encore forcé ses élèves à ravaler leurs idiomes au fond de la gorge en y ajoutant les directives de Jules Ferry.

On parlait des lumières de la ville, des magasins fabuleux et des transformations que la vie citadine opérait sur les gens. Les yeux rêvaient encore un peu. Il y avait de la nostalgie dans ce retour. Germain avait pris un café avec Julien après avoir récupéré son bagage à l'hôtel et leur silence avait ressemblé à des aveux d'impuissance. Germain observait les visages de ses futurs compagnons de voyage, trognes paysannes sculptées par le vent des collines et imprégnées d'illettrisme. Mais les enfants avaient vu l'éclairage au gaz et longé des universités, entendu le vacarme des tramways à vapeur et même vu passer des automobiles dans les rues de Bordeaux. Combien d'entre eux, devenus adultes et happés à leur tour par la cité, se souviendraient de leur franco-patois originel ?

Le menton dans le berceau de ses mains, Germain serra le pommeau de sa canne. Il y avait eu dans sa vie un événement majeur que le cours d'une quarantaine d'années avait peu à peu enfoui dans les limbes, mais qui le poursuivait, dont il payait encore les conséquences. Pourtant, il était si jeune lorsque c'était arrivé !

C'était dans cette région où les fleuves descendus des Pyrénées dessinaient à travers la Gascogne des griffes dans les collines. Il semblait aujourd'hui à Germain que cette époque appartenait à un Moyen Age romantique et perdu, aux contours aussi flous que ceux de la gare dans la brume. Pourtant tout était resté précis dans sa mémoire avec la netteté d'une photographie.

A l'automne 1850, entre Auch et Vic, phylloxéra, oïdium et black-rot avaient en moins de vingt ans transformé le paysage viticole en steppe vallonnée. Les plus hardis n'avaient pas pleuré bien longtemps leur vignoble dévasté. Ils avaient déjà planté en maïs et en blé, et comptaient les moissons nouvelles chargées sur la Garonne, tandis que les troupeaux agrandis paissaient désormais à l'emplacement des hectares de ceps.

Il y avait eu fête au village, concours de quilles, mât de cocagne, danses et bonne beuverie. Profitant de l'euphorie ambiante, les « médecins du voyage », ainsi se laissaient appeler les charlatans entre Gascogne,

Béarn et Guyenne, avaient installé leur précaire boutique en bordure de champ, à quelque distance de l'église. Les clients ne manquaient pas. Donzelons en goguette, musiciens à la démarche hésitante, filles rieuses en bandes, paysans sur la route de leur maison, tous avaient besoin de ce quelque chose proposé par le Chorra.

— Et pourtant, elle tourne ! lançait-il aux plus saouls. Ah, mon pauvre ! Il y a comme un sabbat dans ta tête, et ton estomac cherche à remonter vers la sortie. Eh bien voilà ! Avale ça, illico presto ! Une bonne gorgée, cul-sec, diou biban, une, j'ai dit ! Et dans moins de deux heures, tu seras comme ce matin au réveil. C'est quatre sous, une misère. Et les anciens, là, qui rentrez chez vous la tête lourde, voici l'eau du miracle, oui, du miracle ! A cinq sous, pas un de plus, le mélange des fluides bénis de Sainte-Quitterie de Lucbardez et du véritable *Quercus major* de l'Inde orientale, oui, madame ! L'arbre des centenaires de l'Himalaya, venu tout spécialement de Darjeeling par le bateau du gouverneur anglais.

Il en savait, des géographies, en connaissait, des illustres. Et devinait si bien ce qui se passait derrière les tempes et dans les mollets des fêtards. Charmés, ivres de vin et de la logorrhée du forain, les badauds s'étaient laissé entraîner des contreforts herbeux de la cordillère des Andes aux rivages de la Sicile, en passant par les grandes étendues de la Mongolie-Extérieure. La décoction préparée la veille au soir, infusée une bonne partie de la nuit et filtrée à l'aube avait bonne allure. Limpide, avec un petit reflet vert qu'il s'agissait de faire briller au soleil, elle se laissait boire sans déplaisir entre deux rasades de claverie ou d'ugni blanc.

— Le Chorra vous le dit, mes amis ! Lorsque vous aurez goûté une seule fois ce miracle de la science, il ne vous sera plus possible de vous soigner avec autre chose.

Il n'avait guère fallu plus d'une heure au Chorra et à son commis pour liquider leur petite réserve d'élixir.

227

Quelques-uns, parmi leur clientèle du jour, s'étaient rappelé une précédente ordonnance pour des zonas suivie d'effets incontestables. Et, pour le même prix, le Chorra avait touché quelques verrues et remis en place un coude luxé. Une bonne journée.

— Maintenant, petit, quittons sans tarder ce lieu béni des dieux, avait décidé le vieux sorcier.

Ce soir-là, il avait eu l'air soucieux, avait inspecté le contenu de ses petits sacs d'herbes et de fleurs séchées, ses poudres et ses mousses patiemment collectées sur le tronc des arbres. Germain l'avait vu, perplexe, qui refaisait mentalement des calculs, marmonnant.

— Quelque chose ne va pas, maître ? s'était inquiété Germain.

Il y avait eu une erreur dans les proportions d'absinthe et de cette pâte dont il n'avait révélé à quiconque, pas même à Germain, la composition.

— J'y suis peut-être allé un peu fort, tout cela me semble un peu trop vert. La chimie, gouyat, c'est compliqué.

Il avait parfois de ces inspirations menant au sublime, et sa pharmacopée se révélait efficace à l'occasion. Mais il arrivait aussi qu'avec l'âge et la vue affaiblie autant que sa mémoire, il s'égarât dans ses recherches, confondît substrats et principes actifs, toxiques et extraits balsamiques. Cette fois, il supposait qu'il faudrait aux clients un solide estomac pour supporter le mélange et ne se trompait pas.

Ils trottaient sur la route de Vic-Fezensac lorsque des cavaliers les avaient rejoints à bride abattue. Le Chorra s'était voûté, soudain. Toute sa vie, il avait redouté qu'une de ses inventions thérapeutiques ne le mît en situation fâcheuse et sans doute avait-il fait ce jour-là une harangue de trop.

— Venez un peu voir les effets de votre médecine ! lui avait-on crié.

Il avait fallu rebrousser chemin entre deux haies de paysans contraints de s'isoler derrière les haies pour se vider d'urgence. Quelques centaines de mètres avant le bourg, deux gendarmes étaient venus les escorter au milieu d'une populace furieuse.

— Petit, avait dit le Chorra d'une voix sépulcrale, je crois bien que notre association a vécu.

On les avait fait entrer dans des maisons où ils avaient aperçu des malades tordus par des spasmes, mordant leurs oreillers, d'autres, couverts de plaques écarlates, les visages gonflés comme des outres, les doigts boudinés par l'œdème, la respiration sifflante. Des fermiers pris par la dysenterie étaient revenus en hâte vers le village, portés par des proches, et le bourg, comme dans un cauchemar, s'était transformé en un véritable lazaret.

Germain avait longtemps considéré le désastre, des pointes de fourches contre ses reins. Il avait pensé que le miracle serait qu'aucun d'entre eux n'en crevât.

— Contre ce poison, salaud, qu'est-ce que tu vas nous vendre ? hurlaient les hommes.

Le Chorra avait proposé un antidote, ce qui lui avait valu d'être tabassé, avant que son cheval ne lui fût confisqué et son pauvre attelage débité en petit bois. Un médecin, un vrai celui-là, appelé en urgence, avait commencé à donner quelques soins puis, très vite, il avait été question d'un transfert des charlatans à la prison d'Auch.

Ainsi avait cessé l'errance de Germain Lescat sur les chemins de Gascogne. Un peu plus tard, un gardien de prison lui avait appris que trois villageois avaient trépassé après un calvaire de plusieurs semaines. Son vieux compagnon avait endossé toute la responsabilité, plaidé la cause de Germain, simple assistant chargé des soins aux animaux. On avait placé le Chorra en hospice. Trop vieux pour le bagne. Quant à Germain, condamné tout d'abord à deux années de geôle après s'être vu menacé de l'exil définitif en Nouvelle-Calédonie, il avait été remis en liberté au bout d'une dizaine de mois, à quelques conditions. Le commerce forain lui avait été interdit à vie, comme le département du Gers dans son

229

entier. Landes, Hautes-Pyrénées et Lot-et-Garonne lui seraient fermés pour dix ans. On l'avait banni de sa petite patrie, lui qui en avait fait cent fois le tour dans sa jeunesse errante. Une nuit de mars 1854, celle qui suivit le jour même où, pour une obscure chicanerie sur des détroits turcs, la France et l'Angleterre avaient déclaré la guerre à la Russie, Germain se retrouva orphelin pour de bon et sans un sou, prêt à mendier son prochain repas sur le parvis de la cathédrale d'Auch.

Ces souvenirs cauchemardesques se dissipèrent lorsque le train entra en gare. Les enfants se mirent à crier, et Germain se leva. Tout allait trop vite, depuis quelque temps. Dolent, une jambe à la traîne, il peinait à suivre. Ah ! s'il pouvait chasser les fantômes du passé d'un revers de main, comme des mouches. Mais il était des saisons déroutantes où les insectes, saoulés de sucre et de chaleur, ne se lassaient pas de leurs assauts rageurs. Ainsi de ses réminiscences.

11

Charles Lescat s'éveilla, s'étira longuement avant de s'asseoir au bord de son lit. Il demeura ainsi quelques minutes, pétrissant son visage de ses mains aux doigts osseux, tentant de mettre un peu d'ordre dans ses pensées. Depuis son retour à Labastide, il dormait de jour comme de nuit par périodes de six à huit heures, émergeait de sommeils fiévreux pour de brèves promenades autour de la maison et jusque sur la route d'Eauze, marches pour enfant qui le fatiguaient vite et l'obligeaient à s'allonger de nouveau.

Le vieux sorcier n'avait peut-être pas tort. La syphilis ne se résumait pas à ces chancres disparus spontanément. Il devait y avoir autre chose en profondeur dans le corps amaigri de Charles, un processus débilitant allant son train malgré l'espoir d'une guérison devenue aléatoire. Il palpa ses muscles, son cou. Il avait du mal à interpréter la présence des nodules saillant sous sa peau. Maintenant qu'il avait du temps pour cela, il se remémorait la succession des signes auxquels il n'avait prêté qu'une attention distraite et tentait de retrouver les instants précis où ils étaient apparus. Il y avait de la bravade chez les hommes confrontés à la dure condition du corps expéditionnaire, un jeu avec la vie à peine adouci par les vapeurs d'opium qui faisaient oublier les terreurs. On était entre soldats, comme ces orientalistes de la première moitié du siècle, qui faisaient de leurs chancres une sorte de compétition dro-latique où tous les coups cherchaient la gloire vérolâtre dans les bras des putains turques ou égyptiennes.

Germain savait, lui. Son regard, l'altération de sa voix lorsqu'il évoquait la maladie en cours trahissaient son désarroi. Pauvre vieux *bac si*. Les souvenirs de sa période guerrière s'estompaient-ils ? La Crimée, on n'en parlait jamais à la maison et l'Italie des grandes tueries impériales était devenue la destination rêvée des jeunes mariés. Quand d'autres plastronnaient sous leurs médailles impériales et leurs titres de combattants, Germain Lescat semblait avoir rangé cette mémoire-là dans un tiroir inaccessible. C'était là un mystère parmi quelques autres, et le silence rogue de leur père avait depuis longtemps dissuadé les fils d'essayer d'en apprendre davantage.

Charles se leva, alla vers la fenêtre de sa chambre d'où il découvrait le jardin à l'abandon et, au-delà, le chai couvert de sa mousse noire, et les garages.

— Rien ne change.

Tout ici ressemblait au maître, pareillement en fri-che. Là où des bourgeois soucieux d'apparence sociale eussent imposé leur souci de l'équilibre des formes et des couleurs, et leur goût pour les choses de valeur, coexistaient une nature négligée, des murs jaunis au plâtre craquelé. Là-dessus, tombait cette chape d'ennui et de solitude que rien ne semblait pouvoir soulever. Non, rien n'avait changé à l'Oustau sauf l'usure du temps livrée à elle-même, réclamant tristement son dû, et la silhouette courbée de Jean Larrouy poussant une brouette de feuilles mortes dans un paysage sans charme.

Charles s'habilla. Il attendait une visite qu'il souhai-tait discrète. Quitterie était-elle dans la maison ? L'enfant autrefois de passage à Labastide entre deux séjours au pensionnat était devenue en cinq ans une jeune fille. Elle avait lu des récits de voyages, des arti-cles sur la conquête de territoires sauvages, au bout du monde. Ses maîtres d'école lui parlaient de la mission civilisatrice de la France, de l'ardente nécessité d'ouvrir les peuples à la connaissance universelle. Charles aurait pu utilement compléter cet enseignement par quelques points d'économie : l'exploitation des matières premières, la construction des routes et des usines, la protection des ports et comptoirs, avec leur corollaire, la soumission des rois et des princes à l'ordre venu d'Europe. Mais Quitterie n'osait pas trop questionner son grand frère. Les silences de Charles l'intimidaient.

Quitterie devait être en promenade à dérouiller sa hanche comme son père le lui avait ordonné. Le rhumatisme de la scarlatine avait fait fondre sa cuisse et seule une pratique régulière de la marche au grand air pouvait y remédier. Charles descendit à la cuisine, où la vestale des lieux, la bonne fée Antoinette, s'était assoupie devant son fourneau. Il se retint de la secouer. Ces plaisanteries n'étaient plus de mise et la servante lui montrait soudain son masque de vieillesse, inquiétant, ses mains couvertes de taches brunes, croisées comme à l'habitude sur sa poitrine opulente, sa bouche ouverte sur des gencives désertes, exhalant un souffle rauque.

Charles sortit dans le jardin, contourna la maison. La perspective de voir Mélanie le troublait. A la langueur coquine du regard qu'elle posait sur lui chaque fois qu'ils se croisaient, il supposait que la jeune fille n'avait rien oublié de leurs premiers émois. Il se posta à l'entrée du chemin menant à la route d'Eauze.

— Alors ? Tu arrives ? marmonna-t-il.

Il aurait eu mille choses à faire, des gens à retrouver à travers le pays, et des lieux, plutôt que de battre ainsi la semelle à l'entrée d'un chemin, mais son esprit était accaparé par la jeune fille, lorsqu'elle parut, pédalant buste droit, jambes entravées par le bas de sa robe. Charles se sentit revigoré et poussé vers elle par un élan de tout son ventre. L'ayant aidée à descendre de sa bicyclette, il la précéda jusqu'au perron de la maison.

— Ton père n'est pas là ? demanda-t-elle.

Elle se montrait un peu inquiète. Son regard avait

233

changé, était devenu plus grave. Cette rencontre avec le cousin revenu de l'autre côté du monde avait des allures de rendez-vous et l'enfance était loin, soudain. Charles se mit à rire. Son père était à Bordeaux, parti retrouver Julien, et consulter.

— C'est bien son tour.

Ils causèrent de banalités, de l'état de santé de Germain, dont on parlait en ville. Et toi ? s'inquiétait Mélanie. Charles haussait les épaules. Débarrassé de son uniforme, il avait l'air d'un grand échalas de paysan, flottant dans son pantalon ceinturé de tissu rouge. Sa chemise trop grande plissant sur les côtés masquait le relief des côtes encore bien visible malgré les garbures d'Antoinette et les décoctions herbeuses du sorcier.

Mélanie respirait un peu vite, ne savait trop quelle contenance adopter. Que savait-elle des relations entre hommes et femmes ? Charles l'observait tandis qu'ils allaient à la recherche de quelques objets du passé, entre les chambres et le grenier.

— Tu n'es donc pas *nobi*[1], Mélanie ?

Elle ne répondit pas, se tourna vers lui. Il la suivait dans l'escalier, tentant de deviner le mouvement de ses jambes sous la robe qui moulait ses hanches et ses fesses. Elle haussa les épaules.

— Non, je ne suis pas nobi.

— Pourtant, en cinq ans, tu avais bien le temps de te trouver un fiancé.

Il s'approcha d'elle, plongea son regard dans le sien, sentit le trouble de la jeune fille. Elle s'était appuyée contre la rampe en bois de l'escalier, prête à se dégager. Charles lui caressa la joue, tapota son menton.

— Ne me raconte pas de blague, dit-il d'un ton enjoué. Tu as bien un amant de cœur dans cette vaste province d'Armagnac.

Elle faisait non de la tête. Charles la tint ainsi quelques instants sous la seule force de son regard.

1. Fiancée.

234

— Détends-toi, gouyate.

Le ton qu'il prit pour souffler ces quelques mots à son oreille la fit frissonner.

Il força un peu son rire en la prenant par la main, l'entraîna vers l'échelle de meunier menant au grenier. C'était autrefois un lieu de jeux où, entre enfants, l'on s'échangeait des secrets parmi des malles de vieux vêtements, des cadres poussiéreux et des meubles recouverts de draps gris. Charles contemplait Mélanie et la trouvait plus désirable que vraiment jolie. Un instant, il se demanda ce qu'il faisait là au lieu de boire des absinthes dans les cafés de Labastide ou de parcourir les tunnels de palombières dans le grand silence de la forêt. Un sentiment de puissance, une envie de jouissance rapide l'emplissaient, chassant la fatigue éprouvée depuis son arrivée en France. Il y avait plus encore, un défi à la maladie et à son juge, qui se permettait de donner la leçon. « Mon pauvre petit », avait répété Germain. Ah ! comme cette tendresse-là avait manqué à Charles ! Par quoi remplacer la morsure qu'elle avait laissée ?

Il avait ouvert une malle, sorti de là des cerceaux de crinolines, des pièces d'étoffes pleines de leur odeur passée, des liseuses mangées aux mites, des chapeaux.

Il fit tournoyer Mélanie devant lui, la vêtit en riant, la coiffa et, l'ayant saisie par la taille, la projeta en l'air avant de la recevoir contre lui.

— Maintenant, il va falloir enlever tout ça, souffla-t-il.

Elle se défendit si mollement qu'il la lâcha quelques secondes, avant de la reprendre dans ses bras. C'était un jeu comme ceux des temps révolus, dont le gagnant était connu d'avance, mais le protecteur d'alors, le gentil guide dans les recoins inquiétants des greniers avait changé de regard et de gestes.

— J'ai pensé à toi, des jours et des nuits, dit-il. Tu sais ce que cela signifie ? Marcher jusqu'à en vomir sur les chemins d'une jungle où l'ennemi n'est visible qu'au dernier moment.

235

Il serrait entre ses doigts une planchette au bout effilé, un morceau de parquet, fit le geste de décapiter quelqu'un, ouvrit la bouche sur un cri muet. Mélanie recula, inquiète soudain. Charles éclata de rire.

Il lâcha la pièce de bois, bondit brusquement auprès de sa cousine. Ses mains se mirent à caresser le cou de Mélanie, flânèrent sur ses hanches, remontèrent vers le haut de la robe. Elle, le repoussant à demi, le laissait faire en protestant d'une voix altérée qui décuplait le désir de Charles.

— Je ne te veux pas de mal, chuchota-t-il. Comment pourrais-je ?

Elle se dégagea, s'arrêta en haut de l'échelle, les mains contre le chambranle de la porte. Il la rejoignit, se pressa contre elle, sentit son corps en émoi. Il n'était pas amoureux d'elle, trouvait tout cela trop facile. Un sarcasme effleura ses lèvres, dont il eut une honte jouissive. Mélanie devenait un objet entre ses doigts. Le jeu n'en valait déjà plus la chandelle mais une sorte de joie cynique poussait Charles à le prolonger. Et puis l'adolescente ingrate devenue tendron docile par la seule grâce de son indicible ennui provincial se défendait tellement mal.

Mélanie murmura le nom de son cousin, se rabougrit dans ses bras. Charles la laissa s'épancher ainsi, sentit qu'elle tremblait à son contact et se réfugiait dans l'immobilité, ne sachant aucun des gestes qu'il attendait. Son envie d'elle, si forte lorsqu'il la guettait sur le chemin, s'éteignait.

— Viens, lui dit-il. C'est plein de poussière, ici.

Ils descendirent l'échelle, se retrouvèrent dans le couloir. La vue des épaules nues de Mélanie ragaillardit Charles. Il poussa la jeune fille devant lui et, l'ayant fait entrer dans sa chambre, la plaqua aussitôt contre le mur. Il fallait faire vite, maintenant. Antoinette ne montait plus guère à l'étage mais elle avait peut-être vu la jeune fille entrer dans la maison. Quant à Quitterie, à tout moment elle pouvait arriver.

Charles découvrait une de ces carnations d'Europe

236

oubliées depuis cinq ans, du lait semé de minuscules taches rousses. Il y avait bien des Européennes en Asie, des femmes d'officiers, et d'autres, civiles établies à portée de main des militaires. Mais ces femmes n'étaient pas pour les subalternes. La société coloniale laissait aux petits gradés et à la troupe les plaisirs de la rue et de ses filles, dans les bouges et les bals louches de Saigon et de Hanoi.

Il n'avait pas besoin d'avoir bourlingué longtemps dans la vie pour deviner la totale inexpérience de la jeune fille. A son désarroi, à ses geignements assez horripilants avant même qu'il l'eût caressée pour de bon, Charles évaluait le temps qu'il lui faudrait pour en finir. Il porta Mélanie sur son lit. C'était le meilleur moment de son approche. Il ferma les yeux, passa prestement sa main sous la robe.

— Qu'est-ce que tu fais ?

— Eh, té, d'après toi ?

Elle s'était fermée, recroquevillée autour du bras de Charles. Doucement, il tenta de la détendre, par des mots, des baisers et des caresses. Mélanie se tétanisait, comme si une bête monstrueuse descendait du plafond pour se poser doucement sur elle.

— Il faut qu'on se déshabille, dit Charles.

Il eut le sentiment fugace que son envie se doublait d'une sacrée dose de lâcheté. Les filles ne manquaient pas dans la campagne armagnacquaise et les gars n'avaient pas de grands efforts à faire pour les séduire, en général. Quelques moments passés ensemble dans les cafés, une simple promenade autour du marché de Labastide ou de celui d'Eauze suffisaient. Mais il y avait au fond de son propre corps cette impatience dont Charles savait la raison, et assez d'abandon de sa conscience pour s'inventer par avance des excuses.

Mélanie essayait de prendre tout cela comme un jeu. Ce n'est que lorsqu'elle eut senti la masse tout entière de Charles peser sur elle qu'un peu de jugement parut lui revenir.

— Tu es fou, protesta-t-elle dans un souffle.

237

Il se dévêtait tout en maintenant, par des caresses, son ascendant sur sa cousine. L'exercice l'épuisait tout en le stimulant. Il pensa qu'il avait présumé de ses forces. Il se rappela ces traques bestiales, au Tonkin, les courses à travers la jungle et jusqu'en haut de montagnes ruisselantes, au bout desquelles on forçait des pirates chinois avant de les percer à la baïonnette. On oubliait alors les fatigues.

Mélanie râlait doucement, ses doigts serrant le drap. Charles s'était interrompu. Il y aurait une divine fraction de seconde, partagée ou non. Dans son égoïsme, Charles n'y pensait même pas. En vérité, cinq ans plus tôt, le festayre, habitué aux nuits de danse et de vin, le hâbleur aux cent conquêtes avait quitté son pays puceau. Il chercha le regard de Mélanie, aperçut le blanc d'yeux à demi révulsés, et cette image de cauchemar faillit le projeter en bas du lit. Il se mit à secouer la jeune fille, craignant une possible convulsion. Au moment où il allait quand même connaître la récompense de ses efforts, une poigne le saisit à l'épaule, le retourna en partie. Il eut un geste pour l'écarter, reconnut la ceinture de son père et le buste, puis le visage.

— Qu'est-ce que c'est que ce foutoir ? grommela Germain.

Charles s'appuya sur un coude. Ses bretelles dessinaient des ailes de papillon sur ses fesses et sa chemise un cordage au milieu de son torse.

— Grotesque, dit Germain. Renvoie-la chez elle, et vite. Nous aurons à parler, Charles.

Mélanie revenait à elle, tentait de se situer dans un espace qui lui semblait étranger. La vue de Germain quittant la pièce la sidéra. Elle plongea la tête sous le drap, se mit à sangloter. Charles s'assit près d'elle, tapota le creux de ses reins. Le peu d'énergie qui lui était resté finissait de s'envoler dans une amertume d'aube grise et sa proie en larmes lui apparaissait pour ce qu'elle était : une génisse épuisée d'ennui, promise par ses parents à la virginité prémaritale, et qu'un

238

moment de folie avait égarée. Charles soupira, démêla ses vêtements d'un geste lent. Germain avait raison.

Germain suivit Mélanie des yeux jusqu'à ce qu'elle ait disparu. Au moment où il avait flatté le col de sa haridelle, en rentrant, il avait aperçu la silhouette de Charles, derrière une fenêtre de l'étage.

— Descends dans mon bureau, lui cria-t-il.

Charles fit un signe de la tête. Il connaissait l'itinéraire. Julien et lui l'avaient emprunté tant de fois pour bavarder un peu de bulletins insuffisants ou d'avertissements pour tentative de fugue nocturne. Sinon, il n'avait jamais porté beaucoup d'intérêt à l'univers de son père, et n'était pas un habitué du cabinet.

Germain l'attendait assis à son bureau, une main soutenant ses reins. Il attaqua.

— J'ai dit grotesque parce que c'était pour toi la solution la plus facile. Cette mijaurée a été élevée au sérail pour servir de matrice à un futur directeur du Trésor public.

Il eut un geste d'agacement.

— Ou à un ingénieur des Ponts et Chaussées, poursuivit-il, enfin, à un de ces astres modernes comme la république va en fabriquer en séries. Ils ont des projets, chez Técoère, qu'est-ce que tu crois ! Tu ne vas pas me dire que tu as celui d'enlever Mélanie sur ton beau cheval blanc et de la caserner avec toi aux confins de la Chine ?

Charles resta debout, les mains dans les poches de son pantalon, l'air infiniment las. Germain le trouvait loqueteux, soudain. Le souvenir du jeune homme aperçu de loin sous les arcades de Labastide, le jour de son arrivée, revenait lui percer le cœur.

— Je peux te dire que ton état de santé ne te permet pas ce genre de fantaisies.

— Boh, des conneries, se défendit Charles mollement. Parce que j'ai fumé de l'opium et souffert d'un chancre. Et alors ?

Germain l'interrompit. Il grimaçait.

239

— Tu veux que je te fasse un dessin ?

— Là-bas, le médecin de mon bataillon ne croit pas à ce genre de transmission de la vérole.

— Il a tort ! Mille fois tort ! Et pourtant, il est en première ligne, le bougre. Imbattable, je pense, pour parler latin, ça, oui, et l'œil sur les fleurs exotiques qui vous poussent au bout de la *candèle* [1] dès que vous sortez des bordels ! Le roi des bubons et des pityriasis, des pians et autres boutons d'Orient. Ecoute, Charles. J'espère que tu n'as pas eu le temps de déniaiser cette fille.

— Qu'est-ce que ça aurait bien pu faire ? Rien ne prouve, non, rien.

Il se butait, refusait à court et à long terme les conséquences de la maladie. La science médicale était tout sauf exacte ; un conclave permanent de Diafoirus plutôt fiers d'eux-mêmes et en général inefficaces.

— Rien ne prouve quoi que ce soit, c'est vrai, concéda Germain. Mais je sais, moi, que cela existe bel et bien. J'en suis sûr, autant qu'on peut l'être. Par quel biais, ça ! Bestiole ou mauvaise humeur ? On finira bien par l'apprendre, et pour le moment, on s'en fout. Ce qui est certain, c'est qu'un malade en fabrique un autre, ou dix, ou cent. Même ce pauvre Maupassant s'en vantait. Je contamine, donc j'existe ! Ecoute ceci : tu n'as pas le droit, toi, de faire prendre un tel risque à ta pauvre chaste de cousine.

Charles eut une moue d'amer consentement.

— Tu comptais la demander en mariage ? ironisa Germain. Je t'ai observé, l'autre soir à la rôtie. Tu ne voyais d'elle que son cul, et sa poitrine. Eh, quoi ! Elles n'en ont donc pas, là-bas en Orient ? Ça manque d'amour, tout ça.

Charles le fusilla du regard et Germain, peu habitué aux heures de vérité avec ses fils, se demanda s'il n'avait pas exagéré. Chez les Lescat de Labastide-

1. Verge.

240

d'Armagnac, l'amour s'était longtemps résumé à la nécessité de réussir dans l'existence et de faire en sorte qu'aucune question ne fût posée sur les obscures origines familiales. Et puis, il y avait eu la solitude de chacun, à la mort de Marie, l'enfermement de Germain dans ses éthers, et celui des deux adolescents et de leur plus jeune sœur dans leurs pensionnats respectifs.

C'était ce que révélaient le regard de Charles et le pli désenchanté de sa bouche. Il n'était pas fait pour l'étude et avait dû la subir pour aboutir à l'humiliation de l'échec au baccalauréat, trois années de suite.

— L'amour, murmura-t-il.

Il allait bientôt retourner conquérir la Chine, et baissait la tête devant son père, plein d'une rageuse humilité. Germain mesurait tout à coup son erreur. Il aurait dû épargner à son aîné le désespoir des mornes années de lycée, le lâcher plus jeune dans son domaine de chasse et de maraude. S'il avait su l'intéresser à la distillation de l'armagnac, il l'aurait gardé près de lui, au lieu de vouloir à tout prix en faire un diplômé, et de l'acculer en fin de compte à l'exil sous un uniforme de sous-officier.

— Rien n'a été facile pour nous, dit-il avec un rictus de douleur. Tu sais cela, mon fils ?

Charles savait. Il avait été un de ces enfants que la république voulait sortir de quelques siècles de ténèbres. L'instruction pour tous, et dans cette masse également enseignée, la promotion des élites.

— Le passé m'indiffère, répondit-il.

La tête et le cœur pleins de malaises longtemps endormis par l'opium, il s'était mis à trembler, lui, l'homme des hautes collines du Tonkin, le découvreur d'empires. Germain connaissait bien ce genre d'hommes à deux faces, l'une pour les courages de la guerre, l'autre pour les inaptitudes à la vie courante. Qu'adviendrait-il de Charles, désormais ? Serait-il condamné à la chasteté des moines, lui dont les longs séjours en mission, avec leurs dangers, aiguisaient de singuliers appétits sexuels ? Germain lui parla des pre-

241

mières phases de la syphilis, qui imposaient la prudence. Ce que Charles avait pris pour une banale affection de soldat en campagne était un piège au fond duquel il allait devoir se débattre, et survivre. Après cela ? Personne ne savait au juste. Il y aurait la période de silence, plus ou moins longue.

— Le mieux sera que tu reprennes le cours normal de ta vie dès que les stigmates de la maladie auront totalement disparu, expliqua Germain. J'ai bien dit : le cours normal. Oublie ce que je t'ai dit concernant le long terme.

Il faisait à son fils une concession qui piétinait ses convictions de médecin. Charles écoutait, calmé soudain, palpait machinalement son corps comme s'il recherchait le mystère du mal enfoui en lui. Germain retrouvait la nature de son fils, brave et plutôt imprévoyante, de celles qui faisaient les bons guerriers. Il avait envie de l'étreindre, se leva pour le faire, mais ces gestes de tendresse ne s'improvisaient pas. Il passa près de Charles, se contenta en fin de compte de lui donner une petite tape sur l'épaule ; le geste par lequel le Chorra signifiait autrefois à Germain sa satisfaction.

— Ne t'inquiète pas pour Mélanie Técoère, dit-il avec un léger sourire. Si rien d'irréparable ne s'est passé, elle se remettra de cette chaleur.

Et, riant franchement, il ajouta :

— Quant à son futur mari, gageons qu'il n'aura pas à se plaindre de cette… préparation.

Ses premiers patients de la journée lui firent l'effet de miraculés, de rescapés d'une arche longtemps ballottée par les tempêtes, enfin échouée sur un rivage ami. Ils entraient dans le cabinet, portant leurs petites et miséreuses affaires de santé mais debout, et vivants. A mesure qu'il les auscultait, les palpait et tentait de les rassurer sur leur sort, Germain songea aux malades aperçus dans les salles communes de l'hôpital. Il n'avait plus de l'endroit que la vision d'un monstrueux bocal

242

où des poissons agoniques attendaient, bouche ouverte et palpitante, qu'on y laissât tomber quelques daphnies.

— Eh, té, monsieur Lescat, vous avez l'air bien soucieux.

La femme était énorme et flatulente. Des paquets de varices dessinaient sur les boudins blafards de ses cuisses et de ses jambes des arabesques violacées fondues çà et là dans des plaques d'un ton plus clair où la peau se détachait en larges squames desséchées. Germain contempla le désastre. Il suivait depuis des années les méfaits de la stase le long des membres de l'ancienne matrone et, en fin connaisseur des lois de la gravité, supposait qu'elle n'irait pas en s'amendant.

— C'est du souci pour toi, ma bonne Suzon. Un jour ou l'autre, ce sang va te monter au poumon, ou au cerveau.

— Oh, té, là ou ailleurs, il faut bien qu'il aille quelque part, dit-elle en lâchant un grand rire.

Sa poitrine filait vers son ventre, qu'elle semblait confondre dans sa masse. Le reste aussi foutait le camp, dentition, cheveux et jusqu'aux yeux mêmes, noyés dans la graisse de larges cernes bruns.

Germain se demandait comment ces doigts, œdématiés au point qu'ils ne pouvaient plus se fléchir, avaient bien pu aider des enfants à naître. Et la Suzon Claquelardit en avait délivré quelques-unes, de ses compagnes. Lorsque Germain était arrivé en Armagnac, elle était déjà à l'œuvre, avec ses préparatifs issus d'obscurs Moyens Ages, prières et incantations, rites inutiles et prédictions fantaisistes. Ses mains avaient lacé des saucisses, torché des gosses et trait des pis avant de venir s'occuper, sans passer par la cuvette et le savon, de la femme en couches. Germain soupira. Il pensait aux élèves du maître Charron qui gardaient sans doute encore la déplorable habitude de passer de l'autopsie à l'accouchement sans faire étape sous le robinet. La grosse Suzon avait des excuses.

Tout en comprimant légèrement les veines de sa patiente sous une bande de gaze après les avoir longue-

243

ment massées et débarrassées un bref instant de leur surcharge de sang, Germain se remémorait les débats techniques d'alors, entre matrones, au chevet des parturientes. Cela traînait ; fallait-il rompre la poche du bout de l'ongle ou avec une pointe de canif ? Et l'enfant ? Comment le tirer de là sans l'étouffer ? Un peu d'huile autour de la tête faciliterait la sortie.

Germain se releva en grimaçant, vérifia sa contention. La patiente prenait sa misère pour ce qu'elle était, durable et peu encline à l'amélioration.

— Té, ma vieille, tu marcheras un peu mieux comme ça. Dis, Suzon, c'est bien de graisse de canard que tu enduisais le crâne des gouyats au moment de l'expulsion ? dit Germain, amusé.

Un souvenir lui revenait. C'était la Suzon à califourchon sur quelque pauvre ventre gonflé à en éclater, accompagnant du croupion la descente du fœtus. Et la future mère, tenue aux quatre membres par des femmes, tentait désespérément, entre asphyxie et paroxysmes de souffrance, de se débarrasser de cette cavalière acharnée à l'aplatir.

— Boh, protesta la matrone, c'est de l'histoire ancienne, tout ça.

Elle regardait le bandage d'un œil sceptique. Elle avait été la première à entendre les hurlements de Germain découvrant ses méthodes obstétricales, et à se dire que ce blanc-bec sorti d'on ne savait où devait avoir de bonnes raisons pour s'emporter ainsi. Laver ses mains avant de toucher aux femmes n'était pas une contrainte bien pénible et en cherchant bien, on pouvait dénicher du savon dans les fermes les plus reculées d'une province réputée propre sur elle. On ferait donc comme le disait « monsieur l'officier ».

La grosse femme se mit debout avec des grâces de méduse ensablée, tendit le cou, essayant d'apercevoir ses jambes masquées par les rondeurs de son ventre, apprécia le léger soulagement apporté par la contention.

— C'est la mère de cette pauvre Yvonne Ugarte qui ne marche plus guère, dit-elle en manière de diversion.

On dirait bien que la mort de sa fille lui a coupé les jambes. C'est curieux, tout de même. Cette simplette qui vivait au fond de leur maison ou dans les bergeries, ce meuble lavé aussi souvent que le cul d'un porc. Eh bé ! On en a de la vraie tristesse, par là-haut.

Germain tendit l'oreille. Sa grosse amie avait des choses à dire et commençait comme de coutume par des considérations secondaires. L'essentiel était ailleurs.

— Cette gouyate, tout de même, poursuivit Suzon, navrée. Ils travaillaient tous depuis l'hiver dernier pour cette vérole de Jean Poidats. Hé bé, on dirait que ça ne lui a pas trop porté chance, à la petite.

— Jean Poidats, fit Germain, laconique.

— Oh, té, ce que j'en dis. Mais il y a bien quelques gouyats qui lui ressemblent fort, ici et là dans le pays. Des longs comme lui, avec le même air d'autruche qui n'arriverait pas à péter. Cette pauvre madame Clélie, elle en aura porté, des bois. Larges comme ceux de ces bêtes de Laponie.

— Tais-toi, Suzon. Il se dit tant et tant de choses dans ce pays.

— Té, couillon, et pourquoi pas ? On est dizaine au moins à l'avoir vu sortir des granges ou des bordes en se boutonnant.

— Il y était peut-être entré pour pisser.

Elle s'esclaffa.

— Ben voyons ! Enfin, elle est morte et bien morte, pauvrette. On a raccourci quelques nobles pour moins que ça, et il y a à peine plus de cent ans. C'est pas vieux !

— Poidats, fit Germain, rêveur.

Il chassa l'idée. Son escapade à Bordeaux l'avait détourné de ces pensées-là, et voilà que le bavardage d'une commère l'y replongeait. Poidats. L'homme était volage et impudent, ses amours à peine clandestines incluaient volontiers l'ancillaire, mais de là à coucher une débilotte au creux d'un chemin, il y avait une marge

245

que l'esprit humaniste de Germain se refusait à gommer.

— Té, on va faire travailler le potard, dit-il. Il se plaint que je ne lui donne pas grand-chose à fabriquer. Pourtant, entre tes jambes, tes plis qui suintent, tes vapeurs de mangeuse de gras et ta vessie qui goutte, il a eu de quoi se payer quinze pieds de colombard. Et la barrique pour y mettre l'aygue !

Elle haussa les épaules, secoua sa large tête fraisée de mentons en pile. Les sarcasmes de son médecin traitant ne lui faisaient guère plus d'effet que ses ordonnances. Germain lui établit cependant une prescription de marron d'Inde en intrait. Il y avait belle lurette que le produit n'était plus efficace pour dégonfler les veines de Suzon. Mais cela faisait partie des habitudes et entre les bains alcalins de ses rougeurs suintantes, les iodures censés aider sa circulation, la renouée et l'ail contre l'incontinence, plus quelques conseils diététiques qu'elle suivait peu ou prou, la Suzon avait de quoi s'occuper avant de se mettre sous la couette.

Elle avait rajusté sa jupe de lin, à laquelle ses rondeurs donnaient une ampleur de crinoline, fouillait son sac à la recherche d'un peu de monnaie. Germain la taquina. Elle était encore à la mode Empire quand les coquettes des villes laissaient deviner leur derrière sous de fines étoffes moulantes. Suzon protesta.

— C'est pas pour moi, tout ça. N'empêche. Vous ne m'enlèverez pas de la tête que la bestiasse de Monclar n'est pas pour rien dans la mort de la simplette et plus j'y pense, plus je m'en persuade.

Elle y pensait en effet beaucoup, trop sans doute. Il y avait là-dessous de vieilles histoires ancillaires, des comptes à régler pour des congés donnés un peu vite. Tout jeune héritier, Jean Poidats avait à sa manière sans fioriture expulsé des vendanges à Monclar un frère de Suzon soupçonné d'avoir volé du matériel. Le bruit qu'avait fait l'affaire avait été couvert sans peine par le vacarme d'un désastre national, la capitulation de Bazaine dans Metz.

— Adiou, ma bonne Suzon, je réfléchirai à ce que tu m'as dit, promit Germain.

Il ouvrit un tiroir de son bureau, se détourna légèrement. Ainsi procédait-il, souvent. Cela faisait bien longtemps qu'il avait oublié les tarifs officiels du ministère. Les siens étaient libres, et pour les vieux amis, les démunis de tout, comme pour ceux que la gêne forçait à choisir entre manger et se soigner, il offrait cette solution discrète. Une pièce, un billet ou rien, parfois. Puis le tiroir était refermé sur son trésor et on se quittait.

12

Etait-ce la clémence persistante de l'automne ou les travaux de fin octobre retenant hommes et femmes à la terre ? La consultation avait été calme ce jour-là et Germain, un peu dépité de n'être pas absorbé tout le jour par sa tâche, ne pouvait s'empêcher de revivre sa journée bordelaise. Quitterie était venue rôder en fin d'après-midi du côté du cabinet d'où elle s'était fait chasser illico. Germain ne souhaitait pas qu'elle se colletât aux miasmes flottant là en liberté. Sa hanche guérissait, mais l'infection pouvait encore revenir et la détruire en quelques jours.

— Je préfère encore te savoir au chai à humer la part des anges que de te trouver au milieu de mes compagnons de misère, lui avait-il dit.

Il posa une feuille de papier vierge devant lui, trempa sa plume dans l'encre noire, écrivit : « Mon cher fils », s'arrêta. C'était étrange. Comme si elle se satisfaisait provisoirement d'avoir reçu un début d'explication, la douleur se calmait dans ses lombes. Germain sourit. Le Chorra avait son idée là-dessus. Songer sans cesse à sa souffrance, se pencher sur elle comme sur une grenouille de laboratoire, pour la disséquer, la respirer, la toucher, l'aimer, en fin de compte, ne faisait que l'accroître, et l'angoisse d'en méconnaître la cause encore plus. Le mieux était donc de vivre avec et d'attendre le plus civilement possible qu'elle disparaisse ou qu'elle emporte tout.

— Tu en parles à ton aise, vieille crapule, murmura Germain.

Les premiers mots de sa lettre faisaient surgir en son esprit le visage de son fils, fermé aux autres comme celui de son maître Charron, encore que ce dernier eût appris à masquer son sentiment de supériorité derrière son sourire si exaspérant de permanente satisfaction.

« Heureux celui qui meurt dans son lit, près des siens », écrivit Germain. Il relut. Son apprentissage de l'orthographe dans la roulotte du Chorra lui laissait quelques lacunes, aussi dictionnaire et livre de grammaire n'étaient-ils jamais bien loin de son papier à lettres et de son plumier. Il ferma les yeux. Mêlées à des élans d'indignation et de révolte, des images affluaient, pressées, dans son imagination. Il avait connu des époques d'une grande cruauté, quand les balbutiements de la science médicale laissaient les gens dans l'espoir que la simple sélection naturelle les épargnerait le plus longtemps possible. De bonnes âmes ouvraient aux passants les portes de granges ou de couvents transformés en hospices de nuit où l'on venait dormir, manger et mourir, à l'occasion. C'étaient d'obscurs reliquats d'un Moyen Age où pourtant la compassion s'inscrivait d'elle-même dans les éléments normaux de l'existence, sans ostentation.

« J'ai connu de tels endroits, Julien. Il fallait être diablement résistant pour les quitter sur ses deux jambes. Mais je me souviens que souvent des draps tendus entre les lits de ces oustaus isolaient misères et douleurs les unes des autres. Seules les plaintes évoquaient en se joignant des heures durant le peuple rassemblé là pour souffrir. Et nous, en bonne santé, nous tenions des mains, nous guettions des souffles, des regards. Notre médecine ne valait sans doute pas grand-chose, mais au moins ces pauvres gens avaient-ils le sentiment que le cœur remplaçait la science et cette idée-là nous permettait d'affronter leur marasme sans trop de honte. »

Germain massa son poignet, alluma un cigare et raviva la lampe à pétrole. L'ignorance crasse qui avait été longtemps la sienne semblait avoir laissé sa trace malicieuse dans la fatigue alourdissant sa main au bout de quelques minutes d'écriture. Et rien n'y avait jamais fait, ni les exercices imposés ni les longues séances de relaxation.

« Il y a désormais dans les villes une population nouvelle de déracinés et de maudits que la maladie, la solitude et le désespoir poussent vers les hôpitaux et les y regroupent. Cette chiourme est assez nombreuse pour faire marcher les connaissances médicales d'un bon pas, et puis, il s'agit là d'une clientèle peu exigeante, sans autre droit que celui d'attendre la visite magistrale, sans autre espérance que celle de voir le voisin crachant ses spumes couleur de luzerne passer avant d'avoir fini de contaminer les survivants. Certes, vous payez un lourd tribut à cet exercice, vous les cliniciens et les petits soignants. Le germe vous guette à votre tour au hasard de ces salles que la chaleur des souffles et celle des poêles, mêlées pour le malheur de tous, envahissent et pervertissent. Comment des esprits soi-disant pasteuriens peuvent-ils se satisfaire de conditions aussi sordides ? D'où leur vient cette obstination étrange à mépriser la leçon sous le simple prétexte qu'elle ne vient pas de leur importante personne ? Ah, oui ! Heureux celui que l'apoplexie foudroie dans son champ, ou celui que l'extrême fatigue de la vieillesse emporte doucement sous sa couette de plume, et en plein sommeil, dans une de ces fermes où les citadins entrent en se bouchant le nez ! »

Germain se redressa. Le silence de son cabinet lui semblait irréel. « Baissez la culotte ! Baissez la culotte, vous n'entendez donc rien ? » Ce Charron était de la race des puissants, et Julien lui ressemblerait un jour. Y avait-il donc de la gloire à dominer ainsi de pauvres bougres abrutis de tabès, même plus capables de se torcher seuls et jetés en pâture à des étudiants aux nuits courtes ? Quel était cet art nouveau ? D'où sortait cette aristocratie de reîtres emmaillotés dans leurs blouses blanches, nommés pour la vie, qu'ils eussent le génie d'un Calmette ou la morgue sinistre d'un Charron ? Qui séparerait là-dedans l'humain du mécanique, la chaleur de la vraie charité du froid calcul de la carrière ? Il faudrait des polémistes diablement charpentés de la moelle et de la plume pour mettre un jour à bas un système aussi mal-né.

« Et puis, enfin, Julien, qu'est devenu le petit poseur de questions qui hantait mon bureau de Labastide, le furet habile à dénicher dans ma bibliothèque les dessins les plus évocateurs des grandes saignées de la chirurgie et qui s'extasiait sur ces gestes barbares ? »

Germain s'efforçait au calme. Vue d'assez loin pour paraître anecdotique, l'expérience vécue par lui sous les yeux de Julien et de ses amis n'avait rien de véritablement humiliant, et pourtant. Dans son souci égalitaire et bien qu'il eût écrémé l'assistance, Charron avait mis son confrère au même rang que le syphilitique moqué par la classe tout entière. Il y avait dans cette rigueur une suprême insolence, piquée d'une perversité que Germain aurait cru étrangère au milieu des maîtres. Sans doute le comportement du chef aurait-il été différent dans son cabinet de ville mais Julien avait décidé que la consultation aurait lieu à l'hôpital. Il fallait donc montrer à l'obscur officier d'Armagnac la réalité brute de la fonction magistrale et, par elle, l'univers où plongeait l'ambition des possesseurs du siècle à venir.

Germain se leva, arpenta, claudiquant, son cabinet. Par les fenêtres grandes ouvertes, le vent presque tiède lui apportait la senteur terreuse, humide, des collines gasconnes en automne. Il ferma les yeux. Il avait des milliers de fois procédé, en s'étirant, à cette inhalation purificatrice. Désormais, le moindre geste mal surveillé provoquait immédiatement le feu au bas de son dos. Il se figea. Que faisait Charles, à cette heure ? Il y avait là un vrai souci. Le mieux serait qu'il eût éprouvé le besoin de dormir ou de se réfugier dans la pénombre

251

d'une palombière. C'étaient là des occupations sans danger.

Germain revint à sa table, voulut s'asseoir pour continuer sa lettre. Les feuillets patiemment noircis d'encre où il s'était évertué à exprimer son indignation avec le recul qui lui avait manqué au moment de sa colère en plein hôpital de Bordeaux reposaient dans la lumière de la lampe à pétrole.

— A quoi bon ? murmura-t-il.

Il froissa le papier et le jeta dans la corbeille avant d'empoigner la lampe, et de sortir.

Ils étaient trois venus de Monclar, le cocher et un jardinier, accompagnés d'une jeune servante que Germain n'avait encore jamais vue. Ils descendirent de leur attelage, s'approchèrent au moment où Germain fermait à clé la porte de son cabinet.

— C'est Madame Clélie, dit le cocher, elle a demandé à ce que vous passiez au château, si vous le vouliez bien. Elle a une forte fièvre, et respire très mal.

Il roulait son béret entre ses doigts, tenait baissée sa tête au fort nez d'aigle, n'osant trop croiser le regard de Germain. Un rougeaud déplumé, du genre timide.

Germain écrasa son cigare sous le talon de sa bottine. Il se sentait las et s'était réjoui à l'idée d'apercevoir le minois de Quitterie devant le fourneau de la cuisine ou entre les pages d'une revue. Mais le nom de la malade piquait soudain sa curiosité et quelque chose d'autre, plus indéfinissable.

— Tu es sûr qu'il ne s'agissait pas d'aller chercher le docteur Hourcques ? Et ton maître ? Il n'a pas eu son mot à dire ?

Le jardinier vint à la rescousse de son compagnon. De longues stations dos courbé avaient fini par lui donner une gibbosité qui le faisait parfois ressembler à un mendiant.

— Monsieur Jean est à Auch pour affaires, et pour deux jours encore. Quant au jeune médecin de Labas-

252

tide, d'autres sont partis du château, à sa recherche. C'est que Madame Clélie a l'air bien mal.

Germain s'esclaffa.

— On n'est jamais trop prudents, mes amis ! Il y a encore d'autres médecins dans la région, vous savez, de Cazaubon à Nogaro, de quoi organiser un congrès à Monclar !

— Madame a insisté pour vous voir, dit la servante. Elle est si mal, depuis cet après-midi. Et cette toux, mon Dieu, qui la laisse épuisée. Elle ne peut même pas soulever sa tête.

Germain céda. Il irait, mais il demandait le temps de se restaurer un peu. Les visiteurs semblèrent soulagés.

— Je vais vous donner des poudres, leur dit Germain, que vous lui ferez avaler dès votre arrivée à Monclar en m'attendant, et vous demanderez à une de vos vieilles de lui passer un onguent sur le dos, en la frictionnant bien.

Il pressentait un grand frisson et des quintes, confia à ses hôtes de l'essence de moutarde dont il se servait aussi pour réduire les pestilences de son cabinet et du salicylate, contre la fièvre. La servante et le jardinier s'éloignèrent. Le cocher se dandinait devant Germain, tournant son béret entre ses doigts, comme un volant d'automobile.

— Et alors, Carrère ? Tu attends quoi, maintenant ? lui demanda Germain.

— Té, Monsieur Germain, fit l'autre, j'ai une belle gonflée du bras, regardez. Je me suis pris une écharde dans la main en maniant du chêne, la semaine dernière, et puis voilà, ça me fait mal d'un bout à l'autre de ce putain de membre.

— Fais voir.

Germain leva la lampe à pétrole. L'homme jetait des regards furtifs derrière lui. Il faudrait garder le silence sur cette demande incongrue. Germain siffla entre ses dents.

— Eh bé, couillon, tu ne t'es pas manqué. Ça fuse, là-dessous.

Une traînée violacée taillait sa route sur fond de peau livide, entre les muscles de l'avant-bras. Germain palpa l'aisselle du cocher, sentit sous ses doigts la rénitence d'un énorme ganglion. L'homme avait de la moelle, pour supporter une telle inflammation. Germain se raidit.

— Et tu n'as pas consulté mon jeune confrère ? Il n'est pourtant pas bien loin de chez vous.

Carrère haussa les épaules. On ne se plaignait pas trop, à Monclar, et pour exhiber ses petites misères, il valait mieux attendre un passage du médecin chez les maîtres.

— Petites misères, tu parles ! Si le pus que tu as sous l'épaule se sent des envies de voyage, tu es bon pour une vraie saloperie généralisée, et de la belle gangrène en fin de compte. Boh, té ! Tu as un cheval et tu n'as même pas l'idée de t'en servir un peu pour toi-même. Couillon, va. Renvoie les deux autres au château et attends. Je vais bouffer à quelle heure, moi, nom de Dieu !

Il retourna dans son cabinet, prépara le matériel pour une ponction et du naphtol à injecter dans le ganglion. A part cela, il ne voyait pas grand-chose à faire. C'était là que les médecines, toutes les médecines, celle des charlatans vendeurs d'onguents comme celle du professeur Charron, trouvaient leurs limites. Seul un Maurrin sur le pied de guerre eût eu le culot d'aller tremper son scalpel dans les profondeurs de l'aisselle, pour voir. A Labastide-d'Armagnac, il valait mieux s'en tenir à des gestes moins ambitieux et laisser faire la nature.

— Je suis content que vous vous occupiez à nouveau de moi, avoua le cocher en s'asseyant sur un tabouret. Parce que le jeune de Labastide, il a beau venir de Bordeaux, je ne sais pas trop ce qu'il traficote, avec sa médecine de bourgeois.

La remarque amusa Germain. Son patient allait découvrir les caresses d'un trocart gros comme un doigt, à travers sa peau d'abord, puis fouillant le magma d'un ganglion plein à craquer, dans la profondeur des chairs. Germain plaisanta.

— Tu connais l'histoire du condamné à la pendaison apprenant, soulagé, qu'il allait finalement être fusillé ?

— Non, monsieur Lescat.

Germain affermit le trocart dans sa main, inonda d'armagnac l'épaule nue du cocher.

— Ça ne fait rien, dit-il. Ferme les yeux, bois ça et serre les dents, Carrère. Je t'offre pour commencer une blanche de l'année dernière et ensuite, si tu as encore la force d'ouvrir la bouche, on videra une assiette de soupe ensemble avant de grimper sur ta foutue colline.

Les domestiques attendaient dans le hall de Monclar ; la grosse Eulalie, qui souffrait des jambes, la minuscule Zoé, rougie au visage et aux mains par un méchant eczéma, et Fine, la cuisinière, entrevue à la porte de son antre. Toutes d'anciennes patientes. C'est que l'ordre avait un jour claqué une bonne fois pour toutes, valable pour tous ceux du château : « On ne consulte plus ce charlatan. » C'était comme pour les élections. Le matin du scrutin, le maître avait coutume de rassembler ses hommes de Monclar, et ceux des fermes, et des métairies. Ensemble, on allait au bureau de vote, poser dans l'urne le bulletin choisi par Poidats, et gare à qui aurait eu la tentation d'en changer. Dévaler les chemins de Monclar, congé en poche et baluchon sur le dos, ne prenait guère plus d'une minute ou deux.

— Té, ma pauvre Eulalie, tes jambes, ça ne s'arrange pas vraiment.

Germain entrevoyait les chevilles de la servante tandis qu'ils montaient tous deux l'escalier. Epaissies par l'œdème, bleuies çà et là. L'espace d'un instant, Germain eut envie de poser une question sur les traitements prescrits par son jeune confrère Hourcques. Une bouffée d'agressivité empourpra ses joues. Dans les règles de la confraternité médicale moderne, rien ne serait plus facile que d'introduire le doute dans l'esprit d'un patient. « Comment ! Il vous a proposé ça ! Dans votre état ! Peste, il n'y va pas de main morte. » Il y avait bien des variantes à ces perfidies d'un nouveau genre. Sous le masque de l'inquiétude, voire de l'indignation contenue avec peine, se dissimulerait la nuisance et son calcul savant. « Hé bé, dites, mon pauvre, vous devez avoir une constitution d'acier pour supporter un traitement pareil. » Moues entendues et hochements de tête. Récupérer de la clientèle aux dépens des confrères allait devenir un sport excitant. Et tous s'y mettraient, jeunes chiens lâchés dans la nature par la Faculté ou vieux cétacés assoupis dans les certitudes douillettes de leur notabilité.

Germain s'abstint. L'idée de diffamer ainsi lui répugnait.

— Elle tousse, la pauvre, dit Eulalie. C'est pitié que d'entendre ça. Et ce frisson qui l'a secouée pendant des heures.

Des bruits rauques s'échappaient de la chambre. Germain pénétra dans la petite pièce à demi plongée dans la pénombre. Clélie Poidats reposait sur un lit d'acajou à une place surmonté d'un baldaquin en toile de lin festonnée. Des meubles monacaux complétaient le décor, un prie-Dieu, une table de nuit étroite, une armoire. Germain se souvenait de la chambre d'un couple et d'un grand lit embaumant le jasmin d'un parfum oriental. C'était dans une autre vie.

Germain s'approcha. Clélie était couchée en chien de fusil et respirait avec peine. Sa bouche s'ouvrait pour des efforts de toux rendus vains par l'épuisement. Lorsqu'elle eut aperçu Germain, la jeune femme ébaucha un pauvre sourire, voulut prononcer quelques mots.

— Surtout, ne parlez pas, lui dit Germain.

Il s'assit, la contempla un long moment. Elle haletait, lucide, concentrée sur le peu qu'elle pouvait tirer de sa poitrine et utilisait avec économie. Germain remarqua la rougeur vultueuse d'une pommette, incongrue dans la pâleur du visage assortie à la chemise de nuit. Les lèvres de Clélie, écarlates, avec des reflets violacés, reflétaient un grand désordre sanguin.

Il avait posé sa main sur le flanc droit de la jeune femme, au bas des côtes. D'un battement de paupières, elle montra que c'était le point sensible. Germain souleva le drap, découvrit l'échancrure de la chemise, ouverte jusqu'à la taille. La peau était là livide, et frissonnait par instants. Germain pesa doucement sur l'épaule de Clélie, l'obligeant à s'allonger sur le dos. Puis il maintint ses mains ouvertes contre le thorax, à la recherche du souffle interne, au bout de ses doigts.

— Il faut vous dévêtir un peu plus, dit-il.

Elle eut une secousse de toux qui la laissa pantelante, la bouche grande ouverte. Germain attendit qu'elle se fût un peu calmée, puis il la dénuda jusqu'à la taille, la fit s'allonger sur le côté gauche, et plaqua son oreille à même sa peau. Murmura.

— Té, elle est jolie, celle-là.

Comme du sel dans une poêle, des râles crépitaient au bas du poumon droit. Par moments, cela faisait le bruit d'une soie déplissée, ou de petits graviers lancés contre une vitre. Germain se releva.

— Pneumonie. Franche et aiguë.

Clélie avait agrippé sa manche et le tirait vers elle. Ses yeux arrondis par l'angoisse posaient la seule question qui valût. En mourrait-elle ? Germain lui sourit, tapota son épaule. Il savait la sensation de grand danger, de mort imminente, même, qu'elle devait éprouver.

— Eh, non, je veux, dites ! s'écria-t-il. Dans huit jours, vous serez guérie. En attendant, il va falloir vous soigner, et tout ne sera pas agréable, je vous préviens.

Germain rassembla ses ventouses sur le drap, plongea la main dans sa sacoche, à la recherche de sachets de poudre qu'il fit fondre dans un verre d'eau.

— Buvez cela, ordonna-t-il. C'est amer, mais cela fera chuter votre fièvre.

Elle tendit le cou, ouvrit avec peine ses lèvres desséchées, but à bruyantes gorgées, eut l'air de s'excuser d'en avoir laissé couler sur l'oreiller. Germain grommela.

— Et quoi encore ? Il est heureux que vous ne soyez pas en plein délire. On a de la résistance, chez les Béarnaises !

Clandestin introduit auprès d'une femme embellie, si tant est que cela fût possible, par la maladie, il éprouvait un sentiment de sérénité, voire de satisfaction. Sous ses dehors hostiles, cette maison l'hébergeait en fin de compte, avec une heureuse constance. Il s'était tant de fois trouvé impuissant, ailleurs, face aux assauts morbides du mal, qu'être ainsi certain de prévoir la guérison à défaut de la hâter lui rappelait ses premières victoires de jeunesse.

Il pria la jeune femme de s'allonger sur le ventre, ce qu'elle fit en gémissant. Le dos de Clélie Poidats était harmonieux, et joliment musclé par l'équitation, jusqu'à la concavité des reins. Germain s'arracha à la contemplation. Clélie avait froid, soudain, réclamait une couette, des édredons. Germain la couvrit du drap, lui parla doucement tandis qu'il préparait ses plumes de scarification. Il fallait inciser la superficie de cette peau superbe. Il hésita un instant, choisit en fin de compte de scarifier sur le côté, en regard de la base du poumon.

La fièvre était un bon anesthésique et Clélie n'eut que de vagues mouvements de défense tandis que Germain opérait. En moins de deux minutes, une dizaine de traits s'étagèrent sur la peau, par lesquels sourdait une sérosité claire. Germain chauffa alors les ventouses à la flamme d'une bougie, et les appliqua une à une, observant la lente irruption d'une sérosité rosée, sous le verre.

— Lorsque mon mélange contre la fièvre aura fait son effet, vous vous sentirez mieux, je vous le promets, dit-il à voix basse. Et puis, la douleur aussi va s'estomper. Ai-je l'habitude de vous raconter des histoires ?

Elle reposait, la tête tournée sur le côté, implorait le regard de Germain comme s'il se fût agi d'une bouée à laquelle s'agripper. A l'angoisse des premières heures faisait suite chez elle un état de fatigue extrême. Rien n'était plus épuisant que cette lutte contre la puissante marée de la fièvre.

— Je vous crois, chuchota-t-elle dans un effort.

Germain s'assit au bord du lit et, d'un mouvement qu'il n'eut pas le temps de réfléchir, dégagea la tempe de la jeune femme de ses mèches moites aux boucles enchevêtrées. Il retirait ses doigts lorsque Clélie les emprisonna et, les ayant fait glisser sur sa joue, les immobilisa contre ses lèvres.

Germain ne s'attendait pas à ce geste. Il rougit, en même temps qu'une onde bienfaisante traversait son corps. Il connaissait bien les effets étranges de la fièvre, parfois voisins de ceux de l'ivresse. Cela allait de la prostration nauséeuse à l'agitation logorrhéique, de l'absence simulant le coma à la loufoquerie gestuelle. Clélie avait avant tout besoin d'une présence rassurante. Qui mieux qu'un vieil ami entré dans l'intimité de ses grossesses et de ses enfantements pouvait lui offrir cela ? Germain se laissa faire. Il se sentait baigné par l'exquise chaleur du brasier qu'elle devait avoir tant de mal à supporter. Les yeux fermés, elle lui offrait ce feu intérieur comme un minuscule territoire de vie, comme un possible triomphe contre l'hiver partout insinué en lui.

— Madame, murmura-t-il.

Elle l'interrompit d'une pression sur ses doigts, qu'elle baisa du bout des lèvres, comme un enfant une page de son missel. Le cœur de Germain s'était mis à battre plus fort. Il souhaitait confusément que cela ne fût qu'une brève acmé, au plus haut d'un frisson, mais en même temps son trouble trouvait sa raison d'être.

Elle l'appelait, sans avoir besoin de dire un seul mot. Une force contre laquelle il ne pouvait résister l'inclinait vers elle. Au moment où leurs visages allaient se toucher, Germain interposa ses mains.

— Je sais bien ce que je fais, dit-elle d'une voix à peine audible.

Il disait non de la tête, respirait la moiteur de sa peau, ressentait comme s'ils étaient siens les mille petits soubresauts de ses muscles. La vie était entre ses mains, avec sa puissance, son insolence. Tout s'effaçait autour d'elle, gens, objets, et le temps, même, arrêté dans la pénombre de la chambre.

— Il faut vous reposer, dit-il à l'oreille de Clélie. Est-ce que vous commencez à vous sentir mieux ?

— Tant que vous me touchez, oui.

Les yeux mi-clos, il se demandait quel amant il pourrait bien faire aux yeux d'une femme de vingt ans sa cadette. Transportée par la fièvre, Clélie délirait, sûrement, et pourtant, son regard perdu, la force avec laquelle elle s'accrochait à lui, son abandon n'avaient rien d'un début de coma vigile. Germain s'assit, brusquement. Qu'adviendrait-il de la jeune femme ? Ces pneumonies se résolvaient en général au bout d'une huitaine de jours. Les malades se mettaient à suer, des litres, tandis que leurs efforts de toux redoublaient. La défervescence semblait les consumer, leurs joues se creusaient. Ces crises marquaient la fin de l'épisode, le début de la convalescence, déjà.

Clélie n'en était pas encore là. Elle eut une quinte, ses joues prirent la teinte des coquelicots. Germain caressa sa nuque, sourit. Les ventouses montaient la garde jusqu'au milieu du dos de Clélie. Il ajusta l'édredon à leur limite inférieure, consulta sa montre. Cela faisait bien une heure que la malade avait avalé le mélange de quinine et d'aspirine. Germain prit son pouls, le trouva à peine moins emballé. Il y aurait un répit de quelques dizaines de minutes puis la fièvre referait un pic, et il en irait ainsi pendant des jours, et des nuits, jusqu'à la grande crise de sueurs annonçant la fin de la maladie.

— Restez, monsieur.

Germain se pencha à nouveau. Il y avait dans le cou de la jeune femme, à l'attache des derniers cheveux, un creux adorable. Au moment où il allait y poser ses lèvres, Germain reçut, jaillie du plus profond de lui-même, une décharge douloureuse qui le figea un long moment dans une position bizarre de dévot en prière. Jamais il n'avait ressenti douleur aussi fulgurante, ni cette irradiation simultanée dans les profondeurs de la fesse. Il serra les dents pour ne pas crier et, à cet instant, la douleur le rejeta en arrière, à demi allongé. Il eut peur soudain que quelqu'un n'eût assisté à cette scène, mais la porte de la chambre ne s'était pas ouverte. Il se redressa doucement, gémit. Le souffle court, les paupières trémulantes, Clélie plongeait dans un sommeil précaire. Au bout d'une longue patience, Germain parvint à s'asseoir.

Il avait froid. Une double gorgée d'alcool et de laudanum lui procura un peu de bien-être. Avec la perspective de devoir augmenter les doses, il y avait de quoi être désespéré, prêt à fuir. Il imagina la vertèbre malade, pleine de son feu, éclatant telle une pierre pourrie de l'intérieur et débordant d'une vermine aussitôt répandue.

Il se leva, fit quelques pas dans la chambre. Une intense nausée l'obligeait à chercher l'air frais par la fenêtre. Mais cette saison décidément exceptionnelle retardait comme à plaisir les premiers assauts de l'hiver et dans l'air doux de minuit, Germain dut faire un violent effort pour ne pas vomir.

Ayant discipliné sa respiration, sentant commencer l'effet de l'opium dans tout son être, le médecin versa l'eau d'un broc dans une large bassine de porcelaine, s'aspergea le visage, se détourna aussitôt de son reflet blafard dans le miroir de la coiffeuse.

Il ressentait l'inexorable jusque dans les fibres les plus ténues de son corps. Cette fois, une barrière s'était rompue, quelque part entre des apophyses. Germain connaissait l'anatomie, aussi bien sans doute que le cacique pontifiant de Bordeaux. Des heures souvent nocturnes passées à recopier les planches du *Concours médical* et des livres de chirurgie avaient depuis longtemps fait de lui l'égal des étudiants de la Faculté.

— Et si ça se répand dans la moelle, pensa-t-il.

Il savait la souffrance atroce du méningisme. C'était des maux de tête en paroxysmes, analogues à ceux du tétanos, de quoi se tirer une balle dans le crâne pour les faire cesser. Germain s'efforça de discipliner sa respiration. Témoin de sa propre déchéance, il se regardait mourir de l'intérieur. Une sorte de curiosité doublait son angoisse et le tenait même debout pour observer son tumulte intime avec le détachement qu'il avait éprouvé en Crimée lorsque les obus pleuvaient sur l'arrière du front. Maurrin lui avait alors dit de s'abriter, mais il était resté figé entre les geysers de terre, giflé par les graviers, secoué par les appels d'air. Inerte et fasciné, sous l'apparence de cette suprême indifférence que d'aucuns appelaient courage.

Clélie s'était endormie, libérée de ses frissons. Sur son dos, les ventouses figuraient des cloques monstrueuses sur la peau rougie en plaques rondes. Traînant la jambe, Germain s'approcha du lit et, d'un geste bref et répété, souleva les cupules de verre, qu'il vida de leur contenu dans une bassine, lava, et rangea dans sa sacoche. Il avait envie de passer un peu de temps hors du monde à contempler la belle endormie dans sa fièvre. Mais il n'en avait pas terminé. Il s'assit à nouveau près de Clélie, posa un léger pansement sur les traces humides des coups de plume. L'édredon avait glissé, laissant voir le creux des reins de la malade, et la naissance de deux fesses de cavalière, rebondies et musclées. Germain recouvrit la jeune femme jusqu'en haut du dos, puis, ayant disposé une bassine sous le bras de Clélie et s'étant emparé d'un trocart, il saigna son coude d'un geste bref.

— Tout doux, ma jolie, chuchota-t-il.

Clélie gémissait, inconsciente. Un sang rutilant coula aussitôt de sa veine, inonda la bassine. Lorsqu'il eut jugé qu'il y en avait assez, Germain retira la grosse aiguille, fléchit le bras autour d'un morceau de gaze. Puis il rédigea une ordonnance. Quinine et aspirine, terpine en sirop, fumigations d'eucalyptus et de goudrons. De quoi apaiser autant que possible les pénibles secousses de la toux et vaguement espérer combattre l'infection. Lorsqu'il eut terminé, il rangea soigneusement son matériel, referma sa sacoche et sortit.

De la balustrade de l'étage, il aperçut le docteur Hourcques montant l'escalier, les yeux rivés sur les mollets à demi découverts d'une servante. C'était comme un bercement, le mouvement gracieux des hanches de la fille, et le regard du visiteur suivant la houle bruissante de la robe noire. L'interne chahuteur passé dans les rangs de la médecine de campagne mettrait-il la main où son regard se posait ? Germain guetta, curieux, mais son confrère se maîtrisa.

— Té, gracieuse, apprécia simplement Hourcques lorsque la fille fut parvenue sur le palier.

Une brève caresse sur la joue, comme une récompense, et la servante rougit jusqu'aux oreilles. Germain sortit de l'ombre, un bon sourire aux lèvres.

— Vous savez parler aux domestiques, lança-t-il, moqueur, à Hourcques. Voilà un domaine où j'aurai du mal à vous en conter. Mais seulement par manque de formation universitaire.

A voir se décomposer la mine du confrère, il se sentait plein d'une joie enfantine. La servante avait déjà rebroussé chemin, le bas de sa robe dans les mains, pour courir plus vite. Hourcques passa les doigts dans son épaisse chevelure, rajusta sa cravate qui n'en avait aucun besoin, eut à la fois un geste évasif et un sourire entendu. On était témoin d'un événement insignifiant.

— Avant de quitter Monclar, monsieur Poidats m'a prié hier soir de passer voir son épouse. Une grande fatigue, et un point de côté, à ce que l'on m'a dit. Peut-être une crise de foie, ou quelque autre affaire digestive.

Le bougre se reprenait vite. Germain fit non de la tête. Croiser un confrère au domicile d'un patient arrivait parfois. Deux précautions valant mieux qu'une, certains clients vétilleux et particulièrement angoissés lançaient des signaux dans toutes les directions, à la manière des phares prévenant les capitaines. On se cédait alors la place en fonction de l'âge, de l'heure ou du lieu. On bavardait, comme avec le vieux Rocaché, de Labastide lui aussi, celui que Barbey d'Aurevilly, séjournant en Armagnac, avait surnommé le Médecin des Landes. Il terminait sa carrière quand Germain commençait la sienne. On se faisait servir à boire dans la pièce commune. Soigner le malade, certes ! Mais il fallait étancher des soifs, couper ces faims de loup entretenues par les cahots des chemins. On s'estimait. On regrettait d'être trop absorbé et sollicité par le métier et de ne pas se connaître mieux. Le temps d'échanger quelques-uns de ces petits secrets dont les vieux praticiens avaient fait provision leur vie durant et on s'accompagnait, restauré et reposé, aux calèches, avant de se saluer le plus civilement du monde. « Portez-vous bien, mon cher ami. — Et tout pareil, monsieur. »

— C'est une pneumonie, dit Germain. Franche, lobaire. A droite, comme souvent, n'est-ce pas.

Hourcques grogna, contrarié. Il allait devoir prendre une décision et la présence tranquille de son aîné le troublait. Son regard allait de Lescat à la porte de la chambre, ouverte comme une invitation. Il y avait des limites à la muflerie confraternelle et Germain paria mentalement que son cadet n'oserait marcher sur ses traces jusqu'au lit de Clélie. Boitillant, il se mit en route après avoir donné un bref salut. La suite ne le concernait pas. Parvenu aux premières marches de l'escalier, il entendit le pas de Hourcques derrière lui, fit face, à nouveau.

— Avez-vous éprouvé le besoin de la saigner ? s'inquiéta le jeune médecin.

Germain sourit, benoîtement, sentant venir l'attaque. Cela faisait en effet quelque temps que les têtes pensantes de la Faculté remettaient en question ce geste vieux comme la médecine. Des écoles s'affrontaient à son sujet, les dogmes d'hier tombaient au sol, foudroyés, honteux. Des certitudes les remplaçaient, tout aussi périssables, mais suffisamment triomphantes et bouffies d'orgueil pour que leur seule contestation fût

264

aussitôt considérée comme trahison et perfidie. Taisez-vous quand la science défile !

— Eh oui, je lui en ai enlevé un peu, oh, rassurez-vous, je ne l'ai pas vidée comme une biche, un quart de litre tout au plus. On n'est pas des sauvages, en Armagnac. J'ai simplement remarqué que la douleur thoracique cède ainsi bien plus vite. Par quel biais, ça, je n'en sais trop rien, mais cela fait une bonne trentaine d'années que je soulage mes pneumoniques de cette façon. C'est juste pour amender un symptôme particulièrement pénible, ce point de côté, vous savez. Mais il est bien vrai qu'avec nos pauvres méthodes, nous sommes loin de nos grands anciens grecs et arabes, n'est-ce pas ?

Il s'excusait presque, faussement. Hourcques hochait la tête, l'air sévère, une petite moue de scepticisme au coin des lèvres. Germain eut l'intuition que son cadet prenait conscience des difficultés qui l'attendaient. Un peu d'humilité venait lui tempérer l'orgueil mais le visage du jeune homme restait hostile sans que Germain en sût au fond la raison.

— J'ai du monde à voir dans les communs, déclara Hourcques.

Il ne se commettrait pas, attendrait que Germain eût quitté les lieux pour aller à son tour visiter Clélie. Germain l'encouragea du geste.

— Une vieille servante podagre, peut-être. Avec la nourriture de ce pays, il n'en manque pas. D'où êtes-vous originaire, monsieur Hourcques ? demanda-t-il à brûle-pourpoint.

— Du piémont béarnais. Pourquoi cette question ?

Germain ne répondit pas, s'effaça, appuyé sur sa canne. Au moment où le jeune médecin passait devant lui, il lui saisit le bras et l'attira face à lui.

— Il faudra tout de même qu'un de ces jours, vous m'expliquiez la raison exacte de votre antipathie à mon égard. Je comprends un minimum de choses, j'en admets par nature bien davantage, mais il est des

265

moments où l'esprit se perd à percer le brouillard. Vous comprenez, j'espère.

Hourcques le fixait avec intensité, son souffle s'était accéléré. Que s'étaient-ils raconté, Julien et lui ? Germain savait la réserve de son fils, confinant parfois à la sauvagerie. Julien n'était pas du genre à s'épancher, à la maison. Mais qu'en était-il ailleurs ? Germain hochait la tête avec la pénible conscience de vraiment mal connaître ses enfants.

— Je sais bien que je représente une espèce de survivant d'une époque révolue, un témoignage vivant du Moyen âge enfin jeté au musée, reprit-il. Je sais ce que je dois à ce sous-préfet qui prit soin de me mettre à ma place en me donnant mon diplôme d'officier. Sous le portrait de l'Empereur ! Maintenant, c'est comme le dit si habilement votre maître Charron : ils ont bien sévi, mais ils ont fait leur temps. Fermons le chapitre, et laissons-les crever dans leur ignorance, leur crasse originelle, leur statut bâtard. On leur portera des chrysanthèmes ! C'est ça, dites ? Vous vous êtes assigné pour mission de nettoyer ce qui demeure de notre pauvre fonction. Sans même savoir ce qu'elle fut. Savez-vous qu'il arriva qu'on y trouvât un peu de gloire, cher ami ? Mais oui ! Et des succès, je vous le dis. Quoi ! Vous en doutez ?

Hourcques avait un peu de mal à avaler sa salive mais gardait les dents serrées. Il était plein d'une colère difficilement contenue, ressentait à l'évidence bien autre chose qu'une simple jalousie confraternelle. Germain se demandait comment il pourrait le faire enfin sortir de son mutisme hostile.

— Pour ce travail de nettoyage, cher monsieur Hourcques, il vous faudra faire attention aux moyens. Je ne connais rien de plus vil que cette facilité consistant à dénigrer l'autre sans en avoir l'air. Il me semble même que cette détestable pratique va empoisonner la profession pour quelque temps. Vous ne pensez pas ?

Il voyait leurs deux ombres sur le mur du couloir, pointues et méconnaissables, comme au théâtre chinois.

Dans un instant, elles auraient disparu sans laisser la moindre trace. En relâchant sa pression sur le bras de Hourcques, Germain réalisa qu'il l'avait empoigné avec force.

— Je n'ai pas le souvenir d'avoir procédé de cette manière, murmura le jeune médecin.

Il eut un geste, comme pour dépoussiérer sa redingote.

— Je suppose que ces manières-là nous viennent sans qu'on s'en rende compte, dit Germain.

Hourcques se détourna. Il s'était un peu détendu. Germain avait envie de l'inviter à la patience. Il ne faudrait guère plus de quelques mois pour que sa place fût libérée. Mais c'était peut-être une façon de se plaindre, d'attirer sur lui la commisération ou une autre forme dégradée de l'intérêt. Il s'abstint. Hourcques sortait de la dure école de l'hôpital public. Un crevard de plus ou de moins, quelle importance lorsque aucun lien affectif ne le rapprochait de lui.

Germain ne répondit pas au salut. Il regarda Hourcques descendre lentement les marches tapissées de velours. Clélie dormait. Les ventouses et la saignée avaient un peu calmé ses quintes. Bientôt, cependant, la maîtresse de Monclar se réveillerait, reprise par la fièvre et les frissons. Germain hésitait. Au moment où il s'apprêtait à retourner dans la chambre, mû par l'envie de revoir l'épaisse chevelure de sa patiente étalée sur l'oreiller, il distingua, venant vers lui, la silhouette arrondie de la servante Eulalie. Le charme était rompu.

— Je la veillerai, dit la femme. Il faut bien, té.

Elle devait penser à son lit. Germain lui recommanda de tenir ses pieds plus haut que sa tête, histoire de faire circuler le sang.

— Ces fantaisies, dites ! Vous me voyez, dans une pareille position ? Et Madame, elle va survivre, d'après vous ?

Germain la rassura. Il y aurait des heures difficiles

267

mais le jeune docteur de Labastide ne manquerait sans doute pas de se tenir au courant.

— Oh, té, ces histoires, soupira Eulalie.

Germain descendit à son tour l'escalier, quitta, seul, la vaste demeure. La nuit était noire, humide. Il y aurait encore de la rosée sur les grappes, à l'aube.

— Vendanger, murmura-t-il.

Il avait pris la décision de ne plus attendre. A quoi bon ? Les ceps ployaient sous le grain mûr malgré des sélections tardives. Les rayons en étaient obèses, prêts depuis des jours à offrir leurs fruits aux pressoirs. Germain scruta l'obscurité, alluma le fanal résineux pendant à la capote de l'attelage. Une petite lueur tombait de la chambre de Clélie. Germain se hissa sur la banquette. Il avait approché une forme de bonheur qui avait fait battre son cœur. Sans doute ne reviendrait-il plus à Monclar. Il se sentit vieux et inutile.

13

Germain dormait profondément lorsque Quitterie
entra dans sa chambre, donna un peu de lumière et,
s'étant assise près de lui, secoua doucement son épaule.
— Père, réveille-toi.
Il ouvrit les yeux, mit du temps à réaliser. Il avait
dû augmenter les doses de laudanum. Cela obscurcis-
sait de plus en plus longtemps son esprit et rendait glauques ses réveils. Il bougonna, voulut se rendormir.
— Qu'est-ce que c'est ? demanda-t-il, rogue.
Il supposait une de ces urgences de fin de nuit, un
enfant s'étouffant de laryngite ou un vacher maladroit
piétiné par une bête.
— C'est Jean Larrouy. Il veut te voir.
— Il est retombé de l'échelle, ce couillon ?
— Non. Il a parlé de Lagrange.
Quitterie n'en savait pas plus. Germain la congédia,
fit une rapide toilette, s'habilla à gestes comptés. Une
inquiétude le taraudait. Le temps restait au beau, le jour
se levait dans le flou de ses brumes légères. Lagrange ?
Il n'y avait eu jusque tard dans la nuit aucune menace
d'orage ou de cette grêle tant redoutée par les vigne-
rons. Germain fut bien vite dans la cuisine où Larrouy
l'attendait devant un bol de soupe.
— Eh bé, Jeannot ?
Le vieux se leva.
— Un gouye de Térouats est passé il y a une demi-

269

heure. Il m'a dit que la parcelle de folle blanche avait souffert. Il y a des pieds par terre.

— Des pieds par terre ?

Germain repoussa l'assiette que lui proposait Antoinette.

— Il faut quand même manger un peu, protesta la servante.

— Tu me casses les pieds, sorcière.

Germain avait déjà enfilé sa redingote. L'excitation prenait le pas sur la lombalgie, au point qu'il eût pu se passer de sa canne, ce matin-là.

— Allons. Sans tarder.

Quitterie s'était déjà installée derrière la banquette du coupé préparé par Larrouy. A son air buté, Germain comprit aussitôt qu'il ne serait pas question de lui interdire la balade. S'était-elle assez couverte, au moins ? L'automne avançait dans ses fraîcheurs traîtresses et gare au rhume. Germain saisit la main que lui tendait sa fille, se hissa à bord. Larrouy lança aussitôt la jument sur le chemin.

De loin, la parcelle de folle blanche ne se différenciait pas de ses voisines. Le soleil, perçant des nappes de brouillard, lui donnait les teintes pastel du matin, caressait le coteau à l'assaut duquel montaient les rangées de ceps.

— Tu es sûr, Jeannot ? Qu'est-ce que c'est que cette histoire ?

Germain scrutait l'horizon, les molles ondulations du relief, n'apercevait que l'ordonnancement régulier de la vigne entre les parcelles détruites par l'oïdium.

— Eh, té, il avait l'air de savoir, le Jules de Térouats, dit Larrouy.

Germain s'enferma dans le silence, à l'écoute des sabots de Figue martelant la caillasse inégale du chemin. Une angoisse le prenait, semblable à celle que connaissaient les combattants à l'aube des massacres. L'envie de suspendre le temps, et le désir fou de l'accélérer.

270

— Oh, macareou, vous voyez ça, maintenant, Monsieur Germain ?

On arrivait en vue de Lagrange. Jeannot s'était mis presque debout sur la banquette. Vue de plus près, la parcelle exhibait sa différence. C'était aux endroits où devait normalement se montrer la terre grise. Là, s'étalait une rouille uniforme, entre les pieds de vigne aux reliefs effacés.

— Il y en a par terre, oui, dit Germain, incrédule.

A mesure que la calèche approchait de la parcelle, il sentait sa gorge se serrer, avait l'impression de ployer la nuque sous une griffe de fer qui lui faisait mal.

Jeannot l'observait à la dérobée, découvrant peu à peu, mètre après mètre, la réalité. Lorsqu'ils eurent mis pied à terre, les deux hommes purent en un coup d'œil estimer l'étendue des dégâts. Quitterie avait bondi devant eux et, sautillante, avait déjà pénétré dans le vignoble avant de s'arrêter, comme pétrifiée, une main sur la bouche.

Sans doute gênées par la noirceur de la nuit, des mains pressées avaient taillé à l'aveugle dans le vif du vignoble. A coups de machette pour les plus précis, de pied pour les autres, les vandales avaient attaqué en tous sens, chevaliers lancés au milieu d'une armée immobile et consentante. Partout gisaient des grappes, des feuilles, des sarments sectionnés. Des ceps décapités voisinaient avec d'autres, dénudés. Une tornade avait déferlé sur la folle blanche de Lagrange, un coup de folie comme les vents de fin d'automne en réservaient parfois aux collines gasconnes. Lescat serra les poings. Par chance, ou par manque de temps, les tueurs avaient oublié des alignements entiers, épargnant autant de grappes et de grains, plus peut-être, qu'ils n'en avaient saccagés. Jeannot faisait la même constatation. Ensemble, les deux hommes gravirent le coteau vers le sommet duquel les traînées destructrices se raréfiaient. D'en haut, la fureur des intrus se dessinait avec netteté.

— Ils en ont laissé, dit Jeannot.

Germain soufflait avec peine. Sa colère retombée, la

lombalgie se réveillait. Ainsi en allait-il de ses émotions, paravent du mal plus efficace que n'importe quelle potion. Ah ! vivre encore, mais dans les emportements, les haines, ou les passions. Et se laisser emporter par une fatigue telle que toute sensation en serait abolie.

Germain ne mit pas longtemps à évaluer l'ampleur des dégâts. Il semblait en effet que des courants de vents furieux s'étaient engouffrés au hasard des rangées. Germain prit l'épaule de Jeannot qu'il secoua doucement.

— Tu sais quoi, mon vieux ? On va ramasser tout ce qui a encore la forme d'un grain, et vendanger comme à Sauternes. On coupera au ciseau, on nettoiera tout, grappe par grappe. Regarde ce lever de soleil. Il y a encore de la chaleur et du ciel bleu pour au moins trois jours. Pas un *pet'* d'eau. Ah, nom de Dieu, il n'y aura pas d'année comme celle-là avant deux siècles. Et on voudrait m'en priver ? Les salauds !

Il avait assez de lucidité pour ne pas croire tout à fait à ce qu'il disait. Jeannot secouait la tête. Des semelles furieuses avaient vraiment massacré le raisin. Par endroits, les grappes avaient laissé couler leur jus en longues rigoles de couleur paille.

— Té, regardez, dit Jeannot. Je crois que c'est votre fils qui arrive à bicyclette.

Charles pédalait ferme, tirant une remorque chargée de paniers de vendangeurs. De quoi ramasser quelques grappes. La nouvelle s'était donc déjà répandue. Quitterie courut vers son frère et Germain sentit ses yeux s'embuer. Etait-ce le simple mouvement de la jeune fille, ou le décor de cauchemar qu'elle traversait ? Charles prit la main de Quitterie et ensemble, ils gravirent la colline.

— Il y en a d'autres derrière moi, dit Charles en s'arrêtant devant Germain. Maintenant, il va falloir faire pour de bon le compte précis des gens qui t'aiment. Le vieux compagnon qui tombe de l'échelle, c'est peut-être le fait d'un rôdeur, mais un typhon comme celui-là, sûrement pas.

Germain sourit. Il contemplait son fils et le trouvait soudain changé, comme si la maladie avait ce matin-là amorcé un mouvement de repli. Ainsi en allait-il souvent des guérisons, perceptibles d'un jour ou d'une heure à l'autre. C'était dans son regard, sous la teinte rose que donnait à ses joues l'effort de grimper. Charles devina la pensée de son père, haussa les épaules. Etait-ce bien le moment de se réjouir de quoi que ce fût ?

— Eh bien, on va s'y mettre, dit le jeune homme. Jeannot va rameuter tout ce qu'il trouvera en chemin de vendangeurs, saisonniers, oisifs et autres promeneurs. On a eu du nez de préparer ces paniers, hé, Quitterie ? Parce qu'il faut que tu saches, père. C'est la maynade qui a eu cette idée. Elle m'avait dit que de toute façon, il faudrait commencer à vendanger ces jours-ci et que pour rien au monde elle ne manquerait ça. Alors, on a les paniers. Et ta folle blanche, eh bien, on va la rattraper, de justesse, mais on va la rattraper.

Quitterie s'était blottie contre son père, les yeux levés vers lui, et Germain dut faire un effort pour contrôler l'émotion qui risquait de le submerger. Au fond, le rhumatisme compliquant la scarlatine de sa fille avait du bon. Il la serra au creux de son bras.

— Je vais te prouver qu'on peut très bien ramasser et trier des grains tout en boitant un peu, dit-elle.

— C'est plus passionnant que Virgile ou Pythagore, n'est-ce pas ? dit Germain.

Elle fit une grimace de satisfaction, se campa face à la parcelle, les poings sur les hanches, petit général préparant son offensive. Jeannot s'éloignait déjà, suivi de Charles. Lescat se baissa, ramassa une grappe à demi écrasée. Bon Dieu, c'était vrai. Jamais, depuis qu'il avait entrepris de constituer son domaine, il n'avait vu de grains aussi splendides, indemnes de la moindre moisissure, capables, même, de faire cette année-là un

273

vin de table au lieu de la banale mouture à peine consommable.

– 93, 93.

Il répétait ce chiffre jailli de son esprit. Il y aurait liberté absolue pour le distillateur. Pour celui qui privilégierait la pureté unique des cépages comme pour celui qui choisirait d'assembler. Parce que le colombard et même le piquepoul, pourtant fatigués par le black-rot, allaient se joindre à ce miracle. Serait-ce enfin, cette fois, le pur esprit de la vigne, traversant le siècle à venir, et plus, peut-être ? Et la revanche sur la série de calamités en cours ?

— Il y en a environ la moitié par terre, dit Quitterie. C'est ce que tu as calculé toi aussi ?

Germain parut sortir d'un rêve. La jolie créature déliée, aux reins cambrés sous le lin de sa jupe, considérant le vignoble comme s'il lui appartenait, était donc sa fille. Que s'était-il passé depuis qu'il avait décidé d'envoyer l'enfant en pension ? Depuis combien d'années cette présence-là avait-elle déserté la maison ? En un éclair, Germain eut le sentiment que l'enfant et la terre ne faisaient qu'un. Quitterie s'était mise à boitiller entre les ceps, caressant les feuilles et les grains intacts. Bientôt, elle eut rejoint son frère au bas de la colline. Dès que les hommes eurent aligné les paniers, elle alla couper la première grappe, la respira, la baisa de ses lèvres encore enfantines, mangea un grain au passage. Puis, triomphante, elle leva le bras, très haut, la montra à son père dans un joyeux salut, avant de la laisser tomber dans un panier. Germain Lescat cessa de résister au flot du chagrin, s'assit et, la tête dans les mains, à l'abri des regards, se mit à pleurer. Il le faisait sur ses vignes, un peu, et sur l'amour de ses enfants surtout, à côté duquel il était passé si longtemps.

Jeannot avait recruté large, et ce furent une demi-douzaine d'hommes et de femmes qui rejoignirent en fin de matinée la petite tribu Lescat à l'orée de la parcelle. Le maître de chai n'avait pas eu besoin d'aller jusqu'à Labastide pour rassembler sa troupe. D'une ferme à l'autre, au galop de la jument, il avait eu tôt fait d'ameuter les populations, et d'autres, occupés dans les basses-cours ou dans les champs, ne tarderaient pas à les rejoindre.

— Dieu tout-puissant, une chose pareille, ce n'est pas possible.

Incrédules, les femmes invoquaient le Seigneur tandis que les hommes endossaient les paniers. Germain les connaissait, tous, pour avoir de jour comme de nuit hanté leurs demeures. Certains travaillaient pour des maîtres, d'autres pour leur propre compte. Ils avaient en commun le projet de commencer bientôt leur propre vendange.

— Mes amis ! Merci !

Germain allait de l'un à l'autre, serrait des mains, offrait son sourire, touché d'être l'objet d'une telle sollicitude. Il y aurait tout de même de la joie dans cette épreuve.

— C'est bien notre tour, dites, lui lança une femme. Depuis le temps que vous vous tuez à nous visiter quelle que soit l'heure pour une simple assiette de soupe. Et qui a bien pu faire ça ?

Comment savoir ? Charles avait posé la même question à son père. Absent de France depuis cinq ans, il avait oublié les vieilles lunes, politiques et autres, dont le médecin aurait pu supporter les conséquences. Germain s'interrogeait lui aussi. La politique ? Bast, les suites des législatives de 93 ne justifiaient guère pareille agressivité. On n'était pas dans les villes menacées par les anarchistes. Il y avait quelques affaires dont les échos parvenaient, un peu assourdis, au fond des provinces. Germain persistait à défendre la république et ses inévitables imperfections. Tout le monde le savait et les critiques ne manquaient pas. Mais cette fois, la provocation eût été monstrueuse.

— Poidats.

Germain se redressa trop vivement, ce qui ranima le feu dans ses reins. Poidats. Le tyranneau de Monclar

275

avait hérité de ses ancêtres la mauvaise part du tempérament familial. Petits calculs et polissonnerie. Sous ses dehors de grande perche amollie par les siestes, l'homme était violent, imprévisible, capable en effet d'agir sous le coup d'une colère, d'une subite jalousie ou d'un besoin de vengeance. Germain se souvenait des soupçons de son amie Julie Despax et des ragots de la grosse Suzon Claquelardit. Parmi d'autres. Mais qu'avait-il à faire, lui, avec les escapades minables de Jean Poidats ? Avoir assisté, au moment où elle passait, une pauvre débile engrossée par un propriétaire suffisait-il pour subir une telle foudre ?

On pouvait faire le mal pour la politique ou pour l'eau-de-vie, à la rigueur. Le reste, les Ugarte, leur morte et leur deuil, tout le monde s'en foutait bien.

Il haussa les épaules. Quitterie s'activait à la recherche des grappes dont elle pouvait sauver quelques grains. Elle prenait appui sur son genou, et se cassait en deux vers le sol. Germain la morigéna gentiment. Elle risquait de s'épuiser bien avant le soir, et il restait tant d'ouvrage. Elle éluda.

— Pas du tout ! Regarde, la plupart de ces grappes peuvent donner, même très peu. Tu as raison. Grain par grain, s'il le faut.

N'eût été la vision de la feuillée poisseuse de jus jonchant le sol, la parcelle de folle blanche eût présenté son visage ordinaire d'octobre. Une rangée de vendangeurs s'était déployée à sa base. Certains portaient les paniers, les autres allaient, puis revenaient vers les ceps dans une sorte de mouvement perpétuel. Germain ferma les yeux, remercia le ciel que l'aube, en naissant, ait peut-être forcé les vandales à une retraite précipitée. Sinon pourquoi n'auraient-ils pas achevé leur saccage ?

— Quel fruit ! s'écria Charles. J'avais oublié que les piquettes d'Armagnac pouvaient en donner de tels.

Il avait des sueurs de phtisique suffoquant sous une miliaire, et Germain craignit soudain que l'effort ne fût trop intense pour son fils. Mais le jeune homme mettait un tel cœur à sa cueillette que son père se garda de le prévenir. Il se contenta de le suivre du coin de l'œil. Quelqu'un avait entamé un chant dont le refrain fut repris. Germain sentait l'émotion monter. En Crimée, il avait vu des hommes mettre leur vie en jeu pour ramener des blessés vers les lignes françaises. Chantaient-ils, pour se donner du courage ? Ils avaient en tout cas la fraternité au ventre, comme ceux-là, les paysans de Betbezer, de Saint-Julien-d'Armagnac et de Mauvezin, même, et d'autres encore, amenés par carrioles entières, et, qui, ayant à peine mis pied à terre et pris le temps de saluer leur hôte, se mettaient au travail.

— Diou biban, notre docteur est dans l'embarras, et on resterait sans rien faire, à guetter les palombes !

Ils lui devaient tous un petit quelque chose de plus que ses honoraires. C'étaient les mots de la compassion entendus quand ils souffraient, la chaleur des mains de Germain et le très léger tremblement de ses doigts dont ils gardaient le souvenir apaisant sur leur peau rougie par les érythèmes ou gonflée par les œdèmes. C'étaient aussi les gestes de sa poigne ferme et pourtant douce retapant des chevilles, des coudes.

Et il devait s'en poser, des questions, entre les pieds de vigne. Lorsqu'elles se relevaient pour prendre un peu de repos, les femmes s'assemblaient, machinalement. Germain les apercevait, têtes penchées, écoutilles grandes ouvertes, qui se faisaient des révélations.

Et puis, il y avait Quitterie. Germain se demandait comment il avait pu ne pas voir la transformation de sa fille. Oh, il ne s'agissait pas des petits seins qui tendaient son corsage, ni de sa taille fine, mais du charme que dégageait sa simple présence au milieu des ouvriers. Etait-ce bien là la petite pensionnaire d'Auch, pareille aux autres dans son uniforme bleu et blanc ? Combien de fois Germain l'avait-il vue, en une seule année ? Deux ? Trois, peut-être.

— Petite, il ne faudrait pas que tu t'en ailles, murmura-t-il.

Charles reprendrait son errance en Asie. Julien s'isolait à Bordeaux. Comme un signal d'alerte, Germain sentait la douleur investir son territoire. Elle l'avait laissé tranquille, comme chaque fois qu'il fallait agir, mais la moindre vacance, le plus infime moment de loisir ouvraient le passage où elle s'engouffrait.

Pour la conjurer, Germain se mit à l'ouvrage, les dents serrées. Il avait abandonné sa veste sombre sur un pieu, dénoué son col, et retroussé ses manches. Vendangeur. Cela ne lui était guère arrivé auparavant, tout occupé qu'il avait été à courir d'une parcelle à l'autre entre ses visites aux malades et les consultations si souvent prolongées jusqu'à la nuit noire. Cette fois, il prendrait le temps, et les malades attendraient un peu.

Jeannot avait fait le tour du domaine, poussé la jument loin vers le Gers, jusqu'aux quelques ares de colombard et de piquepoul détruits aux trois quarts par les parasites. Là-haut, les vandales avaient dû penser que la nature en avait déjà assez fait. La vigne n'avait pas subi leur colère.

Et le jour déclina dans une torpeur ensoleillée très inhabituelle pour la saison. Au lieu des brumes fraîches montant du creux des vallons, le soleil baignait dans une très lointaine et légère vapeur. Germain se dit que sa vendange serait le signal, pour tous les autres. Par les routes et les chemins d'Armagnac, réseau trop ténu pour lier vraiment la province au reste du monde, afflueraient bros et carrioles chargés d'ouvriers en grappes et ce petit monde désormais confiné aux parties basses du vignoble se répandrait sur les collines. Combien, cette année-là, ne trouveraient pas d'emploi ? Cela faisait bien vingt ans que la peau de chagrin armagnacquaise ne cessait de se réduire. Et si le miracle des vignes landaises se démentait à son tour, ce serait alors le désespoir, partout.

Il se redressa, massa ses reins. Poidats avait dû voir juste, lui qui avait planté en céréales depuis un bon bout de temps. Les quelques rangs de ceps qu'il avait conservés derrière sa demeure devaient suffire à sa consommation personnelle. Pour le reste, son effort

278

portait sur le maïs et la volaille, et ceux que les fléaux de la vigne n'avaient pas encore forcés à l'exil faisaient de même, par dizaines. Quel paysage sortirait de cela ?

On avait déjeuné d'œufs durs et de quelques épis de maïs grillés sur des sarments, bu le vin blanc de l'année précédente, une piquette à aygue qui marquait son passage dans la gorge et fouettait les tripes dans l'heure. Les ouvriers s'étaient remis au travail. Ces gens qui auraient eu à faire ailleurs deux ou trois choses importantes pour eux-mêmes s'encourageaient, déversaient en noria dans la cuve leurs paniers emplis à ras bord de la moisson dorée de leur bienfaiteur. Quitterie n'était pas en reste. En huit heures de temps, elle avait nettoyé la terre de plusieurs rangées, jusqu'en haut de la parcelle. Ses ciseaux coupaient dans les grappes, puis, d'un geste devenu précis, la jeune fille balançait sa prise par-dessus son épaule, dans le panier. Charles appréciait.

— Regarde-moi ça, lança-t-il à son père. La petite gourdotte en bas blancs, si longtemps perdue dans son missel et ses leçons de couture. En voilà, une ouvrière. Elle découvre ça, et ma foi, elle aime !

Germain acquiesça. Le pensionnat ne lâchait ses ouailles que pour les derniers jours de l'année. En vérité, l'enfant n'avait que rarement été à l'Oustau au temps des vendanges.

— Quitterie-en-Armagnac, dit Charles, rêveur. Le jour où tu voudras passer la main, tu sauras à qui t'adresser. Té, regarde qui nous rejoint, à cette heure. En bas, près du fossé, c'est bien cette vieille fripouille d'Ugarte fils.

Le garçon pénétra, seul, dans la parcelle et se mêla aux vendangeurs. Etonné, Germain le vit endosser un panier et se mettre au travail.

— Té, fit-il. Tout arrive. Après tout, il a deux bras comme les autres, ce bougre.

Les deux anciens compagnons de bamboche ne s'étaient pas encore revus. Que se dire au bout de ces

279

années ? Leurs destins avaient divergé au point de les rendre étrangers l'un à l'autre.

— Il faudrait tout de même que j'aille le saluer, dit Charles.

— Boh, je te prie ! fit son père. Tu ne perdras pas grand-chose à rester en hauteur, sauf si tu désires boire du mauvais alcool dans des bistros puant la vinasse et le graillon. En revanche, tu pourras dire bonjour à ton oncle.

Firmin Técoère gravissait la pente en s'épongeant le front. Bientôt, ce seraient les trois ou quatre villages alentour dont la population tout entière serait rassemblée là, trois mille personnes vendangeant Lagrange à titre gracieux, une perspective que Charles trouvait amusante. Técoère s'étouffait presque.

— Nom de Dieu de nom de Dieu ! Tu as vu ça ? J'étais à Eauze et tiens-toi bien, Germain, le bruit est remonté jusque là-haut.

On avait vu, et les bruits allaient à la vitesse du vent. Charles remarqua l'absence de son cousin Edmond. Avait-il enfin trouvé cet emploi mirifique dont ses parents rêvaient pour lui ou dormait-il encore à cette heure avancée de la journée ? Firmin haussa les épaules.

— Le Tonkin ne t'a pas fait moins asticot, ironisa-t-il.

Avec son air effaré masquant le calcul des pertes qui s'effectuait déjà dans sa cervelle marchande, ses bretelles et son estomac aux rondeurs de demi-muid, Germain trouvait à son beau-frère une allure de cocu présentable. Mais Adélaïde n'avait pas celle d'une coupable et Técoère avait toujours dormi sur ses deux oreilles de brave homme. Germain avait soudain envie de lui raconter qu'il avait manqué devenir grand-père. Il le ferait une autre fois, quand Charles serait reparti.

Face au désastre, Firmin avait son explication. Poidats ? Peut-être. Mais plus sûrement un ou deux de ces producteurs ruinés de Ténarèze ou du haut Armagnac. Firmin en connaissait qui mendiaient encore d'impro-

280

bables subventions et ruminaient leur haine des petits chanceux d'en bas. Pourquoi eux, dans la géhenne, et pas les autres, qui en plus s'étaient faits landais ! Germain écoutait, distrait. Les raisons de l'attaque lui importaient bien moins que le sort de ses grappes, et seuls les paniers entassés sur les remorques des bros lui semblaient dignes d'intérêt.

— Ce Jean Poidats, tout de même, dit Charles. On dirait vraiment qu'il te poursuit depuis tes vieilles histoires de Monclar. C'est étrange. Ce type a tout pour être heureux, femme, maison, enfants, des amis à la Chambre des Députés et du maïs à ne plus savoir qu'en faire mais ça ne suffit pas. Je sais des choses, moi.

Il avait un air sibyllin, réfléchissait. Germain eut un geste de contrariété. Tout cela n'avait pas d'importance. Lui aussi se posait des questions depuis le matin et bien avant, depuis l'accident de Larrouy en vérité.

Il fit quelques pas dans la pente. Une bonne cinquantaine de personnes trimaient. La vendange serait sauvée pour plus de la moitié, Germain en avait maintenant la certitude. Il prit appui sur sa canne, se tourna vers son beau-frère, l'index levé.

— Tu as ramassé trop tôt, Firmin. Je t'avais prévenu et j'ai gagné mon pari. Il leur fallait quinze jours de plus, à ces raisins. Grâce à eux, tu goûteras un jour quelque chose que tu n'imagines même pas. Je n'aurai certes pas la quantité, mais l'aygue de cette année traversera le prochain siècle. Je te le dis.

A l'Oustau, Germain apprit qu'Eugène Passicos était au plus mal et il vit dans ce deuil imminent le signe de sa propre fin. Il y avait pourtant des choses à faire. Germain demeurait plein de la couleur des grappes, de leurs rondeurs et de la superbe santé affichée par la vendange tout entière. Mais cela ne suffisait plus. Malgré ce que la foule de Lagrange lui avait montré tout au long de la journée, sa solitude était immense, comme son chagrin. Il se sentait épuisé, vidé de sa substance, un paquet d'os aux gestes d'automate, mû par d'inutiles routines.

Quitterie promenait autour de lui les restes d'une excitation de petit enfant et Charles ressemblait enfin au guerrier au repos que Germain avait attendu en vain. Soir de bataille. A l'Oustau, les choses avaient l'air de se mettre en un ordre à peu près acceptable. Germain dut se faire violence pour remonter dans son coupé et prendre la route de la maison Passicos. Pour la veillée où on l'espérait, il convenait de ne pas se faire attendre.

La ferme était perdue à la limite extrême de la forêt des Landes, là où, tel un rivage doux, les premières collines d'Armagnac émergeaient de l'océan des pins. Germain embrassa des femmes en larmes qui l'accompagnèrent jusqu'à la chambre mortuaire. Passicos était mort et sur son lit, assis à ses pieds, le docteur Hourcques achevait de ranger son matériel. Germain avait bien repéré le coupé devant la ferme mais il n'aurait jamais imaginé rencontrer là son jeune confrère. Sidéré, immobile dans l'embrasure de la porte, sa sacoche pendant au bout de son bras, l'officier de santé Lescat avait l'air d'un écolier pétrifié devant son maître.

Hourcques se tourna et lui sourit aimablement, semblant trouver naturelle cette rencontre inattendue.

— Je rentrais des environs de Saint-Justin, expliqua-t-il. J'ai voulu couper vers Labastide et je me suis retrouvé là, dans ces parcelles de bois mal balisées. Perdu ou presque. Je ne pensais pas avoir à assister votre ami tandis qu'il passait. Un problème de doses de digitale, si j'ai bien compris.

Il eut un geste de la main, comme pour s'excuser, poursuivit.

— Vous devez penser que cette région ouest de Labastide n'est pas de mon ressort, évidemment.

L'intrusion du docteur Hourcques dans cette maison et jusqu'au chevet de son meilleur ami avait des airs de violation de domicile au regard de Germain. Quel besoin le blanc-bec à la mine de circonstance avait-il eu de pénétrer dans cette chambre, d'ouvrir sa sacoche pour en extraire une quincaillerie parfaitement inutile, stéthoscope en bois et seringues hypodermiques ? Et pourquoi pas un abaisse-langue pour examiner les amygdales !

— Région ouest, pas de votre ressort, répéta en écho Germain, indigné.

— Oui. Je veux dire par là que je suis ici un peu loin de ma base. Le hasard fait bizarrement les choses. J'ai dû avoir un réflexe de médecin.

Les deux hommes traversèrent la pièce commune où des veilleurs méditaient en silence, les mains dans les poches de leurs pantalons de toile épaisse. Germain convia le jeune médecin à sortir de la maison et referma sur eux la porte d'entrée. Il prit le bras de Hourcques fermement et fit quelques pas vers l'attelage du visiteur. Puis il s'arrêta brusquement, obligeant son confrère à le regarder en face.

— Monsieur, je me fous complètement de l'ouest ou du nord de Labastide et plus encore de ce qui est ou non de votre ressort, dit-il d'une voix rauque. Mais je crois que cette fois, vous avez passé les bornes. Nous ne sommes pas des chats qui pissent dans les coins pour marquer leur territoire. Si vous pensez que l'avenir de notre profession se situe dans ces limites aux senteurs de litière humide, soyez certain que je ne viendrai pas vous disputer l'espace. J'ai mieux à faire et peu de temps devant moi. Mais il ne s'agit même pas de cela.

Il avait agrippé la manche de Hourcques, guettait une réaction qui ne venait pas.

— Ici, aujourd'hui, c'était mon heure, poursuivit-il. Vous comprenez. Une chose intime que je n'avais l'intention de partager avec quiconque et surtout pas avec vous. Vous me gâchez l'amer plaisir du deuil. Et pour être plus précis, je vous dirai très franchement que vos airs de juge, vos avis sournois sur mes prescriptions et cette habitude que vous prenez de vous retrouver devant mes bottes commencent à m'emmerder, monsieur.

283

Hourcques pâlit. Sa moustache frémit, annonçant une colère qui tardait pourtant à éclater. Germain décida d'aider le jeune homme.

— Vous n'êtes pas le premier chiot qui vient soulager sa vessie sur mes mollets. Il y en a eu quelques-uns, blanchis assez vite à l'usage des nuits et des fatigues. Mais vous, c'est autre chose. Vous souhaitez que je ne m'accroche pas trop longtemps, que je m'efface sans faire de bruit. Jusque-là, rien que de très banal. En revanche, le reste m'étonne. Trop de passion et des haines mal éteintes, quelque part en vous.

Il pointait son doigt vers le visage de Hourcques.

— Quoi ? murmura-t-il. Le type sorti de rien, de la troupe impériale ou du bagne peut-être, allez savoir, et qui a grimpé comme un singe les barreaux de l'échelle, ce personnage vous contrarie ? Jolie destinée, n'est-ce pas ? On a dû vous dire deux ou trois choses, là-haut sur la colline de Monclar. Le petit guérisseur, le camelot, le nomade enseigné à l'université de la forêt, qui se fait médecin et continue à exercer ses talents contestables au fond du pays noir landais, quand pousse dans les facultés enfin exclusives la fine fleur de l'art de soigner. Quelle insolence ! Et personne ne l'a jamais renvoyé à son néant !

Hourcques écoutait, les dents serrées, et Germain jubilait.

— On m'a cisaillé trois ou quatre cents pieds de vigne à Lagrange, la nuit dernière. Du travail de mauvais artilleur. Vous avez quelque chose à dire là-dessus, de votre ressort, évidemment ? Ou bien faites-vous des accès d'urticaire lorsque vous dégustez les bons armagnacs ? Mais parlez, nom de Dieu !

Il serrait le pommeau de sa canne et donnait des petits coups de poing sur le torse de Hourcques. Après tout, celui-là aussi pouvait bien avoir une raison de lui nuire. Germain le saisit par le col. Il avait pris un avantage dont il ne savait à vrai dire plus trop quoi faire.

— Allez, crache, petit, dit-il. Ça fait un bout de temps que tu en as envie. C'est le moment, maintenant.

Lagrange, c'est toi ? Avec des gens que tu aurais payés pour le travail ?

Il l'encourageait du regard et de sa voix adoucie, lui trouvait l'air moins fier mais tout aussi déterminé et ne parvenait pas à lui en vouloir. Hourcques se dégagea doucement, passa sa langue sur ses lèvres sèches.

— Au début des années 1850, dit-il, la population d'un village du haut Gers a été décimée par une intoxication. Criminelle.

Il s'interrompit, guetta la réaction, mais Germain demeurait impassible. Il s'engagea plus avant.

— Les coupables étaient un charlatan et son homme de main. On les connaissait ici et là. Des vendeurs à la sauvette de potions inefficaces et parfois dangereuses. Ils ont été pris sur le fait, jugés et emprisonnés à Auch. Le vieux est mort à l'hospice, l'autre a disparu. Vous connaissez ce genre de types. Il en reste même encore quelques-uns en exercice.

— Et alors ?

— Je suis né dans ce village. Il y manquait des gens qui m'eussent été chers, sans aucun doute, mais hélas, on les avait assassinés.

Germain l'écoutait. Son soupçon prenait forme. Un esprit étroit confiné dans des certitudes de victime pouvait très bien avoir ruminé une vengeance et être passé à l'acte. Hourcques réglant ses comptes par le saccage d'un vignoble, pourquoi pas ?

— L'homme se faisait appeler le Chorra, la source jaillissante, dit le jeune médecin. Tu parles d'une source ! Quant à son ombre portée, il s'agissait d'un berger du haut Adour, un jeune type nommé Germain Lascartères, si toutefois j'ai bien lu les documents gersois de l'époque. Berger, ou n'importe quoi d'autre. On peut facilement imaginer d'où sortent ce genre de larves.

— C'est une histoire intéressante, dit Germain dans un sourire. Mais les années cinquante, ça commence tout de même à dater.

— Lascartères, répéta Hourcques.

285

Germain l'encourageait du regard. Comme il avait dû attendre cet instant, le justicier mandaté par des inconnus reposant au cimetière. Haro sur le tisanier du Diable, mort au faux médecin interdit d'exercice, enfin débusqué dans sa tanière. « Tu touches juste, gouyat, pensa Germain, mais tu t'arrêteras là, parce que je mourrai Lescat. » Hourcques parut le comprendre, et se tut. Une pensée venait soudain à l'esprit de Germain, une évidence éclairant des mots, des attitudes, des silences de son fils Julien qu'il s'était épuisé en vain à interpréter. Ces deux-là se côtoyaient depuis des années, à la Faculté. L'ambitieux rêvait d'un avenir magistral et l'autre voulait sa revanche. Une distance égale, un mépris partagé les séparaient des lointaines provinces où s'exerçaient encore des médecines de préhistoire. Julien avait honte de son père. Et que s'étaient dit les deux étudiants ? Hourcques interrogeant Julien Lescat sur ses origines n'avait pu recevoir que la réponse officielle : on venait du Béarn, où la trace d'une vague famille s'était perdue avec Germain.

— Lascartères, répéta Hourcques. Ce nom ne vous dit vraiment rien ?

Il parut ébranlé, ayant sans doute espéré que le vieux sorcier avouerait, comme à la fin des bons romans. Démasqué, l'empoisonneur, remis une bonne fois à sa place au nom des pauvres gens grugés. Hourcques battit des paupières. Son assurance fondait et son regard n'était plus le même. Humble et presque soumis, implorant une vérité que Germain n'était pas disposé à lui offrir.

— Je n'ai pas ce nom parmi mes patients. Quant aux années dont tu parles, petit, je les ai passées pour la plupart dans les armées de Napoléon III. Il y a bien de la distance entre le Gers et la Crimée. Et puis, dis-moi, trente ou quarante ans après, à quoi rimeraient de telles retrouvailles. Même Monte-Cristo se serait lassé ! En droit, cela s'appelle la prescription. Tu connais ?

Il sourit, l'air bonasse. Hourcques acceptait le tutoiement. Que ferait-il du doute que plus rien désormais ne viendrait lever ? Germain s'en moquait. Il avait assez de cette rencontre et le montra en tournant les talons pour regagner la pièce commune.

— Tu as laissé tes affaires dans la chambre du mort, dit-il. Elles peuvent te servir à l'occasion.

Hourcques hocha la tête. Elevé à l'école de la république et sans doute assez doué pour avoir été repéré par un instituteur, il avait fait des études de médecine dans le seul but de conjurer la naïveté de ses proches. Ces paysans si durs avec eux-mêmes et retors avec leurs pareils, ces illettrés imbattables en calcul mental, avaient pourtant été assez stupides pour avaler n'importe quel mélange frelaté d'herbes et de poussières toxiques. Indécrottables bouseux de France ! Germain trouvait la démarche de Hourcques louable. Mais il avait payé en prison le droit de ne plus y être mêlé. Et trop enduré dans l'enfance, aussi, pour voir les fantômes de ces époques révolues se dresser à nouveau devant lui.

14

Comme souvent lorsqu'il avait besoin de s'abstraire des contraintes de ses journées, Germain s'était retiré dans son chai, à la nuit. Autrefois, il était souvent arrivé que tel ami, passant sur la route de Betbezer, s'arrêtât pour un bavardage entre les fûts ou devant l'alignement des verres à dégustation. Germain Lescat avait le nez d'un parfumeur et beaucoup avaient tenté de lui arracher quelques-uns de ses secrets. En vain. Le seul à qui le sorcier de Labastide les avait un jour révélés venait de mourir.

Germain contemplait les larges traînées noires couvrant le mur de son chai et s'émerveillait de ce miracle. Au doigt, cela donnait une sensation de velours. De très près, tels des dessins au fusain sur cette fausse crasse, les auréoles de la moisissure allaient s'élargissant vers les poutres de la charpente, et, ayant colonisé celles-ci, disparaissaient par les interstices de la toiture. Noble pourriture, qu'éclairaient les lueurs changeantes de la lampe à pétrole.

— La part des anges.

Germain sentait derrière lui la massive présence de l'alambic. Bientôt, la grosse machine tapie dans l'obscurité se mettrait en marche. La vapeur de l'alcool créerait en se dissipant l'invisible berceau du champignon, sa matrice qu'aucun toucher, si fin fût-il, ne pourrait jamais appréhender.

Par la porte entrouverte entrait la fraîcheur humide d'une de ces nuits d'octobre plus propres à la rêverie devant une cheminée qu'à l'inspection d'un alambic. Mais pour rien au monde Germain n'eût retardé ces instants préparant la mise en route de la distillation. Il le faisait seul, passé minuit, respirait de toutes ses narines l'odeur de poussière, de bois et d'humidité de l'endroit, mélange aussi tenace et léger que celui des encens montant vers les voûtes des églises. C'était un partage muet avec la saison, avec le vin encore si jeune, assoupi dans les barriques avant son grand voyage à travers les tubulures. Le silence n'était occupé que de pensées, de gestes rares et de quelques pas entre les éléments du décor. Si Germain devait emporter bientôt un souvenir de son passage parmi les humains, ce serait celui de ces moments-là, et le regard d'une enfant découvrant qu'elle avait un père et que celui-ci l'aimait sans trop savoir le lui dire. Pauvre bagage, mais suffisant.

Germain ouvrit la porte du four de l'alambic. Il y avait là aussi des gestes à faire de toute éternité, une symbolique lourde de sens. Le bois de chauffage était empilé contre un mur du chai. Tout comme les douelles des tonneaux, il avait grandi au bord des parcelles de vigne. Petites branches de très vieux chênes, bûches de hêtres et de charmes couchés par les bourrasques, tous étaient témoins de la lente croissance des ceps, de la naissance des premières grappes, au bout d'une patience de quelques années, puis enfin de la maturation des grains, et tous attendaient là de servir, une dernière fois.

Germain en emplit le foyer, disposa des pignes et des gémelles de pin sous le futur premier bûcher de l'année 1893. Il y aurait une équation magique, dès la mise à feu : la qualité du bois, la vitesse avec laquelle il se consumerait, la quantité de chaleur qui s'en dégagerait et la constance en degrés, surtout, de cet incendie. Les yeux mi-clos, Germain imagina la montée de température initiale et le bruit du brasier enfermé, furieux, dans son espace de brique. Il lui tardait d'entendre ronronner la machine sous cette caresse brûlante.

— On dit que ce sera vraiment une grande année. Etes-vous de cet avis ?

Il se tourna, surpris de reconnaître la voix, et aperçut dans la pénombre une silhouette féminine. Clélie Poidats se tenait à deux mètres de lui. Elle portait une de ses tenues de cavalière, une cape de laine rouge sur une robe grise serrée à la taille, à grands plis tombant droit jusqu'au talon de ses bottes. Germain sourit à cette apparition. Dans l'hiver de sa maladie, il en venait à oublier que cela fût possible, une femme dont il avait rêvé lui rendant ainsi visite au milieu de la nuit. Il chercha des mots, trouva les plus banals.

— Comment allez-vous ?

Il se sentait gauche et emprunté. Clélie vint vers lui, ôta le chapeau de feutre à large bord qui masquait en partie les traits de son visage.

— Je suis venue vous dire que je vais bien, que j'ai guéri comme vous l'aviez prévu, et que je porte sur la peau des traits de plume qui me démangent de temps à autre et ressemblent diablement à une signature.

Elle ploya son cou vers l'arrière dans un geste gracieux, bouleversant. Charmé, Germain ne bougeait plus. Un parfum aux allures orientales s'imposait autour de lui, dominant l'austère fragrance du chai. C'était un sacrilège, dans le sanctuaire même de l'eau-de-vie, mais si doux.

La main de Clélie frôlait la sienne. Elle la prit, la porta à ses lèvres, murmura :

— Je voulais aussi achever ce geste.

Germain vit l'éclat tragique de son regard, la solitude et la tristesse qui creusaient leurs premiers sillons, aux coins des lèvres et sur le front. Rêvait-il ? Refusant ce baiser de dévotion, il ouvrit la main, caressa la joue offerte. Ses lèvres se posèrent sur le cou de Clélie, laquelle se plaqua contre lui, dans un mouvement d'une infinie douceur.

Germain ne pouvait croire ce qu'il vivait. Séduire

une telle femme devait être plutôt l'affaire de la jeune génération. L'uniforme de Charles ou l'aura un peu inquiétante de Julien eussent agi, de préférence à la raideur compassée de leur père ou à la sévérité de son visage fatigué. Et pourtant, Clélie Poidats venait se réfugier dans les bras d'un vieil ami. Elle se donnait, dans cet instant unique où rien n'était dit, ni révélé, où la raison s'effaçait derrière la jubilation calme du désir.

— J'ai tant besoin de vous, dit-elle dans un souffle.

Il voulut dire que cette attente serait bien vite déçue parce qu'en lui cheminait un mal terrible, patient et plein de cette morgue que donnait au cancer la certitude de vaincre. En pressant sa bouche sur la sienne, Clélie le faisait taire. À quoi bon se défendre ? pensa-t-il. Des soleils emplissaient brusquement la pièce obscure, leur chaleur ruisselait sur lui, dans son dos, et jusqu'au fond de son ventre. Où cette femme s'était-elle cachée, dans quel recoin de son âme, pour triompher aussi facilement ? Germain se rendait sans combattre, et cette défaite l'illuminait.

Son plaisir ne dura guère. Il avait le sentiment soudain d'être devenu très vieux, une rupture s'opérait en lui. Il était un Faust de province française, gagné par le désir de vivre à tout prix. Il affrontait la poussière de ses ossements à la chair de l'éternelle jeunesse. Clélie avait un cou d'odalisque, d'un blanc de lait. Et cela pouvait-il lui appartenir, dans l'instant ? Il rêvait, oui. Mais ses mains serraient de la vie brute, des hanches pleines, une taille élancée vers des seins adorables, ses doigts caressaient les tempes de Clélie, son dos, ses fesses, il était partout autour d'elle, en elle, déjà, et elle, petite fille réfugiée dans ses bras, se donnait, haletante, à sa rencontre dans la pâle lumière du chai.

Il la prit par les épaules, l'écarta de lui avec une brutalité qui le sidéra. Ce qui venait au creux de ses reins n'était pas la compagnie habituelle de la maladie, ce feu tueur, mais la tension du désir, épargnée. Il voulait rire mais il gémit, le front contre l'épaule de Clélie.

— C'est bien, oui, c'est bien, dit-elle.

Elle caressait à son tour son visage, son cou, son torse par-dessus la grosse chemise de toile, et ce fut pour Germain comme si son existence remontait le courant d'un fleuve à toute vitesse, portée par la vigueur d'une jeunesse toute neuve. Il allait franchir à nouveau les cols enneigés des Pyrénées, dévaler leurs pentes vers les villes endormies, haler des gabarres le long des rivières de Gascogne, et courir sur les chemins de crêtes, le long des ténarèzes, d'un souffle égal.

— Ainsi, vous êtes là, vous.

Ils avaient déjà vécu ensemble. Clélie le lui disait, de toutes les forces de son étreinte. Dans son immense solitude de femme trompée, abandonnée et même un jour condamnée, il avait été là. Elle s'était chaque fois éveillée dans le souvenir de sa présence, mais il avait disparu. Pourquoi ? Ne méritait-elle donc rien d'autre que son attention de médecin ?

Alors, au fil des ans, elle s'était inventé une compagnie rassurante, un recours, qui ressemblaient à Germain. Longtemps, elle avait lutté contre l'envie de matérialiser ce fantasme. Il y avait un rang à tenir, l'honneur d'une famille à préserver. L'honneur ! Qu'en faisait donc son mari, ce courant d'air pressé auquel elle avait fini par fermer sa porte ?

Les yeux de Clélie racontaient cela, et mille autres choses encore, à l'écoute desquelles il faudrait des heures, et d'autres nuits. Clélie entrait dans l'existence de Germain avec la grâce de son sourire et elle en était transfigurée. Enfuis, l'expression d'ennui et le reflet triste sur ses traits. Germain tenait entre ses bras de la jeunesse bouillante. Ce n'était plus la fièvre de la pneumonie mais celle de la vie, en un flot impétueux qui le submergeait et l'emportait.

De son lit, Germain apercevait le miroir, et les reflets du feu mourant, dans la cheminée. La maison était plongée dans le silence, comme si le brouillard qui noyait tout à l'extérieur cette nuit-là s'était répandu dans les couloirs, et y étouffait tout bruit. Germain repoussa le drap, s'assit. Près de lui, Clélie Poidats s'était endormie, aussi naturellement qu'elle devait le faire chez elle, après une heure ou deux de lecture. Germain la contempla longuement. Il y avait dans sa présence chez lui de quoi faire un scandale énorme, mais c'était aussi une grâce du Ciel.

Il se leva doucement, enfila sa robe de chambre, se planta devant la cheminée pour y fumer un cigarillo. C'est qu'il avait fallu ruser comme des *nobios* landais, pour se retrouver là, tous les deux, sans réveiller les autres. Antoinette ne se faisait pas prier pour aller dans sa chambre du rez-de-chaussée après dîner. Quitterie s'était assez reposée durant sa convalescence pour supporter de veiller tard, et ne se privait pas de cette licence accordée, sourcils froncés, par son père. Quant à Charles, son oisiveté à Labastide en faisait un oiseau de passage aux horaires imprévisibles, entre ses traques de gibier jusqu'en Albret et ces marches solitaires qui le ramenaient parfois au bercail avec les premières lueurs du jour.

Cette nuit-là, Charles n'était pas sorti. Germain avait conduit Clélie jusqu'à sa chambre dans l'obscurité totale et sur la pointe des pieds, ce qui avait fait rire la jeune femme. Maintenant, Germain l'observait dans le miroir, endormie, et il cherchait à mettre un peu d'ordre dans son esprit. Des étreintes de jeune marié, réveillant une fougue qu'il croyait avoir assoupie dans les bras de la Gisèle d'Eauze, l'avaient pour un temps débarrassé de toute sensation douloureuse. Superbe médecine, et généreuse !

Germain vit son propre reflet dans la glace. Ses joues se creusaient. Pour ceux qui le croisaient quotidiennement, c'était imperceptible mais lui le voyait. Un instant viendrait, différent de tous les autres, où pour la première fois, la mort s'afficherait, quelque part sous les orbites, au pli de la bouche ou dans le regard, surtout. Germain passa sa main sur son visage. Ses doigts gardaient de Clélie un mélange parfumé d'orient, de sueur et de sexe. Il eut envie de boire, se versa un verre d'armagnac dont la fragrance de tilleul vint épouser le parfum de la femme assoupie, but d'un trait.

Du fond de son âme surgissait une amertume de condamné. Souvent, en Crimée, il avait surpris au vol le refus de mourir chez les blessés agonisants. Tout était dit par les gestes des doigts, la course du regard, la chaleur encore bouillonnante de la vie dans le désordre ultime des pensées. Germain se mit à respirer plus fort. La vie était là, près de lui ; il entendait son souffle régulier. Clélie jetait l'éclat de sa jeunesse et de sa beauté jusque dans son sommeil. A ce triomphe, Germain ne pouvait rien opposer d'autre que son désir de durer encore assez pour en partager quelques bribes et cette urgence le terrorisa, tout à coup.

Il ressemblait à sa maison, laissée à l'abandon depuis qu'il y vivait seul. La poussière et les moisissures y avaient établi des camps, les plâtres s'écaillaient aux plafonds, les meubles s'ennuyaient, inutiles dans un décor figé. Où donc étaient passées ces quinze années d'enfouissement ? Julien brandissait ses diplômes comme un fouet, Charles brûlait déjà du désir de quitter la France. Seule Quitterie voulait sa part de vie dans ce cocon sans charme.

Germain avait froid, soudain. Le compte à rebours de sa destinée avait commencé dans la douce chaleur de Clélie. Que lui dirait-il à son réveil ? Il y avait de la place pour une femme dans cette maison, mais la question se posait : qui prendrait le moindre plaisir à l'accompagnement d'un malade vers sa fin ? Germain sentait monter en lui une de ses colères qui autrefois s'emparaient de lui, lorsque l'on avait laissé mourir un enfant ou une mère sans l'avoir prévenu. C'étaient des temps barbares.

Il vit Clélie sortir lentement de son sommeil.

— Vous ne dormez pas, dit-elle. Vous allez prendre froid.

Elle lui tendait le bras. Il la rejoignit, se pencha sur elle, embrassa son buste, son cou.

— Vos mains, dit-elle.

294

Et les saisissant, elle se mit à les baiser avec passion.

— Elles sont miennes, murmura-t-elle. Elles m'ont donné la vie, gardé mon fils, caressée. Je crois que je les aime depuis toujours. Je voulais vous le dire, souvent, j'ai essayé de vous l'écrire, mais je n'ai pas osé.

— Vous êtes belle, dit Germain.

Il posa son front au creux de son ventre, l'appuya doucement, comme dans du sable. Clélie caressait sa nuque. Il ne souffrait pas. Une trêve s'instaurait entre lui et sa maladie, sous le regard de cette femme adorable. Il eut envie de le lui dire, se retint. L'angoisse l'abandonnait pour quelques instants et ce répit n'avait pas de prix.

Quitterie Lescat avait été la première à enjamber le rebord du fouloir. Les jupes retroussées et serrées au mollet par des cordelettes de lin, la chemise ouverte sur une cotonnade de paysanne qui lui serrait le torse et couvrait jusqu'à son cou, elle se laissa glisser dans l'immense récipient, poussa un cri et, ayant éprouvé la sensation du limon visqueux le long de ses jambes, se mit à fouler, les mains crispées sur le rebord en bois.

— C'est divin !

Germain n'avait même pas essayé de refréner son ardeur. Dès l'aube, sa fille avait battu le rappel des quelques vendangeurs restés à sa disposition. Il s'agissait de ne pas perdre de temps. Les paniers de raisin s'alignaient devant le chai des Técoère. On en avait porté de Lagrange et des parcelles de colombard gersois épargnées par les vandales, une bonne centaine. Surexcitée, capitaine commandant à des équipages médusés, la jeune fille avait fait faire le compte des réserves, ordonné le chargement des fouloirs et déclenché l'assaut.

— Ta hanche, pétard de sort, ta hanche !

A quel moment Quitterie commencerait-elle à grimacer sous l'effort ? Germain surveillait sa fille avec appréhension, mais la bougresse devait être pour de bon

295

en voie de guérison et le rythme de ses jambes n'avait pas l'air de diminuer.

— Ça coule ! hurlait-elle. Regardez, en bas !

Jean Larrouy l'avait rejointe et, s'étant à son tour déchaussé, foulait à ses côtés, tandis que des femmes contaminées par sa joie escaladaient le réceptacle et se joignaient à la fête de la cuve. Il faudrait encore quelques instants avant que le premier jus se présentât à la bonde. Germain fit quelques pas. De l'autre côté de la pièce de bois, le pressoir de Técoère avait été mis en marche. Arc-boutés sur d'énormes manchons, quatre hommes l'actionnaient et sous la poussée, la monstrueuse vis émettait ses premiers grincements.

— *Hardits, compagnous* ! leur lança Germain.

On attendait, pour remplacer les ouvriers, une paire de mules qui tardait à venir. Firmin Técoère s'impatientait.

— Où est ton fils ? lui demanda Germain.

Il n'eut pas de réponse. Cela faisait longtemps qu'il ne se préoccupait plus guère des activités de son rejeton, laissant au hasard le soin d'obtenir de lui, peut-être, ce que les coups de pied au cul n'avaient su faire. La vigne, té, pourquoi pas ? S'il parvenait un jour à fixer son attention plus d'une heure ou deux, Edmond Técoère ferait un maître de chai acceptable. L'emploi ne demandait pas encore de diplôme.

— Regarde ta maynade, père, dit Charles, qui s'était approché de Germain. On dirait qu'elle a fait ça toute son enfance.

— Non, mais il faut croire qu'elle se rattrape.

Le séjour à Labastide avait ragaillardi Charles, et Germain le constata avec un profond soulagement, même s'il n'entretenait aucune illusion sur l'évolution du mal. Charles reprenait de la vigueur, et du poids, malgré ses nuits courtes, ou peut-être grâce à elles. A dévorer du chevreuil et de la bécasse, à respirer des heures durant l'air des sous-bois d'Armagnac, l'officier, le vérolé de première classe, comme il se plaisait

296

à s'appeler lui-même, serait bientôt suffisamment rétabli pour se sentir chatouillé par des idées de voyage.

— Mais c'est que tu as bonne mine, toi aussi, plaisanta Charles. Quoi ! On te saccage tes meilleures grappes, on estourbit ton plus vieux compagnon de chai, et tu as l'air de rajeunir tout d'un coup.

Il avait l'air de se moquer gentiment, toisait Germain comme avant une joute de collégiens. Il s'établissait entre lui et son père une sorte de complicité que Germain jugea déplacée. Mais au moment de se récrier, Germain pensa que cela serait bien dérisoire, et se retint. Il mentit.

— Mon dos me fout un peu la paix, dit-il. Le séjour à Bordeaux m'a fait du bien, en fin de compte. Et puis, il y a l'excitation des premières presses. Tu sais, cette volupté qui ne se termine qu'avec la dernière goutte d'aygue.

Charles acquiesça. Il y avait en effet des temps forts dans l'art de l'armagnac, des instants de fête et d'inquiétude, où les cœurs s'emballaient.

— Eh bien, à te voir ainsi, dit Charles, je me dis que ça sert à quelque chose d'avoir un fils dans les hauteurs médicales. Julien t'a regonflé le moral. Ah, lui, on ne le voit plus trop fouler les raisins, mais tu vois, le relais semble pris, et bien pris, par notre *hilhète*.

Técoère tendit à Germain un pichet du premier jus pressé, et un silence tomba sur le petit groupe. Germain apprécia la couleur, soutenue, trempa ses lèvres, goûta. C'était plus sucré que les années précédentes, avec une bonne acidité cependant, et sans la moindre sensation de moisi. Les moûts seraient équilibrés. Quant à savoir si cela donnerait pour de bon des eaux-de-vie exceptionnelles, c'était une autre affaire, et les discussions là-dessus ne faisaient que commencer.

— On n'en servira tout de même pas comme dessert, dit Germain dans un sourire, mais c'est sur de telles matières premières que l'on peut juger les artisans.

Técoère corrigea.

— Les artistes, tu veux dire ! Moi, je te fiche mon billet que tu tiens là le jus du siècle, en folle blanche, et je ne vois pas pourquoi le colombard et le piquepoul seraient en dessous de ça. Charles, nom de Dieu, dis quelque chose !

— J'ai perdu un peu de palais, s'excusa le jeune homme, mais je crois que tu as raison, oncle Firmin. Ce nectar va bien vite monter en alcool. S'il tient alors les promesses de son sucre, vous pourrez tout espérer.

Técoère triomphait déjà. Il avait dû replanter une partie de son vignoble gersois avec des porte-greffes américains. Longue patience, qui commençait à peine à donner ses premiers fruits. Par bonheur, son domaine de Cazaubon et de Gabarret était de ceux que le sable landais protégeait encore, et ces carrés épargnés allaient cette année-là offrir à leurs propriétaires bas-armagnac-quais la chance de leur vie.

— J'aurais dû attendre comme tu l'as fait, s'écria Técoère. L'embellie continue, mais foi de négociant, je n'aurais pas pris le risque de tout noyer sous un orage. Germain, tu as gagné pour de bon ton pari ! Et en plus, je n'ai pas eu pour ouvriers un village tout entier accouru au tocsin. A quelque chose malheur est bon. Pédale, Quitterie ! Allez, petite !

A voir sa fille, infatigable fouleuse, achevant de guérir son rhumatisme par cet effort joyeux, Germain oubliait pour un temps ses propres misères physiques. Autour de lui une sorte d'équilibre familial, précaire, mais dont il désirait profiter, maintenant, le plus possible, s'imposait naturellement. Des souvenirs lui revenaient, d'une époque décidément révolue. Ses enfants, rieurs, immergés avec d'autres dans le raisin jusqu'à mi-corps, pressaient, se chamaillaient jusqu'à se faire tomber dans la divine boue, tandis que le jus coulait sous la pièce de bois. C'était à qui durerait le plus longtemps sans reprendre haleine. Avec de tels ouvriers, la besogne ne traînait guère.

Edmond Técoère entra dans le chai de son père. Germain l'aperçut, sortit de sa brève rêverie. Le jeune

298

homme avait vu l'armée des vendangeurs terminer sa campagne à l'est, un peu partout sur les collines de Ténarèze. Ça donnait, et du beau ! Germain avait bien été l'un des derniers à récolter. Et tant pis pour ceux qui attendaient que mûrissent leurs maïs quand la terre d'Armagnac vibrait de tout son peuple mobilisé. Germain prit Edmond par le bras.

— Viens dehors, lui dit-il.

Ils sortirent du chai, se retrouvèrent dans une ruelle bordée de vénérables demeures de pierre ocre, sous la splendide lumière d'octobre. Edmond donnait l'impression d'un homme oisif vaguement occupé par des projets, des soucis, des pensées, même. Son regard voletait d'une façade à l'autre, comme s'il en découvrait le dessin des portes et des voûtes, la noblesse des linteaux et des cadres de fenêtres, et la puissance des charpentes sous les toitures de tuiles rouges. Germain s'arrêta à l'entrée de la place carrée.

— Je voulais te poser une ou deux questions, Edmond.

Le jeune homme gardait les mains dans les poches de son pantalon. Il avait l'air un peu étonné. Supposa que Germain désirait l'interroger sur la qualité de la vendange.

— Non. Il s'agit de toi. Tu traînes en ville assez souvent, avec des compagnons qui ne sont pas tous des bourreaux de travail, et dans les cafés, les langues se délient. Je te dis ça parce que cette histoire de Lagrange me tarabuste, tu penses bien. Tu as peut-être entendu parler de quelque chose. Tu sais, je refuse encore de porter plainte ou de m'engager dans je ne sais quelle recherche. A vrai dire, je suis trop fatigué pour ça. Mais si quelqu'un peut me renseigner à l'occasion, je ne dis pas non.

Edmond baissa la tête, se mit à se dandiner, comme s'il cherchait quelque chose par terre. D'ordinaire, Germain ne se privait pas de le taquiner, voire de le rudoyer gentiment, à la chasse, ou à la cuisine. La fainéantise d'Edmond faisait depuis longtemps la joie cynique de son oncle. Cette fois, le ton, très inhabituel, était à la menace.

— Qu'est-ce que j'aurais pu entendre que je ne t'aurais pas rapporté, mon oncle ?

— Je ne sais pas trop. C'est une idée qui m'est venue quand les vendangeurs étaient à Lagrange, pour m'aider. De voir tout ce monde aller et venir ; c'est vrai, il y a une drôle de transhumance par chez nous, à certaines saisons. Des étrangers qu'on embauche, des saisonniers. Je me demandais si tu n'avais rien remarqué. Tu es, comment dire, une espèce de vigie dans ce pays. C'est un peu le privilège des gens qui sont plus souvent nez en l'air que courbés sur la terre ingrate.

Edmond semblait ne pas comprendre.

— Il y a en effet des visages inconnus dans la région, ces temps-ci, mais c'est comme d'habitude, non ? répondit-il, un peu nerveux. Les saisonniers sont là pour la vendange. A la chasse aussi, on voit des têtes nouvelles. Des gens viennent du Gers et même de Toulouse pour tirer les palombes. On ne les connaît pas tous. Enfin, je ne t'apprends rien.

Il jetait des coups d'œil vers la porte du chai, mais Germain lui coupa la retraite.

— Pourquoi me demandes-tu tout ça, mon oncle ? Tu cherches qui aura bien pu saccager ta folle blanche. Alors, là, je peux te dire que tout le monde dans le pays a déjà sa petite idée sur la question. Il n'aura pas fallu longtemps pour ça.

— Qu'en penses-tu, toi, gouyat ?

Edmond se redressa, l'air volontaire, soudain.

— Cette année, les raisins sont exceptionnels, vraiment. Certains ont supposé que tu ferais encore la meilleure aygue de la région. Ils n'ont pas tort. C'est aussi l'avis de mon père.

— Boh ! Tu parles ! Si on se met à dévaster des collines pour des histoires aussi stupides.

— Mon père n'est pas jaloux, dit Edmond dans un éclat de rire. Enfin, si, il l'est, mais pas assez cependant pour vandaliser. Tu l'as interrogé ? Au fond, qui peut

300

savoir ? Je pense toutefois qu'au moment où on coupait tes ceps, il ronflait comme un sonneur. Cela dit et sérieusement, il n'est pas seul à penser que tes engagements électoraux pour les républicains ont suscité bien des rancunes. Il y en a même qui disent que tu serais au fond proche des anarchistes. En ce moment, ces positions se portent assez mal. On a voté Bonaparte à quinze kilomètres d'ici, rappelle-toi.

— Foutaises ! le coupa Germain. Certains… il y en a qui… on dit que… assez, diou biban. Quand on aura fini de tout ramener à la politique dans ce pays ! C'est donner bien d'importance à ceux qui en vivent. Je sais bien pour qui on a voté. Et puis merde, té ! Je te donne pour mission d'essayer d'en savoir plus. Ça t'occupera. Tu imagines que de mon côté j'ai essayé, mais cette fois, j'ai du mal à délier les langues, peut-être parce que je suis concerné de près. Tu le feras ?

Edmond ouvrit les mains. Bien sûr, il enquêterait. Les palombières, offices notariaux informels, étaient déjà pleines de leur petit peuple. De vrais confessionnaux. Sous les feuillages, il se réglait autant d'affaires et de bisbilles qu'il s'y colportait de nouvelles, vraies ou fausses.

— Alors, tu devrais déjà y être, au lieu de bader pendant que les autres travaillent, lança Germain. On perd du temps, mon neveu.

Il planta là le jeune homme et regagna le chai.

Il y avait eu ces quelques semaines où la saison avait basculé dans la rousseur des vignes, des fougères et des hêtraies, à l'écoute de leur lent et inexorable dessèchement. Passé la période des vendanges, les moûts filtrés avaient été mis en barriques, et se vinifiaient, dans l'attente de leur distillation.

Puis le froid humide de décembre s'était installé sur le pays noir, accentuant la rigueur de son décor, estompant dans des brumes de plus en plus tenaces les molles ondulations de son relief. C'était le temps des chasseurs et de leurs longues attentes en lisière de bois, ou sous

301

les palombières. Il ne passait plus d'oiseaux bleus, mais les hommes conservaient l'habitude de se retrouver ainsi sous l'abri, comme si l'entrée dans l'hiver les poussait à rechercher la chaleur et le verbe de leurs petites tribus.

Germain avait d'abord pensé que sa nuit avec Clélie faisait partie de ces sortes d'aubaines passagères de la vie, faites de hasards et d'élans irréfléchis. De vagues et très anciennes promesses jamais formulées trouvaient ainsi leur réalisation, parfois. Cela pouvait arriver à la fin d'une fête, dans la sombre complicité de l'aurore et de l'insomnie, ou au cours d'une de ces promenades estivales, quand la chaleur invitant à la sieste couchait les êtres sur des tapis d'humus et d'herbe sèche.

— J'ai besoin de vos mains. Je les aime, disait Clélie.

Elle chérissait les doigts qui la caressaient, et Germain ne se souvenait pas d'avoir désiré à ce point les laisser aller en liberté sur une peau douce et dans les moindres replis secrets d'un corps de femme, sous l'éclairage fruste d'une bougie.

Il s'étonnait de sa propre délicatesse, de sa patience. Cela lui convenait ; la pénombre et le souffle de Clélie sur son épaule, les yeux de l'amante que le plaisir bridait un peu plus, et ces lieux de l'amour où la chair des femmes ayant enfanté était devenue tendre et meuble, en haut des cuisses et sur le ventre, monde en mouvement vers sa bouche, régions amies au creux desquelles ses lèvres partaient en voyage, et s'égaraient.

Puis, plus ardente que le feu assiégeant d'ordinaire ses reins, montait la violente exaltation du plaisir. Tout devenait plus dense, et réel, les seins arrondis de Clélie dans les paumes de Germain, son ventre à la souple et brusque pesée, et cette taille incroyablement fine ondulant sous sa main. Germain se laissait envahir par la sensation de quitter son propre corps, et de flotter en liberté à distance de sa vieille carcasse dolente, et s'il avait dû songer à rompre sa relation avec Clélie, ces secondes de lévitation l'en eussent dissuadé.

— Il faut m'aimer, Germain. J'ai tant besoin que vous m'aimiez.

Il n'y avait pas que le plaisir physique d'où sortirait le diamant éphémère de la jouissance. Germain éprouvait le désir de se fondre en Clélie, avec l'âme autant qu'avec le corps. C'était vampirique ; entrer en elle et s'y répandre au point d'occuper toute sa chair intime, oublier le monde extérieur, le jour qui viendrait trop vite.

Clélie n'exigeait rien d'autre de Germain que son amour, ses bras, et la mémoire des heures qu'elle passait avec lui.

— Je devrais être morte, mais vous en avez décidé autrement.

Elle ne livrait presque rien de son existence, et Germain ne le lui demandait pas. Il y avait simplement cette fréquente référence à la mort décidée par son mari, et ce souffle amoureux exultant, libéré d'un long emprisonnement.

— Je pensais ne jamais connaître ce que vous me donnez, murmura-t-elle à l'oreille de Germain.

Il la possédait à nouveau, avec les forces toutes neuves d'un bûcheron, chassait la douleur rôdant dans son dos, et cela le stupéfiait. Gisèle l'avait gentiment endormi pendant quelques années, avec sa cuisine un peu grasse et ses rituels amoureux sans grande imagination. Et Marie Lescat, avant elle ; épouse de devoir davantage comblée par ses trois grossesses menées à terme que par l'amour charnel.

Il ne dormait pas, ou le temps d'un quart d'heure, à la fin d'une étreinte. Il sentait poindre la naissance de l'aube avant même que la lumière n'éclose entre les persiennes de sa chambre, et ce signal éveillait en lui le doute, et la tristesse. Il contemplait le corps allongé près de lui, le buste lourd et blanc de Clélie, écoutait sa respiration, caressait son dos, et les colonnes musculeuses de ses cuisses. Il lui venait des envies féroces de mordre à plein dans cette pâte durcie par les longues chevauchées entre bois et collines d'Armagnac. C'était

303

une pulsion d'adolescent, un joyeux pied de nez aux souffrances latentes.

Il se leva, mit sa chemise en silence. La douleur s'installa aussitôt, excédée peut-être d'avoir été refoulée l'espace de quelques heures. Serait-elle différente ? Germain avait cessé de se regarder dans les glaces pour y trouver la réponse.

Il fallait éveiller Clélie. La clandestinité de leurs rencontres correspondait aux fréquentes absences de Jean Poidats. L'homme avait ses habitudes, et même s'il n'avait plus posé la main sur sa femme depuis des années, ne fût-ce que pour un simple salut, il tenait à ce qu'elle fût informée de la durée de ses absences, comme si elle devait envisager de s'apprêter pour son retour.

— C'est sans doute sa façon de me laisser libre, disait Clélie. Quoi qu'il en soit, j'ai quinze ans de retard sur lui. Je pense qu'il me trompait déjà une semaine après notre mariage.

A genoux près d'elle, Germain guettait le moment où sa caresse lui ferait ouvrir les yeux. Il avait recueilli le souffle ultime de dizaines de mourants, la dernière bribe de pensée, de mot, des bulles, envolées avec leur mystère, et voilà que le sourire de Clélie l'attachait à la bonne et bouillante réalité de la vie.

— Il te faut rentrer, mon petit. Le jour va poindre, et il y aura des vendangeurs sur les chemins.

Elle riait, librement caressante, et coquine. Ses doigts échancraient la chemise de Germain, glissaient sur son torse, puis sur son ventre. Germain se défendait, mollement, se laissait faire. Clélie avait raison. Le jour attendrait bien encore quelques minutes.

Ils descendirent au jardin, sans un mot. Le cheval de Clélie avait eu de quoi se restaurer, et un abri sous un cèdre. Germain aida la cavalière à se hisser en selle pour sentir encore une fois entre ses mains la taille de sa maîtresse, ce territoire où naissait très précisément son désir. Il passait la tête sous sa jupe, baisait son

304

genou, sa cuisse, se mettait sur la pointe des pieds pour essayer d'aller plus haut, ce qui la faisait rire.

Clélie dormirait un peu, dans la journée, mais lui ? Rompu de fatigue, il la regarda s'éloigner dans la nuit, imprégné de son odeur, jusque dans ses moustaches, ses cheveux. Cela suffit pour faire monter en lui des bouffées de jeunesse. Cesser de vivre par un de ces petits matins d'éreintement amoureux lui semblait soudain l'issue idéale.

— Encore un an à vivre ? s'interrogea-t-il.

Un jour viendrait sans doute, proche, où son corps envahi par la tumeur lui refuserait tout service. Germain serra les poings. Il se refuserait à l'aveu jusqu'à la limite tolérable de la douleur. Comment satisfaire l'attente de Clélie ? Il savait qu'elle l'aimait et se désespérait de sa morne existence. Il se doutait qu'elle espérait entendre les mots scellant leur histoire. « Reste ici. »

— C'est foutu, murmura-t-il.

Il pouvait fuir, l'emmener, et crever dans un appartement de Bordeaux ou de Toulouse. Il l'aurait ainsi possédée jusqu'au bout et trompée sur ses promesses d'avenir en la laissant seule après lui. Dans la Gascogne de monsieur Fallières, on n'aimait guère ces scandales. Et Clélie ne demandait rien d'autre que d'être aimée jusqu'au vertige, jusqu'à l'épuisement.

Germain partirait désormais plus tard pour sa tournée de visites et ce serait aux autres de venir à lui, plus souvent. Après trente années de service quotidien, de jour et de nuit, il se donnait le droit de paresser un peu, comme le faisaient ses patients aisés qu'il envoyait prendre les eaux à Dax ou à Eugénie-les-Bains. Il aurait un temps pour la médecine, un autre pour la sieste, et le dernier, dans les fragrances partagées de l'eau-de-vie et du corps de Clélie.

Clélie ne raisonnait pas, ou ne le voulait plus. Aux silences de Germain prolongeant leurs étreintes, à son souci visible d'homme encombré par des pensées contraires, elle opposait la force de ses bras, la douce

305

chaleur de ses seins, le voyage de ses lèvres sur son corps, jamais semblable et toujours recommencé. Et il finissait par s'abandonner. A quoi bon lutter, et contre qui ?

Les deux amants vécurent ainsi quelques semaines, hors du temps, de cabanes de bergers désertées en lits de rencontre, clandestins portés par la seule envie qu'ils avaient l'un de l'autre et par ce besoin d'arrêter le temps, partagé à en perdre conscience.

Germain suivait sa fille sur le chemin menant au chai. Bien qu'elle fût désormais parfaitement guérie, Quitterie Lescat affectait un reliquat de boiterie susceptible de faire penser qu'il n'en était rien, et cette comédie, jouée d'ailleurs assez finement, amusait son père.

— Tu as encore mal, lui lança-t-il, l'air convaincu, tandis qu'elle ouvrait la porte du chai.

Elle eut un geste affirmatif. Souffrait-elle ? Et comment ! Puis elle regarda son père avec un sourire d'excuse. Elle l'avait entendu tant de fois geindre avant de se mettre au lit, ou au moment de se hisser sur son attelage.

— Enfin, lâcha-t-elle comme à regret, il se pourrait tout de même que ça s'arrange un peu.

Mieux valait célébrer leur complicité autour de l'eau-de-vie. L'emballement de Quitterie pour la geste de l'armagnac n'avait pas été un feu de paille, une passion de vacances. C'était bien autre chose, un intérêt fervent et raisonné, alimenté par la lecture et les conversations interminables avec le pauvre Larrouy. Le vieil homme n'en finissait pas de répondre aux questions de l'adolescente. Mais il n'avait pas, lui, le nez du maître, son art de distinguer entre vingt arômes, sa science du mélange exact, l'instinct, en somme.

— Tu es un magicien ici aussi, père. Ce qui se dit sur toi dans le pays, tout est vrai ?

— Qu'est-ce qui se dit, d'après toi ? Ou d'après cette vieille bourrique d'Antoinette !

— Eh bien, ton armagnac, le meilleur, et ta manière de soigner les gens.

— La meilleure aussi !

Il s'esclaffa. Ce qui se disait en ville, et plus loin, ne lui importait plus guère, depuis longtemps.

Au moment où Quitterie tirait vers elle la porte, et pénétrait dans le chai, Germain eut l'intuition que ce geste lui serait un jour coutumier. L'idée que sa fille serait capable de mener une activité pareille lui parut comme une évidence. Il suivit l'adolescente dans le sanctuaire, s'approcha des barriques entreposées là depuis la veille, six au total, représentant la vendange du domaine Lescat. Domaine, quel mot, pour une vingtaine d'hectolitres, mais il y avait là une quintessence de vins à distiller, une réunion préparatoire de crus ordinaires dont on allait tirer quelque chose d'unique, et de divin.

— Par quoi vas-tu commencer ? demanda Quitterie. Laisse-moi deviner. Tu voudrais tout goûter en même temps, mais tu choisiras tout de même ta folle blanche, la rescapée du massacre. Vrai ?

Elle se dressait devant lui, les mains sur les hanches. Sans qu'il pût s'en défendre, Germain se sentit emporté par une vague de nostalgie immense de sa propre jeunesse ou peut-être du temps qu'il avait laissé filer sans prêter attention à ses enfants, puis le sourire de sa fille le ramena à la réalité du moment. Ainsi Quitterie faisait-elle de la façon la plus naturelle du monde la conquête de son territoire si durement gagné et conquis par son père. Il applaudit.

— Exact, gouyate. Piquepoul, dit folle blanche, gros-plant des Nantais, dame blanche ou plant de madame, bouillon, mendic, et caetera. Espèce en danger quoi qu'il en soit. Les bestioles nous le disputent, et elles sont en passe de gagner.

Il alla vers un tonneau dont il caressa le bois rugueux. Puis il souleva une grosse pièce de toile nouée servant de bouchon, attentif à saisir la première fragrance qui s'en échapperait. Apprécia. Le vin ne piquait pas au

nez, comme lorsque parfois la moisissure l'avait gâté
en partie.

— Les objets du culte, dit Quitterie.

Elle lui tendait une pipette et des verres-ballons.
Cette jeune fille s'y entendait pour le séduire. Il la laissa
opérer, l'observa se concentrer sur le recueil du premier
vin. Le liquide était blanc avec des reflets verts, très
légèrement trouble.

— Eh bien, il faut aller au bout, maintenant, lui dit-il
lorsqu'elle en eut terminé. Goûte.

Elle hésitait.

— Goûte, te dis-je ! Une grande gorgée.

Elle s'exécuta. Le vieux Larrouy était entré dans le
chai et contemplait la scène en se grattant la tempe. A
peine avait-elle empli sa bouche que Quitterie fut prise
d'un hoquet. Ses joues enflèrent, ses lèvres s'arrondirent. Elle cracha bien vite le vin en écume, toussa.

— Alors ? s'inquiéta Germain.

Elle reprenait son souffle, grimaçait.

— C'est plein de grains, dit-elle.

— Des grains ?

— Comme de la semoule.

— De la lie fine, dit Germain. Une chance pour
l'alcool d'être moins sec, et moins dur aussi.

Les hommes se servirent, goûtèrent à leur tour, res-
pectèrent le silence réglementaire avant de tomber
d'accord. Le vin titrait dans les neuf-dix degrés. Il était
rond avec une bonne promesse de gras, et surtout, totalement épargné par le botrytis. Larrouy eut un large
sourire.

— Avec le colombard qui fera dans les onze degrés,
et votre ugni comme base, Monsieur Germain, vous
allez distiller un petit Jésus en pain d'épice, promit-il.
Grande année, certes oui.

Germain ressentait le même enthousiasme. Les vins
tenaient les promesses du climat. Maintenant, la distillation pourrait commencer et la perspective de vivre le
moment le plus passionnant de son année vinicole
réjouissait Germain.

— Alors, mademoiselle la dégustatrice, qu'en pensez-vous ? Devrons-nous graisser cela à la blanquette[1], cette année ? Moi, je pense que non.

Certaines années un peu aigres, il fallait arrondir les vins avec des cépages plus soyeux. Quitterie le savait.

— Jean Larrouy m'a expliqué, dit-elle avec fierté. Les autres sont comme celui-là ?

Ils le seraient, en effet. Quant à la gouyate, elle avait de la moelle. S'étant rincé la bouche à l'eau claire, ayant raclé sa gorge encombrée de quelques particules de lie, elle se déclara aussitôt prête pour la suite.

— Tu as l'air content, père.

— Té, tu sais pourquoi, maintenant.

Ils marchaient vers la maison, après que Germain eut dûment verrouillé le chai, et donné les clefs à Larrouy. C'était une contrainte humiliante dont Germain se fût volontiers passé, mais du saccage d'une parcelle à celui d'une cave, il n'y avait pas loin, et l'époque était à la suspicion.

— Je ne suis pas très experte en dégustation, regretta Quitterie.

Elle avait pourtant fait un réel effort, mais décidément, ces vins à distiller n'étaient guère propres à la consommation. Elle avait tout de même appris à aérer le liquide en bouche, et à le cracher comme il convenait après l'avoir dûment mâché.

— Ça s'apprend, lui dit son père. Il me semble que tu n'es pas sans dispositions. Sais-tu que ce genre d'emploi n'est pourtant pas précisément réservé aux femmes ?

Ils boitillaient de conserve. Quitterie avait quelque chose à dire, et cela peinait à venir. Germain, qui l'observait du coin de l'œil, avait décidé de ne rien brusquer.

Elle s'efforçait de sourire, et, quoique un peu désem-

1. Assembler avec un autre cépage pour modifier la liqueur.

parée, conservait de ses attitudes conquérantes l'éclat de son regard et la fermeté de ses petits poings fermés. Germain attendait, souriant. Après une grande inspiration, Quitterie s'enhardit.

— Eh bien, je ne supporte pas l'idée de devoir retourner au pensionnat. Je pense y avoir appris suffisamment de choses parfaitement inutiles. Ici, c'est tout le contraire, et puis, regarde, Jean Larrouy ne peut presque plus bouger, mes frères ne s'intéressent pas à la vigne, et toi...

— Moi ?

Elle le regarda, une expression grave dans les yeux. Germain ouvrit ses bras, la reçut contre lui. Ingambe et plus jeune de quelques années, il eût dit non tout de suite. Par principe, et par revanche aussi sur sa propre jeunesse de petit sauvage inculte. Mais c'était au nom de tout cela qu'il avait exilé ses fils vers les écoles de la république, dès leur plus jeune âge, confiant à d'autres le soin de leur transmettre le savoir, et peut-être aussi de leur donner l'amour qu'ils attendaient de lui. Il ne leur avait proposé que ses absences, son besoin d'errance solitaire, ses lubies de collectionneur d'alcools, et la certitude que le sacrifice de sa vie aventureuse consenti pour eux leur suffisait.

— Quelle erreur ! murmura-t-il.

Il serrait dans ses bras une petite inconnue, sa fille délaissée au profit des enfants des autres, tous ceux à qui il avait offert depuis trente ans ses nuits, ses angoisses, son énergie vitale. Ce qu'il avait ressenti dernièrement auprès de Charles et de Julien se prolongeait dans cette étreinte.

— Alors, tu veux rester ici, répéta-t-il après elle.

Elle leva la tête vers lui, vivement. Il ne s'était jamais rendu compte à quel point son visage était constellé de taches de rousseur.

— Parce que j'ai découvert l'aygue ! s'écria-t-elle.

— J'en suis témoin, père, dit Charles en finissant d'ouvrir la porte.

Il avait entendu sa sœur. Germain le vit sortir, gris

de barbe, les bretelles sur les hanches, fumant son énième cigare de la journée. Il était grand temps pour lui de repartir vers sa destinée de conquistador.

— Je ne sais pas si tu t'es rendu compte à quel point cette fille s'intéresse à l'industrie locale, poursuivit le jeune homme. Et c'est sérieux, crois-moi ! Certes, elle ne boite plus vraiment depuis un bon bout de temps mais tu n'es pas dupe, n'est-ce pas ? Au début, je pensais que c'était pour une envie de vacances et parce que l'hiver au pensionnat n'est vraiment pas drôle. Pas du tout ! Ta fille apprend vite. Elle en sait désormais beaucoup sur l'eau-de-vie. Elle a soumis Larrouy à la question ordinaire et mazette, elle est de ceux qui pensent que le cognac n'est qu'une pâle copie de notre aygue, une tisane pour gosiers petits-bourgeois. Ah ! C'est un bon début dans la vie. Elle est sanguine, cette maynade.

L'adolescente se serrait contre son père qui se sentit fondre. Cette gouyate lui entrait dans l'âme avec grâce. Il la détacha de lui, la contempla d'un air sérieux.

— C'est une maison de vieux, ici, lui dit-il. Une servante plus usée qu'une toile à carrelage, un maître de chai plus très maître de lui-même, et moi. Et tu voudrais partager notre ordinaire ? Je crois bien que la fièvre t'a brouillé la cervelle.

Quitterie disait non de la tête et Germain faisait semblant d'hésiter. Lorsque Charles serait parti, il y aurait un supplément d'hiver sous son toit. Germain ferma les yeux. Il avait soudain besoin de la chaleur de Clélie, de son regard. Un geste d'elle et la maison tout entière serait peuplée. Mais Clélie s'enfuyait avant l'aube et Germain ne la retenait pas.

— Bien, bien, fit-il. La question sera donc étudiée.

La jeune fille se mit à sauter sur place, puis se rua dans la maison. Antoinette devait être mise au courant sans tarder. Charles applaudit, vint serrer la main de son père.

— Nous aurons donc un jour dans la famille la Dame de l'Oustau, lança-t-il, triomphant. Bravo. Nous

avions déjà le marquis de Mauvezin. Joli jeu de cartes.
Pour des gens qui votent républicain, je trouve ça plutôt
cocasse.

— Le marquis de Mauvezin, murmura Germain en
écho, l'air songeur.

— Hé bé, oui ! Edmond Técoère, ton neveu. Tu ne
te rappelles donc pas ? Ça fait quelques lustres, cette
histoire. On l'appelait comme ça, autrefois, pour je ne
sais plus trop quelle raison. Parce qu'il faisait le malin
devant les filles de métayers, je pense. *Lou marquès de
Mauvezin !* De la belle noblesse de cuve !

Germain dut s'appuyer un peu plus sur sa canne. Il
se sentait chanceler, tout à coup. Charles s'en aperçut.

— Père, quelque chose ne va pas ?

Germain ne pouvait desserrer les lèvres. On le menait
au bord d'un précipice, quelqu'un allait le pousser et
le précipiter dans le vide. Il fut pris d'un vertige,
s'appuya sur le bras de son fils. Ce qu'il apercevait au
fond du trou était effarant.

— Crénom, murmura-t-il.

Il regarda Charles sans paraître le voir. Ainsi les derniers mots d'Yvonne Ugarte s'expliquaient-ils tout à
coup. Dans ses quelques instants de lucidité, la simple
avait désigné son galant, son assassin, peut-être. Maintenant, il importait de connaître le détail de l'affaire.

— Quand je pense, dit Germain.

Charles l'interrogea du regard. Les soupçons de Germain sur Jean Poidats, sur le docteur Hourcques, même,
les interprétations des uns et des autres et leur désir de
fabriquer à bas prix du coupable donnaient à sourire.
Une angoisse qu'il ne pouvait définir affolait son cœur.
Il se redressa. En apaisant sa douleur, la colère lui faisait le même effet que la passion amoureuse, et justifiait
le conseil qu'il donnait à ses patients : vivre ses émotions avec un peu plus de ferveur et s'écouter un peu
moins souffrir.

Edmond Técoère était assis au fond du café, l'air
sombre devant son verre d'absinthe. Germain l'aperçut,

entra dans la petite salle surchauffée. Des vieux jouaient là aux cartes, par tables de trois ou quatre. Germain les salua, se dirigea vers Edmond.

— Té, le docteur, dit l'un des vieux, levant la main pour le saluer.

C'était un de ces anciens vendangeurs aux bras encore noueux, au visage de parchemin sous le béret enfoncé bas. Germain lui rendit son salut.

— Mouliès. Jules Mouliès. Fais-moi voir comment tu traites ton diabète, toi.

Il s'approcha. L'homme avait terminé une tartine de pâté, et buvait de l'anis en digestif. Au bord de la soucoupe, deux sucres attendaient d'être trempés dans une verte, ou dans de l'armagnac.

— Bravo ! le railla Germain. Je t'ordonne de supprimer le sucre, de boire de l'eau de Seltz et de bouffer du pain grillé, et tu me fais l'inverse. Mais nom de Dieu, je sers à quoi, moi ?

Il eut un geste de dépit. La rareté de ses apparitions dans les cafés de la région encourageait ses patients à enfreindre gaillardement ses recommandations. De temps à autre, et pour se détendre, il effectuait alors une de ces brèves tournées au bout desquelles il avait autant goûté d'eaux-de-vie qu'asticoté de tricheurs. Mais cette fois, il n'avait pas envie de plaisanter et l'écho rageur de sa colère fit taire un court moment les conversations.

— Un 78, Fernand, commanda-t-il, et de chez moi, si possible.

Le taulier avait une carrure de bûcheron, sous une tête de lutteur à front bas. Il fréquentait une palombière en Albret et fournissait à Germain une partie non négligeable de sa clientèle, deux raisons pour lesquelles leurs relations, amicales sans être intimes, perduraient. Germain marcha vers l'arrière-salle déserte, où il invita Edmond à le suivre.

— Eh bé, Técoère fils, lui dit-il, tu en fais une gueule. C'est le grand brouillard qui te rend triste ?

Une chape grise était tombée sur la ville, estompant

313

les alignements de colonnes des arcades, donnant à la masse de l'église fortifiée des allures d'imprenable Carcassonne. Germain s'assit, intima d'un geste à Edmond l'ordre de faire de même.

— Vous aimiez bien ça, autrefois, le brouillard, vous, les jeunes ? Ça vous permettait d'approcher les terriers sans vous faire remarquer. Tu crois que c'est pareil, avec les petites gardiennes de moutons du bas Armagnac ? Est-ce que les loups les sentent malgré tout, et les gnaquent, d'un coup de dents ?

Il montrait les siennes, riait. Edmond le considéra d'un œil torve, l'air de ne pas comprendre. Germain approcha son visage du sien, baissa la voix.

— Il s'est passé de drôles de choses par ici, cet automne, tu te souviens, Edmond. Et je me demande jusqu'où ça va continuer. Tu as vu toi-même les dégâts dans mon piquepoul. Au fait, tu étais où, ce jour-là, avant de nous rejoindre ?

— Dans nos vignes de Créon, il me semble. C'est ça. J'avais fait une tournée vers le Gers.

— J'ai vu le fils Ugarte le jour du massacre à Lagrange, dit Germain.

— Eh bé, quoi, Ugarte ?

Il avait l'air étonné, affrontait, vaguement goguenard, le regard de son oncle.

— Tu l'as vu, toi, récemment ? Je n'ai pas oublié qu'il fut de tes amis.

— Hé ! C'est de l'histoire ancienne. Pourquoi me poses-tu une telle question ? Charles et Julien aussi ont été ses festayres.

— Et si on remonte un peu plus loin, mettons au printemps dernier, et plus précisément le soir de la Saint-Jean ? Ta mémoire fonctionne toujours, mon neveu ? Si tu te souviens de Créon un jour d'octobre, tu feras de même pour Mauvezin, une nuit de juin. N'est-ce pas ?

Il vit Edmond pâlir, et serrer un peu plus fort son verre d'absinthe.

— Tu me suis ?

314

L'autre opina de la tête. Ses lèvres, entrouvertes, tremblaient légèrement.

— Eh bé, où étais-tu, ce soir-là ?

Edmond fit semblant de réfléchir. Il n'était pas rare de festoyer dans un bourg puis, d'un coup de bicyclette ou d'attelage, d'aller terminer la nuit ailleurs. Edmond se rappelait avoir bu quelques verres à Labastide avant de monter dans les collines.

— Dans quelles collines, Edmond ?

— Boh, té.

Germain ne pouvait s'empêcher de revoir la simple sur son lit d'agonie. Quel démon aviné avait bien pu pousser le fils de famille oisif à s'offrir ainsi ce fruit vert encore prisonnier dans sa coque ? Edmond Técoère n'avait certes pas beaucoup pour séduire, mais tout de même. Il y avait autour du marché d'Eauze et même de Labastide des filles assez peu farouches qu'une pièce de monnaie suffisait à soumettre.

— Tu es passé par Mauvezin, peut-être, suggéra Germain.

— C'est possible, oui. Mauvezin. Je ne sais plus trop, té, j'en ai fait quelques-unes, de fêtes. Cazaubon, je crois, Estang, aussi, pour les courses d'écarteurs. J'ai vu des tueurs de taureaux espagnols à Mont-de-Marsan, avec Julien, même.

Il se forçait à réfléchir. Germain approcha son visage du sien, à le toucher.

— Je te parle de Mauvezin, Edmond. Dont tu es une figure, à ce qu'on dit. *Lou marquès de Mauvezin*. C'est bien ça, Edmond.

Il ne lui laissa pas le temps de répondre, le gifla, faisant voler au loin verre, cuillère et tamis. Puis il saisit son neveu par le col, le souleva de sa chaise.

— Dehors, salaud ! Je t'accompagne.

Il y avait un peu de remous dans le café. Germain lança quelques pièces sur le zinc, poussa Edmond devant lui jusque sous les arcades, le plaqua contre une colonne, devant la vitrine d'une mercerie. Le brouillard avait épaissi, noyant tout à moins de dix mètres.

315

— Le marquis de Mauvezin, tu parles d'un aristocrate ! Et moi qui te demandais gentiment de m'aider à identifier mes écorcheurs de folle blanche. Maintenant, tu vas m'expliquer. Oh, pas le tout début, ça, je te le laisse, tous les goûts sont dans la nature, quoique tout de même, cette pauvre débilotte à peine capable de se souvenir de son nom aurait mérité qu'on lui foute la paix. Mais je veux en apprendre sur la suite, à partir de septembre, tu y es ? Ça m'intéresse bougrement, Edmond. Parle, ou je t'assomme.

Il le secouait durement. L'occiput d'Edmond cognait contre la pierre avec de petits bruits sourds. Sur la place, des carrioles passaient, que l'on n'apercevait même pas. Edmond eut l'air de s'assoupir, et Germain, pensant qu'il y était peut-être allé un peu fort, relâcha son étreinte, geste prématuré dont Edmond tenta de profiter pour lui glisser entre les mains.

Germain serra à nouveau sa poigne sur le col, et l'étrangla à demi.

— Qui a trafiqué la petite ? Dis-moi qui a fait ça, ou je te tue, ma parole, Edmond Técoère, je te tue.

Le jeune homme bavait, sa respiration prenait un tour asthmatique. Germain ne pourrait pas tenir bien longtemps sa prise. Des élancements fulgurants lui broyaient le dos. Un instant, le nom de Hourcques lui vint à l'esprit, mais décidément, cela n'était pas possible. Ces gestes abortifs n'étaient pas ceux de médecins, mais de tricoteuses portant la mort en même temps que la délivrance. D'où venait la femme ? Edmond finit par lâcher une réponse en forme de long et sifflant sanglot. D'Albret, où elle était repartie aussitôt. « Et j'ai même soupçonné Poidats, quel idiot j'ai fait », pensa Germain.

— Mais pourquoi, nom de Dieu, pourquoi !

Germain libéra le cou d'Edmond, répéta sa question, plusieurs fois. Il y avait une explication possible.

— On t'a vu, à Mauvezin, c'est ça. La petite y était allée avec son frère. Elle suivait votre bande de soiffards. Sans doute avait-elle bu, elle aussi et dansé

316

devant les feux et puis au bout de la nuit, et du vin, c'est ça, Edmond ? Dis.

Edmond respira fort ; fit oui de la tête. Peut-être en était-il soulagé. Germain pesa sur son thorax. Le garçon avait encore des choses à dire.

— C'est Ugarte, le fils. Il est venu me trouver à la mi-septembre. La fille n'avait pas vu ses règles depuis près de trois mois, mais lui était encore le seul à le savoir. Il m'a demandé ce que je comptais faire ; il m'a dit que sa sœur était vierge, et qu'il y avait eu des témoins. Moi, j'avais trop bu pour bien me souvenir.

— Alors, il t'a fait chanter. Il t'a dit que le fils Técoère, la fille Ugarte, et un moutard entre eux, c'était du scandale pour toute une vie, mais qu'on pouvait s'arranger, mettre ça sur le compte des nuits chaudes de juin. Des *bastars* de la Saint-Jean, ça ne manque pas dans nos campagnes. Et tu as payé.

— Oui.

— Tu as fait les poches de ton père au début, et puis l'autre devenait de plus en plus gourmand, et tu as fini par penser que le seul moyen de sortir de là était de détruire le petit fonds de commerce de ton vieux camarade.

Le jeune homme se tassa sur lui-même et Germain dut le soutenir. Il manquait des éléments à cette histoire, des questions demeuraient en suspens, mais maintenant qu'il avait trouvé une clé, Germain sentait son élan se briser. Philippe Ugarte était un vrai fils de pute vérolatique, une petite gouape dont Edmond Técoère eût pu être le frère bâtard, la doublure petite-bourgeoise, mais cela n'expliquait pas pourquoi les vignes de Lagrange avaient été saccagées et Jean Larrouy jeté à bas d'une échelle.

— Ugarte a dû penser que s'attaquer directement aux Técoère l'eût trop vite désigné. C'est ça, Edmond, petit fumier d'Edmond ? Alors il a essayé de te forcer en commençant par moi. Et té, pourquoi pas. Le bon docteur, agressé pour des raisons loufoques, la politique, l'aygue, quelques vieilles histoires suggérées au bon moment. Ça laissait de l'espace pour jaser en ville et régler tranquillement votre petite affaire entre vous. Salauds !

Le coupable ne résistait plus, acceptait, tête molle, les suppositions de son oncle. Germain le lâcha sur une dernière bourrade qui le fit heurter violemment la pierre et lui coupa la respiration.

— Tu sais ce que tu risques dans une histoire pareille, Edmond ? Tu connais la loi ? Non ? Mon pauvre. Tu vas passer le reste de ta vie à veiller sur ce secret. Peut-être même que tu n'en dormiras plus. De quoi te pousser à foutre le camp pour travailler loin d'ici, dans quelque usine. Tu imagines la chose ?

Un visage lui revenait en mémoire, celui d'une fille mourant toute seule dans un coin de la salle commune d'un hôpital bordelais et le jeune docteur Julien Lescat passant près d'elle sans même la voir. « On s'en occupera plus tard, il y a plus intéressant ailleurs. » L'homme qui pouvait assener de telles sentences était-il capable d'aller plus loin, de trancher la vie de ses mains ?

— Julien.

Germain fit un pas en arrière. Edmond gardait la tête basse, et lorsque, enfin, il l'eut relevée, Germain lut sur son visage une telle expression de culpabilité qu'il sentit ses jambes le trahir et dut s'appuyer à son tour contre une colonne. Edmond émergeait de la brume tel un spectre et l'ombre de Julien apparaissait près de lui. Julien l'absent, le lointain, venu tout de même promener quelque temps son ennui en Armagnac, à ces jours de septembre. Germain voulut revenir à la charge d'Edmond mais ses forces l'avaient abandonné. En vérité, il n'avait plus besoin d'asphyxier le fils Técoère pour achever de le faire parler. Edmond pouvait d'un mot rassurer Germain mais sa lâcheté prenait le dessus et son silence devenait un aveu de plus.

— Alors, si c'est ainsi que les choses se passent, murmura Germain.

Plein d'un nauséeux malaise, il avait l'impression

318

d'étouffer dans un étau de coton. Il dénoua sa lavallière, déboutonna le col de sa chemise, se força à respirer profondément, les yeux clos.

Yvonne Ugarte avait attendu d'être au seuil de la mort pour livrer ses assassins. Par un de ces paradoxes que les médecins auraient toujours du mal à comprendre, la fièvre, mère des confusions mentales, avait donné à son pauvre esprit un peu de cohérence. Il y avait de la justice dans cette étrangeté, à défaut de logique.

Germain eut soudainement l'envie de frapper son neveu de sa canne, jusqu'à lui écraser le visage, comme si ce geste allait pouvoir dédouaner Julien. Edmond avait payé Ugarte, et son cousin, fait le travail. Si cela se vérifiait, c'était alors la chute au fond d'un gouffre, pour toute la famille Lescat. Germain brûlait d'interroger encore Edmond, mais se retint de le faire. Ce n'était pas à cette pauvre loque de l'affranchir.

Edmond leva vers lui un regard de noyé.

— Ce n'est pas tout à fait ça, mon oncle. Julien...

— Ferme ta gueule, Edmond, dit Germain, tranchant. Ferme-la une bonne fois pour toutes. Je ne veux plus rien savoir de toi. Ecrase-toi dans un coin de cave, comme une blatte. Disparais.

Germain se redressa, affermit sa main sur sa canne. Il était épuisé, maudissait le peu d'intérêt qu'il avait porté aux études de son fils et cette fierté un peu honteuse qu'il avait retirée, en vérité pour lui tout seul. Et puis, il n'avait rien compris, ou voulu comprendre, au caractère de Julien, dont la soif d'apprendre et les ambitions affichées avaient suffi pour le rassurer, et le combler.

Edmond ne l'intéressait plus. Il fit quelques pas sur la place jusqu'à ce que, s'étant retourné, il eût perdu son neveu de vue. Le brouillard omniprésent résumait assez bien ce qu'avait été sa vie depuis une quinzaine d'années. Un refuge au fond duquel il s'était doucement recroquevillé, un de ces automnes d'Armagnac amolli dans ses collines et ses senteurs humides. Et le

319

refus, aussi, de participer pour de bon au mouvement du monde. Au fond, Poidats avait raison. Germain avait toujours méprisé la société et pensé que ce choix lui éviterait les règlements de comptes auxquels ses fils l'invitaient.

La ville était blottie dans son silence. Germain quitta la place, parcourut, à l'abri d'arcades, un dédale de ruelles désertes bordées de maisons aux balcons de bois. Au bureau de Poste, il rédigea un télégramme sommant Julien de le rejoindre à l'Oustau. Rien n'était désormais plus important que cette rencontre. A y songer, il éprouvait une impatience fébrile et une telle charge d'angoisse qu'il en demeura un long moment figé, le souffle court.

Puis il se retrouva à nouveau dans la brume épaisse, désemparé.

15

Le vent s'était levé en fin d'après-midi, chassant le
brouillard. De l'ouest se mirent à déferler des nuées de
plus en plus sombres. De brèves averses d'une grosse
pluie anormalement tiède tombaient en tourbillons à
intervalles réguliers, trempant la terre, giflant les façades, et la nuit vint dans les hurlements de la tempête.

Germain avait expédié son dîner. La subite levée du
mauvais temps rendait les gens nerveux autour de lui ;
Antoinette, dont les jambes gonflaient, Charles, dont
l'impatience de repartir grandissait chaque jour, et
même le vieux Larrouy, qui respirait mal, comme en
plein été. Restait Quitterie, en pleine forme et d'humeur
égale. La perspective de rester à l'Oustau suffisait à son
équilibre et elle n'avait pas peur de l'orage.

— Je me couche, té, décida Germain. Ce soir, les
souffreteux resteront chez eux.

Il gagna sa chambre, se dévêtit et, torse nu, s'assit
au bord de son lit. Une tension de tout son être l'empêchait d'agir et de réfléchir, même. Il alluma un cigare,
se força à respirer profondément. Le laudanum faisait
son effet sur ses reins, desserrait un peu le corset ardent
des douleurs. Peut-être la tumeur s'offrait-elle un répit
avant de repartir à l'assaut. Cela arrivait, parfois,
comme si, lasse d'avoir bouffé de l'os ou du viscère et
repue, elle s'accordait une sieste de quelques semaines.
Germain avait déjà vu ça chez d'autres : une phase de

stabilisation avec même des sensations de mieux-être et les gens se mettaient à espérer pour de bon.

Lorsque, au bout d'une grande heure de ce repos trompeur, la sciatique eut repris son cours lancinant le long de sa cuisse, Germain se leva et se rhabilla. Il lui venait l'envie de se rendre à Bordeaux, d'empoigner Julien et de lui administrer la raclée qu'il méritait. Mais à cette heure de la nuit, les coches étaient à l'abri des relais et la tempête ne les inciterait pas à sortir. Germain enfila sa redingote et s'arrêta un moment sur le perron de l'Oustau. Le vent balayant la route d'Eauze semblait prendre encore de la force et maintenant, tous les bois environnants jetaient leur plainte à l'unisson, gémissaient de toute leur masse invisible et terriblement proche. Germain releva le col de son lourd vêtement. Il se sentait d'humeur à chercher querelle à quelqu'un. Il attela sa jument et prit la route de Monclar.

Il longea des bois où tout vibrait sous la furieuse gifle du vent, vit cent fois le paysage s'éclairer dans la lumière blanche des éclairs. Il attendait l'orage mais le ciel allait désormais trop vite pour laisser aux nuages le temps de crever et les emportait, aussitôt amoncelés.

— Dia, Figue, dia !

La jument renâclait, donnait de grands coups de col. Germain la mit au galop. Il trouvait la nuit propice au voyage. Par instants, les rafales semblaient capables de soulever le coupé et le propulser au-dessus des ornières. Il se pouvait qu'une bourrasque, plus puissante que les autres, décidât d'en terminer avec l'équipée en couchant d'un souffle le voyageur et son véhicule. Germain se mit à hurler. Sa vie tout entière lui sortait des poumons, les guerres et les mensonges, les secrets et leur châtiment, et, par-dessus tout, le sentiment de s'être voué à l'inutile tout au long de ce qu'il avait cru être une vie de service.

Il n'avait servi à rien. De vieux philosophes se fussent contentés de le savoir. Il n'était pas philosophe et s'était cru médecin. Maintenant, des blancs-becs à peine éclos venaient brouter l'herbe de son pré gascon.

Il fallait passer la main. Mais, pour l'heure, il voulait voir Clélie.

La pluie se mit à tomber, creusant en quelques minutes de profondes ornières. Dans le halo de la lampe baladée par le vent, Germain apercevait la boue en coulées ruisselantes, jusque dans les fossés. La foudre tomba, tout près, suivie dans la seconde par un coup de tonnerre plus assourdissant que le fracas d'un obus. La jument se cabra et Germain dut se mettre debout pour la maîtriser.

Un déluge s'abattit brusquement, une espèce de mêlée tropicale dans des bourrasques folles. La terre se déroba sous les roues du coupé. Germain tira tant qu'il put sur les rênes et la violence de l'effort déchira son dos. Il gémit, bascula vers l'avant, glissa doucement jusqu'à terre, le long de la cuisse de la jument. On lui avait parfois amené des hommes aux membres broyés par des coches. Des traces rectilignes s'étaient incrustées dans leurs chairs, semblables à celles des chars antiques dans la pierre des cités mortes. Un instant, il pensa que l'attelage allait lui passer sur le corps. La boue lui offrait son matelas. Il se recroquevilla, sentit l'essieu frôler son épaule. Le hennissement de Figue se perdait déjà dans la nuit noire.

Germain demeura un long moment collé au sol, trempé. Des arbres tombaient tout près de lui, des paquets de boue soulevés par les rafales giflaient ses vêtements, son visage. Des souvenirs de semblables apocalypses lui revenaient de l'époque lointaine où ils couraient la campagne, le Chorra et lui. S'abriter, mais où ? Germain n'en avait ni l'envie ni la force et les bois alentour, décapités, étaient autant de pièges mortels. Fondu dans la boue, immobile, il attendit. Puis il se mit à quatre pattes, parcourut ainsi quelques mètres avant de s'affaler à nouveau. Il avait présumé de son énergie et crèverait là dans la violence de la tempête.

— Clélie.

Elle était loin, à plus de deux heures de bonne marche sur un sol sec. Il avait eu l'intention de la rejoindre, avait même espéré rencontrer en chemin Jean Poidats, ce mollusque sans états d'âme. Peut-être aurait-il su alors d'où venait au maître de Monclar cette haine assez tenace pour avoir traversé les ans. Il s'agenouilla, vacillant sous la force du vent, chercha en vain sa canne. Il sentait une envie de vivre émerger du fond de son corps brisé. Une bergerie ? Il lui était arrivé plus d'une fois de trouver refuge sous un de ces toits rudimentaires, le temps d'un orage. Il y avait bien des oustalets, mais à l'écart du chemin, sur la pente de collines. Pour y parvenir, il fallait traverser les bois. Germain avala plusieurs gorgées de laudanum, se mit debout, cherchant son équilibre contre la poussée du vent. Ses jambes lui obéissaient à peu près et la douleur serait matée pour deux ou trois heures par l'opiacé. Il calcula qu'il avait parcouru une demi-lieue depuis l'Oustau, rebroussa chemin.

La plainte des arbres lui indiquait vaguement le chemin. L'officier de santé Lescat avait mille et mille fois emprunté cette route sinueuse mais s'y repérer dans l'obscurité n'était pas chose facile. Il fallait faire confiance à la boue, essayer de sentir sous ses pas l'herbe détrempée du bas-côté. Germain se mit à penser à un vieux métayer que les enfants surnommaient Moscou, mort au tout début de la république. Il avait fait la retraite de Russie et pleurait encore cinquante ans plus tard à la seule évocation de son martyre de neige et de nuit.

— Raconte, vieillard ! hurla Germain.

Il fallait patienter et lorsqu'il était en confiance, le rescapé de Moscou finissait par en laisser échapper un peu : la solitude et la peur, le froid si intense qu'il prenait les hommes debout et les statufiait, le ventre des chevaux ouvert et le pauvre sommeil dans leurs entrailles chaudes, le désespoir et la faim, mêlés à l'incroyable ressource vitale qui faisait faire le pas de plus entre deux attaques des cosaques. Et le reste enfin, l'innommable que personne, jamais, n'entendit. Ah ! la Crimée n'avait été qu'une agréable villégiature, en comparaison.

Le corps ployé vers l'avant, la tête raidie en coupe-vent, Germain finit par trouver un rythme de marche et ses chutes lui offrirent des temps de repos qu'il mit à profit pour vider le flacon de laudanum. Le jour finirait bien par se lever. Il suffisait de s'économiser, comme ces montagnards luttant contre la bourrasque à quelques dizaines de mètres des refuges.

Il était tombé pour la vingtième fois lorsqu'il aperçut la lueur d'une lampe, droit devant lui. Il devait être à moins d'une demi-heure de Labastide, près d'une ferme nommée Luquet. Le vent paraissait faiblir un peu. Germain mit un genou à terre, attendit, la bouche ouverte, bavant sur son col. Il ne ressentait rien, ni crampes ni douleur mais une sorte d'euphorie qui lui chauffait les tempes. Des cris couvraient le désordre bruyant de la tempête. Il crut reconnaître son nom, vit s'approcher une silhouette familière.

— Larrouy, Jean Larrouy.

Charles accompagnait le vieil homme. Germain écarquilla les yeux, plongea ses deux mains dans la boue. Que faisaient-ils en rase campagne, ces deux-là, têtes nues, leurs manteaux volant dans les rafales comme de vulgaires chemises sur un fil ?

— Hé bé ! cria Charles. On a failli te chercher.

Germain sentit qu'on l'empoignait. Des épaules lui offraient leur appui.

— Si tu n'as pas chopé la mort, avec ça ! s'indigna Charles.

La belle affaire. On ne mourait que fort peu de rhume, avec un cancer dans l'os.

— Larrouy était allé vérifier la fermeture du chai quand il t'a vu partir en pleine tornade, dit Charles d'une voix rauque. Il m'a prévenu. Tu avais pris la route de Monclar. Une visite par un temps pareil, quand tu nous avais dit que tu montais te coucher ?

Germain n'avait pas la force de répondre. Son corps céda, inerte. Les deux hommes le soutinrent jusqu'à la borde sous laquelle ils avaient abrité un attelage. Germain entendait comme dans un songe son fils lui raconter toute une histoire : ils avaient pris le cheval d'un voisin, avaient ramassé eux aussi la tempête et allaient

325

rebrousser chemin lorsque Charles avait décidé de pousser un peu plus loin à pied.

— On se disait que tu ne pourrais pas passer les bois du Piquet. Juste ! La Figue l'a peut-être fait, elle. *Adichats*, vieille ! On te retrouvera demain.

Il y avait un feu et des gens autour, avec des visages familiers. Germain sentit qu'on le déshabillait. Une serviette de toile passait et repassait devant ses yeux. On allait le frictionner. Il tremblait ; se mit à rire. Il avait fait un caprice d'enfant. Maintenant, il ne lui restait plus qu'à s'endormir, ce qu'il fit sur-le-champ.

Pour la toute première fois depuis qu'il avait ouvert son cabinet en Armagnac, Germain Lescat se laissa imposer une journée entière de repos. Nul événement de sa vie passée n'avait valu qu'il se dispensât de travailler ne fût-ce que quelques heures et lorsqu'il y réfléchissait, il ne se souvenait que des naissances de ses enfants, de la chasse et des moments vitaux de l'aygue pour l'avoir distrait de son métier.

— Tes malades s'appellent aussi patients, lui dit Charles, goguenard. Ils devront l'être un peu plus aujourd'hui, c'est tout.

Germain eut l'air sceptique. Il se faisait mal à l'idée de devoir passer son temps de son lit aux fauteuils poussiéreux du salon, quand des visiteurs viendraient toquer à la porte de son bureau. Mais après un court sommeil, ses efforts pour se lever n'avaient abouti qu'à le laisser à quatre pattes au bas de sa couche, grotesque vieillard en chemise qu'il avait fallu aider à s'allonger à nouveau.

— Et Figue, nom de Dieu ! Elle se sera aussi bien noyée dans quelque ru en colère.

On avait retrouvé la jument immobile entre deux arbres abattus par la tempête, qui lui faisaient une sorte d'enclos. C'était plus haut vers Monclar. Le coupé avait été à demi broyé et Figue, qui en avait vu d'autres, avait attendu les secours en broutant l'herbe du bas-côté.

Firmin Técoère visita son beau-frère dans la matinée.

Des passants matinaux bravant la tempête avaient vu un étrange trio s'engouffrer dans l'allée de l'Oustau, le docteur Lescat porté ou presque et qui avait l'air bien mal en point. Germain lui avait parlé d'un réveil brutal de sa sciatique.

— Tu es quand même bien amaigri, je trouve.

— Boh, té, fous-moi la paix avec mes vieux os.

— Je suis bien emmerdé, Germain.

Técoère avait un souci et ses gestes des mauvais jours, triturant ses bretelles et les parcourant de haut en bas et des deux pouces, signe de grande contrariété. Germain avait attendu une révélation d'Edmond. Jusque-là, il avait choisi de ne rien dire lui-même.

— Il y a eu de gros dégâts dans les Landes forestières, cette nuit, expliqua Firmin. Des milliers d'arbres par terre et dans mes parcelles de Lassalle et de Saint-Gor aussi, sans doute. Des pins de quarante ans, merde alors, tu imagines la perte ?

C'était cela ; la seule colère d'un ciel de décembre et le prix que ça coûterait, des pins de quarante ans, épargnés par les incendies et brisés comme des allumettes par le vent atlantique. Germain considéra son beau-frère avec consternation. Une autre tempête s'abattrait sur lui, un jour ou l'autre, et cette fois, il ne s'agirait plus de bois déprécié ou de terrains à dessoucher mais d'un beau et gras scandale comme seule la province enfouie pouvait en sécréter.

— Mon pauvre Firmin. Je te plains. Moi, tu vois, j'ai tout misé sur l'aygue et dans le désastre en cours en Armagnac, je n'ai pas trop à me plaindre. Mais je me demande parfois ce que ressentent les Picards ou les Beaucerons lorsque de manière immuable, année après année, froidure ou canicule, le blé coule de leurs champs comme un fleuve d'or.

— Il faut que j'aille voir ces arbres.

— C'est ça, va voir. Tu me raconteras.

— Mes femmes vont te cuisiner du foie frais, té, j'en ai reçu de mes métayers de Saint-Justin, lança Firmin, triomphant. Enormes, tu verrais ça. On a mis le

327

reste des oies en confits. Quinze bocaux bourrés à craquer.

Epicure regagnait du terrain. Firmin Técoère n'avait en vérité pas trop de souci à se faire. Si les propriétaires d'Armagnac mettaient par dizaines la clé sous la porte, les négociants avisés occupaient encore assez bien le marché. Quant aux résineux, bast, leur destin était de se faire replanter.

— Garde tes foies, mon pauvre, lui dit Germain. Il y a beau temps que leur simple vue me retourne l'estomac.

Il avait délaissé la viande, n'avalait plus que des soupes et des légumes bouillis, terminant ses repas par des poires d'hiver et du café, au grand désespoir d'Antoinette. Et ce matin-là, la colère réveillée avec lui, intacte, aurait de toute façon suffi à lui couper l'appétit.

Julien inspectait la caverne où son père gîtait depuis trente ans. L'espace de consultation inconfortable des premières années s'était transformé en un vrai bureau, avec des meubles de rangement, un lit d'examen muni de lanières pour enserrer les chevilles des femmes. Des revues empilées jonchaient les étagères. Partout ailleurs, du matériel : récipients et seringues en métal, flacons multicolores alignés derrière des vitrines, sondes, trocarts et scalpels attendaient de servir, sur des gazes ou dans des boîtes rutilantes. Des odeurs flottaient dans la pièce, moins lourdes et veules que celles de l'hôpital, mêlées à celle du bois dans le gros poêle de fonte. Julien les respira, les yeux mi-clos. Son enfance en avait été imprégnée. Quand naguère Charles s'emplissait les narines et la cervelle des mille parfums de la campagne armagnacquaise, Julien aimait à séjourner dans cet espace mystérieux et confiné. Profitant des absences prolongées de Germain, il s'enfermait dans son cabinet, rêvait tout haut de l'endroit qu'il aurait un jour à lui, dix fois plus grand, dix fois plus riche d'instruments, loin de ce bourg où des bouseux vêtus de toile bleue et des petits-bourgeois sans le moindre intérêt faisaient la queue pour recevoir quelques soins et des bonnes paroles, surtout.

— Décevant, n'est-ce pas, pour un futur pape de la médecine française.

Julien sursauta, se tourna vers son père. Il n'avait osé s'asseoir dans son fauteuil et se tenait debout au centre de la pièce, les mains dans les poches de son veston.

— Je t'attendais, dit-il platement. Quitterie m'a dit que tu n'avais pas bougé depuis deux jours. Tu n'es pas bien. Tu veux que je t'examine ?

Germain peinait à marcher, masquait sa souffrance derrière un rictus pourtant révélateur. Parvenu devant Julien, il guetta de son fils un geste, en vain, tendit une main que Julien finit par saisir et serrer sans conviction.

— Je suis contraint au repos pour une raison que tu connais sans doute, dit-il d'une voix altérée par la fatigue. Tu es là depuis longtemps ?

— Je suis arrivé par le coche de midi. Il y a des arbres couchés partout dans la forêt, depuis les barrières de Bordeaux. Les voies du chemin de fer ont été endommagées. Il faut prendre des voitures. De Mont-de-Marsan à ici, aussi. Les routes sont défoncées, coupées par endroits. Six heures pour venir de Villeneuve !

Germain eut un geste d'acquiescement. La tempête n'avait pas laissé de traces que dans la pinède landaise et il se sentait fourbu, brisé au-delà de ce qu'il avait jamais pu imaginer. C'était un accablement de tout son être, une démission contre laquelle il luttait avec des envies croissantes de se coucher une bonne fois pour toutes.

— Je sais tout ça, dit-il. Ton oncle Firmin y a laissé des plumes, ou des aiguilles de pin, c'est comme on veut. J'ai à te questionner, Julien.

Il claudiqua jusqu'à la table d'examen au bord de laquelle il prit appui, chercha vainement une position avant de se courber un peu vers l'avant, les mains à plat sur la moleskine. Julien l'observait d'un œil de clinicien, et posait au fond de lui, sans les lui dire, des questions précises.

— Si tu veux savoir, c'est désormais intenable, lui dit Germain. Mon dos est un canon de fusil bourré de poudre. Le feu s'y est mis et tout reste coincé dedans, la poudre, la balle, rien ne sort, c'est pire que dans les livres. Je brûle. Mais bon. Il ne s'agit pas de cela.

Julien patientait, le regard neutre. Au bout d'un long silence, Germain se décida.

— Il y a trois mois environ, j'ai consulté une mourante, la sœur d'Ugarte qui chassait le lièvre avec vous dans le temps. Tu te souviens de ce bougre, je suppose. Crasseux comme un peigne, le genre à te poignarder après t'avoir ciré les bottes et à peine plus courageux qu'une limace. Lorsque tu as quitté le lycée pour la faculté, j'ai été plutôt soulagé de savoir que vous vous verriez un peu moins.

Il fixa Julien avec intensité, crut déceler sur le visage de son fils une brève crispation. Le jeune homme se mit à respirer un peu plus vite.

— La gouyate terminait d'avorter, et de vivre, en même temps. Tu imagines sans peine le tableau. Celui, ou celle, qui avait opéré, n'y était pas allé avec une spatule en bois. De la ferraille, oui ! Et rouillée, tout aussi bien. La petite souffrait à un point tel que par moments je me demandais si c'était de péritonite ou carrément de tétanos. Et rien à faire pour elle, ici comme à Bordeaux ou même à Paris, chez Pasteur. La science étant ce qu'elle est à la fin de ce siècle, comme tu sais.

Julien rougit. Sa peau claire trahissait vite ses émois. Quand le teint de Charles s'assombrissait autrefois sous la réprimande ou le soupçon, celui de son frère virait à l'écrevisse. Germain se tut, l'espace de quelques secondes. Il souhaitait que s'amplifiât le trouble né dans l'esprit de Julien. Puis il poursuivit.

— Cette simple, gardienne de troupeaux, avait tout de même un peu de mémoire, et quelques mots gascons pour la transmettre. Des mots qu'elle m'a chuchotés à l'oreille, juste avant de passer : Mauvezin, arquès, ou quelque chose comme ça, qu'elle répétait par bribes à

330

un étranger, comme si les proches n'avaient pas à savoir. Votre vieil ami Philippe Ugarte n'était pas dans son assiette, cette nuit-là. Sa sœur râlait encore qu'il ruminait déjà je ne sais trop quel règlement de comptes. Des histoires d'ivrognes, sans doute. J'ai fui l'endroit sans chercher à comprendre. Par fatigue, ou parce que je ne supportais plus cet excès de malheur, comme tu voudras.

Julien souffla du nez, comme s'il voulait en extirper un corps étranger. Il se rendait compte que son père lui tournait autour. Il gardait cependant le silence et cette attitude l'emplissait d'une espèce de vapeur sous pression. Enfant, il supportait ainsi les colères de Germain, homard pétrifié dans un affrontement muet, le souffle rauque, les yeux dans ceux de son père. Germain se redressa, les mains toujours en appui sur la table d'examen.

— Lorsqu'on m'a à moitié démoli ce pauvre Jean Larrouy, l'automne dernier, j'ai vaguement repensé à cette affaire, poursuivit-il, et puis j'ai oublié. Il y avait un certain nombre d'hypothèses. Des gens avec qui j'en parlais me suggéraient la politique et les reliquats des législatives. D'autres m'affirmaient : c'est l'armagnac et sa crise avec les jalousies qu'elle entraîne encore aujourd'hui. J'ai songé à ton collègue Hourcques, même, le pauvre couillon, qui me pistait comme un Indien depuis des années et commençait à distiller son petit poison confraternel. Et moi-même donc, pour finir, soupçonné, objet d'une rumeur, une de plus me diras-tu ! Après tout, des gens auraient pu croire que j'avais manié la curette. C'est Charles qui a fait sortir la vérité, sans le vouloir. Tu veux que je te la dise ?

Julien ne répondit pas. Germain lui posa à nouveau la question, hurlant presque, obtint un signe de la tête qui voulait dire non.

— La vérité, c'est que tu étais ici une semaine, ou même moins, avant la mort d'Yvonne Ugarte. Et que tu es pour quelque chose dans cette boue. Edmond me l'a suffisamment laissé entendre.

Julien allait nier. C'était inscrit dans son immobilité, dans son regard de guetteur froid. A l'intérieur de lui, tout bouillonnait et s'entrechoquait, mais il y avait la force de l'orgueil pour enfermer l'explosion et la contenir. Germain fit un pas vers son fils. Il voulait savoir. Un instant, il pensa que l'intervention avait peut-être eu lieu dans son cabinet, et cette idée le bouleversait.

— Julien !

Le jeune homme recula. Pas une fois son père n'avait porté la main sur lui ou sur Charles, mais les effets de sa voix étaient demeurés longtemps terrifiants pour les deux garçons. Germain revit soudain le gouyat pris en faute et dont la dérisoire défense consistait à effectuer ce repli du corps, comme un écarteur feintant une vache, les pieds joints.

— Tu as prêté un serment il y a moins de deux ans. L'as-tu respecté ? Moi, je n'ai pas été convié à la même cérémonie, j'ai dû accorder tout seul mes actes avec ma conscience, mais toi, Julien, toi ! Tu as juré, devant ces maîtres admirés au point de t'identifier à eux.

Son regard se voila, sa voix faiblit un peu. Il éprouva l'envie de frapper Julien, pour qu'une fois au moins le foutu petit coq en rabattît un peu, s'approcha de lui à le toucher.

— Edmond est ton ami de toujours, dit-il, même s'il est ton contraire dans la vie. Un jour de septembre, il t'a écrit à Bordeaux. Il avait fait une belle cagade avec la simple, au fond d'un fossé, à la Saint-Jean, et quelques semaines plus tard, son vieux compagnon Ugarte le lui a rappelé. Plus d'amitié, tout à coup, plus de souvenirs de chasse. Le petit cafard tenait sa rente et l'autre, au lieu de l'envoyer se faire foutre à son tour, s'est pris de panique. Couillon ! Ce qu'ils ont fait ensuite, ce que tu as fait, vous êtes les seuls à le savoir et tu vas maintenant me le dire, Julien, parce que si tu te dérobes encore, il n'y aura rien ni personne pour te protéger, ici à Bordeaux ou partout ailleurs. C'est toi ? C'est toi, dis, qui as avorté cette fille ?

Il sentait, il voyait son fils fléchir intérieurement.

Ainsi allait s'expliquer son étrange accueil à Bordeaux, cette distance avec sa famille. Germain connaissait mal son fils, mais pressentait que le petit chef des Hospices bordelais ne se rendrait pas sans combattre. Julien leva vers lui un regard réprobateur.

— Si nous avions pris l'habitude de nous parler et toi, si tu avais pris le temps pour le faire.

Germain leva l'index.

— Après, Julien, après. Tout ce que tu voudras. Mais cette histoire, d'abord. Allez.

Il lui donna une petite tape d'encouragement sur l'épaule. Julien avait du mal à avaler sa salive. Le conquérant des salles communes avait changé d'allure et bizarrement, le possible souvenir d'une faute semblait humaniser un peu son visage. Quelques mots franchirent ses lèvres, comme à regret.

— J'ai vu la fille.

— Où ça ?

Ayant accouché aux fers de ses premières révélations, Julien était pressé d'en finir. Il eut un geste vague. C'était quelque part, dans une borde, ou sous un abri de berger. Mais le travail avait été commencé ailleurs. Edmond avait cassé sa tirelire pour ça.

— La fille avait été trafiquée, son col béait et saignait, mais il n'y avait pas encore d'infection, ça, j'en suis sûr. En vérité, il n'y avait pas grand-chose à faire. J'ai proposé à Edmond de la faire entrer à l'hôpital, mais il a refusé. Il était dans une sale situation, avec l'autre à ses basques.

— La fille, Julien, elle avait un nom. Yvonne. Et comment ça, pas grand-chose à faire ?

Julien baissa la tête, cherchant des arguments.

— Eh, quoi ! Ces hémorragies avaient une chance de se tarir spontanément. On a fait bouillir de l'eau, utilisé du linge propre. J'ai lavé ce que je pouvais atteindre.

— Et c'est tout ?

— Bé, oui.

Germain se redressa, tendit le bras vers une vitrine.

— Et ça, nom de Dieu, qu'est-ce que c'est ?

Courbé, il marcha vers le meuble, l'ouvrit, en sortit des flacons qu'il fit passer sous le nez de son fils.

— Sublimé de mercure, je crois savoir que même les sages-femmes peuvent le manier, acide phénique. Quoi ? Ne me dis pas que tu ignores ses indications. Borax, iodoforme ! Et celui-là ! Regarde bien sa couleur, elle te rappelle quelque chose, non ? Allez, mon petit, c'est comme au concours d'externat, sens-moi ça, MnO4K, tu vois, j'en sais aussi des choses. En injections vaginales, le permanganate, difficile de trouver mieux à l'heure qu'il est, sinon celui-là, peut-être, tout nouveau. Joli bleu, tu ne trouves pas, et son nom grec, méthylène.

— Pas de prévention chez une femme saine, murmura Julien, buté.

Il était sans doute déjà prisonnier de quelques dogmes thérapeutiques. La discussion allait devenir technique. Germain décida de l'abréger.

— Tais-toi ! Ta petite patiente n'était plus tout à fait saine. Elle commençait à se vider. Comment peut-on encore croire aux vertus de la saignée spontanée dans ces affaires-là ? Mais vous y viendrez, à la prévention, tous, vous finirez par rejoindre les vieux rebouteux qui radotent leur pauvre expérience. De l'eau chaude ! Ah ! Et pourquoi pas une prière à saint Antoine pour retrouver un pucelage égaré ?

Il s'esclaffa.

— J'en avais assez vu, s'écria Julien. Tout cela était sordide. La fille s'était mise à hurler. Elle croyait qu'on allait la tuer. J'ai averti Edmond de ce qu'il devait faire sous peine de complications. C'était l'hôpital, sans tarder.

— Et puis tu es sorti tranquillement de ta clinique de campagne, tu as dormi du sommeil du juste avant de reprendre le coche de Mont-de-Marsan et tu t'es retrouvé au milieu de tes esclaves, à donner la leçon aux externes et aux jeunes sœurs-infirmières sur le maniement des antiseptiques. Docteur ! Mais quel manque de courage. C'est que, vois-tu, il y avait une chose à faire, une seule.

Il s'était calmé. Julien acquiesçait, muet. Il aurait dû boxer son cousin, conduire Yvonne Ugarte au cabinet de son père et de là, sans doute, à l'hospice préfectoral. Mais cela signifiait assez de trouble et de scandale pour l'en dissuader. Ainsi Germain reconnaissait-il son fils, dans les tréfonds obscurs de ses désirs et de ses ambitions. Il se pouvait même que ce modèle magistral fût déjà courant dans la profession, et destiné à se répandre encore. Des maîtres à la mode Charron, nommés ou cooptés, assis dans leurs tours, défendus avec assez d'énergie pour devenir inaccessibles et irresponsables ; à leurs pieds, la cohorte des serviteurs de Dieu ou de la république, les leurs en vérité ; et les malades, fruits vénéneux du miasme et de la bactérie, laboratoire vivant, croupissant dans la puanteur des salles communes comme les fosses. Il faudrait de l'humanité en supplément pour rappeler aux seigneurs de cette société-là qu'ils étaient aussi des hommes. Germain soupira. De l'humanité, son fils venait peut-être d'en recevoir un peu, malgré lui.

— J'ai ta parole que tout s'est passé ainsi ?

Julien n'en pouvait plus. Il hocha la tête, se laissa tomber sur une chaise, appuya son front sur sa paume et ne bougea plus. Germain se sentait soulagé. Il y avait la lâcheté de Julien d'un côté, l'acte mortel qu'il n'avait pas commis de l'autre, deux échecs de toute façon, engendrés par la bêtise et par la bestialité de gens sans conscience.

— Tu n'as guère le choix, dit Germain. Il te faudra désormais réussir ta carrière à Bordeaux et te faire plutôt discret par ici. Tout finissant par se savoir, tu devras endurer la rumeur, même si tu n'as pas porté toi-même le fer dans le ventre de cette pauvre gosse. C'est ainsi.

Julien se laissa aller doucement. Le dos rond, le visage dans le creux de son coude, il sanglotait. Germain approcha une chaise, s'assit tout près de lui.

— Quand tu auras mis un peu d'ordre dans ta tête,

lui dit-il à voix basse, tu règleras mon compte, si tu veux. Tu me diras ce que tu pensais tout à l'heure, tout ce qui aujourd'hui me ruine le cœur. Votre éloignement d'orphelins, à tous trois, le deuil que vous avez dû apprendre à faire sans moi, le père de passage. Pour guérir de ces solitudes, Charles a mis quinze mille kilomètres entre nous, toi, des diplômes que tu portes comme lui son poignard et son fusil. Vous vous êtes blindés et je me dis que vous avez sans doute eu raison. Moi aussi, j'ai eu un jour besoin de me protéger. C'est parfois cela une famille. Une muraille pour l'extérieur et dedans, des cloisons étanches, des étages qu'aucun escalier ne fait se joindre.

Germain n'était pas certain que Julien l'entendît. Le feu s'était un peu apaisé dans son dos, comme si les vertus médicinales de la colère à son paroxysme s'ajoutaient à celles du désir amoureux et les exaltaient. Au fond, il avait ses traitements sous la main, Clélie, et ses fils pour les envies de pugilat. Il sortait d'un long et pacifique endormissement affectif après les émois de ses débuts dans la carrière d'officier de santé : les premiers grands malades, les premiers amputés, et les premiers morts, la guerre contre les matrones tueuses autant qu'accoucheuses, la lutte pour l'hygiène et la mise à la raison des fabricants de potions magiques, avec par-dessus tout cela, l'angoisse de n'être pas à la hauteur de sa tâche et l'affaire gersoise, qui pouvait resurgir à tout moment.

— Quel réveil, nom de Dieu ! murmura-t-il.

Rien n'était irrémédiable, sauf la mort. Il se leva avec peine, caressa la tête de Julien. Le jeune homme s'était réfugié dans le silence, le regard au sol, le nez écrasé contre l'avant-bras. Germain se dirigea vers la porte du cabinet, se retourna.

— Il ne servira à rien de ruminer ça indéfiniment, dit-il d'une voix calme. Sans doute es-tu en train de réfléchir à ce que l'on pourrait appeler le devoir d'humanité, un sujet qui vaut qu'on le travaille un peu. C'est un passage obligé. On l'emprunte même assez vite au fond de nos campagnes. C'est une astreinte obscure et peu gratifiante, un succédané de nos pauvres thérapeutiques inefficaces. Mais il emplit l'âme de quelque chose sans quoi nous ne serions que des mécaniques. Les chrétiens nomment cela charité. Je préfère parler de conscience élémentaire.

Il se coiffa de son haut-de-forme.

— Tu as des projets importants à mener à bien à Bordeaux, ajouta-t-il. Eux seuls comptent. Je ne sais pas trop ce qui se passera ici. L'époque est aux incertitudes, au trouble dans les esprits. C'est à se demander si les parasites de la vigne n'ont pas une action sur la cervelle humaine, à moins que ce ne soient les sulfates et autres bouillies chimiques dont on inonde les ceps. Je te recommande de ne rien faire ou entreprendre qui complique la situation. Tu m'entends, Julien ? Pour ma part, je garderai tout entre nous deux. Ce qui a été fait et ce qui a été dit. Mais je doute que cela suffise à faire le silence sur cette affaire.

Il sortit dans l'hiver glacial, leva les yeux vers le ciel limpide. Il eût aimé apercevoir des montagnes enneigées, se dire qu'il pouvait les toucher du doigt, les gravir. Mais il n'avait devant lui que le banal ordonnancement de la campagne armagnacquaise, les touffes noires des bois entre des collines à peine marquées, et la maison, avec son chai enfermant le monstre de cuivres et de tubulures, que maîtriserait Quitterie d'ici quelques années. Germain frissonna. On était venu le chercher en milieu d'après-midi pour des visites auprès de gens encore plus mal en point que lui, sans doute. Cela le mènerait une fois de plus à la nuit passée. La foutue routine lui pesa soudain sur la nuque et les jambes.

Retrouverait-il Julien à son retour ? Il le souhaitait, mais il subodorait que le jeune médecin éprouverait le besoin de vite retrouver son cadre de vie habituel, cet hôpital où se ferait sa carrière.

16

Portant ses plats et ses assiettes, Antoinette allait et venait, soupirant, entre cuisine et salle à manger. Un silence de nécropole pesait sur la famille Lescat, lourd comme la fonte d'un couvercle sur une marmite de confit. Les regards s'évitaient, rivés au sol, ou voletant du vaisselier à la cheminée. Julien s'était enfoncé dans un fauteuil de cuir et contemplait le plafond. Assis à la table autour de laquelle Quitterie papillonnait, son frère paraissait somnoler, les yeux mi-clos, le menton dans la main tandis que face à lui, dans une posture à peu près semblable, le visage fermé, Germain ruminait ses pensées.

En passant près de son père, Quitterie effleura sa joue du bout des doigts, d'un geste très doux qui le tira un instant de ses sombres pensées, et le fit soupirer.

Il restait des choses à se dire, et dans l'humeur ambiante, Germain allait devoir trouver assez de force pour provoquer la discussion. Aussi loin que remontait sa mémoire, il ne se souvenait pas d'avoir pris seulement le temps de contempler sa progéniture rassemblée, et d'écouter son bavardage. Dans une autre famille, on aurait parlé des projets et des petits soucis de chacun. Le voyageur aurait accepté de raconter le détail de ses missions, au lieu de n'en livrer que de vagues échos, et comme à regret. Quant aux blagues d'internat du médecin, elles auraient fait rougir la servante, et rire le maître de maison.

Rien de tout cela. Germain se versa un dé de laudanum, alluma le cigare d'Amérique qu'il réservait habituellement pour ses fins de repas.

— Comment pourrez-vous goûter la viande avec autant de fumée dans la bouche ? lui dit Antoinette sur le ton du reproche.

— Je ne mangerai pas de ta poule, sorcière, fous-moi donc la paix.

Furieuse, la servante regagna sa cuisine, suivie de Quitterie.

— Viens t'asseoir ici, Julien, dit Germain.

Il avait avalé trop d'opiacé, au fil de la journée, et se sentait cotonneux, mais réitéra son ordre.

— Viens dîner !

Julien se leva paresseusement, alla s'installer à l'autre bout de la table, tandis que Charles dépliait sa serviette et la posait en la lissant, sur ses genoux, comme un enfant bien élevé. Germain se retint de sourire. Cette scène lui rappelait quelques anciennes soupes à la grimace, lorsque ses fils avaient uni leurs talents bêtisiers ici ou là.

— La poule, annonça Quitterie, triomphante.

La jeune fille avait décidé de dédaigner l'ambiance, et sa lourdeur. Elle posa la marmite au centre de la table, et Germain eut, l'espace d'une seconde, une sensation de déjà-vu. A travers la fumée de son cigare, il observa les visages de ses fils, puis recula son buste pour permettre à Quitterie d'emplir son assiette.

— Assieds-toi, mon petit, lui dit-il. Ces grands *pingaïs* sauront bien se servir tout seuls. N'est-ce pas, monsieur le maréchal des logis-chef, et vous aussi, docteur ? Quoi ? Vous ne dites rien ? Il me semble pourtant qu'il y aurait à commenter la vie de notre paisible contrée. Ou alors, on met tout à pertes et profits, et on referme le tiroir. Chacun repart vers ses petites et grandes affaires, le professeur de médecine pense de nouveau à sa brillante carrière, le militaire reprend le bateau pour

339

Pékin et le vieux crabe reste seul au pays, à crever si possible en silence et sans faire trop de vagues. Quel orgueil, messieurs, et quelles belles capacités d'indifférence !

Charles avalait sa soupe de poule, l'air détaché. Pâle, les doigts blanchis aux jointures par l'émotion, Julien avait un peu plus de mal. La gorge de Germain se serra. Il eut un geste du bras, circulaire.

— La famille, lâcha-t-il, sarcastique.

Charles cessa de déglutir, eut un geste du buste que Germain arrêta net.

— On ne quitte pas la table ! J'ai à vous parler.

Charles lança sa cuillère, plus qu'il ne la posa, attendit, les poings serrés. Seule des trois jeunes gens, Quitterie poursuivait son repas, à petits gestes silencieux tandis qu'Antoinette se repliait vers la cuisine.

Germain se redressa, au bord de la nausée, le dos léché par des langues de flammes. La soupe devant lui l'écœurait comme les odeurs de cuisine et la vue même des mets. Il n'y avait plus que l'alcool pour apaiser cette nausée.

— Je ne vais pas au mieux, dit-il, l'air sombre. Mais là n'est pas la question. Vous êtes réunis dans cette maison pour la première fois depuis cinq ans et il me paraît fort improbable qu'une pareille conjoncture se présente à nouveau avant quelque temps.

Il avait parlé d'une traite, comme s'il voulait se débarrasser d'un poids, le plus vite possible. Il y eut un silence, que chacun respecta, rompu par le bruit, dans la cuisine, d'un couvert tombé sur le carrelage. Germain eut la tentation de briser là, de se lever et de se retirer dans sa chambre. Il pouvait très bien garder pour lui ce qui allait suivre, mais alors son coup de sang ne rimerait pas à grand-chose. Il décida de poursuivre.

— J'ai longtemps pensé que vous pourriez vous contenter votre vie durant de n'être pas nés sous un de ces toits de misère comme il y en a dans nos régions. Ma relative réussite me servait de prétexte pour échapper à quelques obligations envers vous et me persuader que je vous évitais une enfance comme la mienne. Je pensais être quitte, tout simplement. Quelle erreur.

Des bouffées d'un très lointain passé lui chauffaient la tête, et la poitrine. Germain serra les poings. Les ciels de son enfance étaient gris de nuages, empuantis par des odeurs d'étables et de porcheries. Des astres inaccessibles y brillaient sans la moindre chaleur, comme des soleils de plein hiver. Contempler, du caniveau, les sociétés dont on ne ferait jamais partie donnait mal aux yeux, et au cœur.

— Il y en avait, dans ma jeunesse, qui se contentaient d'un tel marasme comme d'une fatalité, et pour leur existence tout entière, poursuivit-il. On les reconnaissait à la courbure de leur dos, à leurs allures de jeunes vieillards, à leurs regards qui jamais n'affrontaient les autres regards. Esclaves, ils ne pouvaient descendre plus bas et j'étais des leurs, promis à cet avenir de larves.

Pâle, il fixait un point imaginaire. Quitterie avait cessé de manger et l'observait, inquiète. Allait-il faire un malaise ?

— Nous vivions de petits travaux d'une ferme à l'autre. Nous naviguions dans une errance sans début ni fin d'un village à l'autre, l'été dans les champs, l'hiver dans les chais. On habitait des cabanes, on couchait sous le chaume des bordes, on vendangeait des fruits d'or que des hommes et des femmes foulaient aux pieds des heures durant. Et le seul chant dont je me souvienne n'est pas celui des vendangeurs, mais la toux incessante du spectre épuisé d'Adam Lescat, votre grand-père. Il y avait pour nous regarder travailler des messieurs en redingotes et bottes de cheval, et des dames avec des éventails à la main. De quelle gravure ces gens-là étaient-ils sortis ? On riait fort dans cette société-là, tandis que dans la pénombre du chai les nôtres poursuivaient leur travail de foulage.

Il exhala une longue bouffée de fumée.

— Un enfant essuyait sa morve, sale, ce mioche, jusqu'à ses pieds nus couverts de boue séchée ! Un coup de pied au cul, s'il était surpris à ne rien faire, et cap sur le chai où il y avait de l'ouvrage. « Dépêche-toi, feignant ! » C'était peut-être à Labastide-d'Armagnac, à Eauze, ou à Fleurance, dans n'importe lequel de ces bourgs où nous passions. Il faisait froid, souvent, brumeux, des automnes qui n'en finissaient pas, et je pense parfois à tous les coups de pied au cul que le trépas de mon père m'a épargnés. A la mort de mes parents, tandis que l'on plaçait ma sœur Adélaïde chez des métayers de Bigorre…

Il s'interrompit. Les mots se bousculaient dans sa bouche desséchée par une amertume imprévue. Ses fils subissaient sans broncher son regard où brillait le sombre éclat d'un chagrin qu'ils n'avaient jamais soupçonné.

— On m'a vendu à un marchand.

Le visage livide de Germain se transforma, se creusa. De larges cernes sous les yeux lui donnèrent le masque de la mort.

— Je valais une certaine somme, j'ai vu l'argent passer d'une main à l'autre, des pièces de monnaie qui tintent encore dans ma tête, quelquefois, la nuit. J'avais un prix. Quelqu'un m'achetait et m'emmenait comme un veau. On ne m'a pas regardé les dents mais c'était tout juste. C'était la nuit, au fin fond du Béarn, cette fois-là. Personne pour m'embrasser et me souhaiter bonne route. Les gens qui se débarrassaient de moi auraient simplement une bouche en moins à nourrir. Dans certaines circonstances, la survie passe par ce genre de commerce. Même au pays de Schoelcher et de Lamartine.

Il s'apaisait à mesure qu'il parlait. Son visage reprenait un peu de couleur.

— Je pense que ma famille a été décimée par la typhoïde, ou peut-être par le choléra, dit-il. A ces époques, les épidémies frappaient dur, plus encore qu'aujourd'hui. J'ai le très vague souvenir de gens inconscients, délirant pendant des heures et que l'on retrouvait morts dans des diarrhées profuses, le lende-

342

main. Il fallait les enterrer vite, sans messe ni cérémonie. Chaque jour, nous étions moins nombreux dans notre cabane de bergers. Je me souviens que j'avais deux frères aînés et, chose étrange, ce n'est que dans mon sommeil que je revois leurs traits. Le jour les efface invariablement. Là, maintenant, je suis incapable de vous les décrire.

Charles et Julien se regardaient, les mâchoires serrées. Ils avaient bien soupçonné des choses, tenté d'interpréter des non-dits et des ellipses. Marie Lescat, leur mère, avait bâti une histoire à peu près cohérente, acceptable par ses enfants. Quant à Adélaïde, surtout, son mariage avec Técoère et leur réussite sociale avaient gommé toute référence à ces années.

Germain leva la tête, fixa un long moment le plafond. Quitterie s'était approchée de lui. Sa main se posa doucement sur l'épaule de son père. Germain la prit et la garda dans la sienne.

— Si le hasard existait, dit-il, je pourrais me réfugier derrière lui, justifier ma vie par ses caprices. Mais non. Il est un moment où notre passé doit nous servir à quelque chose. Il doit nous éclairer au moment des choix essentiels et nous donner conscience de nos actes et de leurs conséquences. Alors, nous ne subissons plus, nous devenons responsables de notre destin. J'ai cru bien faire, depuis le jour où j'ai remis le pied dans ce pays d'Armagnac. Bien faire, oui, en assurant votre sécurité matérielle. Mais c'est vrai, il est quelquefois difficile de donner ce que l'on n'a pas reçu soi-même.

Il prit son temps pour leur dévoiler sa vie demeurée obscure, et n'éluda pas l'empoisonnement et ce qui s'était ensuivi. De temps à autre, jetant un regard furtif vers Julien, il se revoyait face à la faute qu'on lui avait fait endosser alors qu'il n'était qu'un enfant, commis du Chorra, faute qui l'avait poussé dans un gouffre de culpabilité sans fond. En prison, il s'était juré de n'être plus l'esclave de personne et de faire quelque chose de sa vie, quand bien même ne savait-il pas encore comment.

343

— Mais la société ne vous lâche pas comme ça, dit-il. Vous pourrez avoir changé de façon d'être et de province, abandonné les révoltes, les excès de vos premiers engagements, mis au rancart les violences de votre jeunesse, c'est de celles-ci, et de celles-ci seulement, qu'on se souviendra, pour vous débusquer comme un gibier, vous classer dans des tiroirs, et vous y enfermer. Un peu d'encre sur une fiche. Le discours politique se construit aussi sur ce genre d'archaïsmes. Il n'y a pas d'espoir de ce côté-là, j'en ai peur.

Germain se tut et se mit à contempler ses fils, pacifié. Les dadais ! On ne s'embrasserait pas, cette fois encore, mais il se pouvait bien que le cœur y fût, en secret. Plus que Charles, auquel l'échappée vers l'Asie donnerait de l'air et du temps pour penser à tout cela, Julien aurait besoin d'en entendre davantage et le demanderait, peut-être en son temps.

— Alors, dit Charles, si d'aucuns savaient depuis toujours ce que tu nous révèles, j'en connais qui ont eu le pouvoir de t'empêcher de vivre, et celui de te nuire, aussi bien.

Pensait-il aux affaires publiques en marge desquelles son père était toujours resté ? Germain l'arrêta d'un geste. Il avait eu la vie désirée. Une carrière politique, pourquoi pas ? On prisait fort la présence des médecins sur les listes républicaines, et certains l'avaient sollicité. Mais son rapport de confiance avec le malade et tout ce que cela renfermait de vérité humaine l'en avait bien vite détourné. La politique, il avait passé trente années de sa vie à la faire en sondant l'âme des gens et cette tribune-là n'était pas offerte à tout le monde.

— Quand même, dit Charles en tirant nerveusement sur une cigarette et en soufflant de gros nuages de fumée, je trouve qu'il y a des salauds qui tardent un peu à payer.

Germain haussa les épaules. Ses colères s'apaisaient, lentement, maintenant qu'il avait parlé. Tout se fondait dans une immense fatigue, dans l'abandon progressif de l'esprit et des émotions, tandis que s'accomplissait inexorablement le délabrement de ses muscles. Il restait pourtant à prendre une courbe de la route avant d'apercevoir la dernière ligne droite.

— On commencera à distiller dès demain, déclarat-il en se levant avec infiniment de peine. Les vins sont à point et bien reposés. Quant aux bras amis, ils ne seront pas de trop.

Il fit un petit signe de la main, se leva, caressa en passant la nuque de Quitterie et se retira.

Charles Lescat avait abandonné sa bicyclette au bas du chemin d'accès à Monclar, où d'anciens vignobles transformés en labours céréaliers bordaient le raidillon jusqu'aux dépendances du domaine. De son pas de paysan, il grimpait la côte, et apercevait à mesure les vallons pleins de leurs sombres bosquets, puis, émergeant des crêtes comme des flèches lancées vers le ciel, les clochers des églises de Saint-Julien et de Mauvezind'Armagnac, points cardinaux nord et sud. Pour les jeunes gens courant autrefois la campagne aux saisons grises, l'endroit avait été territoire de chasse, où l'on suivait à la trace lièvres et sangliers en bordure des bois. Charles s'arrêta. L'horizon débarrassé de ses alignements de ceps ondulait désormais, monotone, brisé à son sommet par la masse imposante de la magistère. A la place de la vigne, une glèbe brune, épaisse, étalait ses mottes à perte de vue.

Là comme dans cent autres endroits des Armagnacs landais et gersois, la physionomie du pays avait changé. La vigne n'y était plus qu'un élément secondaire. A mesure qu'il approchait des chais de Monclar et découvrait les silos à maïs étalés en bordure des labours, Charles se demandait à quoi pouvaient bien servir maintenant les dépendances vinicoles du domaine et cette interrogation augmentait sa colère, en même temps que la cadence de son pas.

— On n'a pas le droit, répétait-il tout en marchant.

Il avait mal dormi, avait tourné et retourné dans son esprit le récit de son père. Julien, lui, avait toujours

345

souffert du mystère de ses origines et, par ambition, eût préféré s'appuyer sur une de ces familles haussées par le nom autant que par la fortune. Charles ignorait ce sentiment de frustration. Il n'avait jamais éprouvé la moindre honte à se savoir issu de pauvres gens. Si la chance lui souriait sur quelque champ de bataille outre-mer, il serait peut-être un jour officier et s'en contenterait.

Mais à l'Oustau, il avait acquis des certitudes, à force de sentir le souci permanent de son père, de le voir se défaire de semaine en semaine, d'entendre ici et là ce qui se disait dans les cafés, les échoppes et jusque sous les palombières où les pas de ses promenades l'avaient parfois mené. Il s'était passé des événements qui concernaient Germain, cette folie destructrice sur ses vignes de Lagrange par exemple, dont on ne savait pas l'exacte raison. Qui pouvait bien lui en vouloir à ce point et quel compte réglait-on ainsi avec lui ?

Et puis surtout, il y avait la haine à peine dissimulée dont Jean Poidats poursuivait le médecin. Assez pour passer à l'acte contre lui. D'abord indifférent, long-temps préoccupé par sa propre maladie et par ses malaises, Charles avait écouté d'une oreille distraite. Tout cela ne le concernait que de loin : les élections des députés et leurs suites, la crise de l'armagnac, l'exode rural et les crimes anarchistes, quelle importance pour un exilé dont les horizons se nommaient Laos, Annam, Chine ? Au fil des ans, un fossé s'était creusé entre lui et la France. Rien que de très banal au dire des spécialistes de l'expatriation. Mais il y avait cette terre d'Armagnac, ce pays sans charme particulier figé dans son austère hivernage, et les racines de l'enfance qu'il avait senties sous ses pieds à mesure qu'il le parcourait à nouveau.

— Pauvre vieux docteur.

Germain avait fini par apitoyer son fils, et Charles n'aimait guère ce sentiment-là. Germain cachait sa souffrance derrière ses silences de plus en plus prolongés. Il grimaçait au moindre effort, s'alimentait de moins en moins, geignait, la nuit. Certes, il y avait la femme, l'ombre entrevue une ou deux fois dans les couloirs de la maison. Le secret s'était refermé sur lui-même, le jour avait chassé ce fantôme. Germain Lescat avait bien droit à une vie privée. Le veuvage était son affaire et aucun des trois enfants ne se fût risqué à l'interroger là-dessus.

Les pensées de Charles s'emballaient. Il était arrivé au point où les chemins de Monclar bifurquaient. L'un s'enfonçait vers la maison au limes d'un parc de chênes, de marronniers et de hauts conifères, l'autre, sur lequel Charles s'engagea, coupait à travers les derniers espaces labourés en direction des dépendances.

Il avait été un temps où les fils de l'officier de santé avaient eu libre accès aux granges, écuries et remises de Monclar. Les bâtiments étaient assez vastes pour abriter en sus une étable et des chais où il faisait bon faire étape sur les pistes du gibier. Charles reconnaissait les immenses portes ogivales derrière lesquelles dormaient citernes, charrettes, herses et socs. Il y avait aussi, à l'époque de la splendeur armagnacquaise, un alambic. Charles trouva sans peine la portion de toiture noircie par la moisissure, au-dessus d'une porte entrouverte, et s'approcha. Le ronronnement d'une distillation ne tarda pas à chatouiller son ouïe. On faisait donc encore un peu d'aygue à Monclar. Par solidarité ? La question fit naître un sourire sur les lèvres de Charles.

Il entra, aperçut aussitôt la lueur fauve de la chaudière qu'un ouvrier nourrissait à pleins bras de billots de chêne. C'était une machine ambulante que l'on avait libérée de son attelage et mise à l'abri, le temps de la distillation. Des hommes se tenaient debout devant les cuves. Les mains sur les hanches, Jean Poidats surveillait un cadran de pression tandis qu'à l'autre extrémité de la machine la liqueur s'écoulait, filet clair dans la pénombre.

A l'instant où il reconnaissait le maître de Monclar, Charles eut la certitude que Poidats était bel et bien à l'origine des malheurs de Germain. Il se dit qu'il avait une mission à accomplir avant de reprendre le bateau pour l'Asie. Son père le traiterait sans doute de tête brûlée, comme autrefois, mais l'excitation était trop forte et le temps pour agir, compté.

— Alors, demanda-t-il d'une voix forte, ici aussi, une année d'exception ?

Jean Poidats tourna vers lui son visage de tortue vieillissante, fit un effort pour le reconnaître, à contre-jour. Charles était en civil, et les deux hommes ne s'étaient pas vus depuis deux lustres. Poidats eut un coup de menton vers le visiteur.

— Monsieur ?

— Lescat. Charles Lescat. De Hanoi, Haiphong et quelques autres lieux dont Labastide. Vous faites encore un peu d'alcool à Monclar ?

Poidats cherchait une contenance. Le ton de Charles n'était pas à l'amitié, bien qu'il n'y eût jamais eu de contentieux entre eux jusqu'alors. De vingt ans son aîné, Poidats devait se souvenir d'un tout jeune homme habile à la chasse, d'un infatigable coureur de bois à qui les servantes de sa maison offraient à boire, à manger et peut-être autre chose aussi, lorsqu'il bivouaquait dans les greniers du domaine.

— Eh bien, fit le maître, vous me direz bientôt le motif de cette visite.

— Je suis venu vous parler de mon père. De l'officier de santé Lescat.

Poidats s'approcha de lui, et le toisa. Il avait bien changé, le petit chasseur de marcassins. La traque des Pavillons noirs, en compagnie des successeurs de Francis Rivière, avait durci ses traits et donnait à son regard des lueurs carnassières. Poidats hocha la tête, fit mine de se détourner.

— Je n'ai rien à entendre sur l'officier de santé Lescat, dit-il.

— Vous ne désirez pas parler devant vos gens ? s'impatienta Charles.

Poidats eut un haussement d'épaules, précéda son

348

visiteur vers l'entrée du chai. Lorsqu'ils furent tous deux à l'extérieur, il se campa devant Charles.

— Maintenant, monsieur, lâcha-t-il les dents serrées, vous allez m'expliquer le plus brièvement possible la raison de votre présence ici. Il fait assez froid, j'ai à faire, comme vous avez pu le constater, et perdre mon temps m'exaspère.

— Je n'aime pas du tout la manière dont on traite mon père, dit Charles. Je n'aime pas qu'on saccage son vignoble. Je trouve insultant que cet homme sans méchanceté soit frappé de cette manière veule et déshonorante.

— J'ai entendu des récits à ce sujet. Et alors ? Qu'est-ce que je viens faire là-dedans ?

— Je pense que vous êtes de ceux qui avez d'assez bonnes raisons de démolir ce qu'il a mis des années à bâtir. Il n'y a pas besoin d'être dans le secret de vos relations pour en être sûr. Et si parmi cent personnes, je devais en désigner une capable de le frapper par-derrière, ce serait vous. Sans la moindre hésitation.

Poidats fit un pas vers Charles. Visage, taille et thorax de l'homme étaient mous, il ne devait guère être du genre à se commettre à poings nus mais sa haute stature pouvait en imposer. Charles avala sa salive. Il était loin de chez lui, chez un ancien hôte de chasse devenu un parfait étranger. Ses certitudes vacillaient mais il ne concevait pas de reculer.

— Ah ! la bonne blague ! s'écria Poidats. Moi, coupant nuitamment les pieds de vigne du rebouteux préféré de nos braves paysans ! Elle est bonne ! Elle est très bonne ! Imaginez-vous une chose pareille ? C'est comme si je m'avisais d'aller faire des moutards à une rabouilleuse ! Je ne suis pas lecteur de ce monsieur Zola, moi.

Charles se sentit blêmir. Dans la bouche de Poidats, le mariage de la rabouilleuse et du rebouteux prenait des allures de peinture réaliste. Il eut un rictus. Ses mots sortaient difficilement.

— Rabouilleuses, et plus bas encore peut-être bien.

C'est pourtant le genre de conquêtes que vous préférez ouvertement à celle de votre épouse, dit-il.

Il avait à peine achevé sa phrase que la main de Poidats s'abattait sur sa joue. Il recula, glissa dans la boue. Poidats ameuta ses gens. Charles se dégagea d'un geste vif et se redressa. L'empoignade le libérait de ses appréhensions. C'était comme au combat, dans les montagnes humides du Nord-Tonkin. Il fallait un coup de feu, le premier, pour que tout se mît en place dans les esprits. Charles s'élança vers Poidats, vit les hommes soudain assemblés devant lui, formant une muraille hostile dans laquelle il entra tête la première avec des envies de meurtre.

— Il est fou, ce *deganasse* [1] ! cria quelqu'un.

Charles avait perdu son chapeau, saignait de la joue. Ses bras se mirent à battre l'air tandis qu'on le tenait à la taille et aux cuisses. Poidats observait la bagarre.

— Foutez-moi ça hors d'ici, ordonna-t-il lorsque Charles eut été maîtrisé, et, s'étant approché de son visiteur, il ajouta : il y a des usages à respecter, jeune homme. Je ne vous fais pas complètement démolir, cette fois, mais je vous prie de ne pas trop abuser de mon hospitalité. Quant à nuire à votre père, je laisse à l'alcool le soin de faire son œuvre. Cela ira assez vite, je crois.

Charles se détendit, brusquement, sentit qu'on le poussait vers le chemin. Il tenta de résister, reçut quelques bourrades et des coups de pied aux fesses. Lorsqu'ils furent parvenus à l'endroit où la colline commençait à plonger vers le vallon, les hommes se mirent à quatre pour y projeter Charles, qui dévala la pente à grands pas avant de chuter à nouveau dans la glaise.

Quelqu'un lui lança son chapeau, qui tournoya avant de retomber à quelques mètres de lui. Il se pencha pour le ramasser, dut faire un effort pour ne pas s'agenouil-

1. Dégingandé.

350

ler. Puis il lissa maladroitement ses vêtements maculés de boue. Ce bref pugilat le laissait sans force. Son vieux sorcier de père n'avait pas tort. La vérole se creusait des abris dans sa chair, des niches où les muscles se délitaient peu à peu. Combien de temps faudrait-il avant que cette fatigue se dissipât pour de bon ? Charles se força à respirer profondément. Les hommes avaient réintégré le chai.

— Eh bé, couillon, murmura-t-il en palpant ses pommettes.

Au moment où il allait se mettre debout, il vit arriver une cavalière montant le raidillon au pas. Elle l'aperçut, dirigea son cheval vers lui, se laissa glisser à terre. Elle avait l'air surpris ; son sourire se figea lorsqu'elle réalisa dans quel état se trouvait Charles.

— La fameuse hospitalité gasconne, lui dit ce dernier.

Il reconnaissait la jeune femme qui promenait autrefois ses enfants aux abords de Monclar et chercha son prénom. Il y avait ce souvenir lointain, et un autre, plus flou. Clélie se pencha vers lui et l'observa. Puis elle tendit la main vers son visage, d'un geste que Charles refusa. Il recula d'un pas.

— Les chats retrouvent toujours leur chemin, dit-il. Ne vous en faites pas pour moi.

Elle portait une jupe de paysanne et une chemise de toile ouverte sur la naissance de ses seins. Un gros châle de laine tressée lui servait de manteau. Charles se perdit quelques instants dans la contemplation de ce charmant paysage. Lorsqu'il eut dit qui il était, il vit Clélie se raidir soudain, l'air infiniment contrarié.

— Bast, dit-il. Il y a des jours où il vaut mieux rester chez soi.

Il secoua son chapeau, s'en coiffa avant de se relever. Clélie l'observait sans bouger. Quand elle se fut détournée et mise à marcher vers sa monture, il eut brutalement la réponse à une question qu'il n'avait pas osé formuler tout à fait. Cette silhouette à la fois ondoyante et charnelle, cette taille fine plongeant vers des fesses rebondies lui étaient apparues, la nuit, dans un couloir de la maison paternelle. C'était donc elle !

— Ha ! monsieur l'officier de santé ! murmura-t-il. Et moi qui venais là pour te défendre, vieux brigand.

Charles ouvrit grand ses yeux. Cette cavalière juchée sur sa monture et qui lui lançait furtivement un dernier regard était donc la maîtresse de Germain Lescat. Charles sentit monter en lui une vague de joie méchante, de celles qu'il éprouvait parfois à la chasse, lorsque tombait à ses pieds un gibier trop longtemps traqué.

Il se redressa, sourit, puis se mit à rire. Il ne sentait plus les courbatures et eût pris à témoin la terre entière de son plaisir.

— Vieux brigand, sacré vieux brigand !

Clélie ne pouvait l'entendre. Il y avait dans le chai de Monclar un cocu distribuant la part des anges au milieu de sa cour. Charles en riait encore lorsqu'il retrouva sa bicyclette. Même si un flot d'amertume et de désenchantement assombrissait sa joie juvénile.

Germain sortait de la maison pour aller au chai lorsqu'il vit son fils descendre de sa monture de ferraille et faire quelques rapides exercices d'assouplissement. Il s'appuya des deux mains sur sa canne, donna un coup de menton dans sa direction.

— Tu arrives juste pour la cérémonie. Mais oh ! Tu t'es ramassé la figure ? Tu es couvert de boue. Et tes joues ? Elles ont doublé de volume.

Charles passa devant lui, l'air pressé. Germain le retint par le bras.

— Boh, laisse donc, protesta Charles, mollement.

— Toi, tu t'es colleté. Il fallait bien que ça arrive mais choisir pour ça les jours précédant ton départ, voilà qui est un peu décourageant.

Germain pensait à une querelle de bistro, vin belliqueux et envie d'en découdre pour le plaisir, un passetemps volontiers gascon. Charles lui dit d'où il venait, le contemplant dans un sourire, moqueur et admiratif à la fois.

352

— A Monclar ! Et qu'est-ce qui t'a pris, dis-moi ?

Charles éluda d'un geste. Il ne tenait pas à s'entendre dire qu'il avait agi comme à sa mauvaise habitude. Germain insista.

— Je ne sais pas trop, lui dit Charles. C'était comme au lycée, dans la cour, un besoin urgent. Mais laisse. Ce qui est fait est fait.

On lui avait boxé aussi les lèvres et des crevasses bien ouvertes lui faisaient mal dans la bouche. Il donna une tape amicale sur l'épaule de son père.

— Il y a tant d'autres façons de dominer la situation, dit-il. Il est clair que je n'ai pas choisi la meilleure. Et si on allait faire marcher la grosse bête à distiller, maintenant.

Sous son masque d'ecchymoses et d'œdèmes, il avait vraiment l'air de s'amuser, et s'éloigna, les mains dans les poches, laissant son père médusé.

Au milieu de la nuit, Julien entendit des gémissements à l'étage. Il avait fait son bagage la veille au soir, et dans l'attente du coche du matin, pour Mont-de-Marsan, ne trouvait pas le sommeil.

Il entra dans la chambre de Germain mais celui-ci lui ordonna de le laisser seul.

— J'ai pris du laudanum. Il y aura encore quelques minutes pénibles avant que ça fasse son effet. Va.

La routine. Pour le reste, il n'y avait évidemment rien à faire. N'importe quel praticien un peu averti des choses du cancer pouvait estimer les dégâts à la simple vue d'un visage creusé par l'angoisse et l'insomnie, d'un corps aux muscles fondus. Germain se haussa sur un coude. Ça irait.

Julien n'obéit pas tout de suite. Il s'approcha du lit et se figea, les mains jointes devant son père, dans une attitude inhabituelle de prière. La tête basse, il attendit puis, ayant relevé les yeux, affronta le regard différent de l'officier de santé.

— Ça ira, lui répéta Germain en lui tendant la main. Tu es gentil de t'être inquiété. En ce moment, j'ai mal

353

au thorax, sur la plèvre. L'abus des cigares n'y est hélas pour rien. Ça gagne partout. Cette saloperie me bouffe l'intérieur mais bon, je ne me chie pas encore dessus, c'est toujours ça. J'ai lu quelque part que lorsque ça passe dans le cerveau, on a une chance de foutre le camp sans s'en apercevoir. Ça donnerait même des phases d'euphorie, de délire doux, d'irréalité. Tu as déjà vu des choses pareilles, toi ?

Julien garda longtemps la main de Germain entre les siennes. Ce premier contact intime avec son père le bouleversait. Quant à répondre, il en était incapable. Ce qu'il avait vu dans son exercice n'avait plus guère d'importance, de toute façon.

— Je pense que c'est foutu, pour de bon, dit Germain d'une voix affaiblie tout à coup. Ton patron n'a guère le sens de l'humain, mais son coup d'œil est remarquable, son toucher aussi. Techniquement, il eût fait un honnête guérisseur.

Julien pleurait en silence. Germain le regarda, qui demandait pardon à sa façon. Au bout de quelques minutes, il lui donna une claque sur l'épaule, qui fit sursauter le jeune homme.

— Té, docteur, fais donc quelque chose d'utile ! Il y a un flacon sur la cheminée, et un verre. Ça, je te le dis, c'est de la bonne médecine au lit du malade. On va en partager quelques décilitres, tous les deux, et puis tu iras te coucher. Je n'ai pas encore besoin de veilleur.

Lorsque Germain pénétra dans le chai, aux premières lueurs du jour, son premier regard fut pour chercher Julien. Sans doute le jeune homme avait-il marché jusqu'à Labastide aux petites heures, comme il le faisait habituellement lorsqu'il quittait l'Oustau. Mais non. Pas cette fois. Julien était bien là, assis sur une barrique, le dos appuyé contre un mur du chai.

— Je suis venu voir si notre sœur sera vraiment capable de prendre un jour la responsabilité de notre part des anges, dit-il.

Germain lui sourit. Le maître Charron devrait atten-

354

dre un peu son assistant préféré. Lorsqu'il eut constaté que ses trois enfants étaient présents ce matin-là, Germain se sentit plein d'une joie sans mélange. Pour la première fois depuis de très lointaines réunions de vacances, sa famille était rassemblée dans son sanctuaire. Les retrouvailles avaient été difficiles et parfois chaotiques, mais elles existaient bel et bien. Tout était à savourer.

Germain s'approcha de sa fille. Plantée devant l'alambic, les mains croisées dans le dos, ses jambes de poulet coureur écartées comme pour résister au vent, Quitterie avait l'air d'une enfant découvrant un gigantesque jouet dans une vitrine de Noël.

— Vingt-trois décembre, dit Jean Larrouy, le petit Jésus aura une journée d'avance, cette année.

— J'ai fini par comprendre, s'exclama la jeune fille.

Elle pointa du doigt l'énorme récipient de cuivre au bord duquel une première barrique de vin avait été hissée, à la corde.

— Le vin versé dans une cuve va se faire chauffer jusqu'à ébullition dans l'autre et la vapeur va couler en liqueur par ce minuscule tuyau après être passée dans des serpentins ! Mais où se transforme-t-il précisément en vapeur ?

Larrouy se gratta le menton. Il avait déjà expliqué à son élève le tortueux cheminement de l'aygue entre les hautes matrices de cuivre et ses changements d'état, entre vapeur et liquide.

— Eh, té, dit-il, mi-fataliste, mi-taquin, il doit bien y avoir un endroit, mais va savoir lequel, derrière ces parois de métal. Attends que ça coule un peu. Tu comprendras peut-être mieux.

Quitterie écarta les bras, tapa du pied, ce qui fit sourire son père. Au fond, elle avait eu raison de vouloir quitter un collège où les filles se voyaient interdire l'enseignement du grec, du latin et des mathématiques. Les lois de la physique et de la chimie étaient aussi du domaine réservé aux garçons. Que restait-il à ces jouvencelles cloîtrées comme des nonnes ? Coudre et ânonner Molière dans le permanent mystère de l'éducation républicaine. Pour une fille désireuse d'agir, il y avait en effet de quoi préférer la création en liberté, fût-elle confinée entre les murs d'un chai.

Germain tapota le sol poussiéreux du bout de sa canne. Lui-même s'était toujours émerveillé de la complexité de la distillation dans l'alambic. Il traça quelques traits, expliqua. Le regard de Quitterie allait du schéma à la réalité. Le vin passait d'une cuve à l'autre pour aller se faire chauffer, descendait vers le feu bienfaiteur par plateaux successifs, comme coule une fontaine de champagne. Il baignait et refroidissait ensuite sa propre vapeur dans son serpent de métal, avant de la condenser et de l'écouler enfin en une liqueur fortement alcoolisée.

— Plus mille petits événements en cours de route, mon petit. Il y a là-dedans des résidus plus ou moins lourds, plus ou moins odorants et chargés en alcool. Certains doivent être éliminés, c'est la vinasse qui porte bien son nom. Il faut au contraire en laisser d'autres imprégner tout ce qui se vaporise ou se liquéfie. C'est le charme de cet art. Pour cela, rassure-toi, il n'est guère question de formule, ou de théorème.

Il pinça le bout du nez de Quitterie.

— Mais plutôt de ça, qui n'est pas donné à tout le monde et dont tu me parais bien dotée.

Il passa la paume sur le flanc de la machine.

— Le vin est capricieux, dit-il, surtout quand il doit se volatiliser avant de réapparaître sous une autre forme. Il a une tête, un corps, et une queue ! Oui, mademoiselle, et c'est comme chez le cochon, tout cela n'a pas le même goût, ni la même senteur. L'aygue est faite de ces éléments différents et de leur équilibre. Tu vois, ce qui est versé là-haut et titre péniblement dix degrés doit couler quelques minutes plus tard à près de soixante degrés. Quel prodige !

Quitterie fronça les sourcils. Il était temps de lui donner à entendre le bruit du prodige en question. Germain marcha vers la chaudière dont il ouvrit la porte noire et vérifia le contenu. C'était un rituel installé depuis des décennies, la cérémonie du feu recommencée chaque hiver. Germain craqua une allumette, enflamma les gémelles et referma la porte. Jean Larrouy était déjà monté en haut de l'échafaudage et s'apprêtait à incliner la bonde du tonneau de vin vers la cuve.

— Attends un peu, dit Germain.

Il avait presque collé son oreille contre la paroi de la chaudière, écoutait monter le ronflement du foyer. Les matériaux légers avaient dû se consumer rapidement. Maintenant, c'était le chêne qui prenait à son tour, dans un crépitement d'incandescence. Une vague chaleur commençait à se diffuser à travers la porte. Au bout de quelques minutes, Germain leva la main.

— Verse, Jean, dit-il.

— Aï, dio, lui répondit en écho son ami.

Le processus avait commencé. Germain tapota les manomètres tandis que les premiers litres de vin venaient s'accumuler au fond de la cuve de chauffe. Il fallait attendre que celle-ci fût pleine pour que débutât la phase qui tourmentait tant les méninges de Quitterie, la descente vers la chaudière par les plateaux.

— Ça chauffe, constata Germain.

A l'étroit entre les parois de brique, le bois craquait de toutes ses fibres. Germain empila du combustible, puis revint vers la cuve, attiré par elle comme par un aimant, suivit en pensée la dégringolade de sa folle blanche, chercha à deviner la fraction de seconde où commencerait la vaporisation. Le ronflement se modifiait imperceptiblement. Germain prit sa fille par les épaules pour la sensibiliser à tout cela. C'était un ronronnement, lointain, et régulier. Un gros chat tapi quelque part dans la machine manifestait son plaisir. Et l'alambic tout entier semblait s'être animé d'une vie intérieure que l'on sentait vibrer au toucher.

— Ecoute, mon petit, écoute bien, avec tes doigts, lui dit-il en lui prenant la main pour l'appliquer sur le gros ventre cylindrique.

— On dirait qu'il est vivant, dit Quitterie.

357

— Mais il l'est pour de bon, tu peux me croire.

Larrouy continuait de vider la barrique de vin. Lorsque l'ensemble aurait été bien chauffé, les vapeurs d'alcool commenceraient leur lent voyage vers le haut de la cuve, emprunteraient le col de cygne et descendraient le long du serpentin tout en se liquéfiant. Merveille de mystère. L'alambic avait été nettoyé du plus petit résidu de l'année précédente.

— Tout se passe en ce moment, dit Germain. Tu te désespères de ne rien voir, mais l'attente n'en est que meilleure.

Il lui rappela des histoires qu'elle connaissait déjà, le séjour du vin dans les foudres de chêne, sa brève imprégnation de tannins, son caractère fixé par cette étape indispensable. Maintenant, la création s'opérait dans la nuit de l'alambic. Tout s'agrégeait et se résumait dans cette impalpable nuée en transit dans des tubulures. Quitterie hochait la tête. En vérité, elle n'écoutait guère. Postée devant le minuscule orifice du serpentin, elle guettait les premières gouttes d'eau-de-vie comme un petit enfant la tourterelle s'échappant du chapeau d'un magicien.

— Là ! cria-t-elle. Regarde, père.

Quelques bulles se formaient, qui éclatèrent aussitôt, libérant une odeur à la fois douce et forte. Germain approcha un verre.

— La blanche, dit-il. Maintenant, on va savoir.

Les bulles devenaient gouttes, et celles-ci finissaient par former un petit filet, grossissant de façon imperceptible. Le parfum se précisait et s'amplifiait. Lorsqu'il eut recueilli suffisamment d'aygue dans son verre, Germain plaça un tonnelet sous l'orifice. Puis il contempla longuement le liquide limpide et clair dans la lumière des bougies, avant de le respirer. En haut de son perchoir, Jean Larrouy avait interrompu ses opérations, et attendait, accoudé à la rambarde.

— Elle est bien née, lui lança Germain. Oh, macareou ! Elle a tout ce qu'il faut. Jean ! Tu vas me goûter

358

ça ! Elle caresse les soixante degrés, sûr, et n'a rien perdu de sa complexité. Divin !

Il s'était lavé la bouche avec la liqueur, avant de la mâcher, et de la recracher. Tandis que Larrouy descendait de l'échafaudage, il goûta de nouveau, en avala un peu cette fois. Il fallait aller lentement, familiariser la langue et le palais avec cette furie brute dont le vieillissement atténuerait la vigueur.

— Elle tient les promesses de la vigne, dit Larrouy lorsqu'il eut goûté à son tour. Elle est fraîche avec du moelleux, déjà, et de l'anis vert. Si le colombard est de la même essence, vous aurez la perfection, Monsieur Germain.

L'art suprême serait dans les mélanges et le respect des qualités de la toute jeune eau-de-vie, de sa nature fougueuse et pourtant docile, prête à se laisser dompter sous ses airs sauvageons. Germain pensait avec tristesse à ceux de ses amis qui se dégradaient en mouillant leur armagnac. En fallait-il, des compromissions, pour se fondre dans le mimétisme cognacquais, ou complaire aux pseudo becs fins des appellations, rebutés par les alcools trop subtils ! Germain sourit. Dans quinze ans comme dans cinquante, son 93 serait la huitième merveille du monde.

Quitterie trépignait. Germain la laissa humecter ses lèvres au bord du verre. Cette fois, malgré le degré prohibitif de l'aygue, elle ne grimaça ni ne menaça de s'asphyxier.

Quitterie cherchait à nommer des arômes. Elle trouva la puissante présence de la poire. Elle apprenait vite et Germain la félicita tandis que Julien descendait de son perchoir pour déguster à son tour. Il y eut un moment de recueillement bercé par le ronronnement de l'alambic.

— Je suis content, dit simplement Germain.

Le charme était pourtant passé. Maintenant, la routine de la distillation remplaçait l'enchantement des premières minutes. La chaudière devait être alimentée en permanence et sa chaleur constante. L'aygue ne supportait pas les écarts de température. Germain enfourna du chêne, promena sa main sur le cuivre de l'alambic, vérifia la température sous sa peau. A mesure qu'il faisait le tour de la machine tiédie, le souvenir d'un autre feu le prenait et lui serrait la gorge. Clélie n'était pas réapparue dans sa vie. Que savait-elle de sa soudaine retraite, elle qui devinait la marche sans répit de sa souffrance pour l'avoir ressentie jusque dans sa propre chair ? Avait-elle peur de voir le spectre de son amant se décomposer lentement près d'elle ? Etait-ce sa façon de respecter et d'accompagner son lent déclin ?

A l'idée que cette femme eût pu de nouveau le surprendre dans son chai à cet instant précis, faisant résonner son rire clair, s'approchant de lui et tendant ses lèvres vers les siennes, il sentit une telle bouffée de détresse l'envahir qu'il dut se détourner et faire mine d'inspecter les fûts encore vides.

— Bravo, père, dit Charles. J'emporterai cette merveille dans ma pauvre mémoire.

Germain avait en face de lui ses trois enfants, dans la semi-obscurité du chai. Tout était en ordre et pourtant l'imminence de la séparation portait déjà atteinte à l'instant. Il flatta de la main la rondeur d'une cuve, comme il l'eût fait de la croupe de sa jument. Puis il leva son verre.

— A nous, dit-il d'une voix nostalgique malgré lui, et à nous seuls.

17

Labastide-d'Armagnac s'engourdissait dans l'hiver, sous une ouate grisâtre que ne perçait aucun rayon de soleil. Charles Lescat sortit de l'église, demeura quelques instants immobile sous le porche. Il y était entré un peu par hasard, n'ayant guère fréquenté l'endroit pour y prier mais habitué comme son père à se reposer dans ces lieux de silence et de méditation. Maintenant, il avait froid et envie d'un café ou d'un chocolat chaud. Il traversa la place d'un pas alerte, poussa la porte du bistro, choisit une table près d'une fenêtre, s'assit et commanda.

— Té, le Charles ! Et tu ne repars donc pas dans tes Chines ?

Le taulier s'activait à son fourneau. Engraisseur d'ortolans, il avait été autrefois compagnon de chasse du fils Lescat, avec une prédilection pour la palombe. En avaient-ils passé, des jours, sous les tunnels de feuillage, avec quelques autres guetteurs ! Le temps n'avait là qu'une valeur toute relative et de cette époque, Charles éprouvait encore une vague nostalgie de vacances de jeunesse, tempérée cependant par son impatience de repartir.

— Encore une petite semaine, dit-il.

Malgré l'excitation du départ, il ne pouvait se défaire d'une certaine amertume, comme si les repères qu'il avait fini par retrouver en France s'étaient mis en place

361

trop tard. Pourtant, il avait de quoi éclairer la grisaille de son séjour en France. Sa mauvaise humeur des premiers temps avait fondu, et la fatigue, en se dissipant au fil des semaines, lui laissait des forces nouvelles dont il ne savait trop que faire. Les traces du coup de sang assez ridicule qui l'avait poussé à l'assaut de Monclar s'étaient effacées. Et puis, la France s'était dotée en fin d'année d'une armée portant officiellement le nom de coloniale. Le Siam cédait la rive gauche du Mékong, le Dahomey se mettait sous protectorat. Il y aurait donc d'autres guerres beaucoup plus passionnantes que ces combats d'arrière-garde dans le vignoble ruiné.

Charles pensait à son père. Le réveil du sorcier avait de quoi surprendre, mais après tout, sortir de la routine d'une existence de forçat en devenant à près de soixante ans l'amant d'une des femmes les plus séduisantes de la région ne manquait pas de panache ! Ainsi les grands espaces de l'aventure humaine n'étaient-ils pas réservés aux armées coloniales, en cette fin de siècle.

Tandis que ses pensées défilaient, il se perdit dans la contemplation des arcades pétrifiées par le froid, des façades émergeant de la brume, toutes différentes et harmonieuses, pourtant. Ces brouillards lui en rappelaient d'autres, infiniment plus glauques et humides, au creux desquels des ennemis insaisissables se mouvaient d'un village ou d'une embuscade à l'autre. Parfois, à l'entrée de ces hameaux du Nord-Tonkin, des têtes humaines coupées balisaient le chemin, au ras du sol. On avait bivouaqué là en terrain peu sûr et les Français apprenaient durement le prix payé par leurs alliés. Charles frissonna. Il avait envie de plonger à nouveau au cœur de ces jungles hostiles où la vie ne valait plus grand- chose. Mais en même temps, la quiétude de l'hiver gascon, son sommeil flou et tout ce qui rattachait le jeune homme à son enfance l'en dissuadaient.

— Té, Charles, regarde qui arrive, dit le taulier.

Edmond Técoère entra dans le café, alla s'accouder au zinc, le regard fixe. Il avait l'air plus tassé que d'habitude, sa tonsure élargie. Le bistrotier lui désigna Charles d'un coup de menton.

En d'autres temps, ces retrouvailles matinales entre chasseurs eussent été l'occasion de quelques joyeux éclats de voix et de rires. Il y avait du sanglier plein les bois et du gibier d'eau, pour ceux qui pousseraient jusqu'aux étangs de la forêt landaise. Le paradis. Mais le taulier avait des verres à laver, Charles, d'autres projets et son cousin, autant envie de lui parler que de se pendre. Edmond se traîna néanmoins jusqu'à la table de Charles, un ballon d'armagnac à la main.

— Mon père n'a pas facilement lâché le morceau, dit Charles, mais il a tout de même fini par me dire deux ou trois choses te concernant. Tu es dans l'embarras, et reconnais que tu as fait ce qu'il fallait pour ça.

Edmond avait changé pour de bon. Le dilettante à l'adolescence interminable avait pris un coup de vieux et son regard virait au gris des cendres refroidies. Charles en venait à se demander quel vent un peu fou avait soufflé depuis l'été sur le bas Armagnac. La petite province de l'aygue avait une réputation de tranquillité renforcée par la rareté de ses routes et leur mauvais état. C'était peut-être grâce à cela qu'en fin de compte on pouvait s'y livrer entre soi à quelques excès en tout genre, loin des gazettes et des prétoires.

— Qu'en penses-tu, Edmond ?

Edmond n'en pensait rien. Il aurait dû s'éloigner de Labastide depuis un bon bout de temps mais décidément, le bambou qui lui poussait dans la main le lestait au point de le maintenir dans son état végétatif.

— Tu penses que tout ça va s'oublier, dit Charles à voix basse. Tu as sans doute raison. Tu vois, plus rien n'existe autour de toi, ce matin, tout a disparu, même les bruits sont étouffés, ici. Au fond, c'est ce genre de climat dont tu aurais besoin en permanence. Brumes et crachins et toi au milieu, comme un rat dans une balle de coton.

Edmond ne réagissait pas et Charles se sentait soulagé de n'avoir pas mis son grain de sauvagerie dans cette famille en prenant de force la virginité de Mélanie. Il eut un geste amical, toqua son verre contre celui d'Edmond.

— Je t'offre le prochain, dit-il.

Edmond se leva, tituba presque. Il avait assez bu, assez veillé ou mal dormi. Il demeura quelques instants indécis, la tête dans les épaules, vacillant, avant de se décider à quitter le café. Charles ne pouvait se défendre d'un sentiment de pitié. Il se leva à son tour, sortit, chercha vainement Edmond parmi les ombres fantomatiques des rares passants. Il avait envie de lui parler, sans trop savoir pourquoi, peut-être pour tromper sa propre solitude. Il l'appela, tout en marchant vers la maison Técoère, et ce fut au moment où il parvenait devant le porche de celle-ci qu'il entendit les échos d'une échauffourée et des cris, d'abord étouffés puis rauques et implorants, carrément bestiaux. Charles se précipita. Les hurlements venaient de la ruelle longeant la maison. Il y avait là des terrains en friche où l'on rangeait les attelages, les jours de marché.

— Ho ! Là ! A moi ! cria Charles.

Des ombres s'agitaient dans le brouillard, à vingt mètres, formant un groupe de quatre ou cinq personnes. Des voix inconnues, donnant des ordres secs, se mêlaient aux cris et aux claquements de semelles sur le sol. Puis la petite troupe se dispersa très vite, comme un vol de palombes, tandis que les hurlements de douleur allaient s'atténuant. Charles distingua l'espace d'une seconde des silhouettes juvéniles qui détalaient. Il trébucha sur un obstacle mou, faillit tomber, identifia une paire de jambes. Une odeur âcre de chimie brûlante envahit ses narines, le fit aussitôt larmoyer. La brume se mâtinait de fumerolles jaunâtres, dans un grésillement de sel sur une poêle. Charles toussa, piqué au nez et aux bronches, se pencha. Ce qu'il vit le força à s'agenouiller, et lui donna envie de vomir.

Edmond Técoère avait été vitriolé. Des giclées d'acide avaient inondé son visage, boursouflé les chairs, fait fondre un œil. Lèvres et joues se fendaient

364

en crevasses. Il n'était jusqu'à l'intérieur de la bouche qui n'eût reçu sa part d'acide. Déjà, des dents se déchaussaient, que la langue gonflée d'œdème poussait vers la sortie.

La face d'Edmond bouillonnait. Charles appela au secours, mais à cette heure de la journée, il n'y avait personne sous les arcades, et les rigueurs de la saison enfermaient les gens derrière les portes closes des échoppes et des ateliers. Charles retint sa respiration, osa regarder l'incendie. C'était immonde. Le fils Técoère revenait à lui après un bref évanouissement et il dut se pencher vers lui pour comprendre ce qu'il murmurait.

— Je meurs, nom de Dieu, je meurs.

Charles chercha de l'eau mais à part la vapeur hivernale en suspension dans l'air, il n'y en avait pas dans ce secteur de la ville. Et puis, était-ce sans danger de mouiller une peau pareillement brûlée ? Charles déplia son mouchoir, qu'il posa sur la joue d'Edmond. Puis il souleva les épaules du jeune homme, ne sachant trop comment le saisir pour le sortir de là. Des odeurs de salle de chimie s'en dégageaient, comme jadis au lycée.

— Je vais t'amener chez Lagourdette. Il te mettra un pansement, des baumes. Viens, mon vieux.

Passé l'instant de la flamme acide, la douleur se calmait un peu, s'organisait. Edmond se mit debout et chancela. Son œil droit indemne conservait l'éclat des grandes terreurs. Charles prit son cousin contre lui et lui fit faire quelques pas, prévenant ses dérobades, ses affaissements de grand blessé. Au bout de quelques minutes, les deux hommes pénétrèrent dans la pharmacie, où s'affairait le potard.

— Seigneur Dieu ! Mais qui est-ce ?

— Edmond Técoère, dit Charles.

— Edmond ? Allonge-le par terre. Oh, diou biban, on ne le reconnaît même plus. Mais dis, on l'a vitriolé, comme à Paris !

La chimie très spéciale des règlements de compte citadins ne s'était que fort peu répandue en pays profond mais il se disait aussi que le progrès devait pénétrer partout. Quant au procédé même, il avait été jusque-là employé par les femmes mais les choses pouvaient donc changer. Le pharmacien Lagourdette n'en revenait pas. Comme à Paris, répétait-il, sidéré. Le stigmate abominable de la justice immanente transperçait le brouillard pour se répandre en bas Armagnac avec le fils d'une personnalité de la ville comme première victime ! Mais qu'avait fait Edmond pour mériter ça ?

— C'est une erreur, sans doute, dit Charles. Il faut faire venir le docteur Hourcques, ou quelqu'un d'autre.

— Votre père...

— Non. Il se repose. Ce n'est pas la peine de lui infliger ça.

Il observait le potard qui tournait autour du corps étendu d'Edmond. C'était le jeune installé que l'on ferait venir en urgence. Ainsi passaient les générations. Charles pensa à Germain et eut un pincement au cœur. Mais le vieux sorcier s'effaçait déjà, sans bruit.

— Mettez-lui quelque chose sur la gueule en attendant, dit Charles, je ne sais pas, moi, du borate, de l'eau.

Lagourdette alla chercher les fluides au rayon des fioles et ballons. Il y en avait de différentes couleurs, alignés sur une étagère haute. Tandis qu'il grimpait sur son escabeau, Charles s'assit, contempla Edmond à demi conscient qui râlait doucement. Le visage avait cessé de ruisseler, devenait un masque uniforme et jaunâtre, pauvrement animé par un œil au regard devenu vague. Les gouttes d'acide laisseraient la trace de leur passage, par des brides, des excavations, des chéloïdes exubérants. Pour l'instant, il n'y avait rien à faire, sauf une dérisoire toilette que le pharmacien commença avec des gestes de dentellière.

Charles soupira. Hourcques ne pourrait pas grand-chose, et Germain non plus. Edmond était détruit et au fond, en dehors de la justice qui lui était faite, son désastre mettrait les soignants à égalité : le vieux solitaire, son bon sens et ses mains de guérisseur, d'un côté ; le

366

jeune plein de sa morgue universitaire mais déjà rattrapé par ses impuissances, de l'autre.

— Je vais le ramener chez lui, dit Charles. On continuera à l'y soigner. Faites donc venir qui vous voudrez à la maison Técoère. Le mal est fait, de toute façon.

Le pharmacien acquiesça, sans comprendre les raisons d'une telle agression. Il se passait des choses bizarres à Labastide, depuis quelques mois. Charles prit Edmond dans ses bras. Recouvert de gaze blanche, son visage cessait d'épouvanter.

— Je vous accompagne, dit Lagourdette.

Il ouvrit la porte de son officine. Dehors, le brouillard avait encore épaissi, comme complice d'un secret. Charles serait sans doute loin lorsque cela se dénouerait. Tout en marchant, le jeune sous-officier faisait un pari. Si Edmond survivait aux inévitables infections qui suivraient ses brûlures, le cocon de sa famille se refermerait autour de lui. Ils n'étaient pas bien nombreux, ceux qui sauraient la vérité. Il y aurait donc ceux-là et les autres. Edmond se cloîtrerait, sortirait la nuit. Mélanie lui ferait ses pansements et la vie continuerait, entre les porte-greffes américains et les senteurs d'eau-de-vie de la cave familiale.

Le potard s'était engouffré dans la maison du docteur Hourcques. Charles poursuivit sa marche, son cousin à moitié évanoui dans les bras. Avec quelques autres, il avait ainsi porté dans des brumes semblables les corps sans vie de camarades tués au combat. Lorsqu'il fut parvenu devant le porche des Técoère, il sentit son cœur s'emballer. Il allait falloir raconter une histoire, partager du sordide et avant tout cela, attendre qu'aient cessé les cris et les larmes. Germain aurait son mot à dire, mais après tout, les familles trouvaient parfois dans leurs drames intimes des raisons de se souder. Charles mit à grand mal Edmond debout, contre lui, puis, du pied, frappa violemment la lourde porte de bois clouté. Il appréhendait de voir le visage de sa tante.

367

Il faisait un de ces jours de décembre crépusculaires, quand la lumière, à peine apparue, semblait déjà faiblir.

Germain traversa le petit bourg de Mauvezin-d'Armagnac dans la brume, au pas régulier de sa jument. Les jolies maisons à colombages alignées de part et d'autre de la route sableuse ne retinrent pour une fois que très brièvement son attention. Les étapes hivernales au coin de la cheminée, devant une assiette pleine à ras bord d'une garbure fumante, appartenaient au passé. Si la maladie lui en laissait le temps, il reviendrait un jour par là, pour le simple plaisir de se faire inviter. Il serra les dents. La brume s'alourdissait d'un crachin glacé, sous un vent de nord-est annonciateur des journées les plus désespérantes de l'année. Dans les premiers temps de son exercice, il avait fait ces trajets par des temps froids et sous la pluie, avec une sorte d'exaltation joyeuse. Il fallait aller à la rencontre de gens que l'on connaissait à peine, entrer pour la première fois chez eux et montrer que l'on était autre chose qu'un jeune blanc-bec portant sacoche de cuir et cherchant son équilibre dans la boue des basses-cours.

Cela faisait rire les enfants alignés derrière les fenêtres. Un officier de santé de vingt-quatre ans, qui en paraissait cinq de moins ! Les doigts de Germain entraient immédiatement en action, ses paumes frôlaient ou pétrissaient des chairs. Les mots simples de la simple charité se mettaient à couler de ses lèvres comme d'une fontaine de vie, agissaient là où baumes et onguents, potions et tisanes et toute la pauvre pharmacopée d'une époque de grandes pénuries échouaient.

L'officier de santé mit la jument au trot. Il avait avalé une dizaine de bouchons d'eau-de-vie, et du laudanum, aussi, plus encore qu'à l'habitude. Malgré cela, les irradiations de la douleur traçaient par instants leur chemin jusque dans ses mollets, où elles vrillaient les muscles comme des pointes rougies martelées par un forgeron. Il hurla, de colère plus que de souffrance. Il avait passé une de ses nuits les plus atroces, incapable de trouver une position de repos. Il avait fumé cigare sur cigare, bu pour occuper son corps à autre chose qu'à ce combat. S'il lui était parfois arrivé de bénéficier de ces rémissions spontanées, témoins des oublis que le cancer avait de son sujet, ces époques incertaines étaient bien révolues. Il savait qu'il n'y aurait plus désormais de répit.

Il fouetta la jument, qui lui répondit par une ruade. Elle n'avait pas l'habitude d'être traitée de cette façon, la Figue, et les manières de son maître se dégradaient depuis la nuit de la tempête. Germain l'engueula. Il avait hâte d'arriver au bas de la colline que les gens de Monclar étaient censés labourer. Les vignes d'Armagnac étaient peuplées depuis le nouvel an par les travailleurs de la terre. Il devait y en avoir quelques dizaines, disséminés dans la brume, arc-boutés sur des socs dont on verrait les traces brunes entre les alignements d'échalas, dès le premier soleil ou à la simple lumière du jour.

Il reconnut l'embranchement, marqué par une pancarte au nom de Monclar. La pente commençait à s'élever ici. Par temps clair, on voyait autrefois les rangées de ceps grimper de toutes parts à l'assaut des collines, entre les mamelons dominés par des maisons de maîtres.

Deux ouvriers s'activaient à l'échalassement, près du chemin. Le patron était plus haut, avec son laboureur. Courbé sur sa canne, Germain escalada le raidillon, chercha en vain les échos de voix. La grisaille épaisse étouffait tout bruit, pénétrait jusqu'au fond des poumons, avec son goût de poussière humide. Un temps à garder les vignerons au coin du feu, devant des ballons d'eau-de-vie. Germain arpenta le sommet de la butte, finit par entendre les ahans d'un homme.

— Salut, Mouriès. Où est ton maître ?

L'ouvrier pesait de tout son corps sur le soc tiré par une mule. Il suspendit son geste, ajusta son béret sur son crâne, sourit.

— Eh bé, tu me reconnais, tout de même, lui lança Germain.

Il était de ceux pour qui les ordres du patron ne se

discutaient pas. Petit, râblé, le regard en dessous, il évitait le dialogue avec Germain. Ce dernier s'approcha de lui, inspecta les larges plaques rouges colorant ses joues, son front et son cou.

— Tu oublies de te passer sur la gueule l'ichtyol que je t'avais prescrit. Et pour les élections, c'est Poidats qui te traite aussi ? Il te remet toujours lui-même le bon bulletin au bureau de vote ? Et tu t'étonnes de cuire sous ton eczéma ! Si tu te libérais un peu l'esprit, pauvre couillon, ça te démangerait moins la couenne.

Il y avait eu autrefois l'ichtyol, les eaux de la fontaine Saint-Christau, à Benquet, où l'on allait en pèlerinage, et les mots de Germain, surtout. L'homme était un de ces rocs capables d'enfermer à vie ses secrets sous sa carapace desséchée. En faisant sortir quelques-uns, Germain avait à l'époque réduit ses angoisses, ses colères rentrées et un peu amendé la chronicité de sa dermatose. Le médecin pointa sa canne vers son ancien patient.

— Tu es de ceux qui ont cogné sur mon fils ?

L'homme eut un brusque mouvement de retrait, comme une dénégation véhémente.

— Certes pas, protesta-t-il.

Germain s'abstint de le questionner davantage. En l'absence du maître, il n'en obtiendrait guère plus. Et Poidats, où était-il ?

— A l'ouest, il chasse, dit Mouriès, devançant une question et pressé de retourner à ses sillons.

— Dans cette purée ! Il va te tirer dessus, aussi bien.

— Oh, té, c'est son affaire.

Germain alluma un cigare, entama la descente à pas comptés. La parcelle de piquepoul, la dernière du domaine de Monclar qui ne fût colonisée par le maïs, se laissait couler en pente douce vers le hameau de Lagrange et sa double exposition en faisait un terrain idéal pour la vigne. Le temps paraissait loin, soudain, où l'on s'échangeait des compliments entre producteurs, au fil d'amicales dégustations. Germain tendit l'oreille. Un chien furetait entre les ceps.

370

— Poidats ! C'est Lescat !

Il attendit. Le chien, un épagneul frétillant de la queue et du museau, ne tarda pas à venir flairer ses bottes, suivi de près par son maître. Poidats portait sur l'épaule un fusil au canon d'arquebuse. Son visage congestionné attestait un effort récent, une course, peut-être, pour ajuster un lièvre. Germain se redressa, au prix de quelques flèches ardentes dans son dos. Ailleurs, il se fût allongé quelques instants à même le sol.

— Et alors, lui lança Poidats, rogue. Qu'est-ce que vous faites ici ?

Il n'avait pas croisé Germain depuis la réunion d'Eauze, le considéra avec un peu de surprise et découvrit un infirme amaigri souffrant derrière ses rictus.

— Je suis venu vous dire qu'il était inutile et plutôt minable de vous mettre à plusieurs pour rosser mon fils Charles.

— Quand on m'agresse, je réponds. Je sais ce que je fais, ou ne fais pas. Et puis merde ! Je ne veux pas de vous ici, père, fils ou Saint-Esprit, vous n'avez pas compris, depuis le temps ? Et je me fous bien de savoir qui a trucidé vos vignes, et pour quelle raison. En revanche, je sais d'autres choses. Les morts, dans le Gers, un village entier empoisonné, et d'autres, sans doute. Médecin, ha ! La bonne blague. Il suffit bien que ma femme continue à vous considérer comme autre chose qu'un vieux charlatan. C'est un bon pourboire, ça, en fin de carrière, non ? Ça ne vous suffit pas ?

Il s'empourprait et dut desserrer le col de sa chemise. Germain fit quelques pas vers lui, le cigare aux lèvres. Sa tension retombait, soudain.

— Jean Poidats, poursuivit-il calmement, je me satisfais aujourd'hui d'avoir en son temps payé cher une erreur de jeunesse. Vous visez mal et les vraies questions sont ailleurs. Je suis aussi venu vous rappeler qu'il y a quelques années, vous avez, pour une raison que vous êtes sans doute le seul à connaître, tenté de faire assassiner votre femme, par mon entremise.

Il exhiba sa paume ouverte, leva la main vers Poidats. L'idée que ce reître plus amolli qu'un chancre pût lui survivre dans l'ignorance de la justice rendue lui était insupportable.

— Voilà un crime, un vrai, dit-il. Il n'y aura jamais de tribunal pour instruire et juger cette affaire. Nous deux, seulement, dans le secret. Je suis heureux d'avoir à l'époque suivi ma conscience, vous le comprenez, n'est-ce pas ? Alors, sachez encore ceci, Poidats, l'existence de Clélie me touche au cœur, depuis longtemps. La blessure chronique que vous infligez à votre femme par votre seule présence ici méritait aussi le secours de mes mains.

— Quoi, vous et…

Germain referma doucement son poing, vit Poidats accuser le coup, puis, très vite, dégager son fusil.

Soudain, il réalisa qu'il s'était mis en danger, mais se sentit incapable de la moindre réaction. La donne ne lui appartenait plus et il s'en trouvait soulagé. C'était comme en Crimée ou en Italie, près de quarante années plus tôt. Il était spectateur de sa propre aventure, intrigué par le tour qu'elle prendrait.

Poidats respirait fort. Sa congestion colérique laissait place à une lividité de mauvais aloi, ses traits se creusaient. Germain ôta son cigare de ses lèvres et, prenant appui sur sa canne, se tourna de côté, dans une attitude très ancienne elle aussi. Qui donc lui avait conseillé un jour, en riant, de se présenter ainsi au tir ennemi, aminci autant que possible ?

— Salaud ! hurla Poidats.

Il titubait. Quelqu'un appela, dans le brouillard. Avait-on besoin d'aide ? Germain fixait la gueule du fusil, le petit orifice noir qui tanguait à un mètre de lui. Poidats partit en arrière, tira dans l'instant, au jugé. Germain ressentit un choc, en haut de son bras, puis la brève douleur d'une griffe acérée. Etonné d'être debout, il marcha vers Poidats tandis que l'on accourait en jurant, derrière lui.

— Hé, Poidats !

L'homme était allongé sur le dos, inconscient, son

fusil en travers du ventre. Germain se pencha vers lui, puis s'agenouilla. Son bras ruisselait sous ses vêtements, jusqu'au bout de ses doigts rougis de sang.

Poidats avait fait une attaque cérébrale, un de ces ictus capables de terrasser n'importe quel colosse. De vagues mouvements, convulsifs, agitaient encore ses membres du côté gauche. Son visage portait lui aussi les stigmates de l'apoplexie. Une paupière retombait, inerte, une joue se gonflait, seule, à chaque expiration. Hémiplégie massive. De la parole, de l'idéation, il faudrait voir ce qui resterait au réveil. Germain pensa à Clélie. Sa très chrétienne compassion suffirait-elle à l'entretien de ce fardeau condamné au fauteuil, si tant est qu'il survécût ?

— Monsieur Jean, nom de Dieu, qu'est-ce que vous lui avez fait ?

Le laboureur n'en revenait pas. Poidats avait tiré, et c'était lui qui se retrouvait par terre. Germain tendit sa main ensanglantée vers l'arrivant. L'homme triturait son béret, piétinait sur place, répétait « oh, macareou », comme si le saint patron des vignerons lui était apparu entre deux rangées d'échalas.

— Moi, rien, dit Germain. Le coup est parti tout seul, je présume. Il avait le cœur fragile, ton maître.

— Bé, té, j'en sais rien, moi. Et qu'est-ce qu'on va faire, maintenant, dans ce brouillard ?

— Le porter à Monclar. Va chercher l'ouvrier, en bas.

Germain sentait ses forces l'abandonner. Il s'appuya un peu plus sur sa canne, mais cela ne suffisait pas à le maintenir debout. Courbé, il vit son propre bras se mettre à pendre, et des gouttes de sang rougir la terre. Il y eut un voile devant ses yeux, plus sombre que la brume, et toute douleur le quitta tandis qu'il perdait connaissance.

La première chose qu'il vit en s'éveillant fut le minois de Quitterie, inquiet, puis le soleil hivernal de midi, pâle, au milieu de la fenêtre de sa chambre. Germain tenta de soulever son buste mais cet effort resta sans effet. Il gémit. Son bras était rivé à son corps par un bandage serré. Tournant la tête, il vit Antoinette qui le surveillait elle aussi, un ouvrage de tricot sur les genoux.

— Si ce sont des moufles, tu pourras te les garder, grommela-t-il. J'ai dormi. Quoi ? Deux heures ? Trois ?

— Dix-huit, peut-être plus.

On avait dû lui faire boire une dose supplémentaire d'opiacé, dans une phase de semi-conscience. Il se sentait cotonneux et comme libéré de son propre poids. Ses reins et son dos le laissaient en paix. C'était une sensation agréable, comme il n'en avait pas connu depuis sa dernière escapade avec Clélie.

— Eh bé, je suis bien arrangé.

Il avait sans doute fallu le bassiner, le faire pisser dans des pots. Il ferma les yeux, se souvint d'un canon de fusil pointé vers lui et d'où le plomb tardait à sortir. Lorsqu'il les ouvrit à nouveau, un visage l'observait, qu'il mit du temps à reconnaître.

— Té, la Faculté, et sa jeunesse triomphante.

Le docteur Hourcques était assis au bord du lit, un vague sourire au coin des lèvres. Il avait extrait quelques plombs, accessibles, de l'épaule de son aîné, mais il devait en rester dans le muscle et jusqu'à l'os, peut-être bien.

— Je ne mourrai pas de ça, dit Germain. Et Poidats, dites ?

— Hémiplégie droite et coma carus. Je l'ai vu, tôt ce matin. Guère de signes de récupération, mais au premier jour, comme vous savez, il est difficile d'établir un pronostic.

« Comme vous savez… » Il parlait sérieusement et c'était au tour de Germain de l'observer. La vie leur donnait à tous deux une petite leçon de maintien confraternel et ce qu'éprouvait Germain allait bien au-delà de la nostalgie ou de l'envie de lutter. C'était un abandon, soudain, la révélation que son existence tout entière se tenait désormais derrière lui et l'observait. Il chercha

374

des yeux sa fille, mais Quitterie était sortie de la chambre et la maison tout entière semblait à Germain comme déshabitée.

— Poidats est un faux lymphatique, dit-il dans un souffle. On croit à tort que ces gens ont plus de temps que les autres pour penser et réfléchir et plus d'espérance de vie que les excités. Rien du tout. L'existence chaotique de ce noceur devait le prédisposer à se péter un jour un vaisseau du cerveau. Enfin, c'est une supposition. Mon fils en dirait davantage. Je ne suis pas franchement spécialiste de ces désordres-là.

Il revoyait l'instant où tout avait basculé, entendait ses propres mots, imaginait le vacarme dans la tête de Jean Poidats au moment où l'hémorragie s'y répandait. Où était Clélie ? Germain sentit son cœur se serrer.

— Avez-vous besoin de quelque chose ? lui demanda Hourcques.

Il avait l'air débarrassé de sa tension habituelle et sincèrement inquiet. Germain supposa que c'était de le voir ainsi terrassé, à quelques hectomètres d'un autre malade parti, lui, vers les régions effrayantes de l'apoplexie. Faisait-on raisonnablement la guerre à un blessé se traînant vers l'arrière ? Et la mémoire d'un médecin de campagne ne devait-elle pas se former à partir de semblables histoires ?

— Vous en verrez d'autres, éluda Germain, quelques plaies bien ouvertes et des hommes foudroyés, que l'on croyait indestructibles. Je crois que je n'ai plus besoin de rien, qu'en pensez-vous ?

Il faudrait refaire le pansement, poursuivre la désinfection. Hourcques ouvrit sa sacoche, en tira deux fioles qu'il posa sur la table de nuit de Germain. Expliqua.

— Ce mélange d'iodoforme et de créosote sous forme de gélatine a été mis au point chez Arnozan, à Bordeaux. On en dit grand bien pour les plaies transfixiantes.

Germain ne pouvait se défaire d'un sentiment de gêne. Tant d'années après l'empoisonnement du village gersois, on lui faisait, et pas n'importe qui, le coup de

375

la potion miraculeuse. En toute bonne foi. Il grogna, chercha une position qui le détendît un peu. Hourcques s'était levé et s'apprêtait à s'en aller. Il avait la force et l'enthousiasme d'un tout jeune homme. Germain lui rendit son salut, tendit sa main valide, que Hourcques serra, l'air soulagé.

— Vous verrez, lui dit Germain, avant dix ou vingt ans, vous aurez, pour soigner, des sérums, des antidotes puissants et peut-être la chimie capable de vaincre le microbe sur son propre terrain. Alors, vous serez capables de guérir pour de bon les gens, au lieu de cautériser leurs jambes de bois en leur faisant des promesses impossibles à tenir. Vous verrez.

18

C'était un autre de ces jours sans lumière, ni joie. Tout avait pris la couleur du plein hiver, grisaille et ciel de plomb, une chape sous laquelle les gens allaient le cou fléchi, entre averses glacées et coulis de vent du nord. Charles appréciait.

— Il fera meilleur à Marseille, puis, si l'eau du canal de Suez ne s'est pas évaporée avec l'argent des actionnaires comme à Panamá, on aura même un peu de fraîcheur, le soir.

On murmurait à propos d'un nouveau scandale. A peine réintégrés dans la vie publique, les politiques écartés dix ans plus tôt par l'affaire de Panamá, les Freycinet, Baïhaut et autres Floquet, allaient-ils se remettre à flot, sur les eaux de la mer Rouge cette fois ? Charles se tourna vers son père.

— Prends le temps de m'écrire, raconte-moi ces belles choses de la république triomphante. Tu sais, le quotidien des bâtisseurs d'empires est souvent si morne.

Il en rajoutait un peu. Germain s'appuya sur sa canne, le contempla un long moment. Il s'était passé tant d'événements depuis les splendides journées de septembre et la plus étonnante n'était-elle pas ce spectaculaire retour à la santé de Charles, cette résurgence de ses forces ? Germain acquiesça. Il lui manquerait bien des choses pour arriver à écrire, la paix du corps, l'énergie profonde, l'envie, même, mais pas le temps.

Il aurait des heures pour décliner doucement, comme le jour. Germain promit cependant, sa main serrant fort celle de Quitterie.

— Tout cela est bien tard, murmura-t-il.

Charles marchait un pas devant lui, son sac marin sur le dos. Ainsi pouvait-on traverser l'existence avec si peu. Le reste était à Hanoi et devait tenir dans deux ou trois tiroirs du quartier militaire. Tandis qu'il avançait à pas lents sur le quai de la gare de Mont-de-Marsan, Germain ne pouvait détacher son regard de la silhouette de son fils. Lorsqu'il s'était présenté au recrutement pour la Crimée, lui-même possédait en tout et pour tout son pantalon et sa chemise, une paire de souliers, cadeau de second pied d'un gardien de prison compatissant, et une veste de chasse en lambeaux, dérobée à un épouvantail. Fallait-il que les armées impériales eussent besoin de volontaires pour avoir engagé celui-là !

Le train surgirait de la grisaille, soufflant et crachant, et s'en irait de même. Germain soupira. Tout avait été dit, entre lui et ses deux fils, et la paix installée lui faisait une impression de sépulcre ouvert, où il n'avait plus qu'à s'allonger et fermer les yeux. Charles avait posé sa valise contre son sac. Il se pencha vers Germain.

— Si ton ami Jean Poidats peut t'entendre un jour, dis-lui bonjour de ma part.

— Il n'entendra plus grand monde, j'en ai peur. Son réveil le laisse *pégoule* [1], aphasique et sans la moindre récupération motrice.

— Alors, il y aura comme de la liberté autour de lui.

Charles souriait, plein d'un joyeux secret. Germain le considéra, étonné. La liberté, certes, mais le temps, pour la vivre ? Il s'assit sur un banc. Monclar allait se transformer en hospice pour un unique patient veillé

1. Idiot.

378

par des âmes dévouées. Germain eut le pressentiment qu'il ne reverrait plus Clélie. Le compte des semaines qui lui restaient à vivre ou même à pouvoir encore se lever et marcher le menait, lui aussi, au gouffre. Qui plongerait le premier ?

Charles s'était laissé tomber sur son sac, face à lui, bientôt imité par Quitterie. Ainsi installés sur la toile bleue, ils avaient tous deux des allures de soldats au bivouac. Charles taquina sa sœur.

— Alors, gouyate, il semble que cette fois tu aies gagné ton paradis d'Armagnac. Fini l'école et les leçons de couture. Eh bé, le petit bout de rien du tout qui craignait son ombre a su imposer sa volonté.

Quitterie se rengorgea. Elle avait eu son père à l'usure, du moins le croyait-elle. Charles frictionna les cheveux de sa sœur, d'une caresse rugueuse.

— Notre eau-de-vie a quelque chose d'une jolie femme, dit-il. Tu iras bien avec elle, dès que tu auras décidé de t'habiller un peu et de te coiffer, autrement qu'avec le râteau de Jean Larrouy. Et n'oublie pas que j'aurai un petit huitième de tes productions, qui m'attendra sous le chai, plus tout ce que tu vas m'envoyer par la poste !

Il attira sa sœur contre lui, pour la première fois de leur vie, sans doute. Germain, fasciné, nostalgique, éprouvait de poignants regrets en les regardant. Mais il fallait s'imposer cette petite mort-là, pour conjurer l'autre.

— Té, le train.

Charles attendit que le convoi fût arrêté le long du quai pour se lever. Il fallait chercher le bon wagon, ce que l'on fit le plus lentement possible et en silence. Lorsqu'il eut chargé ses bagages dans le compartiment, Charles redescendit sur le quai.

— J'espère que mon prochain séjour sera un peu plus calme que celui-ci ? Non ? Qu'en penses-tu, père ?

— J'espère qu'il sera plus long, et surtout beaucoup plus proche. Cinq ans, je trouve que cela fait beaucoup.

— Hé ! C'est qu'il va peut-être falloir marcher

379

jusqu'à Pékin, et plus vite que les Anglais. Va savoir qui l'emportera ! Dès que nous aurons réglé leur compte aux Pavillons noirs, nous foncerons vers le nord. Et qui sait ? Si je m'en tire, je vous ramènerai peut-être une de ces fascinantes créatures d'Orient.

Sa guérison était totale, en apparence. Son corps restauré lui donnait des ordres : repartir, ouvrir à nouveau les yeux sur des paysages inconcevables d'ici, et sur ces gens aux mystérieux mécanismes de vie, coolies faméliques et marchands replets, frêles silhouettes de femmes dans leurs pantalons noirs, masses affairées, en route vers des ailleurs où se perdait la fascination des étrangers.

Quitterie était déjà dans les bras de Charles. Ainsi faisaient-ils connaissance au moment de se quitter. Puis ce fut au tour de Germain d'embrasser le voyageur. Il le fit brièvement, car après tout, les corps expéditionnaires étaient faits pour laisser leurs hommes rentrer un jour à la maison, définitivement. Le coup de sifflet du chef de gare les sépara. Charles grimpa dans le train, pencha son buste vers Germain.

— Julien fait la gueule, c'est normal, souffla-t-il à son oreille. Laisse-le mariner un peu. Je le connais. Tout ça s'apaisera.

Dans un brouillard de larmes, Germain distingua Charles et la fenêtre du compartiment. Il avait la sensation de se vider de sa propre substance, de se disperser en fumée comme le panache de la locomotive. Tout était blanc, avec pourtant la couleur des deuils. Il agita la main, machinalement. Quitterie joignit son geste au sien, jusqu'à ce que le train fût englouti par la brume.

— Eh bien, dit Germain d'une voix rauque, c'est ainsi que les choses arrivent.

— Il fait froid, dit Quitterie.

Elle serra son bras, incita doucement son père à se mettre en marche. Germain tourna la tête vers elle, au moment où le dernier coup de sifflet du train perçait les brumes. Quitterie souriait, soleil insouciant dans le gris du temps. Germain tapota sa main, fit un pas. Ses yeux séchaient.

— Voilà, lança Quitterie. On va aller se réchauffer devant les marmites d'Antoinette.

Germain acquiesça, accéléra le pas autant qu'il le pouvait. D'épaisses flaques de brouillard l'isolaient du monde. Il respira leur odeur, ferma les yeux. Une fois restauré, il avait un dernier voyage à faire.

Cette fois, l'attelage avançait à une allure raisonnable et la jument n'avait vraiment aucune raison de rouspéter après son maître. Germain la maintenait au petit trot sous le ciel débarrassé de ses longues vagues de brouillard. Il faisait un de ces petits froids secs dans lesquels la campagne d'Armagnac se recroquevillait. Une saison parmi d'autres, faite pour humer la vapeur des soupes et des confits, un temps pour méditer.

Germain songeait à son aygue enclose dans les douelles du tonnelier Despiau. Quelle médecine pour les impatients du siècle à venir ! Il fallait avoir goûté le feu de cette belle encore au berceau pour savoir ce que génie voulait dire. Ah ! pouvoir revenir cinquante années plus tard, ne fût-ce qu'une dizaine de minutes, et ouvrir un de ces flacons d'ambre profond sous ses narines dilatées. Pur esprit, pourquoi pas ? Mais auquel il serait alors permis de se laisser submerger par le flot unique et mêlé de thé fumé, de noisette et de rancio, avant de repartir à jamais. Germain grogna. D'autres que lui auraient le rare plaisir de goûter à la perfection annoncée.

La tempête de décembre avait laissé ses coupes claires à travers bois. On aurait de quoi se chauffer pour quelques années en Armagnac et ailleurs, à la seule condition de se baisser pour ramasser les débris de la colère des éléments. Germain passa les courbes bourbeuses de la route de Mauvezin-d'Armagnac, prit à gauche en direction de Saint-Julien. La haute colline de Monclar ne tarda pas à apparaître, coiffée par la magistère dans son décor de labours austères et de bois pétrifiés. Il arrêta la jument, se laissa doucement glisser du coupé. Le souvenir d'un retour d'Eauze lui revenait et son cœur se mit à s'emballer, comme ce jour-là très exactement.

Ses certitudes de vieux philosophe boucané par la routine d'un métier semblable à nul autre s'étaient effritées. Il contemplait le chemin jusqu'en haut, où était Clélie. La voie était libre. Quoi ! L'infirme vautré dans un fauteuil, que l'on devait promener sous des couvertures dans les allées du parc, un rival ? Mais non. Poidats n'était même plus le mollusque au maintien de banane trop mûre, hanté par d'étranges contradictions. Affaissé, bavant sa vacuité mentale sur le col de ses chemises, il faisait à l'envers son parcours de fœtus et parce qu'elle avait une âme véritablement chrétienne, Clélie devait prier pour cette chose sans conscience ni mémoire qu'on qualifiait encore d'époux et de maître.

Germain arrêta l'attelage, en descendit et fit quelques pas le long du chemin. Il avait eu sa part de vie dans la chaleur d'une femme à qui le malheur donnait les traits de la vraie bonté. Mais trop de temps avait été perdu et rien n'était plus rattrapable.

Lorsqu'il regardait vers le haut de la colline, il se sentait plein de l'envie de courir vers Clélie, tout comme un jeune homme amoureux de retour de quelque guerre lointaine. Et il s'agissait bien d'amour. Germain portait en lui ce bouillonnement, une vague immense qui le soulevait et venait pourtant se briser sur son corps épuisé avec le simple petit bruit d'un pas sur de la mousse.

Il renoncerait à parcourir les quelques dizaines de mètres qui le séparaient de Clélie. Il pensa qu'il devrait lui écrire, mais à quoi bon. Il n'y avait aucune morale, ou philosophie, à tirer de leur brève liaison. Tout cela survivrait dans leurs mémoires avec l'incandescence d'une braise. Se pourrait-il même que le temps pût jamais éteindre ce feu ?

C'était un deuil qui le terrifiait. S'étant imposé l'épreuve la plus difficile de toute sa vie, il revint vers

382

la jument tranquillement occupée à brouter l'herbe du fossé.

— Allez, Figue, on rentre.

Il se hissa d'un seul mouvement dans le coupé. C'était un geste de bravade, qui le laissa un long moment tassé sur lui-même, frissonnant. Puis, lentement, il se redressa, fit faire demi-tour à sa jument, sentant la douleur refluer de ses reins. La route s'ouvrait sur les collines de Betbezer, dans son cirque de bois sombres et de champs labourés. Il releva le col de sa redingote et le serra contre lui. Il était un vieil homme malade, et entrait dans son hiver.

Achevé d'imprimer sur les presses de

BUSSIÈRE
GROUPE CPI

*à Saint-Amand-Montrond (Cher)
en juillet 2002*

POCKET - 12, avenue d'Italie - 75627 Paris Cedex 13
Tél. : 01-44-16-05-00

— N° d'imp. : 23992. —
Dépôt légal : avril 2002.
Imprimé en France